BA Paris

W0319961

Gebroken

Vertaald door Ireen Niessen

Ambo|Anthos
Amsterdam

MIX
Papier van verantwoorde herkomst
FSC® C014496

Dit is een speciale uitgave van Veldboeket Lektuur.

Eerste druk 2017
Negende druk 2019

ISBN 978 90 263 4816 7
© 2017 BA Paris
© 2017 Nederlandse vertaling Ambo|Anthos *uitgevers*, Amsterdam en Ireen Niessen
Oorspronkelijke titel *The Breakdown*
Oorspronkelijke uitgever HQ, an imprint of HarperCollins*Publishers* Ltd.
Omslagontwerp Janine Jansen
Omslagillustratie © Arcangel Images (raam), © Shutterstock (autolichten), © Shutterstock (barst)

Verspreiding voor België:
Veen Bosch & Keuning uitgevers nv, Antwerpen

Voor mijn ouders

Vrijdag 17 juli

De donder barst los op het moment dat we met de zomervakantie in het vooruitzicht afscheid van elkaar nemen. Connie schrikt op wanneer er vanaf de grond een luide knal weerklinkt. John lacht, de warme lucht om ons heen is drukkend.

'Je moet nu opschieten!' roept hij.

Haastig zwaaiend ren ik naar mijn auto. Als ik daar aankom gaat mijn mobiel over; het geluid wordt gedempt door mijn tas. Aan de ringtone hoor ik dat het Matthew is.

'Ik ben onderweg,' vertel ik hem terwijl ik in het donker aan de portiergreep sta te morrelen. 'Ik stap net de auto in.'

'Nu al?' klinkt zijn stem door de telefoon. 'Ik dacht dat je nog mee zou gaan naar Connie.'

'Dat zou ik ook, maar de gedachte dat jij op me zat te wachten was te aanlokkelijk,' zeg ik plagerig. Dan dringt zijn vlakke toon tot me door. 'Gaat het wel?' vraag ik.

'Ja hoor, ik heb alleen last van vreselijke migraine. Het is ongeveer een uur geleden begonnen en het wordt langzaam erger. Daarom bel ik. Vind je het erg als ik alvast naar bed ga?'

Ik voel de lucht zwaar op mijn huid en denk aan het naderende onweer; het regent nog niet, maar ik weet gewoon dat er nu snel een bui zit aan te komen. 'Natuurlijk niet. Heb je iets ingenomen tegen de hoofdpijn?'

'Ja, maar het lijkt niet te helpen. Ik denk dat ik maar in de logeerkamer ga liggen; als ik dan in slaap val, word ik niet wakker wanneer jij naar bed gaat.'

'Goed idee.'

'Ik vind het alleen niet prettig om te gaan slapen zonder te weten dat jij veilig thuis bent gekomen.'

Daar moet ik om glimlachen. 'Maak je geen zorgen, ik doe er maar veertig minuten over. Tenzij ik door het bos rijd, via Blackwater Lane.'

'Waag het niet!' Ik voel de scheut van pijn die bij zijn stemverheffing door z'n hoofd schiet bijna zelf. 'Ai, dat deed zeer,' zegt hij, en ik krimp meelevend ineen. Hij tempert zijn stem tot een draaglijker volume. 'Cass, beloof me dat je daar niet langs gaat. Ten eerste wil ik niet dat je 's nachts in je eentje door het bos rijdt, en ten tweede gaat het onweren.'

'Oké, dan doe ik dat niet,' zeg ik vlug. Ik installeer me achter het stuur en gooi mijn tas op de stoel naast me.

'Beloofd?'

'Beloofd.' Ik draai het contactsleuteltje om en zet de auto in de versnelling, inmiddels met de telefoon tussen mijn schouder en oor.

'Rij voorzichtig,' waarschuwt hij.

'Doe ik. Ik hou van je.'

'Ik meer van jou.'

Ik stop mijn telefoon in mijn tas en glimlach om de dringende toon in zijn stem. Terwijl ik de parkeerhaven uit manoeuvreer, spatten er dikke druppels op mijn voorruit. Daar zul je het hebben, denk ik bij mezelf.

Tegen de tijd dat ik de vierbaansweg heb bereikt, klettert de regen hard neer. De ruitenwissers zijn niet opgewassen tegen het water dat opspat van de wielen van de enorme vrachtwagen waar ik achter rijd. Wanneer ik naar rechts stuur om hem in te halen flitst er een bliksemschicht door de lucht en neem ik mijn toevlucht tot een gewoonte uit mijn kindertijd: ik begin in gedachten langzaam te tellen. De rommelende donder geeft antwoord als ik bij vier ben. Misschien had ik toch met de anderen naar Connie moeten gaan. Dan had ik daar het onweer kunnen uitzitten, luisterend naar de grapjes en verhalen waar John ons mee zou vermaken. Ik voel een plotselinge steek van schuldgevoel om de blik in zijn ogen toen ik zei dat ik niet mee zou gaan. Het was onhandig van me geweest om Matthew te noemen. Ik had gewoon moeten zeggen dat ik moe was, net zoals Mary, onze rector, had gedaan.

De regen gaat over in een stortbui en de auto's op de rechterrijbaan verminderen hun snelheid. Ze lijken zich te verdringen rondom mijn kleine Mini en door dit plotse gedrang keer ik terug naar de linkerbaan. Ik buig naar voren in mijn stoel en tuur door de voorruit; ik wou dat mijn ruitenwissers sneller werkten. Een vrachtwagen dendert langs, gevolgd door nog een, en als die zonder waarschuwing weer invoegt in mijn rijbaan, waardoor ik hard moet remmen, voelt het ineens te gevaarlijk om op deze weg te blijven. Meer bliksemschichten vertakken zich in de lucht en meteen daarop komt het bord voor Nook's Corner, het gehucht waar wij wonen, in zicht. De zwarte letters op de witte ondergrond, gevangen in het licht van de koplampen en blinkend als een baken in het donker, zijn zo uitnodigend dat ik op het allerlaatste moment, als het bijna te laat is, naar links stuur en de kortere weg insla waarvan Matthew niet wilde dat ik die zou nemen. Achter me toetert een boze claxon, en terwijl het geluid me de pikzwarte weg door het bos op jaagt, voelt dat als een voorteken.

Zelfs met mijn koplampen aan kan ik amper zien waar ik rijd, en ik heb er onmiddellijk spijt van dat ik de helder verlichte autoweg heb verlaten. Overdag is deze weg prachtig – hij voert dwars door de bossen met wilde hyacinten – maar de verborgen kuilen en bochten maken hem verraderlijk op een avond als deze. Een knoop van spanning balt zich samen in mijn maag bij de gedachte aan de rit die ik voor de boeg heb. Maar het is nog maar een kwartier rijden. Als ik mijn zenuwen in bedwang houd en niks onbezonnens doe, ben ik snel thuis. Toch druk ik het pedaal wat steviger in.

Een plotselinge windvlaag giert door de bomen en beukt tegen mijn kleine auto. Ik doe mijn best om hem recht op de weg te houden, maar ik stuit op een kuil. Een paar angstige seconden lang komen de wielen los van de grond en schiet mijn maag naar mijn keel, wat dat nare achtbaangevoel teweegbrengt. Wanneer de auto met een klap terug op de weg belandt, spat het water langs de zijkant omhoog en stroomt over de voorruit, waardoor ik even niks meer zie.

'Nee!' schreeuw ik als de auto in de plas water tot stilstand komt. De angst om 's avonds laat in het bos te stranden maakt zich van mij meester en stuwt adrenaline door mijn aderen, waardoor ik tot actie word aangespoord. Ik zet de auto met een knarsend geluid in de versnelling en trap krachtig op het gaspedaal. De motor protesteert grommend, maar de auto komt in beweging en ploegt door het water omhoog naar de andere kant van de kuil. Mijn hart, dat net zo snel slaat als de verwoed heen en weer zwiepende ruitenwissers, bonst zo hard dat ik een paar tellen nodig heb om op adem te komen. Maar ik durf niet te stoppen, voor het geval de auto weigert om weer te starten. Dus ik rijd verder – nu voorzichtiger.

Een paar minuten later schrik ik zo hevig van een onverwachte donderslag dat mijn handen van het stuur schieten. De auto zwenkt gevaarlijk naar links en terwijl ik hem met een ruk weer op koers breng, nu met trillende handen, gaat er een vlaag van angst door me heen: even ben ik bang dat ik niet heelhuids thuiskom. Ik probeer te kalmeren, maar ik voel me bedreigd, niet alleen door de elementen, maar ook door de bomen, die in een macabere dans heen en weer slingeren, klaar om mijn autootje van de weg te plukken en het noodweer in te werpen. Met de trommelende regen op het autodak, de razende wind tegen de ruiten en de zwiepende ruitenwissers is het moeilijk me te concentreren.

Er zitten een paar bochten aan te komen, dus ik buig voorover in mijn stoel en grijp het stuur stevig vast. De weg is verlaten en bij het nemen van de ene bocht en dan de volgende, hoop en bid ik dat ik in de verte achterlichten zal zien die ik de rest van de weg door het bos kan volgen. Ik wil Matthew bellen, alleen maar om zijn stem te horen, alleen maar om te weten dat ik niet de enige op de wereld ben, want zo voelt het. Maar ik wil hem niet wakker maken, niet nu hij een migraineaanval heeft. Bovendien zou hij woedend zijn als hij wist waar ik was.

Juist als ik denk dat mijn rit nooit ten einde zal komen, ga ik een bocht door en zie ik de achterlichten van een auto, zo'n honderd meter verder. Ik slaak een zucht van verlichting en geef een beetje extra gas met de bedoeling aansluiting te vinden, maar pas als ik er bijna tegenaan zit, besef ik dat de auto helemaal niet rijdt, maar onhandig geparkeerd staat op een kleine passeerhaven. Volkomen verrast wijk ik uit en rijd eromheen, waarbij ik de rechterkant van de bumper op een haar na raak. Terwijl ik het stuur weer rechttrek, draai ik mijn hoofd om en kijk boos naar de bestuurder, klaar om tegen hem te foeteren dat hij zijn alarmlichten had moeten aanzetten. Een vrouw met door de plenzende regen vervaagde gelaatstrekken kijkt terug.

In de veronderstelling dat ze autopech heeft, stop ik een klein eindje verderop, met de motor nog aan. Ik heb medelijden met haar dat ze in deze barre weersomstandigheden uit haar auto moet stappen, en kijkend in mijn achteruitkijkspiegel – onbehoorlijk blij dat ook iemand anders dom genoeg is geweest om bij onweer door het bos te rijden – stel ik me voor dat ze naarstig op zoek is naar een paraplu. Na zo'n tien seconden realiseer ik me dat ze haar auto niet uit komt en raak ik geïrriteerd. Ze zal toch zeker niet verwachten dat ik door de stromende regen naar haar toe zal rennen? Tenzij ze een goede reden heeft waarom ze haar auto niet kan verlaten – maar zou ze in dat geval niet toeteren of met haar lichten knipperen om me te laten weten dat ze hulp nodig heeft? Er gebeurt niets, dus ik begin mijn autogordel los te maken, met mijn ogen nog steeds op de achteruitkijkspiegel gericht. Hoewel ik haar niet goed kan zien, is er iets vreemds aan de manier waarop ze daar zo zit met haar koplampen aan. De verhalen die Rachel me vertelde toen we nog klein waren beginnen door mijn hoofd te spoken: over mensen die stoppen voor iemand met pech en ontdekken dat er een handlanger staat te wachten om hun auto te stelen, of over bestuurders die uit hun auto stappen om een hert te helpen dat gewond op de weg ligt en die dan op brute wijze worden overvallen en erachter komen dat het hele tafereel in scène is gezet. Ik klik mijn gordel snel weer vast. Ik had toen ik erlangs reed niemand anders in de auto gezien, maar dat wil niet zeggen dat zich niet iemand op de achterbank heeft verborgen die elk moment tevoorschijn kan komen.

Opnieuw flitst er een bliksemschicht door de lucht, die weer tussen de bomen verdwijnt. De wind wervelt omhoog en er schrapen takken tegen de ruit aan de passagierskant, alsof er iemand naar binnen wil. Er trekt een huivering over mijn ruggengraat. Ik voel me zo kwetsbaar dat ik de handrem eraf haal en de auto iets naar voren laat bewegen, zodat het lijkt alsof ik weg ga rijden, in de hoop dat de vrouw daardoor iets zal doen – wat dan ook – om me duidelijk te maken dat ze niet wil dat ik wegga. Maar er gebeurt nog steeds niets. Met tegenzin stop ik weer, omdat het niet goed voelt om weg te rijden en haar achter te laten. Maar ik wil mezelf ook niet in gevaar brengen. En nu ik erover nadenk, had ze niet van streek geleken toen ik langs was gereden; ze had geen vertwijfelde gebaren gemaakt of me wat voor teken dan ook gegeven dat ze hulp nodig had, dus misschien is er al iemand – haar man of een pechhulpdienst – onderweg. Als ik pech zou hebben, was Matthew de eerste wiens hulp ik zou inroepen, niet een of andere vreemde in een auto.

Ik blijf aarzelen en de regen neemt weer toe, hard kletterend op het dak – ga nou, ga nou! Dat geeft de doorslag. Ik laat de rem los en rijd zo langzaam als ik kan weg, zodat ze nog een laatste kans heeft om me terug te roepen. Maar dat doet ze niet.

Een paar minuten later ben ik het bos uit en bijna bij ons huis, een mooie oude cottage met klimrozen boven de voordeur en een weelderige achtertuin. Mijn telefoon piept, waardoor ik weet dat ik weer bereik heb. Na zo'n anderhalve kilometer rijd ik onze oprit op en parkeer ik zo dicht mogelijk bij de deur, blij dat ik veilig en wel thuis ben. De vrouw in de auto is nog steeds in mijn gedachten en ik vraag me af of ik de politie of de pechhulp moet bellen om ze op de hoogte te stellen. Dan denk ik weer aan het bericht dat binnenkwam toen ik het bos uit reed. Ik haal mijn telefoon uit mijn tas en kijk op het schermpje. Het bericht komt van Rachel.

Hoi, hoop dat je een leuke avond hebt gehad! Ga nu naar bed, want moest vanaf het vliegveld meteen door naar het werk, heb dus een jetlag. Wilde ff checken of je het cadeau voor Susie al hebt gekocht? Ik bel je morgenochtend. xx

Als ik klaar ben met lezen frons ik – wat bedoelt Rachel met checken of ik een cadeau voor Susie heb gekocht? Dat heb ik nog niet gedaan want ik heb het te druk gehad, met het eind van het schooljaar in zicht. Bovendien is het feest pas morgenavond en was ik van plan morgenochtend iets voor haar te kopen. Ik lees het bericht nog eens en deze keer valt de formulering 'het cadeau' me op, in plaats van 'een cadeau', omdat het lijkt alsof Rachel veronderstelt dat ik iets namens ons allebei heb gekocht.

Ik denk terug aan de laatste keer dat ik haar heb gezien. Dat was ongeveer twee weken geleden, de dag voor ze naar New York was vertrokken. Ze is consultant voor de Britse afdeling van Finchlakers, een groot Amerikaans adviesbureau, en ze gaat vaak voor zaken naar de VS. Die avond waren we samen naar de bioscoop geweest en hadden we nog wat gedronken. Misschien had ze me toen gevraagd of ik iets voor Susie wilde kopen. Ik pijnig mijn hersens om het me weer voor de geest te halen, om te bedenken wat we hadden besloten te kopen. Dat zou van alles kunnen zijn – parfum, een sieraad, een boek – maar er gaat geen belletje rinkelen. Was ik het vergeten? Er schieten onaangename herinneringen aan mijn moeder door mijn hoofd en ik verdring ze snel. *Dit is niet hetzelfde*, zeg ik streng tegen mezelf, *ik ben haar niet. Morgen weet ik het weer.*

Ik doe mijn telefoon weer in mijn tas. Matthew heeft gelijk, ik heb rust nodig. Als ik me een paar weken kan ontspannen op een strand komt het helemaal goed met me. En Matthew heeft zelf ook rust nodig. We waren niet op huwelijksreis geweest omdat we het te druk hadden gehad met de renovatie van onze cottage. De laatste keer dat ik echt op vakantie was geweest – van het type de hele dag niets doen behalve op het strand liggen zonnen – was nog voor mijn vader was gestorven, dus achttien jaar geleden. Daarna was er te weinig geld om leuke dingen te ondernemen, vooral omdat ik mijn baan als lerares had moeten opgeven om voor mijn moeder te zorgen. Om die reden was ik enorm van streek toen ik er kort na haar dood achter kwam dat ze helemaal geen arme weduwe was, maar een rijke. Ik begreep niet waarom ze tevreden was geweest met een sober bestaan terwijl ze een luxueus leven had kunnen leiden. Ik was zo geschokt dat ik nauwelijks hoorde wat de notaris zei. Ik kon hem alleen maar vol ongeloof aanstaren toen ik eenmaal begreep hoeveel geld er was, want ik dacht dat mijn vader ons niets had nagelaten.

Een donderslag, nu verder weg, brengt me in één klap terug naar het heden. Ik tuur door het raam en probeer in te schatten of ik zonder nat te worden van de auto tot onder het afdak boven de veranda kan komen. Met mijn handtas tegen mijn borst geklemd en de sleutel in mijn hand doe ik het portier open en trek een sprintje.

In de gang schop ik mijn schoenen uit, waarna ik zachtjes naar boven loop. De deur naar de logeerkamer is dicht en ik kom in de verleiding hem een paar centimeter open te doen om te kijken of Matthew slaapt. Maar ik wil hem niet wakker maken, dus maak ik me snel klaar om naar bed te gaan. En nog voordat mijn hoofd het kussen raakt, val ik in slaap.

Zaterdag 18 juli

Als ik de volgende ochtend wakker word, zit Matthew met een mok thee in zijn hand op de rand van het bed.

'Hoe laat is het?' mompel ik, met samengeknepen ogen tegen de zon die door het raam schijnt.

'Negen uur. Ik was om zeven uur al op.'

'Hoe is het met je migraine?'

'Weg.' Zijn zandkleurige haar glanst goudblond in het zonlicht en ik breng mijn handen omhoog om ze erdoor te halen; het voelt zo heerlijk dik aan.

'Is die voor mij?' vraag ik met een hoopvolle blik op de mok.

'Natuurlijk.'

Ik wurm mezelf in een zithouding en laat mijn hoofd tegen de kussens leunen. 'Lovely Day', mijn favoriete feelgoodsong, klinkt op de radio beneden, en met zes weken vakantie voor de boeg voelt het leven goed.

'Dank je,' zeg ik terwijl ik de mok van hem aanneem. 'Heb je goed geslapen?'

'Ja, als een roos. Het spijt me dat ik niet op je heb gewacht. Hoe was de rit naar huis?'

'Prima. Maar wel met een hoop donder en bliksem. En regen.'

'Nou, gelukkig schijnt de zon nu weer.' Hij geeft me een

zachte por. 'Ga eens een stukje opzij.' Voorzichtig om geen thee te morsen maak ik ruimte voor hem. Hij kruipt naast me in het bed en houdt zijn arm omhoog. Ik nestel me tegen hem aan, met mijn hoofd op zijn schouder. 'Er is niet ver van hier een dode vrouw gevonden,' zegt hij, zo zacht dat ik hem bijna niet hoor. 'Ik heb het net op het nieuws gehoord.'

'Wat vreselijk.' Ik zet mijn mok op het nachtkastje en keer me naar hem toe. 'Wat bedoel je met niet ver van hier? In Browbury?'

Hij strijkt een haarlok van mijn voorhoofd; zijn vingers voelen zacht aan op mijn huid. 'Nee, nog dichterbij, ergens langs de weg door het bos van hier naar Castle Wells.'

'Welke weg?'

'Je weet wel, Blackwater Lane.' Hij buigt voorover om me een kus te geven, maar ik deins achteruit.

'Hou op, Matthew.' Mijn hart gaat onder mijn ribben tekeer als een vogel die gevangenzit in een kooitje en ik kijk hem aan, wachtend op de glimlach die me zal vertellen dat hij weet dat ik daar gisteravond langs ben gegaan en dat hij me alleen maar plaagt. Maar hij fronst.

'Ik weet het. Verschrikkelijk, hè?'

Ik staar hem aan. 'Is dat echt waar?'

'Ja.' Hij kijkt oprecht verwonderd. 'Zoiets verzin ik toch niet.'

'Maar...' Ik word ineens misselijk. 'Hoe is ze dan gestorven? Hebben ze daar iets over gezegd?'

Hij schudt zijn hoofd. 'Nee, alleen dat ze in haar auto zat.'

Ik draai me van hem af zodat hij mijn gezicht niet kan zien. Het kan dezelfde vrouw niet zijn, zeg ik tegen mezelf, dat kan niet.

'Ik moet opstaan,' zeg ik wanneer hij zijn armen weer om me heen slaat. 'Ik moet shoppen.'

'Wat ga je kopen dan?'

'Een cadeau voor Susie. Ik heb nog niets voor haar gekocht en haar feest is vanavond.' Ik zwaai mijn benen van het bed en sta op.

'Daar is toch geen haast bij?' protesteert hij. Maar ik ben al weg, met mijn telefoon in de hand.

In de badkamer doe ik de deur op slot en draai de douche open, want ik wil het stemmetje dat me vertelt dat de dode vrouw dezelfde vrouw is die ik gisteravond met de auto passeerde graag verdrijven. Paniekerig ga ik op de rand van het bad zitten en kijk op internet, zoekend naar nieuws. Het is *breaking news* op de BBC, maar er worden geen details gegeven. Er staat alleen dat een vrouw dicht bij Browbury in Sussex dood in haar auto is aangetroffen. Dood aangetroffen. Zou dat betekenen dat ze zelfmoord heeft gepleegd? Wat een afschuwelijk idee.

Er schieten allerlei gedachten door mijn hoofd, ik probeer ze op een rijtje te zetten. Als het inderdaad dezelfde vrouw was, dan had ze misschien geen autopech gehad. Misschien was ze expres op die passeerhaven gestopt omdat het er zo verlaten was, omdat ze niet gestoord wilde worden. Dat zou verklaren waarom ze niet met haar lichten had geknipperd, waarom ze niet om hulp had gevraagd – waarom ze me geen enkel teken had gegeven dat ik moest stoppen, wat ze bij pech zeker gedaan zou hebben. Mijn maag draait zich om van ongerustheid. Op dit moment, met de zon die door het badkamerraam schijnt, lijkt het onvoorstelbaar dat ik niet ben gaan kijken hoe het met haar ging. Als ik dat had gedaan, was het misschien anders gelopen. Ze had me wellicht verteld dat het prima ging, ze had misschien net gedaan alsof ze autopech had en dat er iemand onderweg was om haar te komen helpen. Maar dan zou ik hebben aangeboden om samen met haar op diegene te wachten. En als ze erop had gestaan dat ik weg zou gaan, dan had ik argwaan gekregen, dan zou ik met haar gepraat hebben – en dan zou ze nu misschien nog leven. En had ik niet in elk geval iemand op de hoogte moeten stellen van haar situatie? Maar doordat ik was afgeleid door het berichtje van Rachel en het cadeau dat ik kennelijk voor Susie had moeten kopen, had ik helemaal niet meer aan de vrouw in de auto gedacht.

'Ben je daar nog lang bezig, lieverd?' Matthews stem klinkt vanachter de badkamerdeur.

'Ik ben bijna klaar!' roep ik boven het geluid van het stromende water uit, dat doelloos het putje in spoelt.

'Dan ga ik alvast met het ontbijt bezig.'

Ik trek mijn pyjama uit en stap onder de douche. Het water is heet, maar niet heet genoeg om mijn brandende schuldgevoel weg te spoelen. Ik boen driftig mijn lichaam en probeer niet te denken aan de vrouw: hoe ze een potje pillen opendraait, ze in haar hand schudt, ze naar haar mond brengt en doorslikt met water. Wat voor verschrikkingen had ze doorstaan dat ze zich van het leven wilde beroven? En was er terwijl ze stierf een punt geweest waarop ze spijt begon te krijgen van wat ze had gedaan? Ik baal van de gedachten die ik heb. Ik draai de douchekraan dicht en kom onder de douche vandaan. De plotselinge stilte maakt me nerveus, dus ik zoek op mijn telefoon de radio op, in de hoop iemand vrolijk en hoopvol te horen zingen, het maakt niet uit wat, als het mijn gedachten aan de vrouw in de auto maar op afstand houdt.

'*Vanochtend vroeg is een vrouw dood aangetroffen in haar auto aan Blackwater Lane. Haar dood wordt als verdacht beschouwd. Er zijn nog geen verdere details vrijgegeven, maar de politie roept mensen in de omgeving op om waakzaam te zijn.*'

De schok beneemt me de adem. *Haar dood wordt als verdacht beschouwd.* De woorden echoën door de badkamer. Is dat niet wat de politie zegt als er iemand vermoord is? Ineens word ik bang. Ik was daar ook, op dezelfde plek. Was de moordenaar er ook geweest, verborgen in de struiken, wachtend op de kans iemand te vermoorden? Het idee dat ik het ook had kunnen zijn, dat ik degene had kunnen zijn die vermoord was, maakt me duizelig. Ik grijp me vast aan het handdoekenrek en dwing mezelf diep adem te halen. Ik moet wel gek zijn geweest dat ik gisteravond die route heb genomen.

In de slaapkamer doe ik snel een zwart katoenen jurkje aan, dat ik uit een stapel kleren gris die nog op de stoel ligt. Beneden keert mijn maag zich om van de geur van gegrilde worstjes, zelfs nog voordat ik de keukendeur heb opengedaan.

'Het leek me een goed idee om het begin van je vakantie te vieren met een lekker luxe ontbijt,' zegt Matthew. Hij kijkt zo blij dat ik mezelf dwing te glimlachen. Ik wil het niet voor hem bederven.

'Heerlijk.' Ik wil hem over gisteravond vertellen, ik wil hem vertellen dat ik vermoord had kunnen zijn, ik wil mijn afgrijzen met hem delen, omdat het een te groot iets lijkt om voor me te houden. Maar als ik hem vertel dat ik door het bos terug ben gereden, en dan ook nog nadat hij me nadrukkelijk had verzocht dat niet te doen, zal hij woedend zijn. Het doet er niet toe dat ik hier veilig en wel in de keuken zit in plaats van dood in mijn auto. Hij zal zich voelen zoals ik, bang om wat er gebeurd had kunnen zijn, ontdaan omdat ik mezelf in gevaar had gebracht.

'Hoe laat ga je eigenlijk shoppen?' vraagt hij. Hij draagt een grijs T-shirt en een dunne korte broek, en op elk ander moment zou ik nu denken hoe gelukkig ik me mag prijzen dat hij mijn man is. Maar ik kan hem nu nauwelijks aankijken. Het voelt alsof mijn geheim op mijn huid gloeit.

'Meteen na het ontbijt.' Ik kijk door het raam de achtertuin in en probeer me te concentreren op de schoonheid ervan, maar in mijn hoofd keer ik steeds terug naar gisteravond. Ik moet er telkens weer aan denken dat ik ben weggereden. Op dat moment leefde ze nog, de vrouw in de auto.

'Ga je met Rachel?' onderbreekt Matthew mijn gedachten.

'Nee.' Maar ineens lijkt me dat het beste idee van de wereld omdat ik haar misschien over gisteravond kan vertellen, omdat ik de ontzetting die ik voel met haar zou kunnen delen. 'Eigenlijk is dat geen gek idee. Ik bel haar even om te vragen of ze mee wil.'

'Niet te lang,' zegt hij. 'Het ontbijt is bijna klaar.'

'Ik ben zo terug.'

Ik loop de gang in naar de vaste telefoon – we hebben thuis alleen boven mobiele ontvangst – en toets Rachels nummer in. Het duurt even voor ze opneemt en als ze dat uiteindelijk doet, klinkt haar stem zwaar van de slaap.

'Ik heb je wakker gemaakt,' zeg ik verontschuldigend, want ik herinner me plotseling dat ze gisteren pas thuis is gekomen van haar reis naar New York.

'Het voelt alsof het midden in de nacht is,' moppert ze. 'Hoe laat is het?'

'Halftien.'

'Dan ís het dus midden in de nacht. Heb je mijn berichtje gelezen?'

De vraag overvalt me en ik ben even stil. Achter mijn ogen voel ik hoofdpijn opkomen. 'Ja, maar ik heb nog niets voor Susie gekocht.'

'O.'

'Ik heb het heel druk gehad,' zeg ik snel, omdat ik weet dat Rachel om de een of andere reden denkt dat we samen iets geven. 'Ik heb tot vandaag gewacht voor het geval we van gedachten zouden veranderen over het cadeau,' voeg ik eraan toe, in de hoop dat ze me zal vertellen wat we hadden besloten te kopen.

'Hoezo? We waren het er allemaal over eens dat jouw idee het beste was. En het feest is vanavond al, Cass!'

Het woord 'allemaal' brengt me in verwarring. 'Nou ja, je weet nooit,' zeg ik ontwijkend. 'Je wilt zeker niet met me meegaan, of wel?'

'Op zich wel, maar ik heb zo'n jetlag...'

'En als ik op een lunch trakteer?'

Het is even stil. 'Bij Costello's?'

'Prima. Laten we afspreken om elf uur in het café van Fenton, dan trakteer ik ook op koffie.'

Ik hoor haar gapen en dan wat geritsel. 'Mag ik erover nadenken?'

'Nee, dat mag je niet,' zeg ik onvermurwbaar. 'Hup, je bed uit. Ik zie je daar.'

Ik hang op en voel me een beetje lichter. De gedachte aan het cadeau voor Susie verdring ik. Na het nieuws van vanochtend voelt het als een futiliteit.

Ik loop terug naar de keuken en ga aan tafel zitten.

'Wat zeg je daarvan?' vraagt Matthew, en hij zet met een zwaai een bord met worstjes, bacon en eieren voor me neer.

Ik moet er niet aan denken ervan te eten, maar ik glimlach enthousiast. 'Heerlijk! Dank je.'

Hij gaat naast me zitten en pakt zijn mes en vork. 'Hoe is het met Rachel?'

'Goed. Ze gaat met me mee.' Ik kijk naar mijn bord en vraag me af hoe ik er recht aan kan doen. Ik neem een paar hapjes maar mijn maag protesteert, dus ik schuif de rest een beetje in het rond en dan geef ik het op. 'Het spijt me,' zeg ik, en ik leg mijn mes en vork neer. 'Ik ben nog vol van het eten van gisteravond.'

Hij steekt zijn vork uit en prikt er een worstje aan. 'Zonde om het weg te gooien,' zegt hij met een grijns.

'Ga je gang.'

Zijn blauwe ogen houden mijn blik vast zonder los te laten. 'Gaat het wel goed met je? Je bent een beetje stil.'

Ik knipper een paar keer en duw de tranen terug die achter mijn ogen dreigen op te komen. 'Ik moet steeds maar denken aan die vrouw,' zeg ik. Het is zo'n opluchting dat ik erover kan praten dat mijn woorden er in een stroomversnelling uit komen. 'Op de radio werd gezegd dat de politie haar dood als verdacht beschouwt.'

Hij neemt een stukje worst. 'Dan is ze dus vermoord.'

'Is dat zeker?' vraag ik naar de bekende weg.

'Zo zeggen ze het meestal tot het politieonderzoek achter de rug is. God, wat vreselijk. Ik begrijp gewoon niet waarom ze zichzelf in gevaar heeft gebracht door 's avonds laat die weg te nemen. Ik weet best dat ze niet kon weten dat ze zou worden vermoord, maar toch.'

'Misschien had ze autopech,' zeg ik met mijn handen onder de tafel samengeknepen.

'Nou, dat moet haast wel. Waarom zou ze anders zijn gestopt langs zo'n verlaten weg? Dat arme mens, ze zal wel doodsbang zijn geweest. Er is geen telefoonbereik in het bos, dus ze heeft vast vurig gehoopt dat er iemand zou komen om haar te helpen – en kijk eens wat er is gebeurd toen er iemand kwam.'

In stilte hap ik naar adem van de schok. Het is alsof er zojuist een emmer ijskoud water over me heen is gegooid die me bewust maakt van de enorme omvang van wat ik heb gedaan. Ik had mezelf wijsgemaakt dat ze al om hulp had gebeld – maar ik wist eigenlijk best dat er in het bos geen bereik is. Waarom had ik dat dan gedaan? Omdat ik het was vergeten? Of omdat ik daardoor met een schoon geweten had kunnen doorrijden? Nou, mijn geweten was niet langer schoon. Ik had haar aan haar lot overgelaten, ik had haar daar laten staan en ze was vermoord.

Ik schuif mijn stoel naar achteren. 'Ik moet gaan,' zeg ik tegen Matthew, terwijl ik onze lege mokken ijverig opruim, hopend dat hij niet meer zal vragen of het wel goed met me gaat. 'Anders zit Rachel straks op me te wachten.'

'Hoe laat heb je dan met haar afgesproken?'

'Elf uur. Maar je weet hoe druk het in de stad is op zaterdag.'

'Heb ik goed gehoord dat je met haar gaat lunchen?'

'Ja.' Ik geef hem een vluchtige kus op zijn wang, want ik wil weg. 'Ik zie je later.'

Ik haal mijn tas en pak de autosleutels van het tafeltje in de gang. Matthew volgt me tot aan de deur, met een snee geroosterd brood in zijn hand.

'Zou je mijn jasje van de stomerij kunnen ophalen? Dan kan ik het vanavond aan.'

'Natuurlijk, heb je de bon?'

'Ja, wacht even.' Hij haalt zijn portemonnee en geeft me een roze bonnetje. 'Het is al betaald.'

Ik laat het in mijn tas glijden en doe de voordeur open. Het zonlicht stroomt de gang binnen.

'Rij voorzichtig,' roept hij wanneer ik in de auto stap.

'Doe ik. Ik hou van je.'

'Ik meer van jou!'

De toegangsweg naar Browbury is al vol verkeer. Ik tik zenuwachtig op het stuur. In mijn haast om van huis weg te gaan had ik er niet bij stilgestaan hoe het zou voelen om weer in de auto te zitten, op dezelfde stoel als toen ik de vrouw gisteravond zag. Om mezelf af te leiden probeer ik me te herinneren welk cadeau ik voor Susie had bedacht. Ze werkt voor hetzelfde bedrijf als Rachel, op de afdeling administratie. Ik vermoed dat Rachel, toen ze zei dat iedereen zich in mijn idee kon vinden, had verwezen naar hun vriendengroep op het werk. De laatste keer dat we waren samengekomen was ongeveer een maand geleden, en ik weet nog dat Rachel het over het feest voor Susies veertigste verjaardag had gehad, gebruikmakend van het feit dat Susie er die avond niet bij kon zijn. Had ik toen die suggestie voor een cadeau gedaan?

Wonder boven wonder vind ik een parkeerplek aan de straat, niet ver van warenhuis Fenton. Ik loop naar de tearoom op de vijfde verdieping. Het is er druk, maar Rachel is er al, duidelijk aanwezig in een heldergele zomerjurk en met haar hoofd vol donkere krullen over haar mobieltje gebogen. Er staan twee koppen koffie op de tafel voor haar en ik voel een plotse golf van dankbaarheid omdat zij er altijd voor me is. Ze is vijf jaar ouder en de zus die ik nooit heb gehad. Onze moeders waren bevriend geweest en omdat haar moeder lange dagen maakte om hen beiden te onderhouden – ze was niet lang na de geboorte van Rachel door haar echtgenoot verlaten – had Rachel een groot deel van haar jeugd bij ons thuis doorgebracht, zo groot zelfs dat mijn ouders haar vol genegenheid hun tweede dochter noemden. Toen ze op haar zestiende van school ging om aan het werk te gaan, zodat haar moeder minder kon gaan werken, kwam ze eenmaal per week bij ons eten. Ze stond vooral dicht bij papa; ze had bijna net zo erg om hem gerouwd als ik toen hij stierf nadat hij voor ons huis was aangereden door een auto. En toen mama ziek was geworden en niet meer alleen thuis kon zijn, bleef zij eens per week bij haar, zodat ik boodschappen kon gaan doen.

'Heb je zo'n dorst?' zeg ik voor de grap, met een knikje naar de twee koppen op de tafel, maar mijn woorden klinken geforceerd. Ik voel me bekeken, alsof iedereen weet dat ik de vermoorde vrouw gisteravond heb gezien zonder iets te doen om haar te helpen.

Ze springt op en omhelst me. 'Er stond zo'n lange rij dat ik maar vast heb besteld,' zegt ze. 'Ik wist dat je eraan kwam.'

'Sorry, het verkeer zat niet mee. Fijn dat je bent gekomen, daar ben ik blij om.'

Haar ogen twinkelen. 'Je weet dat ik een lunch bij Costello's niet kan weerstaan.'

Ik ga tegenover haar zitten en neem een verkwikkend slokje koffie.

'Heb je een wilde avond gehad gisteren?'

Ik glimlach en er valt een klein beetje van de druk weg. 'Niet wild, maar het was wel leuk.'

'Was dat stuk van een John er ook?'

'Natuurlijk. Alle docenten waren er.'

Ze grijnst. 'Ik had ook even moeten komen.'

'Hij is veel te jong voor je,' zeg ik lachend. 'Bovendien heeft hij een vriendin.'

'En dan te bedenken dat jij hem had kunnen hebben,' zucht ze, en ik schud mijn hoofd met gespeelde wanhoop, want ze is er nooit helemaal overheen gekomen dat ik Matthew boven John heb verkozen.

Na de dood van mijn moeder was Rachel geweldig geweest. Ze was vastbesloten me achter de geraniums weg te krijgen en begon me mee uit te nemen. De meeste van haar vrienden en vriendinnen waren mensen van haar werk of haar yogaklas, en bij de eerste kennismaking vroegen ze me steevast waar ik werkte. Nadat ik ze een paar maanden lang had verteld dat ik mijn baan als docent had opgegeven om voor mijn moeder te zorgen, vroeg iemand me waarom ik niet aan het werk ging nu het weer kon. En ineens wilde ik niets liever. Ik had geen zin meer om dag in dag uit thuis te zitten, nu ik een vrijheid had die ik jarenlang niet had ervaren. Ik wilde mijn leven leiden, het leven van een drieëndertigjarige vrouw.

Ik had geluk. Er was een tekort aan docenten in onze

streek, dus werd ik naar een opfriscursus gestuurd en kreeg ik een baan aangeboden op een middelbare school in Castle Wells, waar ik geschiedenisles gaf aan tweedeklassers. Ik vond het fijn om weer aan het werk te zijn, en toen John, de droomprins van zowel docenten als leerlingen, me mee uit vroeg, was dat waanzinnig vleiend. Als hij geen collega was geweest, zou ik waarschijnlijk ja hebben gezegd. Maar ik zei nee, waarna hij me nog vaker mee uit vroeg. Hij was zo vasthoudend dat ik blij was toen ik uiteindelijk Matthew leerde kennen.

Ik neem nog een slok koffie. 'Hoe was het in Amerika?'

'Vermoeiend. Te veel vergaderingen, te veel eten.' Ze neemt een plat pakje uit haar tas en schuift het over de tafel.

'Mijn theedoek!' zeg ik. Ik haal hem eruit en vouw hem open: er staat een plattegrond van New York op. De vorige keer was het het Vrijheidsbeeld. Dat is een aardigheidje tussen ons – altijd wanneer Rachel weggaat, op zakenreis of op vakantie, neemt ze twee identieke theedoeken mee terug, één voor mij en één voor haar. 'Bedankt. Jij hebt er net zo een, neem ik aan?'

'Natuurlijk.' Haar gezicht staat plotseling ernstig. 'Heb je gehoord van die vrouw die vannacht dood in haar auto is gevonden, op die weg door het bos tussen hier en Castle Wells?'

Ik slik even, vouw de theedoek dubbel en in vieren, waarna ik me buk om hem in mijn tas te doen. 'Ja, Matthew heeft het me verteld, het was op het nieuws,' zeg ik met mijn hoofd onder de tafel.

Ze wacht tot ik weer rechtop zit en huivert. 'Vreselijk, toch? De politie denkt dat ze autopech had.'

'O ja?'

'Ja.' Ze trekt een gezicht. 'Wat afgrijselijk – stel je voor dat je midden in een onweersbui pech krijgt, ergens in de rimboe. Ik moet er niet aan denken.'

Ik moet mijn uiterste best doen om er niet uit te flappen

dat ik daar was, dat ik de vrouw in de auto heb gezien. Maar iets houdt me tegen. Het is hier te druk en Rachel voelt zich al emotioneel betrokken bij het verhaal. Ik ben bang dat ze me zal veroordelen, dat ze onthutst zal zijn dat ik niets heb gedaan om te helpen. 'Ik ook niet,' zeg ik.

'Jij neemt die weg soms toch ook? Gisteravond niet, mag ik hopen?'

'Nee, ik zou die weg nooit nemen, niet in mijn eentje.' Ik voel mijn huid rood worden en ik ben er zeker van dat ze weet dat ik zojuist tegen haar heb gelogen.

Maar ze gaat door zonder iets te merken. 'Gelukkig maar. Anders had jij het kunnen zijn.'

'Hoewel ik geen autopech zou hebben gehad,' zeg ik.

Ze lacht en doorbreekt zo de spanning. 'Dat weet je niet! Misschien heeft ze helemaal geen pech gehad. Dat is maar een aanname. Misschien heeft iemand haar aangehouden en gedaan alsof hij in nood zat. Iedereen zou toch stoppen voor iemand in nood?'

'Denk je dat echt? Op een verlaten weg, midden in een onweersbui?' Ik wil wanhopig dat het antwoord nee is.

'Nou, eigenlijk wel, tenzij diegene geen geweten heeft. Geen mens zou zomaar doorrijden. Je doet toch in elk geval íéts.'

Haar woorden komen hard aan en er prikken tranen in mijn ogen. Het schuldgevoel is bijna ondraaglijk. Ik wil niet dat Rachel ziet hoezeer haar woorden me hebben geraakt, dus buig ik mijn hoofd en richt mijn ogen op de vaas met oranje bloemen die tussen ons op de tafel staat. Tot mijn afgrijzen worden de bloemblaadjes wazig. Haastig reik ik naar beneden en graai een tissue uit mijn tas.

'Cass? Gaat het wel?'

'Ja hoor, best.'

'Dat zou je niet zeggen.'

Ik hoor de bezorgdheid in haar stem en ik snuit mijn neus om mezelf even tijd te geven. De behoefte om het iemand te vertellen is overweldigend. 'Ik weet niet waarom, maar ik ben...' Ik zwijg.

'Je bent wat?' Rachel kijkt verwonderd.

Ik doe mijn mond open om het haar te vertellen, maar dan besef ik dat ze niet alleen ontdaan zal zijn omdat ik ben doorgereden zonder na te gaan of het wel goed ging met de vrouw, maar ook omdat ze me dan op een leugen betrapt, aangezien ik heb gezegd dat ik gisteren niet via Blackwater Lane ben gegaan.

Ik schud mijn hoofd. 'Het maakt niet uit,' zeg ik mistroostig.

'Kennelijk wel. Zeg het nou, Cass.'

'Dat kan ik niet.'

'Waarom niet?'

Ik verfrommel de tissue met mijn vingers. 'Omdat ik me schaam.'

'Je schaamt je?'

'Ja.'

'Waarvoor dan?' Als ik niets zeg, slaakt ze een zucht van ergernis. 'Kom op nou, Cass, vertel het nou gewoon! Zo erg kan het niet zijn!' Haar ongeduld maakt me nog nerveuzer, dus ik probeer iets te bedenken wat ik haar kan vertellen, iets wat ze zal geloven.

'Ik ben het vergeten, van Susie,' gooi ik eruit. Meteen heb ik een hekel aan mezelf omdat ik een kwestie gebruik die onbetekenend is vergeleken met de dood van de vrouw. 'Ik ben vergeten dat ik iets voor haar zou kopen.'

Er verschijnt een frons op haar gezicht. 'Hoe bedoel je, vergéten?'

'Ik weet het gewoon niet meer. Ik weet niet meer wat we hebben besloten voor haar te kopen.'

Ze kijkt me verbijsterd aan. 'Maar het was jouw idee! Jij stelde voor haar een set lichtgewicht koffers te geven, omdat Stephen haar mee naar Venetië neemt voor haar verjaardag. We zaten in die bar dicht bij mijn kantoor,' voegt ze er behulpzaam aan toe.

Ik laat haar een blik van opluchting zien, hoewel de woorden me niets zeggen. 'Natuurlijk! Ik weet het weer – god, wat dom van me! Ik dacht dat het parfum zou zijn of zoiets.'

'Niet met dat grote bedrag. We hebben allemaal twintig pond bijgedragen, weet je nog, dus je hebt in totaal honderdzestig pond. Heb je het bij je?'

Honderdzestig pond? Hoe kon ik nou zijn vergeten dat ik zoveel geld had gekregen? Ik wil alles opbiechten, maar in plaats daarvan doe ik alsof, compleet onzeker van mezelf. 'Ik was van plan om te gaan pinnen.'

Ze schenkt me een geruststellende glimlach. 'Nou, nu we dat akkefietje gehad hebben, kun je maar beter je koffie opdrinken voordat die koud is.'

'Dat is hij waarschijnlijk al. Zal ik nieuwe halen?'

'Ik ga wel. Blijf jij maar lekker zitten.'

Ik kijk hoe ze in de rij bij het buffet gaat staan en probeer het weeë gevoel in mijn maag te negeren. Hoewel ik erin ben geslaagd om te verzwijgen dat ik de vrouw in de auto heb gezien, zou ik willen dat ik niet had hoeven toegeven dat ik dat van de kofferset was vergeten. Rachel is niet achterlijk. Ze is getuige geweest van mama's achteruitgang, week na week, en ik wil niet dat ze ongerust wordt of denkt dat mij hetzelfde te wachten staat. Het is zorgelijk dat ik me niet kan herinneren dat ik heb voorgesteld om koffers te kopen – en waar ik die honderdzestig pond heb gelaten. Hopelijk in het laatje van mijn oude schrijfbureau. Het geld op zich kan me niet schelen; als ik het niet kan vinden, maakt dat niet veel uit. Maar de gedachte dat ik alles rond Susies cadeau ben vergeten, is beangstigend.

Rachel komt terug met de koffie.

'Mag ik je wat vragen?' zegt ze als ze weer zit.

'Ga je gang.'

'Het is niets voor jou om zo van streek te raken om zoiets onbeduidends. Je bent alleen maar vergeten wat voor cadeau je ook alweer zou kopen. Is er iets anders wat je dwarszit? Gaat het wel goed tussen Matthew en jou?'

Voor de honderdste keer zou ik wensen dat Rachel en Matthew beter met elkaar konden opschieten. Ze proberen het niet te laten merken, maar er is altijd iets van wantrouwen tussen hen beiden. Eerlijk is eerlijk, Matthew mag Rachel alleen maar niet omdat hij weet dat zij hem afkeurt. In het geval van Rachel is het ingewikkelder. Zij heeft geen reden om een hekel aan Matthew te hebben, dus soms vraagt een stemmetje in mijn hoofd zich af of ze jaloers is nu ik iemand heb om mijn leven mee te delen. Maar dan verfoei ik mezelf om die gedachte omdat ik weet dat ze blij voor me is.

'Ja hoor, het gaat prima,' stel ik haar gerust, en ik probeer gisteravond uit mijn hoofd te bannen. 'Het is echt alleen het cadeau.' Alleen deze woorden al voelen als verraad ten opzichte van de vrouw in de auto.

'Ach, je had die avond gewoon wat te veel op,' zegt ze, glimlachend om de herinnering. 'Je hoefde niet naar huis te rijden omdat Matthew je zou komen halen, dus heb je aardig wat glazen wijn gehad. Misschien ben je het daardoor vergeten.'

'Je zult wel gelijk hebben.'

'Drink nou maar op, dan gaan we die kofferset uitzoeken.'

Als we onze koffie op hebben gaan we naar de vierde verdieping. We doen er niet lang over om een paar kobaltblauwe koffers te kiezen, en wanneer we de winkel uit lopen voel ik dat Rachels ogen op me gericht zijn.

'Weet je zeker dat je wilt gaan lunchen? Het hoeft niet per se, hoor.'

De gedachte aan de lunch, waarbij ik over van alles en nog wat zal moeten praten om een gesprek over de vrouw in de auto te vermijden, is me plotseling te veel. 'Eigenlijk heb ik knallende hoofdpijn – gisteravond een beetje te enthousiast gefeest, denk ik. Zal ik je volgende week op een lunch trakteren? Ik kan op elke dag naar de stad komen nu ik niet hoef te werken.'

'Prima. Maar je komt vanavond toch wel naar het feest van Susie?'

'Jazeker, maar wil jij voor de zekerheid de koffers meenemen?'

'Geen probleem. Waar staat je auto?'

'Aan het begin van High Street.'

Ze knikt. 'Ik sta in de parkeergarage, dus dan scheiden onze wegen hier.'

Ik wijs naar de twee koffers. 'Lukt dat zo?'

'Ze zijn lichtgewicht, weet je nog? En anders vind ik vast wel een aardige jonge man om me te helpen!'

Ik omhels haar snel en loop naar mijn auto. Als ik de motor start, zie ik hoe laat het is: één minuut over een. Een deel van mij – een vrij groot deel – wil niet naar het lokale nieuws luisteren, maar ik zet de radio toch aan.

'*De afgelopen nacht is in een auto aan Blackwater Lane tussen Browbury en Castle Wells het lichaam van een vrouw aangetroffen. Ze is op brute wijze vermoord. Als u daar vannacht tussen twintig over elf en kwart over een hebt gereden, of iemand kent die daarlangs is gegaan, neemt u dan alstublieft zo spoedig mogelijk contact op met de politie.*'

Ik schakel met een trillende hand van de stress de radio uit. *Op brute wijze vermoord.* De woorden blijven in de lucht hangen en ik word zo misselijk en warm dat ik het raam moet opendraaien om te kunnen ademhalen. Waarom hadden ze niet alleen 'vermoord' kunnen zeggen? Was 'vermoord' niet al erg genoeg? Er stopt een auto naast me en de bestuurder maakt een gebaar om te vragen of ik op het punt sta te vertrekken. Ik schud mijn hoofd en hij rijdt weg, waarna ongeveer een minuut later een volgende auto langs komt rijden waarvan de bestuurder hetzelfde van me wil weten, en dan nog een. Maar ik wil niet weg, ik wil alleen maar blijven waar ik ben totdat de moord geen nieuws meer is, totdat niemand nog denkt aan de vrouw die op brute wijze is vermoord.

Ik weet dat het nergens op slaat, maar ik heb het gevoel dat het mijn schuld is dat ze dood is. Er prikken tranen in mijn ogen. Ik kan me niet voorstellen dat het schuldgevoel ooit zal verdwijnen en de gedachte dat ik het de rest van mijn leven bij me zal dragen, lijkt een te hoge prijs om te betalen voor één ogenblik van zelfzuchtigheid. Maar het is nu eenmaal zo dat ze misschien nog zou leven als ik de moeite had genomen om mijn auto uit te komen.

Ik heb een vieze smaak in mijn mond, een fysieke uiting van de walging diep in mij. Ik rijd langzaam naar huis. Zo stel ik het moment uit dat ik de beschermende bubbel van mijn auto moet verlaten. Als ik thuis ben, zal de moord overal zijn: op de televisie, in de krant, op ieders lippen, als een constante reminder aan mijn verzuim de vrouw in het bos te helpen.

Wanneer ik uit de auto stap, brengt de geur van een houtvuurtje in de tuin me onmiddellijk terug naar mijn jeugd. Ik sluit mijn ogen en een paar heerlijke seconden lang is het niet langer een hete, zonnige dag in juli, maar een frisse novemberavond waarop mama en ik aan vorkjes geprikte worstjes eten terwijl mijn vader achter in de tuin vuurwerk afsteekt. Ik doe mijn ogen weer open en zie dat de zon achter een wolk is verdwenen, waarmee mijn stemming wordt weerspiegeld. Normaal zou ik Matthew eerst opzoeken in de tuin, maar ik loop nu rechtstreeks naar binnen, blij dat ik nog wat tijd voor mezelf heb.

'Ik dacht al dat ik de auto hoorde,' zegt hij als hij een paar minuten later de keuken in loopt. 'Ik verwachtte je nog niet terug. Jullie zouden toch lunchen in de stad?'

'Ja, maar we hebben besloten het voor vandaag voor gezien te houden.'

Hij loopt naar me toe en plant een kus op mijn voorhoofd. 'Mooi zo. Dan kun je samen met mij lunchen.'

'Je ruikt naar houtvuur,' zeg ik en snuif de geur op van zijn T-shirt.

'Ik vond dat ik al die takken die ik vorige week heb gesnoeid maar eens moest verbranden. Gelukkig lagen ze onder het dekzeil, zodat de regen er geen vat op heeft gekregen, maar het huis zou vol rook hebben gestaan als we ze in de haard hadden gebruikt.' Hij slaat zijn armen om me heen. 'Je weet dat jij voor mij de ware bent, toch?' zegt hij zachtjes, waarmee hij herhaalt wat hij altijd zei toen we elkaar net kenden.

Ik werkte zes maanden op de school toen we met een groepje collega's naar een wijnbar gingen om mijn verjaardag te vieren. Connie zag Matthew zodra we binnenkwamen. Hij zat in zijn eentje aan een tafel en het leek alsof hij op iemand zat te wachten. Zij zei als grapje dat ze graag zou aanbieden zijn date te vervangen als ze niet zou komen opdagen. Toen er inderdaad niemand verscheen, liep ze naar hem toe, al een beetje beschonken, en vroeg hem of hij bij ons wilde aanschuiven.

'Ik hoopte dat niemand zou merken dat mijn date me heeft laten zitten,' zei hij meesmuilend toen Connie hem tussen haar en John liet plaatsnemen. Daardoor kwam hij tegenover me te zitten en moest ik wel kijken hoe zijn haar over zijn voorhoofd viel en hoe blauw zijn ogen waren wanneer hij me aankeek, wat hij best vaak deed. Ik probeerde er niet te veel achter te zoeken, wat ook maar beter was, want tegen de tijd dat we een paar flessen wijn later opstonden om te vertrekken, had hij het nummer van Connie al lang en breed in zijn telefoon staan.

Een paar dagen later kwam ze met een enorme grijns op haar gezicht naar me toe in de lerarenkamer en vertelde ze me dat Matthew haar had gebeld – om naar mijn nummer te vragen. Ik gaf haar toestemming om het hem te geven en toen hij belde, bekende hij enigszins nerveus, zoals hij het zo lief uitdrukte: 'Zodra ik je zag, wist ik dat jij voor mij de ware was.'

Toen we al een tijdje met elkaar uitgingen, vertelde hij me dat hij geen kinderen kon krijgen. Hij zei dat hij het zou begrijpen als ik niet met hem verder wilde, maar ik was al dolverliefd en hoewel het een grote tegenslag was, vond ik het niet het einde van de wereld. Tegen de tijd dat hij me ten huwelijk vroeg, hadden we het al gehad over andere manieren om kinderen te krijgen en hadden we besloten ons er nader in te verdiepen als we een jaar getrouwd waren. En dat is nu ongeveer. Gewoonlijk is het constant in mijn gedachten, maar nu lijkt het zo ver weg dat ik er niet bij kan.

Matthews armen zijn nog steeds om me heen geslagen. 'Hebben jullie gevonden wat jullie zochten?' vraagt hij.

'Ja, we hebben koffers voor Susie gekocht.'

'Gaat het wel goed met je? Je lijkt een beetje down.'

Plotseling voel ik een overweldigende behoefte om alleen te zijn. 'Ik heb hoofdpijn,' zeg ik, en ik maak me los uit zijn omhelzing. 'Ik ga maar eens een aspirine nemen.'

Ik loop naar boven, pak in de badkamer een paar aspirines en neem ze in met wat water uit de kraan. Als ik mijn hoofd ophef, zie ik mijn gezicht in de spiegel en ik bekijk het ongerust, op zoek naar een teken dat me zou kunnen verraden, dat mensen vertelt dat er iets niet in orde is. Maar er is niets wat erop wijst dat ik veranderd ben ten opzichte van de persoon die ik was toen ik een jaar geleden met Matthew trouwde; ik heb gewoon hetzelfde kastanjebruine haar en word aangestaard door dezelfde blauwe ogen.

Ik keer me af van mijn spiegelbeeld en ga onze slaapkamer in. Mijn stapel kleren is van de stoel verplaatst naar het inmiddels opgemaakte bed – een subtiel verzoek van Matthew om ze op te ruimen. Normaal zou ik het grappig vinden, maar vandaag irriteert het me. Mijn blik valt op het schrijfbureau van mijn overgrootmoeder en ik herinner me het geld waar Rachel het over had gehad, de in totaal honderdzestig pond die ik van iedereen had ontvangen voor Susies cadeau. Als ik dat geld had, zou het daarin moeten liggen, want in dat bureau berg ik alles van waarde altijd veilig op. Ik haal diep adem, draai het laatje aan de linkerkant van het slot en trek het open. Er ligt een slordig stapeltje bankbiljetten in. Ik tel ze; het is inderdaad een bedrag van precies honderdzestig pond.

In de warme stilte van de slaapkamer drukt het harde bewijs van mijn vergeetachtigheid plotseling zwaar op mij. Een naam of een gezicht vergeten is normaal, maar dat geldt niet voor je eigen cadeausuggestie, waar je ook nog eens het geld voor hebt gekregen.

‘Heb je al een aspirine genomen?’ vraagt Matthew vanuit de deuropening, zodat ik me kapot schrik.

Ik duw snel het laatje dicht. ‘Ja, en ik voel me al veel beter.’

‘Goed zo.’ Hij glimlacht. ‘Ik ga een boterham eten, wil jij er ook een? Ik neem er een biertje bij.’

Bij de gedachte aan eten draait mijn maag nog steeds om. ‘Nee, ik hoef niet. Ik eet later wel wat. Ik neem alleen een kop thee.’

Ik loop achter hem aan de trap af en ga aan de keukentafel

zitten. Hij zet een mok thee voor me neer en ik kijk toe hoe hij brood uit de kast haalt en een plak cheddar uit de koelkast pakt, waarmee hij een dubbele boterham belegt. Die eet hij zo uit het vuistje.

'Die moord is de hele ochtend op de radio,' zegt hij terwijl de kruimels op de vloer vallen. 'De weg is afgezet en de politie is druk op zoek naar bewijsmateriaal. Wat een bizarre gedachte dat zoiets op maar vijf minuten van hier aan de gang is!'

Ik probeer niet in elkaar te krimpen en kijk afwezig naar de witte kruimeltjes op onze terracotta stenen vloer. Ze zien eruit alsof ze in zee zijn gedropt zonder dat er redding in zicht is. 'Weten ze al iets over haar?' vraag ik.

'Dat moet wel, want de politie heeft haar familie op de hoogte gesteld, maar er zijn nog geen details bekendgemaakt. Waar iemand nu doorheen gaat, wat een afschuwelijk idee. Weet je waar ik steeds maar aan moet denken? Dat jij het geweest had kunnen zijn als je zo dom was geweest om die weg te nemen gisteravond.'

Ik sta op met mijn mok in de hand. 'Ik denk dat ik maar even ga liggen.'

Hij kijkt me bezorgd aan. 'Weet je zeker dat het wel gaat? Je ziet er pips uit. Misschien moeten we vanavond maar niet naar het feest gaan?'

Ik glimlach meevoelend, aangezien hij niet zo'n feestvierder is; hij heeft liever vrienden op bezoek voor een gezellig etentje. 'We moeten wel, het is Susies veertigste verjaardag.'

'En als je nog hoofdpijn hebt?' Ik hoor de 'maar' in zijn stem en ik zucht.

'Dan ook,' zeg ik ferm. 'Maak je geen zorgen, je hoeft niet met Rachel te praten.'

'Ik vind het niet erg om met haar te praten, ze kijkt me alleen altijd zo afkeurend aan. Ze geeft me het gevoel dat ik iets verkeerd heb gedaan. Heb je mijn jasje trouwens nog opgehaald bij de stomerij?'

De schrik slaat me om het hart. 'Nee, sorry, vergeten.'

'O. Nou ja, maakt niet uit, ik doe wel iets anders aan.'

'Sorry,' zeg ik nog eens, denkend aan het cadeau en alle andere dingen die ik de laatste tijd vergeten ben. Een paar weken geleden moest hij mij en mijn kar vol boodschappen uit de supermarkt komen redden omdat ik mijn portemonnee op de keukentafel had laten liggen. Sindsdien heeft hij melk aangetroffen op de plek van het wasmiddel, en wasmiddel in de koelkast. Ook heeft hij een boos telefoontje van mijn tandarts over een vergeten afspraak aangenomen. Tot nu toe heeft hij het allemaal weggelachen en me gezegd dat ik het veel te druk heb vanwege het eind van het schooljaar. Maar zoals met het cadeau voor Susie zijn er meer momenten geweest dat mijn geheugen me in de steek liet, dingen die ik hem niet allemaal heb verteld. Ik ben eens naar school gereden zonder mijn boeken mee te nemen, ik ben een afspraak bij de kapper én een lunch met Rachel vergeten, en vorige maand heb ik de veertig kilometer naar Castle Wells afgelegd zonder me ervan bewust te zijn dat ik mijn tas thuis had gelaten. Het punt is dat, hoewel hij weet dat mijn moeder op vijfenvijftigjarige leeftijd is overleden en ze op het laatst vergeetachtig was, ik er nooit toe ben gekomen hem te vertellen dat ik haar de drie jaren voordat ze stierf moest wassen, aankleden en eten geven. Ook weet hij niet dat ze op haar vierenveertigste de diagnose alzheimer had gekregen, toen ze maar tien jaar ouder was dan ik nu. Ik kon me een tijdje geleden namelijk niet voorstellen dat hij met me zou willen trouwen als hij dacht dat ik na een aantal jaren dezelfde diagnose zou kunnen krijgen.

Nu weet ik dat hij alles voor me over zou hebben, maar er is te veel tijd verstreken. Hoe kan ik nu nog toegeven dat ik dingen voor hem heb achtergehouden? Hij was zo open geweest over zijn onvruchtbaarheid en ik had zijn eerlijkheid beantwoord met oneerlijkheid; ik had mijn eigen zelfzuchtige angsten boven de waarheid gesteld. *Daar moet ik nu voor boeten*, denk ik terwijl ik op het bed ga liggen.

Ik probeer me te ontspannen, maar de indrukken van de vorige avond flitsen door mijn hoofd als stilstaande filmbeelden. Ik zie de auto voor me op de weg, ik zie hoe ik eromheen rijd, ik zie hoe ik mijn hoofd opzij draai om de bestuurder aan te kijken. En dan zie ik het vage gezicht van een vrouw die terugkijkt door het raam.

Midden op de middag komt Matthew naar me toe. 'Ik ga een paar uurtjes naar de sportschool. Of wil je een wandeling maken?'

'Nee, prima, ga maar,' zeg ik, blij om wat tijd voor mezelf te hebben. 'Ik moet de spullen die ik van school heb meegenomen nog uitzoeken. Als ik dat nu niet doe, komt het er nooit van.'

Hij knikt. 'Dan nemen we allebei een welverdiend glas wijn als ik terug ben.'

'Afgesproken,' zeg ik, en ik neem zijn kus in ontvangst. 'Veel plezier.'

Ik hoor de voordeur dichtslaan, maar ik loop niet naar de werkkamer om mijn paperassen uit te zoeken. In plaats daarvan blijf ik aan de keukentafel zitten en gaan mijn gedachten alle kanten op. De vaste telefoon gaat; het is Rachel.

'Je raadt het nooit,' zegt ze buiten adem. 'Die jonge vrouw die is vermoord? Nou, die blijkt bij ons te werken.'

'O mijn god,' mompel ik.

'Ik weet het, wat erg hè? Susie is er kapot van. Ze vindt het verschrikkelijk en het gaat vanavond dus niet door – ze kan geen feest vieren nu iemand die we kennen vermoord is.'

Ik voel een lichte opluchting dat ik er niet uit hoef, maar ik voel me ook beroerd omdat de vermoorde vrouw steeds meer iemand van vlees en bloed begint te worden.

'Hoewel ik haar zelf niet echt kende, want ze werkte op een andere afdeling dan ik,' gaat Rachel na enige aarzeling verder. 'Eerlijk gezegd voel ik me rot omdat ik gisteren, toen ik vanaf het vliegveld naar kantoor was gereden, ruzie met iemand heb gemaakt om een parkeerplek, ik denk met haar. Ik ben nogal tekeergegaan – dat kwam door de jetlag – en nu zou ik willen dat ik me niet zo druk had gemaakt.'

'Je kon het niet weten,' zeg ik werktuiglijk.

'Susie zegt dat haar directe collega's er kapot van zijn. Sommigen van hen kennen haar man en hij schijnt radeloos te zijn – nou ja, dat is natuurlijk ook logisch. En nu moet hij in zijn eentje een tweeling van twee jaar oud grootbrengen.'

'Een tweeling?' Het woord weerklinkt in mijn hoofd.

'Ja, twee meisjes. Wat een tragedie.'

Het wordt me koud om het hart. 'Hoe heette die vrouw?'

'Jane Walters, zegt Susie.'

De naam raakt me als een mokerslag. 'Wat? Zei je nou Jane Walters?'

'Ja.'

Mijn hoofd tolt. 'Nee toch zeker. Dat kan niet waar zijn.'

'Susie heeft het me zelf verteld,' houdt Rachel vol.

'Maar... maar ik heb met haar geluncht.' Ik ben zo overdonderd dat ik nauwelijks iets kan uitbrengen. 'Ik heb met haar geluncht en het ging prima met haar. Het moet een vergissing zijn.'

'Heb je met haar geluncht?' Rachel klinkt verbaasd. 'Wanneer? Ik bedoel, waar ken je haar dan van?'

'Ik heb haar ontmoet op het afscheidsfeestje waar ik met jou ben geweest, voor die man die bij jullie firma werkte, Colin heette hij. Je weet wel, die fuif waar ik gerust mee naartoe kon gaan omdat er zoveel mensen zouden komen dat niemand zou opmerken dat ik niet bij Finchlakers werkte. Ik raakte aan de bar met haar aan de praat en we hebben telefoonnummers uitgewisseld. Een paar dagen later heeft ze me gebeld. Dat heb ik je verteld toen je vanuit New York opbelde; ik zei dat ik de volgende dag met haar zou gaan lunchen. Dat dacht ik tenminste.'

'Nee, volgens mij niet,' zegt Rachel vriendelijk, want ze begrijpt hoe erg ik van streek ben. 'En al had je het me verteld, zelfs al had je haar naam genoemd, dan zou ik niet hebben geweten wie ze was. Het spijt me, Cass, je voelt je vast verschrikkelijk.'

'Ik zou volgende week bij haar op bezoek gaan,' zeg ik. Het schiet me ineens te binnen. 'Om haar dochtertjes te ontmoeten.' Er springen tranen in mijn ogen.

'Afschuwelijk is het, hè? En heel naar om te weten dat haar moordenaar nog ergens rondloopt.' Ik hoor haar aarzelen. 'Ik wil je niet ongerust maken, Cass, maar jullie huis ligt maar een paar kilometer van de plek waar ze is vermoord en het is best afgelegen daar aan het eind van de weg.'

'O,' weet ik uit te brengen. Er bekruipt me een ellendig gevoel. In alle verwarring en bezorgdheid had ik er niet aan gedacht dat de moordenaar nog vrij rondloopt en dat we hier alleen boven bij een raam mobiel bereik hebben.

'Jullie hebben geen alarmsysteem, toch?'

'Nee.'

'Beloof je dan dat je de deur op slot doet als je alleen thuis bent?'

'Ja... Ja, natuurlijk,' antwoord ik, wanhopig verlangend naar een uitweg, om niet meer te hoeven praten over de vermoorde vrouw.

'Sorry, Rachel, ik moet ophangen,' voeg ik er haastig aan toe. 'Matthew belt me.'

Ik gooi de telefoon neer en barst in huilen uit. Ik wil niet geloven wat Rachel me zojuist heeft verteld, ik wil niet geloven dat de jonge vrouw die in haar auto is vermoord mijn nieuwe vriendin Jane is, van wie ik het gevoel had dat ze een goede vriendin zou zijn geworden. We hadden elkaar bij toeval ontmoet, op een feest waar ik toevallig naartoe was gegaan, alsof het voorbestemd was dat we elkaar leerden kennen. Nog steeds snikkend zie ik weer duidelijk voor me hoe ze zich voorzichtig door de menigte naar de bar van Bedales drong.

'Pardon, zit je te wachten tot je iets kunt bestellen?' vroeg ze me met een glimlach.

'Nee hoor, ga je gang. Ik wacht op mijn man; die komt me straks halen.' Ik schoof een stukje opzij om ruimte voor haar te maken. 'Je kunt er hier nog net tussen, als je wilt.'

'Dank je. Gelukkig dat ik geen vreselijke dorst heb,' zei ze monter, met een blik op het aantal mensen dat stond te wachten. 'Ik wist niet dat Colin zoveel mensen had uitgenodigd.' Ze keek me onderzoekend aan en het viel me op hoe blauw haar ogen waren. 'Ik heb je nog niet eerder gezien. Ben je nieuw bij Finchlakers?'

'Eerlijk gezegd werk ik niet voor Finchlakers,' gaf ik schuldbewust toe. 'Ik ben hier met een vriendin. Ik weet dat het een privéfeestje is, maar zij zei dat er zoveel mensen zouden zijn dat een extra gast niemand zou opvallen. Mijn man kijkt vanavond met vrienden naar de voetbalwedstrijd en zij vond het sneu als ik alleen zou zijn.'

'Zo te horen is ze een goede vriendin.'

'Ja, Rachel is geweldig.'

'Rachel Baretto?'

'Ken je haar?'

'Nee, niet echt.' Ze lachte me opgewekt toe. 'Mijn man kijkt

vanavond ook naar de wedstrijd. En hij past op onze twee jaar oude tweeling.'

'Wat leuk, een tweeling! Hoe heten ze?'

'Charlotte en Louise, beter bekend als Lottie en Loulou.' Ze haalde haar mobiel uit haar zak en swipete door wat foto's. 'Alex – mijn man – zegt steeds dat ik dit niet moet doen, in elk geval niet bij volslagen vreemden, maar ik kan het niet helpen.' Ze hield de telefoon voor me omhoog om ze te laten zien. 'Dit zijn ze.'

'Wat zien ze er mooi uit,' zei ik naar waarheid. 'Het lijken wel twee engeltjes in die witte jurkjes. Wie is wie?'

'Dit is Lottie en dat is Loulou.'

'Zijn ze identiek? Het lijkt wel zo.'

'Nee, maar het is voor de meeste mensen toch lastig om ze uit elkaar te houden.'

'Dat geloof ik graag. O, jij bent aan de beurt, zie ik.'

Ze keerde zich om en zag dat de barkeeper op haar bestelling stond te wachten. 'O, juist ja. Een glas Zuid-Afrikaanse rode wijn, alsjeblieft.' En ze wendde zich weer tot mij. 'Wil jij ook iets?'

'Matthew komt zo, maar...' Ik aarzelde even. '... Ik hoef niet te rijden, dus waarom niet? Graag. Doe mij maar een droge witte wijn.'

'Ik heet Jane, trouwens.'

'Ik ben Cass. Maar voel je alsjeblieft niet verplicht hier te blijven staan nu je je drankje hebt. Je vrienden zullen wel op je wachten.'

'Ik denk dat ze me nog wel een paar minuten kunnen missen. Op toevallige ontmoetingen dan maar. Het is zo heerlijk om vanavond wat te kunnen drinken. Ik ben niet veel uit geweest sinds de geboorte van de tweeling, en als ik er toch eens uit kom, drink ik niet omdat ik nog naar huis moet rijden. Maar vanavond word ik door een vriendin thuisgebracht.'

'Waar woon je?'

'In Heston, aan de andere kant van Browbury. Ken je dat?'

'Ik ben er een paar keer in de pub geweest. Aan de overkant van de weg ligt dat mooie kleine park.'

'Met een prachtig speeltuintje voor kinderen,' zei ze met een instemmende glimlach, 'waar ik tegenwoordig een groot deel van mijn leven lijk te slijten. Woon jij in Castle Wells?'

'Nee, in een gehucht aan deze kant van Browbury. Nook's Corner.'

'Daar rijd ik weleens door op de terugweg van Castle Wells, als ik die kortere weg door het bos neem. Wat een mooie plek om te wonen.'

'Dat is ook zo, maar ons huis ligt iets afgelegener dan me lief is. Het is wel geweldig om maar een paar minuten van de snelweg te wonen. Ik geef les aan de middelbare school in Castle Wells.'

Ze glimlachte. 'Dan ken je John Logan vast wel.'

'John?' Ik lachte verbaasd. 'Jazeker ken ik die. Is hij een vriend van je?'

'Ik heb tot een paar maanden geleden met hem getennist. Vertelt hij nog steeds grapjes?'

'Voortdurend.' Mijn telefoon, die ik in mijn hand hield, trilde plotseling, om me te laten weten dat er een berichtje was binnengekomen. 'Matthew,' zei ik tegen Jane terwijl ik het las. 'De parkeerplaats is vol, dus hij staat dubbel geparkeerd op de weg.'

'Ga dan maar gauw,' zei ze.

Ik sloeg mijn laatste slokje wijn achterover. 'Nou, het was leuk je gesproken te hebben en dank je voor de wijn.'

'Graag gedaan.' Ze wachtte even en sprak toen haastig verder. 'Heb je misschien zin om een keertje samen koffie te drinken of te lunchen?'

'Heel graag!' zei ik, oprecht verheugd. 'Zullen we nummers uitwisselen?'

Dus we sloegen elkaars mobiele nummer op en ik gaf haar ook het nummer van thuis, met de verklaring dat bij ons de mobiele ontvangst ontzettend slecht was. Ze beloofde me te zullen bellen.

Nog geen week later voegde ze de daad bij het woord en stelde ze voor dat we de zaterdag daarop samen zouden lunchen; haar man kon bij de tweeling blijven. Ik weet nog dat ik aangenaam verrast was dat ze zo snel had gebeld, en dat ik me had afgevraagd of ze misschien iemand nodig had om mee te praten.

We spraken af in een restaurant in Browbury en toen we daar zo zaten te kletsen, voelde het alsof we al heel lang bevriend waren. Ze vertelde me hoe ze Alex had leren kennen en ik vertelde haar over Matthew en dat we hoopten snel een gezin te kunnen stichten. Toen ik hem voor het restaurant zag staan, waar we hadden afgesproken, kon ik amper geloven dat het al drie uur was.

'Daar is Matthew al,' zei ik, met een hoofdgebaar naar het raam. 'Hij is aan de vroege kant.' Ik keek op mijn horloge en lachte verbaasd. 'Nee, hij is gewoon precies op tijd. Zitten we hier echt al twee uur?'

'Dat moet dan wel.' Ze klonk afwezig en toen ik mijn hoofd optilde, zag ik dat ze door het raam naar Matthew zat te staren. Onwillekeurig voelde ik een opwelling van trots. Hij had al meer dan eens te horen gekregen dat hij eruitzag als een jonge Robert Redford en veel mensen, vooral vrouwen, keken hem na op straat.

'Zal ik hem even halen?' vroeg ik. Ik stond op. 'Ik wil hem graag aan je voorstellen.'

'Nee, laat maar, hij lijkt het druk te hebben.' Ik keek vluchtig naar Matthew; hij had zijn telefoon in zijn hand en stond erop te tikken, verdiept in het schrijven van een berichtje. 'Een andere keer maar. Ik moet toch Alex bellen.'

Dus ik vertrok en liep hand in hand met Matthew weg. Ik keerde me om en zwaaide naar Jane door het raam van het restaurant.

De herinnering vervaagt, maar mijn tranen blijven stromen. Ergens diep vanbinnen ben ik me er pijnlijk van bewust dat ik niet zo erg heb gehuild toen mama overleed, omdat ik haar dood had zien aankomen. Maar dit nieuws over Jane heeft me hevig geschokt, zo hevig dat het even duurt voordat alle informatie in mijn hoofd samenkomt en ik word getroffen door het verschrikkelijke besef dat het Jane was die ik gisteravond in de auto had zien zitten, dat Jane me door het raam had aangekeken toen ik langsreed, dat het Jane was die ik daar had laten staan, waarna ze vermoord was. Het afgrijzen dat ik voel wordt slechts geëvenaard door het schuldgevoel dat op me drukt, dat me verstikt. In een poging te kalmeren houd ik mezelf voor dat ik als het niet zo hard had geregend, als ik haar gezicht goed had kunnen zien, als ik had geweten dat zij het was, meteen uit mijn auto zou zijn gestapt en zonder enige aarzeling door de regen naar haar toe zou zijn gerend. Maar wat als ze mij wél had herkend en had gewacht tot ik haar kwam helpen? Die gedachte is gruwelijk, maar dan zou ze toch wel met haar lichten hebben geknipperd of was ze toch wel uit haar auto gestapt en naar mij toe gekomen? Dan flitst een andere gedachte door mijn hoofd, nog gruwelijker dan de vorige. Wat als de moordenaar er op dat moment al was, wat als ze me had laten wegrijden omdat ze me wilde beschermen?

'Wat is er, Cass?' vraagt Matthew als hij terugkomt van de sportschool en me lijkbleek aantreft.

De tranen blijven maar stromen, het lukt me niet ze tegen te houden. 'Weet je, die jonge vrouw die is vermoord? Dat was Jane.'

'Jane?'

'Ja, die vrouw met wie ik een paar weken geleden heb geluncht in Browbury, die ik heb leren kennen op dat feest waar ik met Rachel naartoe ben geweest.'

'Wat?' Matthew kijkt geschokt. 'Weet je het zeker?'

'Ja, Rachel belde om te vertellen dat het iemand was die bij haar bedrijf werkte. Ik vroeg haar hoe ze heette en ze zei Jane Walters. Susie laat het feest vanavond niet doorgaan omdat zij haar ook kende.'

'Wat erg, Cass,' zegt hij. Hij slaat zijn armen om me heen en houdt me stevig vast. 'Ik kan me nauwelijks voorstellen hoe je je moet voelen.'

'Ik kan gewoon niet geloven dat zij het is. Het lijkt onmogelijk. Misschien is het een vergissing, misschien is het een andere Jane Walters.'

Ik voel zijn aarzeling. 'Ze hebben een foto van haar vrijgegeven,' zegt hij. 'Dat zag ik op mijn telefoon. Ik weet niet of...' Zijn stem sterft weg.

Ik schud mijn hoofd want ik wil niet kijken, ik wil de waarheid niet onder ogen zien als het inderdaad een foto van Jane blijkt te zijn. Maar in elk geval weet ik het dan zeker.

'Laat maar zien,' zeg ik met trillende stem.

Matthew laat me los en we lopen naar boven, waar we internet op zijn telefoon kunnen krijgen. Terwijl hij op zoek gaat naar de laatste update, sluit ik mijn ogen en bid: *alstublieft God, alstublieft, laat het Jane niet zijn.*

'Hier.' Matthews stem klinkt zacht. Mijn hart bonst van de zenuwen maar ik doe mijn ogen open en zie een foto van de vermoorde vrouw. Haar blonde haar is korter dan toen we die lunchafspraak hadden en haar ogen lijken minder blauw. Maar het is beslist Jane.

'Het is Jane,' fluister ik. 'Zij is het. Wie doet nou zoiets? Wie doet zoiets verschrikkelijks?'

'Een gek,' zegt Matthew grimmig.

Ik keer me om en begraaf mijn gezicht tegen zijn borst. Ik probeer niet weer in huilen uit te barsten omdat hij zich dan zal afvragen waarom ik zo van streek ben terwijl hij niet beter weet dan dat ik Jane nog maar amper kende.

'Hij loopt nog steeds vrij rond,' zeg ik, plotseling angstig. 'We hebben een alarmsysteem nodig.'

'Bel anders maandag een paar bedrijven en vraag ze of ze willen komen om een offerte te maken. Maar pin je nergens op vast voordat we ons er grondig in hebben verdiept. Je weet hoe die lui zijn: voor je het weet, laten ze je tekenen voor dingen die je helemaal niet nodig hebt.'

'Oké,' zeg ik. Maar de rest van de middag en avond voel ik me doodongelukkig. Ik kan alleen maar aan Jane denken – Jane die in haar auto zit te wachten tot ik haar kom redden. 'Het spijt me, Jane,' fluister ik. 'Het spijt me zo.'

Vrijdag 24 juli

Jane blijft door mijn hoofd spoken. De moord is een week geleden en ik kan me niet indenken dat er ooit een dag zal komen dat ze niet prominent in mijn gedachten is. Mijn schuldgevoel is niet verminderd. Het is eerder toegenomen. Het helpt niet dat haar moord nog steeds veel in het nieuws is, met voortdurende speculaties in de media over de vraag waarom ze zou zijn gestopt op zo'n verlaten weg, en ook nog met dat noodweer. Uit onderzoek is gebleken dat er niets aan de hand was met haar auto, maar omdat het een vrij oud model was, met ruitenwissers die slecht functioneerden, is de heersende theorie dat ze niet goed door de voorruit kon kijken en dat ze wachtte tot het onweer voorbij was voor ze verder zou rijden.

Geleidelijk begint er een scenario te ontstaan. Vlak voor elf uur sprak Jane een bericht in op de mobiel van haar man, met de mededeling dat ze zou vertrekken van een van de bars in Castle Wells, waar ze bij het vrijgezellenfeestje van een vriendin was geweest, en dat ze snel thuis zou zijn. Volgens het personeel van het restaurant was Jane samen met haar vriendinnen weggegaan maar was ze vijf minuten later teruggekomen om de telefoon daar te gebruiken, omdat ze haar mobieltje thuis had laten liggen. Haar man was op de bank in slaap gevallen en had het telefoontje niet gehoord, dus had hij er geen idee van dat ze niet was thuisgekomen totdat de politie aan de deur kwam om hem het vreselijke nieuws te vertellen. Er hebben zich drie mensen gemeld die zeggen dat ze die vrijdagavond via Blackwater Lane zijn gereden. Geen van hen heeft haar auto gezien, noch geparkeerd, noch anderszins. Hierdoor kan de politie de moord plaatsen tussen ongeveer twintig over elf – omdat ze er een kwartier over moet hebben gedaan om vanuit Castle Wells de passeerhaven te bereiken – en vijf voor een, toen de langsrijdende automobilist haar had gevonden.

Een stemmetje in mijn hoofd spoort me aan om contact met de politie op te nemen en te vertellen dat ze nog leefde toen ik haar auto rond halftwaalf zag staan, maar een ander stemmetje, dat me vertelt hoe kwalijk ze het zullen vinden dat ik niets heb gedaan om haar te helpen, is luider. En zo'n kleine marge in de tijdsbepaling maakt vast geen verschil voor het moordonderzoek. Dat zeg ik tenminste tegen mezelf.

's Middags arriveert er een man van Superior Security Systems om een offerte te maken voor een alarmsysteem. Hij irriteert me meteen door twintig minuten te vroeg te komen en te vragen of mijn man thuis is.

'Nee, die is er niet,' zeg ik, en ik probeer de vlokjes roos op de schouders van zijn donkere pak te negeren. 'Maar als u het type systeem dat dit huis volgens u nodig heeft met mij doorneemt, zal ik het vast wel begrijpen. Zolang u maar langzaam praat.'

Mijn sarcasme komt niet aan. Zonder te wachten op een uitnodiging om binnen te komen, stapt hij de gang in. 'Bent u vaak alleen thuis?' vraagt hij.

'Nee, eigenlijk niet.' Zijn vraag geeft me een onprettig gevoel. 'Mijn man komt straks thuis,' voeg ik eraan toe.

'Nou, als ik uw huis van de buitenkant bekijk, zou ik zeggen dat het een ideaal doelwit voor inbrekers is, hier aan het eind van de weg. U hebt sensoren aan uw ramen en deuren nodig, maar ook in de garage en de tuin.' Hij kijkt rond in de gang. 'En op de trap – u wilt toch niet dat er midden in de nacht iemand naar boven sluipt? Ik zal het huis eens helemaal inspecteren, als u het goedvindt?'

Plotseling draait hij zich om naar de trap en loopt hij met twee treden tegelijk naar boven. Ik volg hem en zie dat hij het raam aan het eind van de overloop vluchtig bekijkt. Hij verdwijnt onze slaapkamer in en ik blijf op de overloop hangen, met een ongemakkelijk gevoel omdat hij daar alleen binnen is. Ineens bedenk ik dat ik hem niet om een legitimatie heb gevraagd en ik ben ontdaan dat ik, na de moord op Jane, niet voorzichtiger ben geweest. Nu ik er zo over nadenk, had de man niet eens gezegd dat hij van het beveiligingsbedrijf was, dat had ik alleen maar aangenomen, hoewel hij vroeg was geweest. Hij zou iedereen kunnen zijn.

De gedachte zet zich zo stevig vast in mijn hoofd dat het ongemak dat ik voel doordat hij in ons huis rondloopt, uitgroeit tot iets wat op paniek lijkt. Mijn hart slaat een slag over en begint dan als een razende te kloppen, waardoor ik bibberig word. Met één oog strak op de slaapkamerdeur gericht sluip ik de logeerkamer in en bel Matthew met mijn mobiel, blij dat ik hier bereik heb. Hij neemt niet op, maar een seconde later krijg ik een berichtje van hem.

Sorry, zit in een vergadering. Alles oké?

Ik sms terug, onhandig met mijn vingers tikkend:

Geen goed gevoel bij die vent van het alarmsysteem

Zorg dan dat-ie weggaat.

Ik loop de logeerkamer uit en bots tegen de vent van het alarmsysteem op. Met een gilletje van schrik deins ik terug, en ik open mijn mond om hem te vertellen dat ik van gedachten ben veranderd over het alarm, maar hij is me voor.

'Ik moet alleen nog even deze kamer en de badkamer checken en dan neem ik beneden een kijkje,' zegt hij.

Hij perst zich langs me heen en in plaats van op hem te wachten haast ik me naar beneden en blijf in de gang naast de voordeur staan. Ik vertel mezelf dat ik me achterlijk gedraag, dat ik bang ben om niets. Maar wanneer hij naar beneden komt, blijf ik waar ik ben en laat ik hem in zijn eentje door de rest van het huis lopen. Het duurt tien lange minuten voordat hij de gang weer in komt.

'Goed dan, zullen we even gaan zitten?' vraagt hij.

'Dat lijkt me niet nodig,' zeg ik. 'Ik ben er bij nader inzien niet zeker van dat we een alarmsysteem nodig hebben.'

'Ik vind het niet prettig u eraan te herinneren, maar na de moord op die jonge vrouw, niet ver van hier, zou ik zeggen dat u een vergissing begaat. Vergeet niet dat de moordenaar nog ergens daar buiten is.'

Dat deze man, praktisch een vreemde, de dood van Jane ter sprake brengt, brengt me uit balans en ik wil niets liever dan hem mijn huis uit hebben. 'Hebt u misschien uw contactgegevens? Van uw bedrijf?'

'Natuurlijk.' Hij steekt zijn hand in zijn jasje en ik doe een stap naar achteren, half in de verwachting dat hij een mes zal trekken. Maar het enige wat hij trekt, is een visitekaartje. Ik neem het van hem aan en bestudeer het even. Er staat op dat hij Edward Garvey heet. Ziet hij eruit als een Edward? Mijn achterdocht werkt verslavend.

'Dank u,' zeg ik. 'Maar misschien is het toch een goed idee dat u terugkomt als mijn man thuis is.'

'Dat kan natuurlijk. Maar ik kan niet zeggen wanneer precies. Ik weet dat ik het niet moet zeggen, maar een moord is goed voor de zaken, begrijpt u wat ik bedoel? Dus als u nog tien minuten hebt, zal ik alles snel met u doornemen en kunt u uw man er alles over vertellen als hij thuiskomt.'

Hij loopt in de richting van de keuken en blijft met uitgestrekte hand in de deuropening staan – een uitnodigend gebaar. Ik wil hem eraan herinneren dat dit mijn huis is, maar op de een of andere manier loop ik toch de keuken in. Werkt het dus zo, is dit hoe mensen zich in potentieel gevaarlijke situaties laten manoeuvreren, zich als een lam naar de slachtbank laten leiden? Mijn ongerustheid neemt toe wanneer hij niet tegenover me gaat zitten, maar naast me, zodat ik in een hoek gedreven word. Hij slaat de brochure open, maar ik ben zo gespannen dat ik me niet kan concentreren op wat hij zegt. Ik knik op de juiste momenten en probeer belangstelling te tonen voor de cijfers die hij bij elkaar optelt, maar het zweet loopt over mijn rug en het enige wat me tegenhoudt op te springen en hem het huis uit te zetten, is mijn keurige opvoeding. Waren het haar goede manieren die Jane ervan hadden weerhouden haastig haar raam dicht te draaien en weg te rijden toen ze zich realiseerde dat ze haar moordenaar eigenlijk helemaal geen lift wilde geven?

'Prima, dat is het dan.' Ik staar hem verdwaasd aan terwijl hij zijn papieren in zijn aktetas stopt en me een brochure toeschuift. 'Laat die vanavond maar aan uw man zien. Hij zal onder de indruk zijn, neem dat maar van mij aan.'

Ik ontspan me zodra ik de deur achter hem heb gesloten, maar het besef dat ik iets stoms heb gedaan door niet naar zijn legitimatie te vragen voor ik hem binnenliet, maakt me aan het twijfelen over mijn beoordelingsvermogen. Plotseling krijg ik het koud en ik ren naar boven om een trui te halen. Wanneer ik de slaapkamer in loop, zie ik dat het raam openstaat. Ik staar er even naar en vraag me af wat het te betekenen heeft – of het überhaupt iets te betekenen heeft. *Doe niet zo neurotisch*, spreek ik mezelf streng toe. Ik pak een vestje van de leuning van een stoel en trek het aan. *Zelfs al heeft die man van Superior Security Systems het opengezet, wat hij waarschijnlijk heeft gedaan om te kijken waar de sensoren bevestigd kunnen worden, dan wil dat nog niet zeggen dat hij het open heeft gelaten zodat hij terug kan komen om je te vermoorden.*

Ik doe het raam dicht en als ik de trap weer af loop, gaat de telefoon. Ik verwacht dat het Matthew is, maar het is Rachel.

'Je hebt zeker geen zin om samen iets te gaan drinken?' vraagt ze.

'Jawel!' zeg ik, blij dat ik een excuus heb om het huis te verlaten. 'Gaat het wel?' voeg ik eraan toe, omdat ze minder sprankelend klinkt dan gewoonlijk.

'Ja hoor. Ik heb gewoon zin in een wijntje. Komt zes uur jou uit? Ik kan wel naar Browbury komen.'

'Oké. In The Sour Grapes?'

'Perfect. Ik zie je daar.'

In de keuken ligt de brochure van Superior Security Systems nog op de tafel. Die leg ik apart zodat Matthew er na het avondeten naar kan kijken. Het is al halfzes – dat hele gedoe met die man van het alarm moet langer hebben geduurd dan ik me realiseerde – en ik vertrek meteen.

Het is druk in de stad en terwijl ik me naar de wijnbar haast, hoor ik iemand mijn naam roepen. Ik kijk op en zie hoe mijn lieve vriendin Hannah zich door de menigte dringt. Ze is de vrouw van Matthews tennispartner, Andy, en een relatief nieuwe vriendin, maar ze is zo leuk dat ik wilde dat ik haar eerder had leren kennen. 'Ik heb je in tijden niet gezien.'

'Ik weet het, het is alweer te lang geleden. Ik ben op weg naar een afspraak met Rachel, anders zou ik voorstellen om iets te gaan drinken, maar kom vooral deze zomer een keer bij ons barbecueën.'

'Dat lijkt me gezellig,' glimlacht Hannah. 'Andy zei laatst nog dat hij Matthew al een tijdje niet op de club heeft gezien.' Ze zwijgt even. 'Is het niet vreselijk van die jonge vrouw die vorige week is vermoord?'

De donkere wolk genaamd Jane daalt over me neer. 'Ja, verschrikkelijk,' zeg ik.

Ze huivert even. 'De politie heeft de dader nog steeds niet gevonden. Denk je dat het iemand was die ze kende? Ze zeggen dat de meeste moorden worden gepleegd door een bekende van het slachtoffer.'

'Is dat zo?' zeg ik. Ik weet dat ik Hannah zou moeten vertellen dat ik Jane kende, dat ik een paar weken daarvoor met haar had geluncht, maar dat kan ik niet, omdat ik niet wil dat ze me vragen over haar gaat stellen, over wat voor iemand ze was. En het feit dat ik het niet kan voelt opnieuw als verraad.

'Het kan natuurlijk ook een gelegenheidsmoord zijn geweest,' gaat ze verder. 'Maar Andy denkt dat het iemand uit de buurt was, iemand die de omgeving kent. Hij vermoedt dat de dader zich ergens dichtbij schuilhoudt. Hij denkt dat het niet de laatste moord in deze contreien zal zijn. Het is wel verontrustend, vind je niet?'

Ik word koud van de gedachte dat de moordenaar zich in de buurt schuilhoudt. Haar woorden weergalmen in mijn hoofd en ik voel me zo beroerd dat ik me niet kan concentreren op wat ze zegt. Ik laat haar een paar minuten praten en mompel wat antwoorden, op naar ik hoop de juiste momenten.

'Het spijt me, Hannah,' zeg ik met een blik op mijn horloge, 'maar ik zie net hoe laat het is! Ik moet echt gaan.'

'O, natuurlijk. Zeg maar tegen Matthew dat Andy zich erop verheugt hem weer te zien.'

'Doe ik,' beloof ik.

The Sour Grapes zit stampvol en Rachel zit er al, met een fles wijn voor haar neus.

'Je bent vroeg,' zeg ik, en ik omhels haar.

'Nee, jij bent laat, maar dat geeft niet.' Ze schenkt wijn in een glas en reikt het me aan.

'Sorry. Ik kwam mijn vriendin Hannah tegen en we raakten aan de praat. Ik kan beter niet het hele glas leegdrinken, want ik moet nog rijden.' Ik maak een hoofdgebaar naar de fles. 'Jij kennelijk niet.'

'Er komen later nog een paar collega's om samen wat te eten en dan komt die fles wel op.'

Ik neem een slokje wijn, genietend van de tinteling. 'Dus, hoe gaat het met je?'

'Niet zo geweldig, eerlijk gezegd. De politie is de laatste dagen bij ons op kantoor geweest om iedereen over Jane te ondervragen. Vandaag was het mijn beurt.'

'Geen wonder dat je zin hebt om wat te drinken,' zeg ik meelevend. 'Wat wilden ze weten?'

'Alleen of ik haar kende. Dus ik zei van niet, want dat is de waarheid.' Ze friemelt aan de steel van haar glas. 'Het punt is dat ik ze niet heb verteld over de ruzie die ik met haar heb gehad over de parkeerplek en nu vraag ik me af of ik daar wel iets over had moeten zeggen.'

'Waarom heb je het niet verteld?'

Ze haalt haar schouders op. 'Ik weet het niet. Of eigenlijk weet ik het wel. Ik denk dat ik bang was dat het zou lijken alsof ik een motief had.'

'Een motief?' Ze haalt nog eens haar schouders op. 'Hoezo, om haar te vermoorden? Rachel, mensen plegen geen moord om een parkeerplek!'

'Er zijn vast mensen vermoord om minder,' zegt ze droogjes. 'Maar waar ik me nu zorgen over maak, is de vraag of iemand anders – een van haar vriendinnen op kantoor, omdat ze het er ongetwijfeld over heeft gehad – de politie over die ruzie zal vertellen.'

'Dat betwijfel ik,' zeg ik. 'Maar als je er zo ongerust over bent, waarom bel je de politie dan niet om het ze zelf te vertellen?'

'Omdat ze zich dan misschien gaan afvragen waarom ik er in eerste instantie niets over heb gezegd. Dan lijk ik schuldig.'

Ik schud mijn hoofd. 'Je maakt je veel te druk.' Ik probeer naar haar te glimlachen. 'Ik denk dat dit het effect is dat de moord op iedereen heeft. Ik had vanmiddag een man over de vloer die een offerte voor een alarmsysteem gaat maken en ik voelde me heel kwetsbaar, zo alleen met hem in huis.'

'Dat kan ik me voorstellen. Ik wou dat ze haast maakten en de dader vonden. Het moet verschrikkelijk zijn voor de man van Jane om te weten dat de moordenaar van zijn vrouw nog ergens vrij rondloopt. Hij schijnt verlof op te nemen om voor de kinderen te zorgen.' Ze pakt de wijnfles en vult haar glas bij. 'En jij? Hoe gaat het met jou?'

'Ach, ik weet het niet.' Ik haal mijn schouders op, want ik wil niet denken aan de moederloze kinderen van Jane. 'Het is een beetje moeilijk met Jane steeds in mijn gedachten.' Ik lach nerveus. 'Ik zou bijna willen dat ik niet die lunch met haar had gehad.'

'Dat is begrijpelijk,' zegt ze meelevend. 'Heb je dus besloten om een alarm te laten installeren?'

Mijn schouders verkrampen. 'Ik wil het wel, maar ik weet niet zeker of Matthew het ook ziet zitten. Hij heeft altijd gezegd dat het is alsof je een gevangene in je eigen huis bent.'

'Beter dan vermoord worden in je eigen huis,' zegt ze zwartgallig.

'Zeg dat nou niet.'

'Nou ja, het is toch zo.'

'Laten we het ergens anders over hebben,' opper ik. 'Heb je nog zakenreizen op stapel staan?'

'Pas na mijn vakantie weer. Nog twee weken, dan ga ik naar Siena. Ik kan niet wachten!'

'Ik kan niet geloven dat je in plaats van het Île de Ré voor Siena hebt gekozen.' Ik plaag haar omdat ze altijd heeft gezegd dat ze op vakantie nooit ergens anders naartoe zou gaan dan naar het Île de Ré.

'Ik ga alleen maar naar Siena omdat mijn vriendin Angela me heeft uitgenodigd in haar villa, weet je nog? Zelfs al is het omdat ze me aan haar zwager, Alfie, wil koppelen,' zegt ze rollend met haar ogen. Ze neemt een slokje wijn. 'Over het Île de Ré gesproken, ik denk erover om erheen te gaan voor mijn veertigste verjaardag, met alleen wat vriendinnen. Je gaat toch wel mee?'

'Heel graag!' Alleen al van de gedachte er helemaal uit te zijn fleur ik op; bovendien zal het de perfecte plek zijn om haar het cadeau te geven dat ik voor haar heb gekocht. Even denk ik niet aan Jane en al snel zit Rachel me te vertellen over de bezienswaardigheden die ze in Siena wil bezoeken. Een uur lang weten we het gesprek verre te houden van alles wat met moord en alarminstallaties te maken heeft, maar tegen de tijd dat ik thuiskom, voel ik me mentaal uitgeput.

'Heb je het leuk gehad met Rachel?' vraagt Matthew. Hij strekt zich uit en geeft me een kus vanaf zijn stoel aan de keukentafel.

'Ja,' zeg ik, en ik schop mijn schoenen uit. De tegels voelen heerlijk koud aan onder mijn voeten. 'En ik kwam Hannah onderweg tegen, dat was ook leuk.'

'We hebben haar en Andy al in geen tijden gezien,' zegt hij peinzend. 'Hoe gaat het met ze?'

'Prima. Ik heb gezegd dat ze een keertje moeten komen barbecueën.'

'Goed idee. Hoe ging het met die man van het alarm? Heb je hem het huis uit weten te werken?'

Ik pak twee mokken uit de kast en zet de waterkoker aan. 'Uiteindelijk wel, ja. Hij heeft een brochure voor je achtergelaten. En hoe was jouw dag?'

Hij schuift zijn stoel naar achteren, staat op, strekt zijn rug en ontspant de spieren in zijn schouders. 'Druk. Ik vind het maar niks dat ik volgende week weg moet.' Hij loopt naar me toe en wrijft met zijn neus in mijn hals. 'Ik zal je missen.'

Geschokt draai ik me van hem af. 'Wacht eens, hoe bedoel je, dat je weg moet?'

'Nou, je weet wel, naar het booreiland.'

'Nee, ik weet nergens van. Je hebt me helemaal niet gezegd dat je naar het booreiland gaat.'

Hij kijkt me verbaasd aan. 'Natuurlijk wel.'

'Wanneer dan?'

'Weet ik veel, een paar weken geleden, zodra ik het zelf te horen had gekregen.'

Ik schud koppig mijn hoofd. 'Nee hoor. Als je het me had verteld, zou ik het me herinneren.'

'Luister nou, je hebt zelfs gezegd dat je de tijd die ik weg ben zou gebruiken om aan je lesprogramma voor september te werken, zodat we het na mijn terugkomst allebei rustig aan kunnen doen.'

Er sijpelt twijfel door in mijn hoofd. 'Dat kan niet.'

'Toch is het zo.'

'Dat heb ik níét gezegd, nou goed,' zeg ik met gespannen stem. 'En blijf nou niet beweren dat je me hebt verteld dat je weggaat, want dat is ook niet waar.'

Ik voel zijn blik op me rusten en blijf druk in de weer met de thee, opdat hij niet ziet hoe erg ik van streek ben. En niet alleen omdat hij weg moet.

Zaterdag 25 juli

Mijn biologische klok is nog steeds niet gewend aan de vakantie, dus hoewel het weekend is, ben ik al vroeg in de tuin, waar ik onkruid wied en bloembedden netjes maak. Ik houd er pas mee op wanneer Matthew terug is van de winkel, met vers brood en kaas voor de lunch. We picknicken op het gazon en daarna maai ik het gras en veeg het terras, ik neem de tafel en stoelen af en knip uitgebloeide bloemen van de planten in de hangmanden. Ik ben gewoonlijk niet zo fanatiek met de tuin bezig, maar ik voel nu een dringende behoefte om alles er perfect uit te laten zien.

Aan het eind van de middag komt Matthew naar me toe.

'Vind je het goed als ik nog een uurtje naar de sportschool ga? Als ik nu ga in plaats van morgenochtend, kan ik uitslapen.'

Ik glimlach. 'En genieten van een ontbijt op bed.'

'Precies,' zegt hij en geeft me een kus. 'Ik ben voor zeven uur terug.'

Als hij weg is, begin ik aan de bereiding van een curry, waarbij ik de deur naar de tuin openlaat voor de frisse lucht. Ik snijd uien in ringen en kip in blokjes, tijdens het koken met de radio meezingend. In de koelkast ontdek ik de fles wijn die we een paar avonden geleden hebben aangebroken en ik haal hem tevoorschijn. Ik schenk wat in een glas en ga verder met de curry, ondertussen van de wijn nippend. Wanneer ik klaar ben in de keuken is het bijna zes uur, dus ik besluit om straks een lang bad te nemen, met lekker veel schuim. Ik voel me zo ontspannen dat ik me de aanhoudende ongerustheid waar ik vorige week zo onder gebukt ging amper nog voor de geest kan halen. Dit is de eerste dag dat ik alle gedachten aan Jane naar mijn achterhoofd heb weten te verdringen. Het is niet zo dat ik niet aan haar wil denken, maar ik kan het voortdurende schuldgevoel gewoon niet aan. Hoe graag ik de klok ook zou willen terugdraaien, ik kan niet ophouden met leven omdat ik die avond niet besefte dat het Jane was die in die auto zat.

Het journaal begint, maar ik zet de radio snel uit. Zonder het geluid van de radio is het huis griezelig stil en ineens ben ik me ervan bewust dat ik alleen thuis ben, misschien omdat ik net even aan Jane dacht. Ik loop naar de woonkamer en doe de ramen dicht, die de hele dag al openstaan, vervolgens sluit ik het raam in de werkkamer en doe ik de voor- en achterdeur op slot. Ik blijf even staan en luister naar de geluiden van het huis. Maar het enige wat ik hoor, is het zachte gekoer van een houtduif buiten.

Boven laat ik het bad vollopen, maar voor ik erin ga liggen merk ik dat ik aarzel of ik de deur al dan niet op slot zal doen. Ik baal ervan dat het bezoek van die man van het alarmsysteem me zo van slag heeft gemaakt, dus laat ik opstandig de deur op een kier, zoals ik gewoonlijk doe, maar kleed ik me uit met mijn gezicht naar de opening. Ik stap in het bad en laat me in het water zakken. De bubbels komen tot mijn hals en ik lig met gesloten ogen achterover in hun schuimige kussen, genietend van de stilte. We hebben zelden last van geluid van de buren; de vorige zomer kwamen de tieners die in het dichtstbijzijnde huis wonen zich van tevoren verontschuldigen voor een feestje dat ze die avond zouden geven en we hadden er niets van gehoord. Dat is waarom Matthew en ik voor deze cottage hebben gekozen in plaats van het veel grotere, imposantere – en dus duurdere – huis dat we ook hadden bezichtigd, hoewel ik denk dat voor Matthew de prijs ook meespeelde. We waren overeengekomen dat we het huis samen zouden kopen en hij had erop gestaan dat ik niet meer zou bijdragen dan hij, hoewel ik me dat ruimschoots kon veroorloven, ondanks het feit dat ik zes maanden daarvoor een huis op het Île de Ré had gekocht. Een huis waar niemand van weet, zelfs Matthew niet – en Rachel al helemaal niet. Nog niet.

Ik laat mijn armen onder het schuim naar het oppervlak drijven en denk aan haar verjaardag, de dag dat ik haar eindelijk de sleutels van haar droomhuis kan geven. Het is lastig geweest om het geheim te bewaren. Het is ideaal dat ze haar verjaardag op het Île de Ré wil vieren. Een paar maanden na mama's dood nam ze me daar mee naartoe en op de een-na-laatste dag van ons verblijf daar stuitten we op een vissershuisje waar een bordje met À VENDRE aan een raam op de eerste verdieping hing.

'Het is schitterend!' had Rachel ademloos gezegd. 'Ik móét het gewoon vanbinnen zien.' En zonder de makelaar te benaderen liep ze over het pad en klopte op de deur.

De eigenaar leidde ons rond en ik zag dat Rachel verliefd was op het huis, hoewel ze het zich niet kon veroorloven. Voor haar was het slechts een droom, maar ik wist dat ik hem uit kon laten komen – en ik regelde de koop in het geheim. Ik doe mijn ogen weer dicht en stel me haar gezicht voor op het moment dat ze beseft dat het huisje van haar is. Ik weet dat het precies is wat papa en mama zouden hebben gewild. Als papa lang genoeg had geleefd om een testament te maken zou hij beslist een deel aan Rachel hebben nagelaten. En als mama haar geestelijke vermogens had behouden, zou ze hetzelfde hebben gedaan.

Een geluid, een soort gekraak, onderbreekt mijn gedachten. Mijn ogen schieten open en mijn hele lichaam spant zich. Ik weet instinctief dat er iets mis is. Ik blijf zo stil mogelijk liggen en spits mijn oren, luisterend of ik door de open deur nog eens het geluid hoor dat me vertelde dat ik niet alleen in huis was. De woorden van Hannah over de moordenaar van Jane die zich in de buurt schuilhoudt borrelen weer in me op. Ik houd mijn adem in en mijn longen, die geen lucht meer krijgen, krimpen pijnlijk ineen. Ik wacht; maar er is niets.

Voorzichtig, zodat ik het water niet meer in beweging breng dan nodig is, til ik mijn arm omhoog; door het schuim heen steek ik mijn hand uit naar mijn mobieltje, dat op een gevaarlijke plek op de rand van het bad dicht bij de kraan ligt. Maar ik kan er niet bij en terwijl ik verder richting het voeteneinde van het bad schuif, klinkt het geluid van het water dat tegen de wand van het bad kabbelt net zo luid als golven die tegen de kust slaan. Doodsbang dat ik de aandacht op mezelf heb gevestigd en me vreselijk bewust van mijn naaktheid spring ik plotseling uit het bad, waarbij ik zowat de helft van het water meeneem, en storm naar de deur, die ik dichtsmijt. Het geluid weerklinkt door het huis en wanneer ik met trillende vingers het grendeltje verschuif, hoor ik opnieuw gekraak, dat ik niet precies kan plaatsen. Mijn angst groeit.

Met mijn ogen strak op de deur gericht doc ik een paar stappen achteruit en tast ik over de rand van het bad naar mijn mobieltje. Het glijdt uit mijn hand en klettert op de vloer. Ik blijf verstijfd staan, met mijn arm nog uitgestrekt. Dan buig ik langzaam door mijn knieën en pak mijn telefoon. De tijd verschijnt op het schermpje en de adem waarvan ik was vergeten dat ik die nog inhield, stroomt opgelucht naar buiten, omdat ik zie dat Matthew snel thuis zal zijn.

Ik kies zijn nummer, hopend en biddend dat ik bereik heb,

want vanwege de ligging van de badkamer, aan de achterkant van het huis, is dat niet vanzelfsprekend. Als zijn mobiel begint over te gaan, duizelt het me van dankbaarheid.

'Ik ben onderweg,' zegt hij vrolijk, in de veronderstelling dat ik wil weten hoe laat hij thuis zal zijn. 'Moet ik nog iets meenemen?'

'Ik denk dat er iemand binnen is,' fluister ik beverig.

'Wat?' Zijn stem klinkt scherp van ongerustheid. 'Waar ben je?'

'In de badkamer. Ik heb de deur op slot gedaan.'

'Goed. Blijf daar, dan bel ik de politie.'

'Wacht!' Ik merk dat ik aarzel. 'Ik weet het niet zeker. Ik bedoel, wat als er toch niemand is? Ik heb maar een paar geluidjes gehoord.'

'Wat dan precies? Iemand die inbreekt, stemmen?'

'Nee, helemaal niet, alleen een soort gekraak.'

'Luister, blijf waar je bent, ik ben over twee minuten bij je.'

'Oké,' zeg ik. 'Maar schiet wel op!'

Iets minder gespannen nu ik weet dat Matthew eraan komt, ga ik op de rand van het bad zitten. Het gevoel van de rand tegen mijn blote huid herinnert me eraan dat ik nog steeds naakt ben, dus haal ik mijn badjas van het haakje aan de deur en trek hem aan. Ik vraag me af of Matthew toch de politie had moeten bellen. Als er iemand in huis is, zou hij gevaar kunnen lopen.

Mijn mobiel gaat. 'Ik ben er,' zegt Matthew. 'Alles oké?'

'Ja, het gaat wel.'

'De auto staat op straat geparkeerd,' gaat hij verder. 'Ik ga nu even rondkijken.'

'Wees voorzichtig,' zeg ik. 'En blijf aan de telefoon.'

'Goed.'

Ik luister zenuwachtig hoe zijn voetstappen op het grindpad en dan langs de zijkant van het huis knerpen.

'Zie je iets?' vraag ik.

'Alles lijkt in orde. Ik zal de tuin nog even controleren.' Er verstrijkt ongeveer een minuut. 'Oké, ik ga naar binnen.'

'Voorzichtig!' waarschuw ik nog eens.

'Rustig maar, ik heb een schop uit de schuur gepakt.'

Vanuit de badkamer hoor ik hem de kamers beneden inspecteren. Als ik hem de trap op hoor komen, begin ik de deur open te maken.

'Ik kijk eerst even in de slaapkamers!' roept hij. Het duurt niet lang voor hij terug is. 'Kom er maar uit.'

Ik doe de deur open en zie hem staan met de schop in zijn hand. Ineens voel ik me onnozel.

'Sorry,' zeg ik ongemakkelijk. 'Ik dacht echt dat er iemand was.'

Hij zet de schop neer en slaat zijn armen om me heen. 'Ach, je kunt maar beter het zekere voor het onzekere nemen.'

'Zou je misschien zo'n lekkere gin-tonic voor me willen maken? Ik kan wel wat sterks gebruiken. Ik zal intussen wat aantrekken.'

'Er staat straks een glas voor je klaar in de tuin,' belooft hij. Hij laat me los en loopt naar de trap.

Ik doe een spijkerbroek en een T-shirt aan en ga achter hem aan naar beneden. Hij staat in de keuken schijfjes van een limoen te snijden.

'Dat is snel,' zegt hij. Maar ik staar naar het raam.

'Heb jij het raam opengezet?' vraag ik.

'Wat?' Hij draait zich om en kijkt ernaar. 'Nee hoor, het stond open toen ik binnenkwam.'

'Maar ik heb het dichtgedaan,' zeg ik met een frons. 'Voordat ik naar boven ging om in bad te gaan heb ik alle ramen gesloten.'

'Weet je het zeker?'

'Ja.' Ik graaf in mijn geheugen. Ik herinner me dat ik de ramen in de woonkamer en het raam in de werkkamer heb gesloten, maar dit specifieke raam niet. 'Althans, ik dacht van wel.'

'Misschien heb je het niet goed dichtgedaan en is het weer opengewaaid,' zegt hij. 'Misschien was dat wel het gekraak dat je hebt gehoord.'

'Je hebt vast gelijk,' zeg ik opgelucht. 'Kom, dan gaan we nu iets drinken.'

Later, na het eten, nemen we de aangebroken fles wijn mee naar de woonkamer om hem op te maken bij een film. Het valt niet mee om er een te vinden die we nog niet hebben gezien.

We nemen de lijst door. 'En *Juno* dan?' vraagt hij. 'Weet jij waar die over gaat?'

'Een tienermeisje dat zwanger wordt en op zoek gaat naar het ideale stel om haar baby te adopteren. Lijkt me niet echt iets voor jou.'

'Ach, ik weet het niet,' zegt hij terwijl hij de afstandsbediening uit mijn hand pakt en opzij legt. 'We hebben het al een tijdje niet over een baby gehad,' zegt hij, en hij neemt me in zijn armen. 'Je wilt nog steeds graag een kindje, toch?'

Ik leg mijn hoofd op zijn schouder en geniet van het veilige gevoel dat hij me geeft. 'Ja, natuurlijk.'

'Dan moeten we een en ander maar eens in gang zetten. Het kan heel lang duren, heb ik begrepen.'

'We hebben gezegd dat we zouden wachten tot een jaar na onze bruiloft,' zeg ik, wetend dat ik ondanks mijn blijdschap uitstelgedrag vertoon, want hoe kan ik nu nadenken over een kind krijgen als ik nog voordat hij of zij een tiener is dement zou kunnen worden, zoals mama? Ik weet dat ik me waarschijnlijk zorgen maak om niets, maar het zou dom zijn om de problemen die ik de laatste tijd met mijn geheugen heb te negeren.

'Dan is het maar goed dat we bijna een jaar getrouwd zijn,' zegt hij zacht. 'Zullen we maar naar een actiefilm kijken?'

Ik grijp de afleiding graag aan en richt me op de keuze aan films in het televisiemenu. 'Prima. Even zien wat er aan aanbod is.'

We kijken een film tot het nieuws begint. Zoals altijd is er flink wat aandacht voor de moord op Jane. Ik blijf alleen kijken omdat ik ontzettend graag wil weten of ze haar moordenaar al op het spoor zijn. Maar ze hebben weinig vooruitgang geboekt en er verschijnt een politieman op het scherm.

'*Als u, of iemand die u kent, op vrijdagavond 17 juli of zaterdagochtend 18 juli heel vroeg in de buurt van Blackwater Lane was en de auto van Jane Walters hebt gezien, een donkerrode Renault Clio, geparkeerd of anderszins, bel dan alstublieft het volgende nummer.*'

Hij lijkt mij tijdens het spreken direct aan te kijken en wanneer hij eraan toevoegt dat mensen het nummer anoniem kunnen bellen, besef ik dat dat de oplossing voor mijn dilemma is.

Als het nieuws is afgelopen probeert Matthew, die naar bed wil, me overeind te trekken.

'Ga jij maar vast, ik wil nog iets op een andere zender zien,' zeg ik, en ik steek mijn hand uit naar de afstandsbediening.

'Oké,' zegt hij opgewekt. 'Ik zie je zo.'

Ik wacht tot hij boven is en spoel dan het nieuws terug tot ik het nummer zie, dat ik op een papiertje schrijf. Ik wil niet dat de politie mijn telefoontje kan traceren dus ik zal een openbare telefoon moeten gebruiken, wat betekent dat ik pas maandag kan bellen, als Matthew weer naar zijn werk is. En als ik dat eenmaal heb gedaan, zal iets van mijn schuldgevoel hopelijk verdwijnen.

Zondag 26 juli

De vaste telefoon gaat als Matthew in de keuken staat om een ontbijt op bed te maken.

'Neem jij op?' roep ik vanuit de slaapkamer. Ik kruip verder onder het dekbed. 'Als het voor mij is, zeg je maar dat ik terug zal bellen!'

Even later hoor ik hem vragen hoe het met Andy gaat; ik vermoed dat mijn toevallige ontmoeting met Hannah iets met zijn telefoontje te maken heeft. Als ik eraan denk hoe ik er plotseling vandoor ben gegaan naar mijn afspraak met Rachel, voel ik me wel een beetje schuldig.

'Laat me raden – Andy wil vanochtend met je tennissen,' zeg ik als Matthew weer boven is.

'Nee, hij wilde weten hoe laat we ze verwachten.' Hij kijkt me vragend aan. 'Ik had niet door dat je ze voor vandaag had uitgenodigd.'

'Hoe bedoel je?'

'Gewoon, dat je niet hebt gezegd dat ze vandaag komen barbecueën.'

'Dat is ook niet zo.' Ik ga rechtop zitten, pak een van de kussens van zijn kant van het bed en prop het achter mijn rug. 'Ik heb gezegd dat ze een keertje moesten komen, maar niet wanneer precies.'

'Nou, kennelijk denkt Andy dat het vandaag is.'

Ik lach. 'Hij houdt je voor de gek.'

'Nee hoor, hij was bloedserieus.' Hij zwijgt even. 'Weet je zeker dat je ze niet voor vandaag hebt uitgenodigd?'

'Ja, natuurlijk!'

'Omdat je gisteren de tuin hebt gedaan.'

'Wat heeft dat ermee te maken?'

'Nou ja, Andy vroeg me of het je nog gelukt is om de boel een beetje op te ruimen. Je schijnt Hannah te hebben verteld dat hun komst voor een barbecue een goede reden was om wat aan de tuin te doen.'

'Waarom weten ze dan niet hoe laat? Als ik iets met Hannah had afgesproken, zou ik gezegd hebben hoe laat. Zij heeft zich vergist, niet ik.'

Matthew schudt zachtjes zijn hoofd. Het gebaar is zo subtiel dat ik het bijna mis. 'Ik heb gelukkig weten te verbergen dat ik helemaal niet wist waar hij het over had en ik heb halfeen gezegd.'

Ik kijk hem verbluft aan. 'Wat, dus ze komen met z'n allen? Ook de kinderen?'

'Ik vrees van wel.'

'Maar ik heb ze niet uitgenodigd! Kun je Andy niet terugbellen om te zeggen dat er een vergissing in het spel is?'

'Dat zou ik kunnen doen.' Weer is het even stil. 'Als jij zeker weet dat je niet hebt gezegd dat ze vandaag welkom waren.'

Ik staar hem aan en probeer niet te laten zien hoe onzeker ik me plotseling voel. Hoewel ik me niet kan herinneren dat ik Hannah en Andy voor vandaag heb uitgenodigd, weet ik nog wel dat Hannah op het moment dat ik wegliep zei dat Andy zich erop verheugde om Matthew weer te zien. Het wordt me bang om het hart.

'Luister, maak je niet druk,' zegt Matthew met zijn blik op me gericht. 'Het is geen ramp. Ik kan straks wel wat biefstukjes kopen voor op de barbecue. En worstjes voor de kinderen.'

'We moeten ook een paar salades maken,' zeg ik. Het huilen staat me nader dan het lachen omdat ik helemaal geen zin heb om ze te ontvangen, niet nu ik zoveel aan Jane moet denken. 'En het dessert dan?'

'Ik koop wel ijs bij de boerderijwinkel als ik het vlees ga halen. En Andy heeft gezegd dat Hannah een verjaardagstaart meeneemt – hij is morgen kennelijk jarig – dus dan hebben we meer dan genoeg.'

'Hoe laat is het nu?'

'Net tien uur geweest. Ga jij maar douchen terwijl ik het ontbijt verder klaarmaak. Maar in bed ontbijten gaat niet lukken.'

'Maakt niet uit,' zeg ik, en ik probeer te verbergen hoe neerslachtig ik me voel.

'En dan doe ik boodschappen en maak jij de salades.'

'Dank je,' mompel ik dankbaar. 'Het spijt me.'

Hij sluit me in zijn armen. 'Joh, je hoeft je nergens voor te verontschuldigen. Ik weet hoe moe je de laatste tijd bent.'

Ik ben blij dat ik me achter dat excuus kan verschuilen, maar hoelang zal het nog duren voordat hij er toch iets van zal zeggen? Het feit dat ik was vergeten dat hij maandag weggaat is samen met deze barbecuemisser eigenlijk al te veel. In de badkamer probeer ik het stemmetje in mijn hoofd te negeren – *je wordt gek, je wordt gek, je wordt gek.* Het zou veel gemakkelijker zijn om mezelf wijs te maken dat Hannah zo graag bij ons wilde barbecueën dat ze een uitnodiging had verzonnen. Maar zoiets zou ze nooit doen en ik zou gek zijn als ik dat echt zou denken. En hoe zat het dan met mijn obsessie om de tuin netjes te maken? Ik was er zeker van geweest dat het gewoon een manier was om mezelf afleiding te bezorgen, om mezelf bezig te houden, maar misschien wist ik ergens in mijn achterhoofd toch dat ik hen had uitgenodigd.

Nu ik er nog eens over nadenk, kan ik wel raden hoe het is gegaan. Ik was zo ontdaan geweest door ons gesprek over Jane dat ik maar half had geluisterd naar wat Hannah op het laatst had gezegd. Misschien had ik Hannah en Andy tijdens die verloren minuten uitgenodigd om vandaag te komen.

Het gebeurde mama heel vaak. Dan knikte ze bij de dingen die ik zei, gaf ze haar mening, deed zelfs suggesties, maar een paar minuten later kon ze zich totaal niet meer herinneren waar we het over hadden gehad. 'Ik zal wel even in een droomwereld hebben verkeerd,' zei ze dan. Het was 'tijdelijke amnesie' volgens de verpleegster die altijd bij haar langskwam. Was ik daar misschien geweest, in een droomwereld? Voor het eerst in mijn leven komt het begrip droomwereld me eerder voor als een nachtmerrie.

Hannah en Andy zijn er iets na halfeen en het duurt niet lang voor het gesprek onvermijdelijk op de moord komt.

'Hebben jullie gezien dat de politie mensen oproept om zich te melden als ze iets weten over de dood van die jonge vrouw?' zegt Hannah terwijl ze een schaal aan Matthew doorgeeft. 'Is het niet vreemd dat niemand iets gezien heeft?'

'Misschien, maar ik denk dat er niet veel mensen zijn die laat op de avond die weg nemen,' zegt Matthew. 'En al helemaal niet met zulk noodweer.'

'Als ik terugkom vanuit Castle Wells ga ik daar altijd langs,' zegt Andy monter. 'Overdag of 's nachts, weer of geen weer.'

'En waar was jij die vrijdagavond dan?' vraagt Matthew, en als ze allemaal beginnen te lachen wil ik het liefst gillen dat ze moeten ophouden.

Matthew ziet de blik op mijn gezicht. 'Sorry,' zegt hij zacht. Hij wendt zich tot Hannah en Andy. 'Heeft Cass verteld dat ze haar kende?'

Ze staren me aan.

'Niet zo goed,' zeg ik snel, en ik vervloek Matthew dat hij het heeft verteld. 'We hebben een keer samen geluncht, meer niet.' Ik sluit me af voor het beeld van Jane die verwijtend haar hoofd schudt over mijn haastige verloochening van onze vriendschap.

'Wat erg, Cass, je hebt er vast een rotgevoel over,' zegt Hannah.

'Ja, dat is waar.' Er valt een korte stilte waarin niemand de juiste woorden lijkt te vinden.

'Nou, ze zullen de dader ongetwijfeld snel pakken,' zegt Andy. 'Er moet toch ergens iemand zijn die iets weet.'

Ik sla me dapper door de rest van de middag heen, maar zodra ze weg zijn wil ik eigenlijk dat ze terugkomen. Hun voortdurende gekeuvel was misschien wel vermoeiend maar het is te verkiezen boven de stilte die me te veel gelegenheid geeft om na te denken over de dingen die me door het hoofd spoken.

Ik ruim de tafel af en breng de borden naar de keuken. In de deuropening blijf ik stokstijf staan en staar naar het raam waarvan ik me gisteren niet herinnerde of ik het dicht had gedaan voordat ik in bad ging. Want nu weet ik weer dat de achterdeur openstond toen ik de curry maakte – maar het raam niet.

Maandag 27 juli

Nadat Matthew naar zijn werk is gegaan overvalt me een gevoel van verlatenheid, maar ik kan nu wel eindelijk het telefoontje plegen waar ik zo tegen op heb gezien. Ik vind het papiertje waarop ik het nummer heb genoteerd en als ik op zoek ga naar mijn tas gaat de telefoon.

'Hallo?'

Er komt geen reactie, dus ik neem aan dat de verbinding is verbroken. Ik wacht zo'n tien seconden en hang dan op. Als het Matthew was, belt hij wel weer als het nodig is.

Ik hol naar boven om mijn portemonnee te pakken, schiet een paar schoenen aan en verlaat het huis. Ik had overwogen om naar Browbury of Castle Wells te rijden en daar een openbare telefoon te gebruiken, maar dat lijkt me toch wat overdreven, aangezien er vijf minuten verderop eentje is, naast de bushalte.

Wanneer ik de telefooncel nader, heb ik het idee dat iemand me in de gaten houdt. Ik kijk naar links en naar rechts, dan draai ik me om en kijk heimelijk achter me. Maar er is niemand te zien, alleen een kat die ligt te zonnen op een stenen muurtje. Er rijdt een auto voorbij; de bestuurster gaat op in haar eigen gedachten en kijkt niet eens mijn kant uit.

Ik lees de instructies voor de telefoon – want het is jaren geleden dat ik er een heb gebruikt –, zoek een munt in mijn portemonnee en duw met trillende vingers een pond in het gleufje. Ik haal het briefje waarop ik het nummer heb geschreven tevoorschijn en druk met bonzend hart de toetsen in, me afvragend of ik hier wel goed aan doe. Maar voor ik van gedachten kan veranderen, wordt er opgenomen.

'Het gaat over Jane Walters,' zeg ik buiten adem. 'Ik ben om halftwaalf haar auto voorbijgereden op Blackwater Lane en toen leefde ze nog.'

'Dank u voor uw melding.' De stem van de vrouw klinkt kalm. 'Zou ik...' Maar ik leg de haak er alweer op.

Ik vertrek snel en haast me over de weg naar huis, achtervolgd door nog steeds dat unheimische gevoel dat ik word gadegeslagen. Eenmaal binnen maan ik mezelf tot kalmte. Er was geen sprake van dat iemand me volgde, het was alleen maar het slechte geweten over mijn geheime actie dat me dat idee gaf. En omdat ik nu heb gedaan wat ik meteen al had moeten doen, begin ik me wat beter te voelen over alles.

Na al mijn harde werk van zaterdag valt er in de tuin niets meer te doen, maar binnen wachten er nog genoeg huishoudelijke klusjes. Met de radio aan als gezelschap sleep ik de stofzuiger naar boven en gewapend met poets- en schoonmaakspullen begin ik aan de slaapkamers. Ik ga systematisch te werk en concentreer me op wat ik doe om mijn gedachten verre van Jane te houden. En dat werkt – tot op het middaguur het journaal begint.

'*De politie verzoekt degene die eerder vandaag heeft gebeld met informatie over de moord op Jane Walters om opnieuw contact op te nemen. Jane Walters werd in de nacht van 17 op 18 juli vermoord aangetroffen in haar auto en...*'

Ik hoor niets meer behalve het bonzen van mijn hart. Het weerklinkt in mijn trommelvliezen en maakt me doof. Ik ga op het bed zitten en haal adem met diepe, beverige halen. Waarom wil de politie me nog een keer spreken? Ik heb ze alles verteld wat ik weet. Ik probeer het panische gevoel dat in me opwelt terug te duwen, maar tevergeefs. Hoewel niemand weet dat ik het telefoontje heb gepleegd, voel ik me niet meer anoniem nu de politie het openbaar heeft gemaakt. Ik voel me vreselijk betrapt. De politie heeft medegedeeld dat er iemand heeft gebeld met informatie over de moord op Jane. Het klinkt alsof ik hun iets belangrijks heb verteld, iets essentieels. Als de moordenaar van Jane naar het nieuws luistert, voelt hij zich vast en zeker bedreigd door mijn bestaan. Wat als hij denkt dat ik hem die avond heb gezien bij de auto van Jane?

Totaal van streek sta ik op en ijsbeer door de slaapkamer. Ik vraag me af wat ik moet doen. Wanneer ik langs het raam loop, kijk ik vluchtig naar buiten en ineens sta ik verstijfd van schrik. Een man die ik nog nooit heb gezien loopt bij ons huis vandaan. Niets om me druk over te maken, behalve dat hij vanuit het bos moet zijn gekomen. Niets om me druk over te maken, behalve dat het zelden voorkomt dat er iemand langs ons huis komt. Wel met de auto, maar bijna nooit te voet. Voor een wandeling in het bos gaat niemand lopend via Blackwater Lane, tenzij diegene overreden wil worden. Het voetpad naar het bos begint in het veld tegenover ons huis en wordt goed aangegeven. Ik kijk hem na tot hij uit het zicht verdwijnt. Hij haast zich niet, draait zich niet om, maar toch blijft mijn hart als een razende kloppen.

'Logeert Rachel vanavond bij je?' vraagt Matthew wanneer hij me later vanaf het booreiland belt. Ik heb hem niet verteld over de man die ik heb gezien, omdat er eigenlijk niets over te zeggen valt. Bovendien zou hij de politie misschien wel bellen en wat zou ik die moeten vertellen?

'Ik heb een man gezien die bij ons huis vandaan liep.'

'Hoe zag hij eruit?'

'Gemiddelde lengte, gemiddelde lichaamsbouw. Ik heb hem alleen van achteren gezien.'

'Waar was u op dat moment?'

'In de slaapkamer.'

'Wat deed hij dan?'

'Niets.'

'Dus u hebt hem niets verdachts zien doen?'

'Nee. Maar ik denk dat hij misschien wel naar het huis heeft gekeken.'

'Dat denkt u?'

'Ja.'

'Dus u hebt niet daadwerkelijk gezien dat hij naar uw huis keek.'

'Nee.'

'Nee,' zeg ik tegen Matthew. 'Ik heb besloten haar er niet mee te belasten.'

'O, jammer.'

'Waarom?'

'Gewoon omdat ik de gedachte dat jij alleen bent niet prettig vind.'

Zijn bezorgdheid wakkert die van mij aan. 'Ik wou dat je me dat eerder had gezegd.'

'Het komt wel goed. Doe wel de deuren op slot voor je naar bed gaat.'

'Die zijn al op slot. Hadden we maar een alarm.'

'Ik zal die brochure bekijken zodra ik terug ben,' belooft hij.

Ik hang op en bel Rachel.

'Heb je vanavond iets te doen?'

'Ik ga slapen,' antwoordt ze. 'Ik lig al in bed.'

'Om negen uur 's avonds?'

'Als jij net zo'n weekend had gehad als ik, had je al veel eerder in bed gelegen. Dus als je belt om te vragen of ik ergens mee naartoe wil, is het antwoord nee, ben ik bang.'

'Ik had je willen vragen om hiernaartoe te komen en een flesje wijn met me te drinken.'

Ik hoor gegaap aan de andere kant van de lijn. 'Hoezo, ben je alleen dan?'

'Ja, Matthew is op een van de booreilanden voor een inspectie. Hij is de hele week weg.'

'Zal ik je woensdag gezelschap komen houden?'

Het hart zinkt me in de schoenen. 'Wat dacht je van morgen?'

'Dan kan ik niet, sorry, ik heb al een afspraak.'

'Dan houden we het op woensdag.' Ik kan de teleurstelling in mijn stem niet verbergen.

'Gaat het wel?' vraagt ze. Het is haar dus niet ontgaan.

'Ja, niks aan de hand. Toe, ga maar slapen.'

'Ik zie je woensdag,' belooft ze.

Doelloos loop ik de woonkamer in. Als ik Rachel had verteld dat ik me angstig voel omdat ik alleen thuis ben was ze meteen gekomen. Ik zet de televisie aan en kijk een aflevering van een serie die ik nog nooit heb gezien. Dan word ik moe en ga naar bed, in de hoop dat ik in één ruk tot de ochtend door zal slapen.

Maar ik kan me niet ontspannen. Het huis is te donker, de nacht is te stil. Ik kan de slaap niet vatten en ik knip het licht aan. Ik zet mijn koptelefoon op om naar muziek te luisteren, maar ik doe hem weer af als ik me realiseer dat ik daarmee het geluid zou kunnen maskeren van een eventuele insluiper. De twee ramen die ik open heb aangetroffen – het raam in de slaapkamer na het vertrek van de man van het alarmsysteem op vrijdag, en het raam in de keuken op zaterdag – spelen door mijn hoofd, evenals de man die ik vanochtend bij ons huis langs heb zien lopen. Als de zon begint op te komen en ik in slaap val, probeer ik dat niet tegen te houden; ik vertel mezelf dat het minder waarschijnlijk is dat ik bij daglicht word vermoord dan 's nachts.

Woensdag 29 juli

Ik word wakker van de telefoon die rinkelt in de gang. Ik doe mijn ogen open en staar naar het plafond in de hoop dat de beller het zal opgeven. Gisterochtend had de telefoon om halfnegen langdurig gerinkeld, maar toen ik opnam, was er niemand aan de andere kant van de lijn. Ik kijk op de klok; het is bijna negen uur, dus het zal Matthew wel zijn, die weer belt voordat hij aan zijn werkdag begint. Ik spring uit bed, ren naar beneden en neem snel op voordat het antwoordapparaat aanslaat.

'Hallo,' zeg ik buiten adem. Er wordt niet gereageerd, dus ik wacht even, want de verbinding met het booreiland is vaak heel slecht.

'Matthew?' probeer ik. Er komt geen antwoord, dus hang ik op en toets zijn nummer in.

'Heb jij nct gebeld?' vraag ik zodra hij opneemt.

'Goedemorgen lieverd,' zegt hij nadrukkelijk, maar met een lach in zijn stem. 'Hoe gaat het met je?'

'Sorry,' zeg ik vlug. 'Ik zal opnieuw beginnen. Hallo, lieverd, hoe gaat het met je?'

'Dat is beter. Goed hoor, hoewel het hier wel koud is.'

'Heb jij me zojuist gebeld?'

'Nee.'

Ik frons mijn voorhoofd. 'O.'

‘Hoezo?’

‘De telefoon ging, maar er was weer eens niemand, dus ik ging uit van een slechte verbinding met het booreiland.’

‘Nee, ik wilde je straks bellen. Ik moet nu helaas ophangen, schat, ik spreek je nog.’

Ik hang op, geërgerd omdat ik voor niets mijn bed uit ben gekomen. Er zou een wet moeten bestaan tegen zulke vroege verkooptelefoontjes. De dag ligt voor me en ik besef dat ik niet nog een nacht alleen wil zijn. Afgelopen nacht, toen ik was opgestaan om naar de wc te gaan, had ik uit het raam gekeken en dacht ik één seconde lang dat er iemand was. Dat was natuurlijk niet zo, maar daarna kon ik tot vroeg in de ochtend niet meer slapen.

‘Ga dan een paar dagen weg,’ zegt Matthew wanneer hij een halfuur later terugbelt en ik hem vertel dat ik de afgelopen twee nachten amper heb geslapen.

‘Dat zou ik best kunnen doen,’ zeg ik. ‘Misschien naar het hotel waar ik een paar jaar geleden ben geweest, nadat mama was overleden. Ze hadden daar een zwembad en een spa. Het is de vraag of er een kamer vrij is.’

‘Waarom bel je ze niet even? Als er nog een kamer vrij is, kun je vandaag gaan en dan kom ik vrijdag naar je toe.’

Mijn stemming verbetert meteen. ‘Wat een geweldig idee! Je bent echt de beste echtgenoot ter wereld,’ zeg ik dankbaar.

Ik bel het hotel en wacht tot er wordt opgenomen. Intussen pak ik de kalender van de muur om de data te checken die ik wil boeken. Ik ben juist aan het uitrekenen dat ik vier nachten moet boeken als we tot zondag willen blijven als de woorden ‘Matthew naar booreiland’ me vanuit het vakje van maandag beschuldigend aanstaren. Ik doe mijn ogen dicht, in de hoop dat ze er niet meer zullen staan als ik ze weer opendoe. Maar ze staan er wel, net als de woorden ‘Matthew terug’ in het vakje van de 31e – vrijdag – met een smiley erachter. De schrik slaat me om het hart en de bekende ongerustheid begint weer te knagen, zodat wanneer er bij het hotel eindelijk wordt opgenomen en de receptionist me vertelt dat ze vol zitten, op een suite na, ik hem niet eens naar de prijs vraag en die meteen reserveer.

Ik hang de kalender terug aan de muur en sla het blad om naar augustus, klaar voor als we terugkomen van het hotel – zodat Matthew niet zal zien dat hij me inderdaad had verteld dat hij naar het booreiland moest.

Pas als ik in het hotel sta te wachten bij de balie, begin ik me beter te voelen. De suite is fantastisch, met het grootste bed dat ik ooit heb gezien. Als ik heb uitgepakt, stuur ik Matthew een berichtje, trek een badpak aan en loop naar het zwembad, beneden in het hotel. Ik ben net mijn spullen in een kluisje aan het duwen als er een sms van Rachel binnenkomt.

Hoi, wil je even laten weten dat ik heb geregeld dat ik vandaag vroeg weg kan, dus ik ben rond zes uur bij je. Ga je koken of zullen we uit eten gaan?

Mijn hart maakt een vrije val; het voelt alsof ik van een klif ben gestapt. Hoe kan ik nou zijn vergeten dat Rachel bij me zou komen slapen, iets wat we afgelopen maandag nog hadden afgesproken? Ik denk aan mama en een gloeiende, misselijkmakende angst bijt zich vast in mijn maag. Ik kan niet geloven dat ik het ben vergeten. De moord op Jane en het schuldgevoel daarover hebben me in verwarring gebracht, dat is waar, maar vergeten dat Rachel komt logeren? Ik sta te stuntelen met mijn telefoon en druk op de beltoets, want ik wil ontzettend graag iemand in vertrouwen nemen.

Hoewel Rachel het berichtje nog maar net heeft verstuurd, neemt ze niet op. De kleedkamer is leeg, dus ik ga zitten op een vochtig houten bankje. Nu ik heb besloten Rachel te vertellen dat ik me zorgen maak over mijn kortetermijngeheugen, wil ik direct de daad bij het woord voegen voor het geval ik me later toch weer bedenk. Ik bel Rachel nog eens en deze keer neemt ze op.

'Heb je misschien zin om vannacht in een luxueus hotel te logeren in plaats van bij mij thuis?' vraag ik.

Het is even stil. 'Dat hangt ervan af waar het is.'

'Westbrook Park.'

'Met die fantastische spa?' Ze fluistert, dus ik vermoed dat ze in een vergadering zit of zo.

'Precies. Om eerlijk te zijn ben ik er al. Ik had een adempauze nodig.'

'Wat een weelde,' zucht ze.

'Dus je komt?'

'Het is een beetje ver voor één nachtje – ik moet morgen immers werken. Zal ik vrijdag komen?'

'Dat kan,' zeg ik. 'Maar Matthew komt hiernaartoe als hij terug is van het booreiland, dus dan zijn we met z'n drieën.'

Ze lacht zachtjes. 'Beetje ongemakkelijk.'

'Het spijt me van onze afspraak van vanavond.'

'Maakt niet uit. Tot volgende week dan maar?'

'Wacht even, Rachel, er is nog iets...'

Maar ze heeft al opgehangen.

Vrijdag 31 juli

In de loop van de middag begin ik steeds meer uit te kijken naar de komst van Matthew. Het weer houdt niet over, dus ik blijf in de suite hangen, wachtend op zijn telefoontje over het tijdstip waarop hij hier zal zijn. Ik kijk wat televisie, opgelucht dat er niets in het nieuws is over Jane, maar vreemd genoeg toch ook ontstemd dat ze twee weken na de moord al is vergeten.

De telefoon gaat en ik neem haastig op.

'Ik ben thuis,' zegt Matthew.

'Mooi zo,' zeg ik blij. 'Dan ben je hier op tijd voor het diner.'

'Het probleem is dat er toen ik thuiskwam een man van het beveiligingsbedrijf op de stoep stond.' Hij zwijgt even. 'Ik wist niet dat je al groen licht had gegeven.'

'Groen licht waarvoor?'

'Nou, het alarmsysteem.'

'Ik begrijp het niet.'

'Die man zei dat hij met jou had afgesproken dat iemand vanochtend het alarm zou komen installeren, maar toen de monteur kwam, was er niemand thuis. Ze schijnen om het halfuur te hebben gebeld.'

'Ik heb nergens mee ingestemd,' zeg ik geërgerd. 'Ik heb alleen maar gezegd dat we er nog op terug zouden komen.'

'Maar je hebt een contract getekend,' zegt Matthew met lichte verbazing in zijn stem.

'Beslist niet! Wees op je hoede, Matthew, hij speelt ons tegen elkaar uit. Hij doet alsof ik ergens mee heb ingestemd, wat niet zo is. Het is gewoon oplichterij.'

'Dat dacht ik eerst ook. Maar toen ik zei dat wij, voor zover ik wist, nog geen besluit hadden genomen, liet hij me een kopie van het contract zien met jouw handtekening erop.'

'Die is dan vervalst.' Er valt een stilte. 'Jij denkt dus dat ik het alarm heb besteld?' zeg ik, wanneer het tot me doordringt.

'Nee, natuurlijk niet! Maar de handtekening lijkt wel veel op die van jou.' Ik voel hem aarzelen. 'En nadat ik die man de deur uit gewerkt had, heb ik de brochure die nog in de keuken lag eens bekeken, en daar zat ons exemplaar van het contract in. Zal ik het meenemen naar het hotel, zodat je het zelf kunt zien? Als het niet pluis blijkt te zijn, gaan we er iets tegen doen.'

'Die vent voor de rechter slepen, bedoel je,' zeg ik in een poging om het luchtig te houden en me niet door twijfel uit het veld te laten slaan. 'Hoe laat ben je hier?'

'Als ik me gedoucht en omgekleed heb, rond halfzeven?'

'Ik wacht wel op je in de bar.'

Ik hang op, even nog geërgerd dat hij überhaupt zou kunnen denken dat ik een alarmsysteem heb besteld zonder hem dat te vertellen. Maar ik word getart door een inwendig stemmetje: *Weet je het zeker, Cass, weet je het echt zeker?* Ja, reageer ik resoluut, ik weet het zeker. Bovendien had die man van het alarm me wel zo'n type geleken dat alles doet om een contract binnen te slepen, zelfs liegen en bedriegen. Ik ben zo overtuigd van mijn gelijk dat ik eenmaal beneden in de bar een fles champagne bestel.

Die staat te wachten in een ijsemmer wanneer Matthew arriveert.

'Zware week gehad?' vraag ik, want hij ziet er ontzettend moe uit.

'Dat kun je wel zeggen,' zegt hij. Hij geeft me een kus en zijn oog valt op de champagne. 'Dat ziet er goed uit.'

De ober komt om de fles te openen en ons in te schenken.

'Op ons,' zegt Matthew. Hij heft zijn glas en glimlacht naar me.

'Op ons. En onze suite.'

'Heb je een suite geboekt?'

'Er was verder geen kamer meer vrij.'

'Wat jammer nou,' zegt hij grijnzend.

'Het bed is enorm,' ga ik verder.

'Niet zo groot dat ik je erin kwijtraak, hoop ik?'

'Zeker niet.' Ik zet mijn glas op de tafel neer. 'Heb je die kopie van het contract bij je?' vraag ik, want ik wil dat afgehandeld hebben zodat niets ons weekendje nog kan bederven.

Het duurt even voor hij het uit zijn zak haalt en ik weet dat hij het eigenlijk niet aan me wil laten zien.

'Je moet toegeven dat het op jouw handtekening lijkt,' zegt hij verontschuldigend. Hij overhandigt me de kopie over de tafel heen en ik staar ernaar, niet naar de handtekening onder aan de pagina, maar naar het contract zelf. Het is ingevuld met onmiskenbaar mijn handschrift, wat nog vernietigender is dan mijn handtekening, althans vanuit mijn oogpunt. Iedereen zou mijn handtekening kunnen hebben vervalst, maar niet de ingevulde hokjes, regel na regel, met elke hoofdletter precies geschreven zoals ik die zou schrijven. Ik bekijk het contract nog eens, op zoek naar iets wat me vertelt dat ik het niet heb ingevuld, maar hoe langer ik kijk, hoe meer ik ervan overtuigd raak dat ik het wel geweest moet zijn, zozeer dat ik het mezelf bijna zie doen: ik kan de pen in mijn hand bijna voelen, met mijn andere hand licht rustend op het papier om het op zijn plek te houden. Ik doe mijn mond open, klaar om te liegen, om Matthew te vertellen dat het mijn handschrift beslist niet is, maar tot mijn ontsteltenis barst ik in huilen uit.

Hij zit vrijwel meteen naast me en houdt me vast. 'Je bent er vast in geluisd,' zegt hij, maar ik kan niet goed inschatten of hij dat echt gelooft of dat hij me een uitweg biedt, zoals hij een aantal dagen geleden heeft gedaan, toen hij zei dat hij misschien wel vergeten was om me te vertellen dat hij naar het booreiland zou gaan. Hoe dan ook ben ik hem dankbaar. 'Ik bel dat bedrijf morgenochtend vroeg meteen even op om te zeggen dat we er niet mee akkoord gaan.'

'Maar het is het woord van hun verkoper tegen dat van mij,' zeg ik met trillende stem. 'Laat het maar zo. Hij zal het alleen maar ontkennen en dat levert dan vertraging op. We hebben toch een alarmsysteem nodig.'

'Evengoed vind ik dat we moeten proberen het contract ongedaan te maken. Wat heeft hij gezegd? Dat het slechts een offerte was of zo?'

'Ik weet niet meer precies wat hij gezegd heeft, maar ja, ik veronderstelde dat het alleen maar om een offerte ging,' zeg ik, dankbaar gebruikmakend van het excuus. 'Ik voel me zo onnozel.'

'Het is jouw schuld niet. Ze zouden niet weg mogen komen met dergelijke praktijken.' Hij aarzelt. 'Ik weet eerlijk gezegd niet zo goed wat we nu moeten doen.'

'Kunnen we ze niet gewoon de boel laten installeren, vooral ook omdat de schuld deels bij mij ligt?'

'Ik zou het nog steeds graag met die vent willen uitvechten.' Matthews stem klinkt grimmig. 'Hoewel het er dik in zit dat we hem niet eens zien, omdat ze een monteur sturen. Hij is alleen maar de verkoper.'

'Het spijt me.'

'Ach, al met al is het geen ramp.' Hij drinkt zijn glas leeg en kijkt verlangend naar de fles. 'Jammer dat ik er niet nog een kan nemen.'

'Waarom niet? Je hoeft toch niet te rijden?'

'Nou, nu wel dus. Omdat ik vanmiddag dacht dat de overeenkomst geldig was, heb ik afgesproken dat ze morgenochtend kunnen komen om het systeem te installeren. Als we het niet afzeggen, moet ik er morgen dus zijn.'

'Kun je vannacht niet blijven en dan morgen vroeg vertrekken?'

'Wat, om halfzeven 's ochtends?'

'Zó vroeg hoef je toch niet weg?'

'Nou, toch wel, want ze komen om acht uur.'

Onwillekeurig vraag ik me af of zijn weigering om vannacht te blijven zijn manier is om me te straffen, want hij zal het zichzelf niet toestaan kwaad op me te worden vanwege de opdracht die ik voor de alarminstallatie lijk te hebben gegeven.

'Maar je komt morgen toch wel terug als ze klaar zijn?' vraag ik.

'Ja, natuurlijk,' zegt hij, en hij pakt mijn hand.

Na het eten vertrekt hij en ga ik naar mijn kamer, waar ik een film kijk tot mijn ogen bijna dichtvallen van vermoeidheid. Maar ik kan niet slapen. Het besef dat ik een compleet contract heb ingevuld zonder me dat te herinneren heeft me van mijn stuk gebracht. Ik vertel mezelf dat ik niet zulke erge dingen doe als mama toen ik voor het eerst merkte dat er een probleem was. Dat was in de lente van 2002 – ze was naar de winkel gegaan en op weg naar huis verdwaald. Ze kwam pas drie uur later opdagen. Vóór het alarm waren het maar kleine dingen geweest die me ontglipten. Te vergeten wat ik voor Susie zou kopen, dat Matthew een week weg zou gaan, dat ik Hannah en Andy voor een barbecue had uitgenodigd, dat

Rachel zou komen logeren – dat was allemaal al erg genoeg. Maar een alarmsysteem bestellen zonder het te weten – dat is enorm. Ik wil niets liever dan geloven dat de verkoper me erin heeft geluisd, maar als ik terugdenk aan het gesprek dat we in de keuken hadden realiseer ik me dat ik me er niet veel van herinner – behalve dat hij me aan het eind de brochure overhandigde en zei dat mijn man onder de indruk zou zijn.

Zondag 2 augustus

We praten niet veel wanneer we uitchecken bij het hotel. Ik heb net voorgesteld om nog ergens te gaan lunchen, maar Matthew wil liever naar huis. Ik weet dat we allebei teleurgesteld zijn dat het weekend niet is geworden wat we ervan hadden verwacht. Hoewel Matthew een goede verklaring had voor het feit dat hij vrijdagnacht niet in het hotel wilde blijven, ben ik toch bang dat hij genoeg had van al het gedoe dat mijn vergeetachtigheid met zich heeft meegebracht. Dus raapte ik gisteren – toen hij thuis zat te wachten tot het alarmsysteem was geïnstalleerd – al mijn moed bijeen en googelde op 'tijdelijke amnesie', een term die me naar een pagina over Transient Global Amnesia – voorbijgaand geheugenverlies – leidde. Hoewel ik dit begrip kende met betrekking tot mama voelde ik me met elke regel die ik las een beetje ellendiger. Ik sloot de pagina snel weer en probeerde de paniek die in me bovenkwam terug te dringen. Ik weet niet of de betreffende info op mij van toepassing is en belangrijker nog: ik wil het niet weten. Voorlopig leef ik liever in zalige onwetendheid.

Toen Matthew gisteren om zeven uur eindelijk was teruggekomen, op tijd voor een drankje in de bar voordat we gingen eten, was ik me ervan bewust dat hij me aandachtiger gadesloeg dan gewoonlijk. Ik verwachtte dat hij zou zeggen dat hij bezorgd om me is, maar hij zei niets, wat het eigenlijk erger maakte. Ik dacht dat hij misschien wachtte tot we op onze kamer zouden zijn. Toen we uiteindelijk naar boven gingen, zei hij niet dat hij met me wilde praten, maar zette hij de televisie aan. Ik wilde dat hij dat niet had gedaan, want er was een speciale reportage over Jane, met een verslag van haar begrafenis eerder vandaag. Ze lieten beelden zien van de met bloemen bedekte kist die het kerkje in Heston werd binnengedragen, met daarachter haar ontroostbare ouders. De tranen rolden over mijn wangen.

De politie onthulde dat de mobiele telefoon van Jane zoek was, informatie die nog niet eerder bekend was gemaakt. Ze lieten een foto zien van een smartphone zoals Jane had en vroegen iedereen die er zo een had gevonden om contact op te nemen. Daarna verscheen er een foto van Jane op het scherm, een andere dan de foto die ze eerder hadden gebruikt.

'Zo'n mooie vrouw,' zei Matthew. 'Wat is het toch vreselijk.'

'Zou het dus minder vreselijk zijn als ze niet mooi was geweest?' zei ik vinnig. Ineens was ik boos.

Hij keek me verbaasd aan. 'Zo bedoelde ik het niet en dat weet je best. Elke moord is vreselijk, maar zij is een jonge vrouw met twee kleine kinderen, die er op een dag achter zullen komen dat hun moeder op gewelddadige wijze om het leven is gebracht.' Hij richtte zich weer op de televisie, waarop te zien was hoe de politie auto's op Blackwater Lane tegenhield en doorzocht; de weg was inmiddels weer open. 'Ze zullen het moordwapen heus niet in iemands kofferbak aantreffen,' ging hij verder. 'Laat ze liever de moordenaar zoeken. Iemand moet toch weten wie hij is. Hij moet die avond onder het bloed hebben gezeten.'

'Kun je er nu gewoon over ophouden?' mompelde ik.

'Jij bent begonnen, hoor.'

'Ik ben niet degene die de televisie heeft aangezet.'

Ik voelde hoe hij naar me keek. 'Komt het omdat de moordenaar nog steeds op vrije voeten is, zit dat je misschien dwars? Want als dat zo is, kan ik je vertellen dat je veilig bent nu we een alarminstallatie hebben. Hoe dan ook is de dader waarschijnlijk kilometers ver weg.'

'Dat weet ik,' zei ik.

'Maak je dan niet zo druk.'

Ik besefte dat dit de opening was waar ik op had gewacht, het perfecte moment om hem in vertrouwen te nemen, om hem te vertellen dat ik me zorgen maakte over wat er met me gebeurde, met mijn geest, om hem in te lichten over mama en haar dementie. Maar ik liet het moment voorbijgaan.

Ik hoopte dat een bad me zou kalmeren, maar ik dacht de hele tijd aan de man van Jane. Ik wou dat ik iets kon doen om zijn pijn te verzachten, ik wou dat ik hem kon vertellen hoe fijn ik het had gevonden om Jane te leren kennen, hoe aardig ik haar vond. De behoefte om iets te doen was overweldigend en ik besloot Rachel te vragen of zij zijn adres had, zodat ik hem kon schrijven. Liggend in bad formuleerde ik de brief al in mijn hoofd, me ervan bewust dat ik die zowel voor mezelf als voor hem schreef. Tegen de tijd dat ik uit het bad stapte, was het water koud. Daarna lagen Matthew en ik naast elkaar in bed zonder elkaar aan te raken en leek de afstand tussen ons groter dan die ooit was geweest.

Nu werp ik een vluchtige blik opzij en zie hoe hij naast me bij de balie staat. Ik wou dat hij mijn haperende geheugen ter sprake zou brengen in plaats van te doen alsof alles in orde is – want dat is overduidelijk niet het geval.

'Weet je zeker dat je niet nog ergens wilt lunchen?' vraag ik.

Met een glimlach schudt hij zijn hoofd. 'Dat hoeft van mij niet.'

We rijden weg, ieder in onze eigen auto, en wanneer we thuis aankomen, kijk ik toe hoe hij het nieuwe alarm uitschakelt.

'Laat je me zien hoe het werkt?' vraag ik.

Hij staat erop dat ik de code bedenk en ik kies voor onze verjaardagen, maar dan andersom, een getal dat ik gemakkelijk kan onthouden. Hij laat me een paar keer oefenen en legt uit hoe ik bepaalde kamers kan afsluiten als ik alleen thuis ben. Plotseling herinner ik me dat ik de verkoper heb verteld dat ik het fijn zou vinden als dat kon, wat betekent dat ik een uitvoeriger gesprek met hem heb gehad dan ik dacht.

'Oké, ik snap het.'

'Mooi zo. Zullen we kijken wat er op de televisie is?'

We lopen de woonkamer binnen, maar het is tijd voor het journaal, dus ik vlucht de keuken in.

'Iemand overhoop steken is al erg, maar iemand de keel doorsnijden met een enorm keukenmes is gewoon gestoord.' Matthew staat in de deuropening met een geschokte uitdrukking op zijn gezicht. 'Dat schijnt de doodsoorzaak te zijn geweest – haar keel is doorgesneden.'

Er knapt iets in me.

'Hou toch je kop!' schreeuw ik, en ik zet met een klap de waterkoker neer. 'Hou alsjeblieft je kop!'

Hij kijkt me stomverbaasd aan. 'Doe 'ns rustig, Cass, in godsnaam!'

'Hoe kan ik nou rustig doen terwijl jij telkens weer over die afgrijselijke moord begint? Ik heb er schoon genoeg van om er steeds over te horen!'

'Ik dacht gewoon dat je geïnteresseerd zou zijn.'

'Nou, dat ben ik niet, oké? Ik ben totaal niet geïnteresseerd!' Ik maak aanstalten de keuken uit te lopen. Er prikken tranen in mijn ogen.

'Cass, wacht!' Hij pakt mijn arm en trekt me naar zich toe;

hij slaat zijn armen om me heen. 'Niet weggaan. Het spijt me, dat was nogal stom van me. Ik vergeet steeds dat je haar hebt gekend.'

De boosheid ebt weg en ik blijf tegen hem aan leunen. 'Nee, het ligt aan mij,' zeg ik vermoeid. 'Ik had niet tegen je moeten schreeuwen.'

Hij geeft me een kus op mijn kruin. 'Kom, laten we een film gaan kijken.'

'Zolang die maar niet over moord gaat.'

'Ik zoek wel een comedy,' belooft hij.

Dus kijken we een film, of eigenlijk doet Matthew dat. Ik lach wanneer hij lacht, zodat hij niet doorheeft hoe wanhopig ik me voel. Het is moeilijk te geloven dat mijn besluit om de kortere weg door het bos te nemen – op die noodlottige vrijdagavond in een flits genomen – zo'n verwoestende impact op mijn leven heeft. Jane was misschien op het verkeerde tijdstip op de verkeerde plaats geweest, maar ik ook. Ik ook.

Dinsdag 4 augustus

De telefoon gaat terwijl ik de vaatwasser sta in te ruimen. Ik denk dat het Rachel zal zijn die wil weten hoe mijn verblijf in het hotel is geweest. Maar als ik opneem, is er niemand aan de andere kant van de lijn – althans niemand zegt iets, want ik weet zeker dat er wél iemand is. Ik herinner me ineens een telefoontje van gisteren en de keren dat er vorige week was gebeld, voordat ik naar het hotel ging. Het zwijgen. Ik houd mijn adem in en luister of ik ook maar het kleinste geluidje hoor dat me vertelt dat er iemand is, maar ik hoor niets – geen ruis, geen ademhaling, helemaal geen geluid, alsof hij net als ik zijn adem inhoudt. Hij. Een onbehaaglijk gevoel bekruipt me en ik hang abrupt op. Ik beluister het antwoordapparaat omdat ik wil weten of er tijdens mijn afwezigheid berichten zijn binnengekomen, maar op donderdag was er alleen een telefoontje van het beveiligingsbedrijf met de bevestiging dat ze het alarmsysteem de volgende dag zouden installeren; en op vrijdag waren er drie berichten, twee van het beveiligingsbedrijf met het dringende verzoek om terug te bellen en één van Connie.

Ik had me voorgenomen om aan mijn lesprogramma voor september te beginnen, maar ik kan me niet concentreren. De telefoon gaat opnieuw en mijn hart begint meteen te bonzen. *Niks aan de hand*, zeg ik tegen mezelf, *het zal Mat-*

thew wel zijn, of Rachel, of een andere vriendin die belt om even bij te kletsen. Maar ik zie dat de nummerweergave is afgeschermd.

Ik weet niet waarom ik toch opneem. Misschien omdat ik al heb begrepen wat er van me wordt verwacht. Ik wil iets zeggen, ik wil hem vragen wie hij is, maar de verkillende stilte bevriest de woorden in mijn mond, zodat ik alleen maar kan luisteren. Maar er is weer niets te horen en ik kwak de telefoon met trillende hand neer. Plotseling voelt mijn huis als een gevangenis. Ik haast me naar boven, pak mijn mobieltje en tas uit de slaapkamer, stap vlug in de auto en rijd naar Castle Wells. Op weg naar een café stop ik om een kaart voor de man van Jane te kopen. Bij de kassa is het onmogelijk om de stapels kranten op de balie te negeren, of hun koppen die schreeuwen dat er nieuwe ontwikkelingen zijn in de moordzaak. Ik wil niet bepaald graag over de moord lezen, maar de kans bestaat dat de politie de dader op het spoor is, dus ik koop er toch maar een. In het naastliggende café ga ik aan een hoektafeltje zitten en sla de krant open.

Tot nu toe heeft de politie gedacht dat de moord op Jane een willekeurige aanval is geweest, maar er heeft zich een getuige gemeld die meent dat hij haar auto de vrijdagavond vóór ze werd vermoord rond halftwaalf op dezelfde plek geparkeerd heeft zien staan. Dat verandert de zaak volledig, want het doet vermoeden dat Jane haar moordenaar kende en dat ze op de avond van de moord naar de passeerhaven is gereden om hem te ontmoeten, net als de week ervoor. De pers haalt haar privéleven erbij en suggereert dat ze een affaire had, dat het niet goed ging met haar huwelijk, en mijn hart gaat uit naar haar man, hoewel er ook wordt gespeculeerd over de vraag of híj misschien zijn vrouw heeft vermoord. Zoals de krant naar voren brengt, had hij zijn beide alibi's – de twee dochtertjes waar hij die avond naar eigen zeggen thuis op paste – gemakkelijk alleen kunnen laten in de tijd die nodig was om het misdrijf te plegen.

Naast het artikel staat een mes afgebeeld dat lijkt op het mes waarvan de politie vermoedt dat het door de moordenaar is gebruikt. Ik staar naar het keukenmes met zijn zwarte heft en fijngekartelde lemmet en ik word misselijk van angst.

Als een raceauto die vanaf de startlijn optrekt, slaat mijn hartslag zo snel op hol dat ik me duizelig voel. Ik sluit mijn ogen, maar als ik ze weer opendoe, is de angst er nog steeds, maar dan sterker. Misschien hield de moordenaar zich al schuil in het bos, klaar om zijn verschrikkelijke misdaad te begaan, op het moment dat ik voorbij de passeerhaven stopte. Als hij mij heeft gezien, zou hij kunnen denken dat ik hem ook gezien heb. Misschien heeft hij mijn kenteken onthouden voor het geval ik een bedreiging zou vormen. En in zijn ogen ben ik dat misschien wel. Hij weet dat er iemand contact met de politie heeft opgenomen, want dat is openbaar gemaakt. Misschien vermoedt hij dat ik het ben. Hij weet niet dat ik verder niets heb gezegd, dat ik niets te melden had. Wat ertoe doet, is dat hij van mijn bestaan weet. Is hij erachter gekomen wie ik ben en zijn die zwijgende telefoontjes bedoeld als dreigement?

Ik kijk radeloos om me heen om houvast te vinden; mijn blik valt op de menukaart van het café en ik begin de letters van het eerste item dat erop staat te tellen: een, twee, drie, vier, vijf, zes. Het helpt: de gelijkmatigheid van de opeenvolgende cijfers brengt mijn hartslag tot rust en al snel haal ik weer normaal adem. Maar ik voel me wankel en vreselijk alleen.

Ik haal mijn mobieltje tevoorschijn en ik bel Rachel, blij dat haar kantoor niet al te ver van het centrum ligt.

'Ik ben in Castle Wells. Kun je tussen de middag misschien wat langer vrij nemen?' vraag ik.

'Ik check even mijn agenda.' Haar stem klinkt kordaat; daardoor weet ik dat ze de wanhoop in mijn stem heeft gehoord. 'Even kijken... Ik heb een vergadering om drie uur, dus voor die tijd moet ik terug zijn, maar als ik wat dingetjes regel kan ik rond één uur bij je zijn. Is dat goed?'

'Dat zou geweldig zijn.'

'Zien we elkaar in de Spotted Cow?' zegt ze.

'Perfect.'

'Is het druk in de stad? Waar sta je geparkeerd?'

'Ik heb een plek gevonden op die kleine parkeerplaats in Grainger Street, maar je kunt misschien beter naar de parkeergarage gaan.'

'Oké. Ik zie je om één uur.'

'Wat is er met je, Cass?'

Ik neem een slokje wijn; ik weet niet goed wat ik tegen Rachel moet zeggen. 'Ik voel me niet meer veilig in mijn eigen huis.'

'Waarom niet?'

'Dat heb ik al sinds de moord. In de krant staat dat Jane vermoedelijk vermoord is door iemand die ze kende, wat betekent dat hij waarschijnlijk in de buurt woont.'

Ze reikt over de tafel heen en geeft me een kneepje in mijn hand. 'Haar dood heeft je erg aangegrepen, hè?'

Ik knik mistroostig. 'Ik weet dat ik maar één keer met haar heb geluncht, maar ik weet gewoon zeker dat we goede vriendinnen zouden zijn geworden,' zeg ik. 'En ik vind het naar dat ze zeggen dat ze een minnaar had. Ik geloof er geen woord van. Ze vertelde van alles over haar man: hoe fantastisch hij was en hoeveel geluk ze met hem had. Ik heb een kaart gekocht die ik hem wil sturen – kun jij het adres voor me achterhalen?'

'Ja natuurlijk, ik vraag er wel even naar op mijn werk.' Ze

maakt een hoofdgebaar naar de krant die ik heb gekocht. 'Heb je die foto van het mes gezien? Afschuwelijk.'

'Niet doen,' zeg ik met onvaste stem. 'Ik kan de gedachte niet verdragen.'

'Je voelt je wel beter als dat alarmsysteem is geïnstalleerd,' zegt ze. Ze schudt haar rode vest van haar schouders en hangt dat over de leuning van haar stoel.

'Dat hebben we al. Sinds zaterdag.'

Ze pakt haar glas, en haar zilveren armbandjes, bevrijd van een mouw, rinkelen tegen elkaar aan. 'Kun je het ook inschakelen als je binnen bent?'

'Ja, ik kan het alarm afstellen op de ramen en deuren van elke kamer.'

'En toch voel je je niet veilig?'

'Nee.'

'Waarom niet?'

'Omdat ik rare telefoontjes krijg.' Mijn woorden komen er in een haastige stroom uit.

Ze fronst. 'Hoe bedoel je, raar?'

'Stil. Van een afgeschermd nummer.'

'Je bedoelt dat er niemand aan de andere kant van de lijn is?'

'Nee, er is wel iemand, maar die zegt niets. Ik krijg er de kriebels van.'

Ze denkt even na. 'Die telefoontjes – hoeveel heb je er gehad?'

'Ik weet het niet precies, vijf of zes? Vanochtend twee.'

Ze kijkt me nog eens goed aan. 'En ben je daarom zo van streek? Een paar telefoontjes van een afgeschermd nummer? Cass, die krijg ik ook zo vaak! Meestal is het iemand die me iets wil verkopen of feedback vraagt over iets wat ik heb gekocht.' Ze denkt even na. 'Ik neem aan dat die telefoontjes binnenkomen op jullie vaste nummer?'

'Ja.' Ik speel met de steel van mijn glas. 'Ik vraag me af of het iets persoonlijks is.'

'Persoonlijks?' Rachel kijkt me niet-begrijpend aan.

'Ja.'

'Kom op, Cass, het zijn maar een paar telefoontjes. Ik snap niet waarom ze je zo van je stuk brengen.'

Ik haal mijn schouders op, alsof ik er niet te zwaar aan til. 'Ik geloof dat het met de moord op Jane te maken heeft – omdat die zo dicht bij huis heeft plaatsgevonden, begrijp je.'

'Wat vindt Matthew ervan?'

'Ik heb het hem niet verteld.'

'Waarom niet?' De bezorgdheid in haar ogen geeft de doorslag en ik besluit haar in vertrouwen te nemen.

'Omdat ik de laatste tijd wat domme dingen heb gedaan en ik niet wil dat hij denkt dat ik gek aan het worden ben,' geef ik toe.

Ze neemt een slokje wijn maar blijft me aankijken. 'Wat voor dingen?'

'Nou, eerst was ik vergeten dat ik Hannah en Andy had uitgenodigd voor een barbecue. Ik kwam Hannah tegen in Browbury op de dag dat ik met jou had afgesproken om wat te gaan drinken in The Sour Grapes...'

'Dat weet ik,' zegt ze. 'Ik weet nog dat je vertelde dat je daarom laat was.'

'Dus dat heb ik je al verteld?'

'Ja. Je zei dat je ze had uitgenodigd voor een barbecue omdat je ze al een tijdje niet had gezien.'

'Heb ik ook gezegd voor welke dag ik ze had uitgenodigd?'

'Ja, je zei de zondag daarop, dus meteen dat weekend.'

Ik doe mijn ogen dicht en haal diep adem. 'Nou, dat was ik dus vergeten,' zeg ik. Ik kijk haar weer aan.

'Vergeten?'

'Ja. Ik wist niet meer dat ik ze had uitgenodigd. Of ik besefte niet dat ik dat had gedaan, ik weet het niet zo goed meer. Andy belde 's ochtends om te vragen hoe laat we ze verwachtten, dus we hebben kunnen voorkomen dat ze kwamen opdagen en er niets voorbereid was. Maar dat is nog niet alles. Ik heb ook de alarminstallatie besteld zonder me daar iets van te herinneren. Ik heb het formulier ingevuld en ondertekend, de hele mikmak – maar ik was me er niet van bewust.' Ik kijk haar over de tafel heen aan. 'Ik ben bang, Rachel, heel bang. Ik weet niet wat er met me aan de hand is. En omdat mama...'

'Ik begrijp dat van het alarm niet,' onderbreekt ze me. 'Wat is er precies gebeurd?'

'Weet je nog dat ik je in The Sour Grapes heb verteld dat ik een man van een beveiligingsbedrijf over de vloer had gehad voor een offerte?'

'Ja, je zei nog dat je je niet zo op je gemak voelde of zoiets.'

'Inderdaad. Nou, toen Matthew vrijdag terugkwam van het booreiland, trof hij de man op de stoep aan. Dus Matthew vertelde hem dat we nog geen besluit hadden genomen over een alarmsysteem, maar die verkoper haalde vervolgens een door mij ondertekend contract tevoorschijn.'

'Dat zegt helemaal niets,' valt Rachel me in de rede. 'Hij kan je handtekening hebben vervalst. Er lopen heel wat van die oplichters rond.'

'Dat dacht ik eerst ook. Maar het was niet alleen de handtekening, Rachel, ook de rest. Het complete formulier was ingevuld – en beslist in mijn handschrift. Matthew zei dat ik er waarschijnlijk in geluisd ben, en daar ben ik in meegegaan omdat ik erdoor werd vrijgepleit. Maar ik denk dat we allebei wisten hoe het werkelijk zat.'

Ze laat het even op zich inwerken. 'Weet je wat ik denk? Ik denk dat je op de een of andere manier toch onder druk bent gezet. Je zei al dat je het geen prettige man vond, dat hij je een ongemakkelijk gevoel gaf, dus misschien heb je ingestemd om van hem af te zijn en heb je het hele voorval naderhand uit je onderbewustzijn gewist omdat je je schaamde dat je je zo hebt laten misleiden.'

'Zo had ik er nog niet over nagedacht.'

'Dat is vast hoe het is gegaan,' zegt ze resoluut. 'Dus maak je maar geen zorgen meer.'

'Maar dat verklaart de rest nog niet. Hoe zit het dan met het cadeau dat ik voor Susie zou kopen? En mijn uitnodiging aan Hannah en Andy voor die barbecue?' Ik heb het nog niet eens over het feit dat ik was vergeten dat zij een nachtje bij me zou komen logeren toen ik die hotelkamer voor mezelf boekte.

'Hoelang is het geleden dat je moeder overleed, Cass?'

'Iets meer dan twee jaar.'

'En in die tijd ben je weer aan het werk gegaan, ben je getrouwd en ben je verhuisd. Je hebt jezelf eigenlijk opnieuw uitgevonden. Voor iemand die de drie jaren daarvóór dag en nacht voor een zwaar dementerende heeft gezorgd, zou ik zeggen dat je te snel te veel hebt gedaan en dat je tegen een burn-out aan zit.'

Ik knik langzaam en denk erover na – en hoe meer ik erover nadenk, hoe meer ik begin te geloven dat ze gelijk heeft.

'Het is wel een hectische periode geweest,' geef ik toe.

'Nou, zie je wel.'

'Maar wat als het meer is dan dat?'

'Hoe bedoel je?'

Het is moeilijk om mijn grootste angst uit te spreken. 'Wat als ik net zo word als mama? Wat als ik elk klein dingetje begin te vergeten, net als zij?'

'Ben je daar dus bezorgd over?'

'Zeg eens eerlijk, Rachel: heb jij iets opgemerkt?'

'Nee, niets. Soms ben je een beetje afwezig...'

'Is dat zo?'

'Nou ja, je weet wel. Wanneer je gedachten afdwalen en je geen woord hoort van wat ik zeg.'

'Gebeurt dat dan weleens?'

'Kijk niet zo zorgelijk – dat overkomt iedereen toch!'

'Dus jij denkt niet dat ik die kant op ga?'

Rachel schudt stellig haar hoofd. 'Nee, dat denk ik niet.'

'En die telefoontjes?'

'Dat zijn gewoon telefoontjes. Daar is niets engs aan,' zegt ze ernstig. 'Je hebt gewoon rust nodig. Ga samen met Matthew eens ergens heen waar je je kunt ontspannen.'

'Ik ben net vijf dagen weg geweest. Bovendien is het moeilijk voor hem om in augustus vrij te nemen. Jij gaat binnenkort weg, toch?'

'Zaterdag,' zegt ze vrolijk. 'Ik heb er ontzettend veel zin in! O, fijn, daar is de lunch.'

Tegen de tijd dat Rachel vertrekt, een kwartier later dan haar bedoeling was, voel ik me veel beter. Ze heeft gelijk over mijn leven sinds mama's dood. In feite ben ik vanuit een bestaan met heel weinig reuring en veel routine terechtgekomen in een leven vol nieuwe ervaringen. Het is niet meer dan normaal dat alles wat er is gebeurd me nu heeft overvallen en uit balans gebracht. Het is een kleine inzinking en geen ramp. Ik hoef alleen maar de moord op Jane uit mijn gedachten te bannen en ik moet er niet langer van uitgaan dat er iets verontrustends is aan de telefoontjes die ik heb gekregen. Dan kan ik me concentreren op wat echt belangrijk voor me is: Matthew. Hierdoor kom ik op een idee en loop ik niet verder naar de parkeerplaats, maar terug in de richting waar ik vandaan ben gekomen.

Ik blijf een tijdje staan voor de etalage van de Baby Boutique en bekijk de schattige babykleertjes die er zijn uitgestald.

Dan duw ik de deur open en loop naar binnen. Er staat een jong stel – zij hoogzwanger – te kijken naar een kinderwagen voor hun binnenkort te verwachten baby, en de gedachte dat Matthew en ik daar op een dag zullen staan om een kinderwagen voor ons kind uit te zoeken vervult me met een verlangen dat me de adem beneemt. Ik begin de rekken met kleertjes te doorzoeken en tref een klein slaappakje met daarop pastelkleurige ballonnetjes aan. De verkoopster, een tengere jonge vrouw met het langste haar dat ik ooit heb gezien, komt naar me toe om te vragen of ze kan helpen.

'Ja, ik wil dit graag,' zeg ik, en ik overhandig haar het slaappakje.

'Beeldig is het, hè? Is het een cadeautje?'

'Nee, bedankt, het is voor mezelf.'

'Wat leuk! Wanneer komt de baby?'

Haar vraag brengt me van mijn stuk en ik geneer me dat ik een slaappakje koop voor een baby die nog niet eens in aantocht is.

'O, ik ben nog maar net zwanger,' hoor ik mezelf zeggen.

Ze lacht opgetogen en klopt op haar buik. 'Ik ook!'

'Gefeliciteerd!' Ik draai me om en zie het jonge stel op ons af lopen. 'Weet u al of het een jongetje of meisje wordt?' vraagt de jonge vrouw me.

Ik schud snel mijn hoofd. 'Het is nog te vroeg.'

'Ik krijg een jongetje,' zegt ze trots. 'Volgende maand.'

'Wat fijn.'

'We weten niet goed welke buggy we zullen kopen,' gaat ze verder.

'Misschien kunnen wij helpen,' zegt de verkoopster, en voor ik het weet, bekijken we de rij kinderwagens en buggy's, waarvan we alle voors en tegens bespreken.

'Ik zou die nemen,' zeg ik, wijzend naar een prachtige marineblauw-met-witte kinderwagen.

'Probeer 'm maar even,' oppert de verkoopster, dus het jonge stel en ik lopen er om de beurt mee door de winkel. We zijn het erover eens dat dit de perfecte wagen is, want hij ziet er stijlvol uit en rijdt ook nog eens prettig.

We lopen naar de toonbank, waar de verkoopster erop staat het slaappakje in een mooi doosje te verpakken, ook al heb ik gezegd dat het voor mezelf is, en terwijl we staan te praten over mogelijke babynamen ben ik er zekerder van dan ooit dat ik moeder wil worden. Rachels uitspraak dat ik alleen maar tegen een burn-out aan zit, heeft me mijn zelfvertrouwen teruggegeven en ik verheug me er enorm op om Matthew vanavond te vertellen dat we kunnen beginnen met de IVF-procedure. Misschien geef ik hem eerst wel het slaappakje, als hint.

'We hebben een klantenkaart die mogelijk interessant voor u is.' De verkoopster reikt me glimlachend een formulier aan. 'U hoeft alleen maar uw naam en adres in te vullen. Als u een bepaald aantal punten hebt gespaard, krijgt u korting op uw volgende aankopen.'

Ik neem het formulier aan en begin het in te vullen. 'Dat klinkt goed.'

'Het geldt ook voor zwangerschapskleding,' vervolgt ze. 'We hebben geweldige jeans met een elastische buikband die meegroeit met je zwangerschap. Ik heb mijn oog al op eentje laten vallen.'

Ineens ben ik terug in de werkelijkheid, want ik bén helemaal niet zwanger, dus ik geef haar het formulier terug en neem haastig afscheid. Ik ben bijna bij de deur als ze me naroept.

'U hebt nog niet betaald!' laat ze me lachend weten.

Enigszins van de wijs gebracht loop ik terug naar de toonbank en overhandig haar mijn creditcard. Als ik even later alsnog de deur uit ga, voel ik me zo bezwaard over de leugens die ik heb verteld, dat ik mijn hervonden zelfvertrouwen alweer bijna kwijt ben. Ik heb geen zin om naar huis te gaan, maar ik wil ook niet in de stad blijven, voor het geval ik het jonge stel uit de winkel weer tegenkom en ze over mijn zwangerschap beginnen, dus loop ik maar naar de parkeerplaats.

Ik ben nog niet ver wanneer ik iemand mijn naam hoor roepen. Als ik me omdraai, zie ik John, mijn collega van school, die haastig naar me toe loopt.

'Ik zag je uit die winkel komen en probeerde je al in te halen,' legt hij me uit met die brede glimlach van hem. Hij omhelst me spontaan en zijn donkere haar valt over zijn voorhoofd.

'Hoe gaat het met je, Cass?'

'Prima,' jok ik. Ik zie zijn ogen afdwalen naar het tasje dat ik bij me heb en ik voel me meteen ongemakkelijk.

'Ik wil niet nieuwsgierig zijn, maar ik moet een cadeautje hebben voor de pasgeboren baby van een vriend en ik heb geen idee wat ik moet kopen. Ik was op weg naar die winkel toen ik je naar buiten zag komen en ik hoop dat jij me kunt helpen.'

'Ik heb een slaappakje gekocht voor de baby van een vriendin van me. Misschien zou je zoiets kunnen kopen.'

'Uitstekend, dan doe ik dat gewoon. En, geniet je van de vakantie?'

'Ja en nee,' beken ik, dankbaar dat we van onderwerp veranderen. 'Het is fijn om vrij te hebben, maar na die moord vind ik het moeilijk om me te ontspannen.'

Zijn gezicht betrekt. 'Ik heb met haar getennist. We zaten bij dezelfde club. Ik kon het niet geloven toen ik het hoorde. Ik was er kapot van. Nog steeds.'

'Ik was vergeten dat jij haar ook kende,' zeg ik.

Hij kijkt verbaasd. 'Hoezo, jij ook dan?'

'Niet zo goed. Ik heb haar ontmoet op een feestje waar

Rachel me mee naartoe had genomen. We raakten aan de praat en toen ik haar vertelde dat ik op de middelbare school hier in Castle Wells werk, zei ze dat ze jou kende. Daarna hebben we een keer samen geluncht, een paar weken geleden.' Ik zoek koortsachtig naar iets anders om over te praten. 'Jij gaat naar Griekenland, toch?'

'Nee, niet meer.' Ik kijk hem vragend aan. 'Laten we zeggen dat mijn vriendin van het toneel verdwenen is.'

'Aha...'

John haalt zijn schouders op. 'Zulke dingen gebeuren.' Hij kijkt op zijn horloge. 'Heb je toevallig tijd om even wat te gaan drinken?'

'Koffie zou wel lekker zijn,' zeg ik, blij dat ik zo weer wat tijd kan invullen.

Onder het genot van een kop koffie praten we over school en over de teamdag die voor het eind van de maand op het programma staat, in aanloop naar het nieuwe schooljaar, dat in september begint. Een halfuur later verlaten we het café en nadat we afscheid hebben genomen kijk ik hoe hij de straat oversteekt en terug naar de Baby Boutique loopt, waardoor mijn stressgehalte stijgt. Stel dat hij de verkoopster vertelt dat hij net zo'n slaappakje wil kopen als een vriendin van hem een dik halfuur geleden heeft gekocht? Dan zal ze weten dat het over mij gaat en zegt ze misschien iets over mijn zwangerschap, en als we elkaar dan zien op school kan het zomaar zijn dat hij me feliciteert waar iedereen bij is. En wat moet ik dan? Doen alsof het loos alarm was? Het kan zelfs zijn dat hij me later op de dag belt, en dan heb ik geen andere keuze dan toe te geven dat ik tegen de verkoopster heb gelogen of hem te vertellen dat ze me verkeerd begrepen moet hebben. Mijn hoofd bonst en ik wou dat ik hem niet was tegengekomen.

Ik kom thuis en terwijl ik naar binnen ga, herinnert het

flitsende lampje op het toetsenpaneeltje me eraan dat ik het alarm moet uitschakelen, dus doe ik de voordeur dicht en tik de code in. Maar het groene lampje gaat niet aan; in plaats daarvan begint het rode lampje verwoed te knipperen. In de veronderstelling dat ik me heb vergist tik ik de code nog eens in, waarbij ik stevig op elk cijfer druk – 9-0-9-1 – maar het lampje begint nog sneller te knipperen. Met in mijn achterhoofd de tijd die vervaarlijk wegtikt – want ik heb maar dertig seconden tot het alarm afgaat – probeer ik na te gaan wat ik verkeerd heb gedaan. Ik weet zo zeker dat ik de juiste code heb gebruikt dat ik dezelfde cijfers nog eens probeer, maar het lukt niet.

Na nog een paar tellen breekt de hel los. Er snerpt een sirene door de lucht, gevolgd door een tweede; ze wisselen elkaar loeiend af. Terwijl ik sta te aarzelen voor het paneeltje en probeer uit te vogelen of er nog een andere manier is om het alarm uit te schakelen, hoor ik de telefoon achter me overgaan en mijn hart, dat toch al tekeergaat van de stress door mijn geknoei met de code, gaat nog sneller kloppen omdat ik alleen maar kan denken dat degene die me lastigvalt met zwijgtelefoontjes weet dat ik net thuis ben gekomen. Ik hol weg bij het alarm, naar het hek toe, en kijk de straat in of er iemand is die me kan helpen. Maar ondanks de herrie van het alarm komt niemand poolshoogte nemen, en de ironie daarvan bezorgt me een lichtelijk hysterisch gevoel.

Op dat moment komt Matthews auto eraan, waardoor ik tot mezelf kom. Ik realiseer me dat ik het tasje van de Baby Boutique nog bij me heb, dus ik doe snel mijn auto open en gooi het onder de stoel voordat hij dichtbij genoeg is om het te zien. De verbaasde blik op zijn gezicht terwijl hij door het hek rijdt, vertelt me dat het geluid van het alarm hem al heeft bereikt. Hij brengt de auto abrupt tot stilstand en springt eruit.

'Cass, wat is er gebeurd? Gaat het wel?'

'Ik krijg het alarm niet uit!' schreeuw ik over het geluid heen. 'De code werkt niet!'

De opluchting op zijn gezicht, dat er niet is ingebroken, maakt snel plaats voor verbazing.

'Hoe bedoel je, hij werkt niet? Hij deed het gisteren gewoon.'

'Ik weet het, maar nu niet meer!'

'Laat mij eens kijken.'

Ik loop achter hem aan het huis in en hij toetst de code in op het paneeltje. De herrie stopt meteen.

'Niet te geloven,' zeg ik uit het veld geslagen. 'Waarom lukte het mij dan niet?'

'Weet je zeker dat je de juiste code hebt ingetoetst?'

'Ja, negen-nul-negen-één, net zoals gisteren, net zoals jij zopas. Ik heb het zelfs twee keer geprobeerd, maar dat haalde niks uit.'

'Wacht even – welke cijfers noemde je nou?'

'Negen-nul-negen-één, onze verjaardagen omgekeerd.'

Hij schudt vertwijfeld zijn hoofd. 'Het is negen-één-negen-nul, Cass, niet negen-nul-negen-één. Eerst jouw verjaardag, dan de mijne. Je hebt ze alleen maar omgewisseld, dat is alles.'

'O mijn god,' zeg ik kreunend. 'Hoe kan ik toch zo stom zijn?'

'Nou ja, dat kan gebeuren. Maar is het niet in je opgekomen om de cijfers andersom te proberen toen het de eerste keer niet lukte?'

'Nee,' zeg ik, en ik voel me nog onnozeler. Over zijn schouder zie ik een politieauto stoppen voor het huis. 'Wat doet de politie hier?'

Matthew kijkt om. 'Ik weet het niet. Misschien heeft het bedrijf van het alarm hun hulp ingeroepen – wie weet omdat de moord hier dichtbij is gepleegd of zo.'

Er stapt een politievrouw uit de auto. 'Is alles in orde?' roept ze over het hekwerk heen.

'Ja, alles oké,' verzekert Matthew haar.

Ze loopt toch de oprit op. 'Er is niet ingebroken, dus? We werden gewaarschuwd dat uw alarm afging en dat er niet werd gereageerd op het controletelefoontje, dus zijn we maar even deze kant op gekomen.'

'Het spijt me – dat was een overbodige rit, vrees ik,' zegt Matthew. 'Het alarm is nieuw en er was enige verwarring over de code.'

'Wilt u dat ik het huis nog even inspecteer, gewoon voor de zekerheid? Was het alarm al afgegaan voordat u thuiskwam?'

'Nee,' zeg ik verontschuldigend. 'Het spijt me, het is mijn schuld, ik heb de verkeerde code ingetoetst.'

De politievrouw lacht me geruststellend toe. 'Geeft niks.'

Ik ervaar haar aanwezigheid merkwaardig genoeg als troostend, en ik weet dat dat komt omdat ik er als een berg tegen opzie om met Matthew alleen te zijn.

Hij heeft dan misschien wel besloten om geen aandacht te schenken aan – of om excuses te zoeken voor – alle andere domme dingen die ik de laatste tijd heb gedaan, maar hij kan niet ook nog negeren wat er zojuist met het alarm is gebeurd.

De politievrouw stapt terug in de auto en ik volg Matthew de keuken in.

Terwijl hij thee voor ons zet, is de stilte zo ongemakkelijk dat ik zou willen dat hij iets zegt, ook al is het iets wat ik eigenlijk niet wil horen.

'Cass, kunnen we even praten?' vraagt hij, terwijl hij me een mok aanreikt.

'Waarover?'

'Nou ja, je bent een beetje afwezig de laatste tijd... Je weet wel, dat je dingen vergeet...'

'Het bestellen van een alarm, het vergeten van de code,' zeg ik knikkend.

'Ik vraag me af of je ergens gestrest over bent.'

'Ik krijg zwijgtelefoontjes,' zeg ik, aangezien het me beter lijkt om uit te komen voor mijn angst daarover dan hem te vertellen dat ik mijn verstand aan het verliezen ben. Ik weet inmiddels dat Rachel de telefoontjes niet verontrustend vindt, maar ik wil graag weten hoe Matthew erover denkt.

'Nog steeds? Wanneer dan?'

'Elke keer 's ochtends.'

'Op je mobiel of op de vaste telefoon?'

'De vaste.'

'Heb je het nummer gecheckt?'

'Ja, dat was afgeschermd.'

'Dan zijn ze waarschijnlijk afkomstig uit een callcenter ergens aan de andere kant van de wereld. Maar even serieus, maak je je daar dus druk over? Een paar telefoontjes van een afgeschermd nummer?'

'Ja.'

'Waarom? Het is toch niet de eerste keer dat je zulke telefoontjes krijgt? Iedereen krijgt ze weleens.'

'Dat weet ik, maar deze komen persoonlijk over.'

'Persoonlijk?' Hij fronst. 'Hoe bedoel je?'

Ik aarzel, want ik weet niet goed wat ik er verder over moet zeggen. Maar ik ben er nu over begonnen. 'Het lijkt alsof de beller weet wie ik ben,' zeg ik.

'Hoezo, noemt diegene je naam?'

'Nee. Hij zegt helemaal niets, dat is het nou juist.'

'Dus het is een hijger?'

'Maar dan zonder te hijgen.'

'Wat doet hij dan wel?'

'Niets. Maar ik weet dat hij er is.'

'Hoe dan?'

'Dat voel ik gewoon.'

Nu kijkt hij beduusd. 'De beller kan niet weten wie je bent, Cass. Je bent niet meer dan een nummer op een heel lange lijst nummers. Het enige wat hij wil is vragen stellen in het kader van een onderzoek of je een keuken verkopen. En hoe weet je eigenlijk dat het een man is?'

Ik kijk hem geschrokken aan. 'Wat?'

'Je zei net dat je weet dat "hij" er is. Hoe weet je nou dat het een man is? Het zou ook een vrouw kunnen zijn.'

'Nee, het is absoluut een man.'

'Maar hoe kun je dat weten als er niets wordt gezegd?'

'Ik weet het gewoon. Kunnen we nagaan waar een telefoontje vandaan komt, ook al is het nummer afgeschermd?'

'Misschien wel. Maar je denkt toch niet echt dat het om iets persoonlijks gaat? Ik bedoel, waarom zou dat zo zijn?'

Het is moeilijk om mijn angst uit te spreken. 'Er loopt daar buiten ergens een moordenaar rond.'

'Wat heeft dat ermee te maken?'

'Dat weet ik niet.'

Hij trekt een rimpel in zijn voorhoofd en probeert het te bevatten. 'Bedoel je dat je denkt dat de moordenaar achter de telefoontjes zit?' vraagt hij, en hij probeert niet sceptisch te klinken.

'Nee, niet echt,' zeg ik halfslachtig.

'Lieve schat, ik begrijp waarom je angstig bent, dat zou iedereen zijn, gezien het feit dat de moord zo dichtbij is gepleegd en de dader nog op vrije voeten is. Maar als er naar de vaste telefoon wordt gebeld, kan het niet zo zijn dat de beller het speciaal op jou heeft voorzien, toch?' Hij denkt even na. 'Zal ik donderdag en vrijdag thuis werken? Zou het helpen als ik een paar dagen hier ben?'

Er gaat een golf van opluchting door me heen. 'Ja, zeker weten.'

'Het zou ook fijn zijn om een paar dagen vrij te hebben voor mijn verjaardag,' gaat hij verder, en ik knik, maar vraag me af hoe ik had kunnen vergeten dat hij bijna jarig is.

'Hoe dan ook,' zegt Matthew, 'ik heb eerder vandaag op de radio gehoord dat de politie begint te denken dat Jane haar moordenaar kende.'

'Dat kan zijn, maar ik geloof niet dat hij haar minnaar was,' zeg ik. 'Daar was ze gewoon het type niet voor.'

'Tja, maar hoe goed kende je haar nou eigenlijk? Je hebt haar maar twee keer ontmoet.'

'Ik kon merken dat ze van haar man hield,' houd ik koppig vol. 'Ze zou hem niet hebben bedrogen.'

'Nou, als ze de dader kende – en de politie denkt dat kennelijk – is het in elk geval onwaarschijnlijk dat hij het ook op anderen gemunt heeft. Laat staan dat hij iemand steeds belt.'

Nu hij het zo uitdrukt, kan ik het alleen maar met hem eens zijn: 'Je hebt gelijk.'

'Beloof je me dat je je geen zorgen meer zult maken?'

'Ja, beloofd,' zeg ik. En ik wou dat het zo simpel was.

Woensdag 5 augustus

De volgende dag, als ik op het bankje onder de pruimenboom naar het achterste deel van de tuin zit te kijken, bedenk ik het perfecte cadeau voor Matthew: een schuurtje. Ik weet niet meer hoe vaak hij heeft gezegd dat hij er graag een zou willen hebben. Als ik er vandaag een bestel, lukt het waarschijnlijk nog wel om het voor het eind van de week geleverd te krijgen en kan hij het in het weekend in elkaar zetten.

Er wordt gebeld terwijl ik het huis in loop om op de computer te gaan zoeken naar een schuurtje. Het maakt niet uit dat ik het al half verwachtte, ik blijf stokstijf stilstaan, tussen tuin en huis, tussen vluchten en vechten. De boosheid wint het van de angst. Ik ren de gang in en neem met een ruk de telefoon op.

'Laat me met rust!' roep ik. 'Als je me nog een keer belt, ga ik naar de politie!'

Ik heb al spijt van de woorden zodra ik ze heb gezegd. Geschokt houd ik mijn adem in, nauwelijks gelovend dat ik net heb gedreigd datgene te doen wat hij het meeste vreest, want nu denkt hij vast dat ik hem die avond inderdaad heb gezien. Ik wil tegen hem zeggen dat ik dat niet bedoelde, dat er niets is wat ik de politie zou kunnen vertellen, dat ik alleen maar wil dat hij ophoudt met die telefoontjes. Maar de angst heeft me van mijn stem beroofd.

'Cass?' Als ik hoor dat hij weet wie ik ben, sta ik als aan de grond genageld. 'Cass, gaat het wel?' De stem aan de andere kant van de lijn klinkt opnieuw. 'Met John.'

Mijn benen worden slap. 'John.' Ik lach beverig. 'Sorry, ik dacht dat je iemand anders was.'

'Gaat het wel goed met je?'

'Nu wel weer.' Ik doe mijn best mezelf onder controle te krijgen. 'Alleen is er een callcenter dat me maar blijft lastigvallen, en ik dacht dat dit weer zo'n telefoontje was.'

Hij lacht zachtjes. 'Irritant zijn die lui, hè? Maar maak je geen zorgen, als je tegen ze schreeuwt zoals daarnet, zullen ze je echt niet meer bellen! Hoewel ik moet zeggen, als ik zo vrij mag zijn,' gaat hij geamuseerd verder, 'dat dreigen met de politie me nogal drastisch lijkt.'

'Sorry,' zeg ik nog eens, 'ik schoot even uit mijn slof, ben ik bang.'

'Het is je vergeven. Maar luister, ik zal je niet langer ophouden. Ik bel om je te vragen of je zin hebt om vrijdagavond wat te gaan drinken met een paar andere collega's van school. Ik bel even rond om na te gaan wie er kan.'

'Vrijdag?' Ik denk koortsachtig vooruit. 'Nou, Matthew neemt de komende twee dagen vrij en het kan zijn dat we besluiten ergens heen te gaan. Kan ik het je nog laten weten?'

'Natuurlijk.'

'Ik bel je wel.'

'Prima. Nou, dag Cass, ik hoop dat je komt. En als dat callcenter weer belt, zeg ze dan nog maar eens flink de waarheid.'

'Komt in orde,' beloof ik. 'Dag, John, bedankt voor het bellen.'

Hij hangt op en ik blijf achter met een leeg gevoel. Ik voel me onnozel en vraag me af wat hij wel niet van me moet denken. Op dat moment gaat de telefoon, die ik nog steeds in mijn hand heb, opnieuw. Deze keer begin ik ontzettend te trillen. Ik wil wanhopig graag geloven dat het John is, die me terugbelt om me iets te vertellen wat hij zo-even vergeten is, dus ik neem op. Maar nu schreeuwt de stilte aan de andere kant van de lijn het uit, en ik baal ervan dat ik weer precies doe wat de beller van me wil.

Of misschien niet. Misschien frustreert het hem dat ik zwijg, misschien wil hij dat ik tekeerga zoals zojuist tegen John, misschien wil hij wel dat ik dreig naar de politie te gaan, zodat hij een reden heeft om me te vermoorden, zoals hij Jane heeft vermoord. Ik klamp me vast aan die gedachte, blij dat ik mijn frustratie op John heb kunnen uitleven, en wanneer ik ophang voel ik iets van triomf. En opluchting omdat ik, nu het telefoontje achter de rug is, verder kan gaan met mijn leven.

Maar dat is helemaal niet zo. Het huis voelt zo benauwd aan dat ik haastig een schuurtje voor Matthew uitkies, met meer oog voor de belofte van levering vóór zaterdag dan voor de afmeting.

Als ik weer beneden ben, pak ik een boek en een flesje water, waarmee ik terug de tuin in loop. Het duurt even voor ik besluit waar ik ga zitten, omdat ik niet wil dat iemand me ongemerkt kan besluipen, ook al is dat onwaarschijnlijk, aangezien diegene eerst over een bijna twee meter hoge heg zou moeten klimmen. Tenzij hij door het hek komt. Ik kies een plekje aan de zijkant van het huis met zicht op de oprit, geërgerd dat mijn huis niet langer de veilige haven is die het voorheen was. Maar totdat de politie de moordenaar heeft opgepakt, is er niets aan te doen.

Juist wanneer ik voor mezelf wat te lunchen wil maken, krijg ik een berichtje van Rachel met het adres waar ik om heb gevraagd, dus haal ik de kaart uit mijn tas en ga zitten om iets aan de man van Jane te schrijven. Het is gemakkelijker dan ik had gedacht, simpelweg omdat het recht uit mijn hart komt. Als ik klaar ben, lees ik het nog eens door om na te gaan of ik er echt tevreden over ben.

Beste meneer Walters,

Ik hoop dat ik me met deze brief niet te veel opdring. Ik wil alleen laten weten hoe verschrikkelijk ik het vond het verdrietige nieuws over Jane te horen. Ik heb haar maar heel even gekend, maar in die korte tijd heeft ze veel indruk op me gemaakt. We hebben elkaar een maand geleden ontmoet, op een feest voor iemand die afscheid nam bij Finchlakers, en daarna hebben we een paar weken geleden samen geluncht in Browbury. Ik hoop dat u het zult begrijpen als ik zeg dat ik een vriendin heb verloren, want zo voelt het.

Mijn medeleven gaat uit naar u en uw gezin,
Cass Anderson

Blij dat ik een reden heb om voor een paar minuten van huis te gaan, zoek ik een postzegel en loop de vijfhonderd meter naar de brievenbus aan het begin van de weg. Er is niemand te zien, maar wanneer ik de kaart door de gleuf gooi, heb ik het gevoel dat ik bekeken word, net als op die dag dat ik de openbare telefoon had gebruikt om de politie te bellen. De haartjes in mijn nek gaan rechtovereind staan en ik draai me snel om, met bonzend hart, maar ik zie niemand, alleen de takken van een boom, zo'n zes meter verderop, die zachtjes lijken te bewegen in de wind. Maar er staat vandaag helemaal geen wind.

Het is geen angst die ik voel, maar pure paniek. Het bloed trekt weg uit mijn gezicht en ik krijg geen adem meer, mijn ingewanden verkrampen en mijn benen worden slap. En dan verlies ik alle gevoel voor redelijkheid en ren ik uit alle macht terug, wég van de huizen aan het begin van de weg, naar mijn huis aan het eind, dicht bij het bos. Mijn voeten stampen op het asfalt, luid in de stilte van de middag, en als ik een scherpe bocht maak, de oprit op, mijn borst zwoegend, mijn adem raspend, glijd ik uit op het losse grind. De grond stormt op me af en beukt de lucht uit mijn longen. En terwijl ik daar lig, snakkend naar adem, met handen en knieën die al beginnen te prikken, klinkt het stemmetje spottend in mijn hoofd: *er is niemand!*

Ik krabbel langzaam overeind en strompel naar de voordeur. Voorzichtig om de geschaafde huid op mijn handpalmen te ontzien, trek ik met mijn duim en wijsvinger de sleutels uit mijn zak. In de gang loop ik naar de trap, blij dat ik het alarm niet had ingeschakeld voordat ik van huis ging, want ik ben zo overstuur dat ik het waarschijnlijk weer had laten afgaan. Ik loop de trap op, met stekende ogen van onvergoten tranen. Ik laat ze pas stromen als ik mezelf bij de wastafel schoonmaak, omdat ik net kan doen alsof ik huil om mijn geschaafde handen en knieën. Maar in feite weet ik niet hoeveel ik nog van mezelf kan hebben. Ik schaam me dat ik zo bedroevend zwak ben geworden sinds de moord op Jane. Als ik geen problemen met mijn geheugen had, zou ik er beter mee om hebben kunnen gaan, dat weet ik. Maar met het mogelijke vooruitzicht op dementie dat me boven het hoofd hangt, ben ik al mijn zelfvertrouwen kwijtgeraakt.

Vrijdag 7 augustus

We liggen lui in bed als ik een vrachtwagen hoor stoppen voor het huis.

'Er wordt vandaag toch geen afval opgehaald, hè?' zeg ik quasi-argeloos, wetend dat Matthews cadeau vandaag zal arriveren.

Matthew stapt het bed uit en loopt naar het raam. 'Er wordt iets bezorgd. Het zal wel voor die man zijn die hier verderop in de straat is komen wonen,' zegt hij. Hij trekt een spijkerbroek en een T-shirt aan. 'Er zijn de laatste tijd al veel meubels bij hem afgeleverd.'

'Welke man die verderop in de straat is komen wonen?'

'In dat huis dat te koop stond.'

Mijn hart bonst. 'Ik dacht dat het verkocht was aan een stel dat er eind september in zou trekken?'

'Nee, volgens mij niet.'

Hij holt haastig de trap af als iemand de oprit op knerpt en vervolgens de deurbel gaat. Ik leun achterover tegen de kussens en denk na over wat Matthew net heeft gezegd. Misschien is de man die ik vanuit het raam heb gezien alleen maar onze nieuwe buurman. Dat zou een geruststelling moeten zijn, maar dat is het niet, want ergens in een donker hoekje van mijn gedachten vraag ik me af of hij misschien mijn zwijgende beller is. Misschien zat er gisteren niemand achter me aan toen ik over de weg rende, maar er was beslist iemand die me gadesloeg toen ik bij de brievenbus stond. Ik wou dat ik Matthew erover kon vertellen, maar dat kan niet. Niet vandaag, niet zonder enig bewijs. Hij is al genoeg van zijn stuk gebracht door de werking van mijn geest de laatste tijd.

Plotseling word ik ongeduldig omdat hij maar niet terugkomt. Ik gooi het dekbed van me af om achter hem aan te gaan, maar dan hoor ik zijn voetstappen op de trap.

'Verrassing!' zeg ik zodra hij de slaapkamer binnenkomt.

Hij kijkt me verwonderd aan. 'Het is dus geen grapje of zo?'

'Nee, natuurlijk niet,' zeg ik, overdonderd door zijn gebrek aan enthousiasme. 'Waarom zou het een grapje zijn?'

Hij gaat op de rand van het bed zitten. 'Ik snap gewoon niet waarom je er nu een hebt gekocht.'

'Omdat het me een aardig gebaar leek?'

'Ik begrijp het nog steeds niet.'

Hij kijkt zo beduusd dat mijn goede humeur snel verdwijnt.

'Het is je verjaardagscadeau!'

Hij knikt langzaam. 'Juist ja. Maar waarom is het voor mij? Het zou toch iets voor ons allebei moeten zijn?'

'Hoezo? Ik ga er maar amper gebruik van maken, toch?'

'Hoe bedoel je?'

'Nou, jij bent degene die het er steeds over had! Maar het geeft niet. Als je het niet wilt hebben, stuur ik het terug.'

'Ik heb het er nooit over gehad, niet specifiek hierover, en het is ook geen kwestie van het niet willen hebben, ik zie er alleen op dit moment het nut niet van in. We zijn nog niet eens begonnen aan het hele babygebeuren, dus het kan jaren duren voor we een kind krijgen.'

Ik staar hem aan. 'Wat heeft een kind krijgen ermee te maken?'

'Ik geef het op,' zegt hij, en hij staat op. 'Ik begrijp er niks van. Ik ga naar beneden.'

'Ik dacht dat je er blij mee zou zijn!' roep ik hem na. 'Ik dacht dat je graag een schuurtje in de tuin wilde hebben! Het spijt me als ik dat ook al verkeerd heb begrepen!'

Hij loopt terug de kamer in. 'Een schuurtje?'

'Ja. Ik dacht dat je dat wilde hebben,' zeg ik beschuldigend.

'Ja, natuurlijk wil ik dat.'

'Wat is het probleem dan? De grootte? Want dan ruilen we het toch gewoon.'

Hij trekt een frons in zijn voorhoofd. 'Wacht eens even – je hebt een tuinschuurtje voor me gekocht?'

'Ja... Hoezo dan, is dat dan niet zojuist bezorgd?'

'Nee,' zegt hij, en hij begint te lachen. 'Geen wonder dat ik er niks van snapte! Ze hebben een vergissing gemaakt, lieverd. Er is geen tuinschuurtje bezorgd, maar een kinderwagen! Mijn god, ik was echt even ongerust. Ik dacht al dat je volslagen gek was geworden.'

'Een kinderwagen?' Ik kijk hem vol ongeloof aan. 'Hoe kunnen ze nou zo'n fout maken?'

'Joost mag het weten. Het is wel een heel mooie, moet ik zeggen, marineblauw met wit, precies zo een als ik ons op een dag nog wel zie kopen. Nou ja, ik zal de bezorgdienst bellen en vragen of ze hem weer komen ophalen. Ze kunnen nog niet ver zijn.'

'Wacht eventjes.' Ik sla het dekbed weer open en stap uit bed. 'Waar is die wagen?'

'In de gang. Maar ook als je er helemaal weg van bent, houden we hem niet,' zegt hij lachend. 'Hij is duidelijk voor iemand anders bestemd.'

Ik ren naar beneden, met een afschuwelijk gevoel in mijn maag. Bij de deur, met eromheen de verpakking op de vloer, staat de kinderwagen uit de winkel in Castle Wells, de wagen die ik mooi vond en die me ook het meest praktisch had geleken.

Matthew slaat zijn armen om me heen. 'Begrijp je nu waarom ik zo verbaasd was?' Hij wrijft met zijn neus in mijn hals. 'Wat geweldig dat je een schuurtje voor mijn verjaardag hebt besteld.'

'Ik weet dat je er graag een wilt hebben,' zeg ik afwezig.

'Ik hou van je,' fluistert hij in mijn oor. 'Hartstikke bedankt. Ik kan niet wachten tot het er is. Wel sneu voor die arme kerel die erachter komt dat het schuurtje dat hij net heeft ontvangen toch niet voor hem is.'

'Ik snap er niets van,' mompel ik met mijn blik op de kinderwagen.

'Heb je het schuurtje online besteld?'

'Ja.'

'Dan hebben ze twee bestellingen verwisseld. Wij hebben iemands kinderwagen gekregen en iemand anders ons schuurtje. Ik bel de bezorgdienst en als het een beetje meezit, heb ik dat schuurtje vanmiddag al.'

'Maar ik heb deze kinderwagen dinsdag gezien, in een winkel in Castle Wells. Er waren ook andere mensen, een jong stel, en zij vroegen wat ik vond van de verschillende kinderwagens, dus ik heb even rondgekeken en gezegd dat deze mij de beste leek.'

'En hebben ze hem besteld?'

'Volgens mij wel.'

'Nou, dan is dat de verklaring. Hij is per ongeluk hier bezorgd.'

'Maar hoe komt die winkel dan aan mijn adres?'

'Dat weet ik niet. Wat voor winkel was het? Als het een warenhuis was en je hebt er iets anders gekocht, dan heb je ze misschien je adres gegeven?'

'Het was geen warenhuis, het was een winkel in babyspullen.'

'Babyspullen?'

'Ja. Ik heb een slaappakje gekocht voor onze toekomstige baby. Dat wilde ik je geven, maar door al dat gedoe met het alarm ben ik het vergeten. Het ligt nog in de auto. Ik wilde je vertellen dat we ons wat mij betreft kunnen gaan verdiepen in het krijgen van een kind. Het leek me een goed idee, maar het zal nu wel stom op je overkomen.'

Hij versterkt de greep van zijn armen om me heen. 'Nee, dat is niet zo. Het is een lieve gedachte en je kunt het me nog steeds geven.'

'Maar het is nu verpest,' zeg ik sip. 'Alles is verkeerd gegaan.'

'Welnee,' houdt hij vol. 'Luister, toen je dat slaappakje kocht, heb je de winkel toen je adres misschien gegeven?'

'Ik heb een formulier ingevuld voor een klantenkaart,' zeg ik. Ik herinner het me weer. 'Met naam en adres.'

'Nou, dan is het dus opgelost! Welke winkel was het?'

'De Baby Boutique. Er zal wel een factuur of zoiets in zitten.' Ik tuur in de kinderwagen. 'Kijk, hier.'

Hij pakt de telefoon. 'Geef me het nummer maar, dan bel ik wel even. Dan kun jij intussen beginnen met het ontbijt.'

Ik lees het nummer aan hem voor en loop de keuken in om koffie te zetten. Terwijl ik het apparaat aanzet, hoor ik Matthew uitleggen dat er door een misverstand een kinderwagen bij ons is bezorgd. Wanneer hij lachend verdergaat dat ik provisie verdien als de wagen bestemd was voor de aanstaande ouders die dinsdag tegelijk met mij in de winkel waren, aangezien ik de koop heb aangemoedigd, ben ik onwillekeurig blij dat ze mijn advies ter harte hebben genomen.

'Laat me raden. Ze zeiden dat we hem mogen houden

voor onze toekomstige baby,' zeg ik glimlachend als hij de keuken binnenkomt.

'Dus het is toch zo.' Hij schudt verwonderd zijn hoofd. 'Ik wilde het eerst niet geloven, ik dacht dat ze zich vergiste.' Hij loopt naar me toe en neemt me in zijn armen. 'Ben je echt zwanger, Cass? Ik bedoel, dat zou heerlijk zijn, maar ik begrijp niet hoe het kan.' Hij kijkt me onzeker aan. 'Tenzij de artsen ernaast zaten. Ze hebben me gezegd dat ik geen kinderen kan krijgen, maar wie weet hadden ze ongelijk, misschien is er destijds een vergissing gemaakt.'

Als ik de blik op zijn gezicht zie, heb ik een grotere hekel aan mezelf dan ik ooit heb gehad.

'Ik ben niet zwanger,' zeg ik zacht.

'Wat?'

'Ik ben niet zwanger.'

'Maar de vrouw die ik net aan de lijn had feliciteerde me. Ze kon zich jou herinneren – en dat je de kinderwagen voor onze baby hebt besteld.'

Het is pijnlijk om zijn teleurstelling te zien. 'Ze heeft me vast met iemand anders verward. Ik zei toch al dat er een jong stel was...'

'Ze zei dat je haar hebt verteld dat je zwanger bent.' Hij doet een stap achteruit. 'Wat is er toch aan de hand, Cass?'

Ik ga aan tafel zitten. 'Ik heb haar verteld dat het slaappakje voor mezelf was, want dat was zo, en zij veronderstelde dat ik zwanger was,' zeg ik mat. 'En ik ben er maar in meegegaan omdat het op dat moment makkelijker leek.'

'En de kinderwagen?'

'Ik weet het niet.'

Hij kan zijn frustratie niet verbergen. 'Hoezo, je weet het niet?'

'Ik herinner me niet hoe dat is gegaan!'

'Heb je je die wagen misschien laten aansmeren?'

'Ik weet het niet,' zeg ik nog eens.

Hij gaat tegenover me zitten en pakt mijn handen. 'Luister, lieverd, denk je dat het zou helpen als je met iemand gaat praten?'

'Hoe bedoel je?'

'Je bent de laatste tijd jezelf niet en... nou ja... die moord lijkt je meer aangegrepen te hebben dan goed voor je is. En dan die telefoontjes nog.'

'Wat is daarmee?'

'Je lijkt er veel te veel achter te zoeken. Dat is voor mij lastig te beoordelen, want ik heb ze natuurlijk niet gehoord, maar...'

'Het is niet mijn schuld dat ze ophouden zodra jij thuis bent!' snauw ik, omdat ik er vreemd genoeg van baal dat er de afgelopen twee ochtenden niet is gebeld. Hij kijkt me verbaasd aan. 'Sorry,' zucht ik. 'Het frustreert me gewoon dat hij niet meer belt als jij er bent.' Het woord 'hij' blijft in de lucht hangen.

'Nou, het kan geen kwaad om eens naar dokter Deakin te gaan, gewoon voor een controle.'

'Waarom?' zeg ik, opnieuw defensief. 'Ik ben vermoeid, dat is alles. Rachel denkt dat ik tegen een burn-out aan zit omdat er zoveel is gebeurd sinds mijn moeder dood is.'

Hij fronst zijn voorhoofd. 'Sinds wanneer is zij een deskundige?'

'Nou, ik denk dat ze gelijk heeft.'

'Misschien wel. Maar toch kan het geen kwaad om naar de dokter te gaan.'

'Het gaat prima met me, Matthew, serieus. Ik heb alleen rust nodig.' Ik zie de twijfel in zijn ogen.

'Mag ik alsjeblieft toch een afspraak voor je maken? Als je niet voor jezelf gaat, doe het dan voor mij. Ik kan zo niet verder, echt niet.'

Ik probeer me te vermannen. 'En als dan blijkt dat me iets mankeert?' zeg ik, om hem op de mogelijkheid voor te bereiden.

'Zoals wat?'

'Ik weet het niet.' Ik krijg het woord nauwelijks uitgesproken. 'Dementie bijvoorbeeld.'

'Dementie? Daar ben je veel te jong voor, het is waarschijnlijker dat het stress is, zoals je al zei.' Hij knijpt zachtjes in mijn handen. 'Ik wil alleen maar dat je de hulp krijgt die je nodig hebt. Dus kan ik een afspraak maken?'

'Als jij daar gelukkig van wordt.'

'Ik hoop dat jíj er gelukkig van wordt. Want ik geloof niet dat je dat momenteel bent, toch?'

De tranen, die voortdurend aan de oppervlakte lijken te liggen, schieten me in de ogen.

'Nee,' zeg ik, 'niet echt.'

Zaterdag 8 augustus

Het is Matthew op de een of andere manier gelukt om een afspraak te maken met dokter Deakin, in plaats van iemand die heeft afgezegd, en ik ben zenuwachtig. Matthew en ik hebben ons snel na onze verhuizing bij deze huisarts laten inschrijven, en ik heb hem nog niet eerder gezien want ik ben niet ziek geweest. Ik ga ervan uit dat voor Matthew hetzelfde geldt, dus als we binnen worden geroepen verbaast het me dat onze dokter hem lijkt te kennen – en het verbaast me nog meer dat dokter Deakin al alles over mijn momenten van geheugenverlies lijkt te weten.

'Ik wist niet dat mijn man al met u had gesproken,' zeg ik verbouwereerd.

'Hij maakte zich zorgen om u,' legt dokter Deakin uit. 'Kunt u me vertellen wanneer u voor het eerst merkte dat u moeite had met het onthouden van dingen?'

Matthew geeft mijn hand een geruststellend kneepje en ik weersta de neiging om hem weg te trekken. Ik probeer het gevoel verraden te zijn te negeren, maar het feit dat ze achter mijn rug om over mij hebben gepraat, geeft me het idee dat ik een achterstand moet inlopen.

'Dat weet ik niet precies,' zeg ik, omdat ik niet de aandacht wil vestigen op dingen die ik heb weten te verbloemen en die Matthew dus niet heeft opgemerkt. 'Een paar weken geleden ongeveer. Matthew moest me komen redden in de supermarkt omdat ik mijn portemonnee thuis had laten liggen.'

'Maar daarvóór ben je al eens helemaal naar Castle Wells gereden zonder je tas – en er was ook nog die keer dat je de helft van de boodschappen in de supermarkt had laten liggen,' zegt Matthew zacht.

'O ja, dat was ik alweer vergeten,' zeg ik. Te laat besef ik dat ik hiermee weer een hapering in mijn geheugen heb blootgelegd.

'Dat zijn dingen die iedereen kunnen gebeuren,' zegt dokter Deakin geruststellend, en ik ben blij dat hij een grootvaderlijke dokter is die al een tijd meegaat en die weet hoe het leven in elkaar steekt, en niet iemand die nog maar net zijn studie medicijnen achter de rug heeft en alles volgens het boekje doet. 'Ik denk niet dat u zich er zorgen om hoeft te maken. Maar ik wil u wel even naar uw familiegeschiedenis vragen,' gaat hij verder, waarmee hij mijn hoop dat ons consult is afgelopen de kop indrukt. 'Ik weet dat u geen ouders meer hebt, maar mag ik vragen waar ze aan zijn gestorven?'

'Mijn vader is omgekomen bij een auto-ongeluk – hij werd overreden toen hij de straat voor ons huis overstak. En mijn moeder is gestorven aan een longontsteking.'

'En leed een van beiden aan andere ziekten?' vraagt hij.

'Mijn moeder was dement.' Naast mij reageert Matthew verrast, nauwelijks merkbaar, maar ik neem het toch waar.

'En kunt u me vertellen wanneer de diagnose werd gesteld?'

Mijn huid is zo vuurrood geworden dat ik zeker weet dat dokter Deakin het heeft opgemerkt. Ik kijk naar beneden en laat mijn haar over mijn gezicht vallen.

'In 2002.'

'Hoe oud was ze toen?'

'Vierenveertig,' zeg ik zachtjes. Ik kan Matthew niet aankijken.

Vanaf dat moment wordt het alleen maar erger. Mijn gezicht gaat nog meer gloeien als ik besef dat Matthew zich niet heeft laten misleiden door mijn uitvluchten en dat hij zich veel beter bewust was van wat er gaande is dan ik had gedacht. Terwijl het aantal voorvallen op dokter Deakins lijstje toeneemt, wil ik alleen nog maar weg, voordat er nog meer schade wordt aangericht.

Maar hij en Matthew zijn nog niet klaar. De moord moet ook besproken worden, en hoewel ze het erover eens zijn dat het normaal is dat ik er overstuur van ben geweest, aangezien ik Jane kende, en dat ik terecht ongerust ben, gegeven het feit dat het niet ver van ons huis is gebeurd, verwacht ik dat dokter Deakin de mannen in witte jassen zal bellen als Matthew verklaart dat ik denk dat de moordenaar me misschien wel heeft gebeld.

'Kunt u me iets over die telefoontjes vertellen?' Dokter Deakin kijkt me bemoedigend aan, dus ik heb geen keuze, hoewel ik weet dat hij de diagnose paranoia zal stellen, vooral omdat ik hem niet kan vertellen waaróm ik denk dat de moordenaar de beller is.

Tegen de tijd dat we de spreekkamer een uur later verlaten, voel ik me zo ellendig dat ik op weg naar de parkeerplaats weiger Matthews hand vast te houden. In de auto keer ik mijn hoofd van hem af en staar uit het raam. Ik probeer de tranen van vernedering terug te dringen. Misschien voelt hij dat ik op het punt sta te breken, want hij zegt niets en wanneer hij bij de apotheek stopt om de medicijnen te halen die dokter Deakin me heeft voorgeschreven, blijf ik in de auto zitten en laat het aan hem over. We zwijgen ook tijdens de verdere rit naar huis, en als we er zijn, stap ik uit de auto voordat hij kans heeft gezien de motor uit te zetten.

'Lieverd, doe nou niet zo,' smeekt hij, en hij volgt me de keuken in.

'Wat verwacht je dan?' Ik keer me boos naar hem om. 'Niet te geloven dat je achter mijn rug om met dokter Deakin over me hebt gepraat. Waar is je gevoel voor loyaliteit?'

Hij deinst terug. 'Waar het altijd is geweest, waar het altijd zal zijn, aan jouw zijde.'

'Waarom moest je dan zo nodig elk klein dingetje dat ik ooit ben vergeten opnoemen?'

'Dokter Deakin vroeg naar voorbeelden en ik wilde niet tegen hem liegen. Ik ben bezorgd om je, Cass.'

'Nou, waarom heb je me dat dan niet verteld in plaats van excuses voor me te bedenken en te doen alsof alles in orde was? En waarom moest je zeggen dat ik de vrouw in de babywinkel heb verteld dat ik zwanger was? Wat heeft dat te maken met mijn geheugenproblemen? Niets, helemaal niets. Nu heb je ook nog een fantast van me gemaakt, afgezien van de rest! Ik heb het je uitgelegd, ik heb uitgelegd dat de verkoopster me verkeerd had begrepen toen ik zei dat ik het slaappakje voor mezelf kocht, en dat het gemakkelijker was om erin mee te gaan toen ik besefte dat ze dacht dat ik zwanger was. Waarom je het aan dokter Deakin hebt verteld is me een raadsel.'

Hij gaat aan de keukentafel zitten en laat zijn hoofd in zijn handen zakken. 'Je hebt een kinderwagen besteld, Cass.'

'Ik heb geen kinderwagen besteld!'

'En je hebt ook geen alarm besteld, zeker.'

Boos pak ik de waterkoker en ik beuk ermee tegen de kraan terwijl ik hem vul. 'Was jij niet degene die zei dat ik er vast en zeker in was geluisd?'

'Luister nou, ik wil alleen maar dat je de hulp krijgt die je nodig hebt.' Er valt een korte stilte. 'Ik wist niet dat je moeder op vierenveertigjarige leeftijd de diagnose dementie had gekregen.'

'Dementie is gewoonlijk niet erfelijk,' zeg ik op scherpe toon. 'Dat heeft dokter Deakin gezegd.'

'Ik weet het, maar ik zou toch dom bezig zijn als ik blijf ontkennen dat je een probleem hebt.'

'Je bedoelt dat ik vergeetachtig en paranoïde ben? Dat ik aan waanideeën lijd?'

'Niet doen.'

'Nou, ik ga echt niet slikken wat hij me heeft voorgeschreven.'

Hij tilt zijn hoofd op en kijkt me aan. 'Het is alleen maar iets tegen de stress. Maar slik het vooral niet als je denkt dat je zonder kunt.' Hij laat een holle lach horen. 'Dan slik ik het misschien wel.'

Iets in zijn stem brengt me tot bezinning en als ik zie hoe gespannen hij eruitziet, voel ik me vreselijk schuldig dat ik mezelf nooit in hem heb verplaatst, dat ik er nooit over heb nagedacht hoe het voor hem moet zijn om mij steeds zo uit mijn doen te zien. Ik loop naar hem toe, hurk neer naast zijn stoel en sla mijn armen om hem heen.

'Het spijt me.'

Hij geeft me een kus op mijn kruin. 'Je kunt er niets aan doen.'

'Ik kan niet geloven dat ik alleen maar aan mezelf heb gedacht; dat ik er nooit bij heb stilgestaan hoe het voor jou moet zijn om mij zo mee te maken.'

'Wat het ook is, we komen er samen wel doorheen. Misschien moet je het gewoon een tijdje rustig aan doen.' Hij maakt zich los uit mijn armen en kijkt op zijn horloge. 'Laten we meteen beginnen. Zolang ik hier ben, hoef je niets te doen, dus ga jij maar lekker zitten, dan maak ik de lunch klaar.'

'Oké,' zeg ik dankbaar.

Ik ga aan tafel zitten en kijk toe hoe hij de ingrediënten voor een salade uit de koelkast haalt. Ik ben zo moe dat ik ter plekke in slaap zou kunnen vallen. Hoewel het vernederend was om mijn lijst van stommiteiten breed uitgemeten te krijgen, ben ik achteraf toch blij dat ik bij dokter Deakin ben geweest, vooral omdat hij denkt dat ik alleen maar aan stress lijd.

Ik kijk naar het doosje met de pillen die dokter Deakin heeft voorgeschreven. Het ligt naast de waterkoker. Het is een traject dat ik eigenlijk niet wil volgen, maar het is een prettig idee dat ik medicijnen heb voor het geval ik het gevoel krijg dat ik het niet aankan, aangezien Matthew maandag weer naar zijn werk gaat en Rachel vandaag naar Siena vliegt. Maar met alle lesvoorbereidingen die ik de komende weken nog voor de boeg heb, zal ik het te druk hebben om me zorgen te maken.

Terwijl ik daar zo zit, herinner ik me de dag dat ik mama in de keuken aantrof, starend naar de waterkoker. Toen ik haar vroeg wat ze aan het doen was, zei ze dat ze niet meer wist hoe ze hem aan moest zetten. Ik mis haar meer dan ooit; de pijn is acuut, bijna fysiek, en beneemt me de adem. Ik zou willen dat ik haar hand in de mijne kon nemen, haar kon vertellen dat ik van haar houd; ik verlang ernaar haar armen om me heen te voelen en haar te horen zeggen dat het allemaal goed komt. Want soms ben ik daar niet zeker van.

Zondag 9 augustus

Ik had nooit gedacht dat ik een doe-het-zelftype was, maar ik vind het fijn om Matthew te helpen met zijn tuinschuurtje. Het is plezierig om me eens te richten op iets anders en aan het eind van de dag het gevoel te hebben dat ik iets heb gepresteerd. En het is ook een leuke verjaardagsactiviteit voor Matthew.

'Tijd voor een paar gin-tonics,' zegt hij, wanneer we het resultaat van onze arbeid staan te bewonderen. 'In het schuurtje. Ik haal de drankjes, jij de stoelen.'

Dus ik sleep twee stoelen het schuurtje binnen en we wijden het in met allebei een speciale gin-tonic van Matthew, die hij altijd maakt met vers limoensap en een scheut gingerale. We eten buiten en doen er lekker lang over. Als de schemering invalt, gaan we naar binnen en bekijken een reisdocumentaire; we laten de afwas staan voor later. Het duurt niet lang voor Matthew begint te gapen, dus ik zeg dat hij gerust naar bed kan gaan en dat ik wel zal opruimen.

Ik loop de keuken in, naar de afwas die staat opgestapeld bij de vaatwasser. Ik ben er bijna, maar dan zie ik het vanuit mijn ooghoek liggen, op het buffet achter in de keuken, dicht bij de deur naar de tuin. Ik verstijf halverwege mijn stap, met één arm naar voren gestrekt; ik durf niet te bewegen. De lucht is doortrokken van gevaar, het daalt neer op mijn huid en spoort me aan te vluchten, de keuken uit te rennen, het huis uit, maar mijn benen zijn te zwaar en mijn geest is te verward voor een ontsnappingspoging.

Ik wil Matthew roepen, maar mijn stem is net als mijn lichaam verlamd van de angst. Er gaan seconden voorbij, maar de gedachte dat 'hij' elk moment door de achterdeur kan stormen brengt mijn benen tot leven en ik strompel de gang in.

'Matthew!' gil ik, terwijl ik op de trap in elkaar zak. 'Mátthew!'

Voortgedreven door de angst in mijn stem komt hij de slaapkamer uit vliegen.

'Cáss!' schreeuwt hij, en hij rent de trap af. In een paar tellen is hij bij me. 'Wat is er? Wat is er aan de hand?' vraagt hij. Hij houdt me dicht tegen zich aan.

'In de keuken!' Mijn tanden klapperen zo hevig dat ik de woorden amper kan uitspreken. 'Het ligt in de keuken, op het buffet!'

'Wat?'

'Het mes!' stamel ik. 'Het ligt daar, in de keuken, op het buffet bij de deur!' Ik grijp zijn arm vast. 'Hij is daar buiten, Matthew! Je moet de politie bellen!'

Hij maakt zich los uit mijn greep en legt zijn handen op mijn schouders.

'Rustig nou, Cass.' Zijn stem is kalm en geruststellend en ik haal diep adem. 'Nou, begin eens opnieuw – wat is er aan de hand?'

'Het mes, het ligt op het buffet in de keuken!'

'Welk mes?'

'Het mes dat hij heeft gebruikt om Jane te vermoorden! We moeten de politie bellen, hij kan nog in de tuin zijn!'

'Wie?'

'De moordenaar!'

'Je raaskalt, lieverd.'

'Bel nou gewoon de politie,' smeek ik handenwringend. 'Het ligt er echt, het mes ligt in de keuken!'

'Goed dan. Maar eerst ga ik even kijken.'

'Nee! Bel de politie nou, daar weten ze wat ze moeten doen!'

'Laat me eerst even naar de keuken gaan.'

'Maar...'

'Ik zal straks bellen, ik beloof het.' Hij wacht even om me de tijd te geven om tot mezelf te komen. 'Maar voor ik dat doe moet ik het mes even zien, want ze zullen me vragen het te beschrijven en ze willen vast ook weten waar het precies ligt.' Hij duwt me zachtjes opzij en wurmt zich langs me heen.

'Wat als hij daar nu is?' vraag ik angstig.

'Ik kijk wel snel om de hoek.'

'Oké. Maar ga niet naar binnen!'

'Goed.' Hij loopt naar de keukendeur. 'Waar zei je ook weer dat het mes lag?' vraagt hij, terwijl hij zijn hoofd om de deur steekt.

Mijn hart bonkt hard. 'Op het buffet bij de achterdeur. Hij moet via de tuin zijn binnengekomen.'

'Ik zie het mesje dat ik heb gebruikt om de limoen te snijden,' zegt hij kalm, 'maar meer niet.'

'Het ligt er, ik heb het zelf gezien!'

'Wijs je het me dan even aan?'

Ik sta op van de trap, klamp me aan hem vast en kijk schichtig de keuken in. Op het buffet bij de deur zie ik een van onze keukenmesjes liggen.

'Is dat het, Cass?' vraagt Matthew met een blik op mijn gezicht. 'Is dat het mes dat je hebt gezien?'

Ik schud mijn hoofd. 'Nee, het was een ander mes, veel groter, met een zwart heft, zoals dat mes op de foto in de krant.'

'Nou, het lijkt te zijn verdwenen,' zegt hij nuchter. 'Tenzij het ergens anders ligt. Zullen we maar even gaan kijken?'

Ik volg hem de keuken in; nog steeds klamp ik me aan hem vast. Hij kijkt demonstratief rond, om mij ter wille te zijn, en ik weet dat hij niet gelooft dat er überhaupt een ander mes heeft gelegen. Uit wanhoop omdat ik gek lijk te worden begin ik vertwijfeld te huilen.

'Het is in orde, lieverd.' Matthews stemt klinkt mild, maar hij slaat zijn armen niet om me heen; hij blijft gewoon staan en kan zich er niet toe zetten me te troosten.

'Ik heb het mes gezien,' snik ik. 'Ik weet het zeker. Dit is niet hetzelfde mes.'

'Maar wat wil je daarmee zeggen? Dat er iemand de keuken in is geslopen, het door mij gebruikte mesje heeft vervangen door een groter exemplaar en dat vervolgens weer heeft verwisseld?'

'Dat moet dan wel.'

'Als je dat echt denkt, kun je maar beter de politie bellen, want dan loopt er beslist een gevaarlijke gek rond.'

Ik kijk hem door mijn tranen heen aan. 'Dat probeer ik je nou de hele tijd te zeggen! Hij wil me bang maken!'

Matthew loopt naar de tafel en gaat zitten, alsof hij nadenkt over wat ik zojuist gezegd heb. Ik wacht tot hij iets zegt, maar hij staart voor zich uit en ik realiseer me dat hij hier geen woorden voor heeft, dat hij niet kan beschrijven wat mijn bewering dat een moordenaar het op mij heeft gemunt met hem doet.

'Als er een reden is, hoe onbeduidend ook, waarom jij het doelwit van de moordenaar zou zijn, kon ik er misschien iets van begrijpen,' zegt hij zacht. 'Maar er is helemaal geen reden voor. Het spijt me, Cass, maar ik weet niet hoelang ik dit nog kan verdragen.'

De wanhoop in zijn stem zet me met beide benen op de

grond. Het is moeilijk om mijn paniek te onderdrukken, maar de angst dat Matthew me verlaat is groter dan de angst dat de moordenaar me te pakken krijgt.

'Ik zal me wel hebben vergist,' zeg ik met bevende stem.

'Dus je wilt de politie niet bellen?'

Ik vecht tegen de neiging om hem te vertellen dat ik wél de politie wil bellen en dat ik het liefst wil dat die de tuin komt doorzoeken. 'Nee, laat maar.'

Hij staat op. 'Mag ik je advies geven, Cass? Neem de pillen die de huisarts je heeft voorgeschreven. Dan krijgen we allebei misschien wat rust.'

Hij verlaat de keuken en slaat nog net niet met de deur, maar het scheelt niet veel. In de stilte die volgt kijk ik naar het mesje dat onschuldig op het buffet ligt. Zelfs vanuit een ooghoek is het onmogelijk om het per abuis aan te zien voor iets veel dreigenders. Behalve wanneer je krankzinnig, paranoïde, neurotisch bent. Dat geeft voor mij de doorslag. Ik loop naar de waterkoker en pak het doosje met pillen. Dokter Deakin heeft gezegd dat ik het beste kan beginnen met driemaal daags één pil, maar dat ik er twee tegelijk mag innemen als ik me echt heel erg gespannen voel. Erg gespannen is zacht uitgedrukt voor wat ik voel, maar twee is beter dan niets, dus ik druk ze uit de strip en slik ze door met een glas water.

Maandag 10 augustus

Iemand buigt zich over me heen en haalt me uit mijn slaap. Ik doe mijn mond open om te gillen maar er komt niets uit.

'Je hoeft niet hier beneden te slapen, hoor.' De stem van Matthew komt van ver. Het duurt even voordat ik doorheb dat ik op de bank in de woonkamer lig. Eerst snap ik niet goed waarom. Dan herinner ik het me weer.

'Ik heb twee van die pillen ingenomen,' mompel ik, terwijl ik moeizaam overeind kom. 'En toen ben ik hier gaan zitten. Ik zal wel in slaap zijn gevallen.'

'Misschien moet je er de volgende keer dan maar één nemen, want je bent niet aan dat spul gewend. Ik wilde je alleen maar even vertellen dat ik naar mijn werk ga.'

'Oké.' Ik laat me achterover op de kussens zakken. Ik voel dat hij nog steeds boos is, maar ik word weer door slaap overmand. 'Tot later.'

Wanneer ik opnieuw mijn ogen opendoe, denk ik eerst dat hij is teruggekomen of dat hij helemaal niet is weggegaan, want ik hoor hem praten. Maar hij laat een boodschap voor me achter op het antwoordapparaat.

Ik sta op en voel me gedesoriënteerd. Ik moet wel heel diep hebben geslapen, dat ik de telefoon niet heb horen overgaan. Ik kijk op de klok en zie dat het kwart over negen is.

In de gang luister ik het antwoordapparaat af.

'Cass, met mij. Je slaapt kennelijk nog of misschien sta je onder de douche. Ik bel later nog wel een keer.'

Het is een nogal onbevredigend bericht. Ik wacht een paar tellen om mijn gedachten te ordenen en bel hem terug.

'Sorry, ik stond onder de douche.'

'Ik wilde alleen even weten hoe het met je gaat.'

'Prima.'

'Was je weer in slaap gevallen?'

'Eventjes.'

Hij zwijgt even en ik hoor een klein zuchtje. 'Het spijt me van gisteravond.'

'Mij ook.'

'Ik kom zo vroeg mogelijk naar huis.'

'Dat hoeft niet, hoor.'

'Ik bel wel voordat ik wegga.'

'Oké.'

Ik zet de telefoon terug in de houder en ben me ervan bewust dat we zojuist een van onze meest geforceerde gesprekken ooit hebben gevoerd. Plotseling besef ik hoe dit alles onze relatie heeft beïnvloed, en ik wou dat ik niet zo ondankbaar had geklonken toen hij aanbood vroeg thuis te komen. Omdat ik het heel graag goed wil maken grijp ik weer naar de telefoon om hem terug te bellen. Als die begint over te gaan voordat ik zijn nummer heb kunnen invoeren, weet ik dat hij zich er net zo rot over voelt als ik.

'Ik wilde jou ook net weer bellen,' zeg ik. 'Het spijt me als ik ondankbaar overkwam. Ik voelde me nog wat suf door de pillen.'

Hij zegt niets. Daardoor denk ik dat hij niet onder de indruk is van mijn verontschuldiging en besluit ik er een schepje bovenop te doen. Tot ik me realiseer dat degene aan de andere kant van de lijn niet Matthew is.

Ik krijg een droge mond. 'Met wie spreek ik?' zeg ik op

scherpe toon. 'Hallo?' De dreigende stilte bevestigt mijn grootste angst: niet dat hij terug is, maar dat hij nooit weg is geweest. De enige reden waarom hij donderdag en vrijdag niet heeft gebeld, is dat Matthew thuis was. Dat hij vandaag weer belt, betekent dat hij weet dat ik weer alleen thuis ben. Wat wil zeggen dat hij ons huis in de gaten houdt en dat hij dichtbij is.

De angst bekruipt me en prikt op mijn huid. Als ik al bewijs nodig had dat het mes dat ik gisteren in de keuken zag liggen echt was, en geen waanvoorstelling, heb ik het nu. Ik laat de telefoon vallen, ren naar de voordeur en schuif met trillende vingers de grendel ervoor. Ik kijk naar het alarm en probeer me te herinneren hoe ik het op bepaalde kamers moet afstellen. De gedachten schieten door mijn hoofd en ik doe een poging lucht in mijn longen te zuigen en zo mijn ademhaling tot rust te brengen, terwijl ik probeer te bedenken waar ik het veiligst zal zijn. Niet in de keuken, want daar wist hij gisteren binnen te dringen via de achterdeur; ook niet in een van de slaapkamers, want als het hem lukt binnen te komen, zit ik boven in de val. De woonkamer dus. Als ik het alarm heb aangezet, ren ik de woonkamer in en gooi de deur achter me dicht. Nog steeds voel ik me niet veilig, want er zit geen slot op, dus kijk ik om me heen of er iets staat wat ik ertegenaan kan duwen. Het dichtstbij staat een leunstoel en terwijl ik die voor de deur schuif, gaat de telefoon weer over.

De angst perst de rest van de lucht uit mijn longen. Ik kan alleen nog maar denken aan het mes dat ik gisteren heb zien liggen. Had daar bloed op gezeten? Ik weet het niet meer. Ik kijk snel de kamer rond, op zoek naar een wapen om mezelf mee te verdedigen, en mijn blik valt op een ijzeren pook die in de open haard ligt. Ik loop er haastig naartoe en pak hem op, waarna ik naar de ramen ren om de gordijnen dicht te doen: eerst het raam met uitzicht op de achtertuin en dan het raam aan de voorkant, doodsbang dat hij me gadeslaat, dat hij buiten is en naar binnen kijkt. De plotselinge duisternis maakt me nog angstiger, dus ik knip snel de lampen aan. Ik kan nauwelijks helder denken. Ik wil Matthew bellen, maar de politie zal sneller ter plekke zijn. Ik kijk rond en realiseer me dat ik de telefoon in de gang heb gelaten en dat mijn mobiel, als ik die al bij me had, het hier beneden niet zou doen. Alle strijdlust vloeit uit me weg. Ik kan niets doen. Ik kan de telefoon niet uit de gang halen, voor het geval hij daar al is. Ik kan alleen nog maar wachten tot hij me vindt.

Ik wankel naar de bank en hurk erachter, met de pook in mijn handen geklemd. Ik tril over mijn hele lichaam. De telefoon, die was gestopt met overgaan, drijft de spot met me en begint weer. Tranen van angst rollen over mijn wangen – totdat ik merk dat het bellen is gestopt. Ik houd mijn adem in – en de telefoon gaat opnieuw. De tranen komen terug en de telefoon stopt weer. Ik houd mijn adem weer in, voor het geval hij er nu echt mee is opgehouden. Maar dan gaat de telefoon weer en wordt mijn hoop de kop ingedrukt. Gevangen in deze vicieuze cirkel van angst en hoop, angst en hoop, verlies ik alle besef van tijd. En dan, moe van het spelen met mijn emoties, houdt hij uiteindelijk op met bellen.

Eerst is de stilte welkom. Maar dan wordt ze net zo dreigend als het onophoudelijke bellen. Deze stilte kan van alles betekenen. Misschien is hij het zat mij te kwellen, misschien is hij gestopt met bellen omdat hij hier is, in ons huis.

Ik hoor een geluid in de gang – de klik van de voordeur die open- en weer dichtgaat. Er klinken zachte voetstappen. Ik staar verschrikt naar de deur van de woonkamer en als de kruk naar beneden gaat daalt er een enorm paniekgevoel op me neer, als een deken die me dreigend bedekt en me verstikt, zodat ik niet kan ademhalen. Inmiddels luid snikkend spring ik overeind en ren naar het raam, waar ik de gordijnen en de potten met orchideeën op de vensterbank wanhopig opzij schuif. Wanneer ik het raam opengooi, word ik me bewust van de deur die tegen de leunstoel wordt geduwd. Net als ik op het punt sta de tuin in te klimmen, snerpt er een sirene door de lucht. En boven het geloei uit hoor ik Matthew aan de andere kant van de deur mijn naam roepen.

Ik kan amper beschrijven hoe ik me voel als ik de leunstoel opzij heb geschoven en me aan hem vastklamp, hysterisch raaskallend dat de moordenaar ergens buiten is.

'Wacht – laat me het alarm even uitzetten!'

Hij probeert zich uit mijn armen los te maken, maar op dat moment begint de telefoon weer over te gaan.

'Daar is hij weer!' schreeuw ik. 'Hij is het! Hij belt me al de hele ochtend!'

'Laat me het alarm uitzetten!' zegt Matthew opnieuw. Als hij zich heeft losgemaakt, loopt hij naar het paneeltje en brengt het alarm tot zwijgen. Het doordringende geluid van de telefoon blijft over.

Matthew neemt op. 'Hallo? Ja, u spreekt met Anderson.' Ik staar hem aan met een wilde blik, want ik vraag me af waarom hij de moordenaar zijn naam vertelt. 'Het spijt me, agent, ik ben bang dat het weer loos alarm is. Ik kwam thuis om te kijken hoe het met mijn vrouw ging omdat ze de telefoon niet opnam. Omdat ik niet wist dat ze het alarm had ingesteld, ging het af toen ik binnenkwam. Sorry dat we u weer voor niets hebben lastiggevallen. Nee, er is echt niets aan de hand.'

De kwartjes vallen met een kwellende traagheid, een voor een. Er gaat een golf van schaamte door mijn lichaam; mijn huid gloeit ervan. Ik laat me op de trap zakken en ben me er pijnlijk van bewust dat ik me opnieuw heb vergist. Ik probeer me te vermannen, zowel voor Matthew als voor mezelf, maar ik kan niet stoppen met trillen. Mijn handen lijken een eigen leven te leiden en in een poging ze voor hem te verbergen, sla ik mijn armen stijf over elkaar.

Matthew sluit het gesprek met de politie af door te zeggen dat ze niet hoeven te komen om een kijkje te nemen, en pleegt dan nog een telefoontje: hij stelt de persoon aan de andere kant van de lijn gerust en zegt dat alles in orde is, dat er geen reden is voor bezorgdheid.

'Wie was dat?' vraag ik mat.

'Het kantoor.' Hij blijft met zijn rug naar me toe staan omdat hij zich er niet toe kan zetten me aan te kijken. Ik kan het hem niet kwalijk nemen. Als ik hem was, zou ik meteen de voordeur uit lopen en nooit meer terugkomen. 'Valerie had me gevraagd of ik haar wilde laten weten of het goed met je gaat.' Hij draait zich om en ik zou willen dat hij dat niet had gedaan, want hij heeft een verbijsterde uitdrukking op zijn gezicht. 'Wat is er toch, Cass? Waarom nam je niet op? Ik was hartstikke ongerust. Ik heb je wel een uur lang proberen te bellen. Zelfs op je mobiel, voor het geval je boven was. Ik dacht dat je iets was overkomen.'

Ik laat een wrange lach horen. 'Wat dan, dat ik vermoord was?'

Zijn gezicht staat geschokt. 'Wilde je dat ik dat dacht?'

Ik heb onmiddellijk spijt van mijn woorden. 'Nee, natuurlijk niet.'

'Waarom nam je dan niet op?'

'Ik wist niet dat jij het was.'

'Dat kan toch niet anders; mijn nummer komt in beeld!' Hij haalt zijn handen door zijn haar en probeert het te begrijpen. 'Wilde je mij een lesje leren of zo? Gaat het daarom? Want als dat zo is, weet ik niet of ik het je kan vergeven. Heb je enig idee wat ik heb doorgemaakt?'

'En ik dan?' roep ik uit. 'Wat denk je dat ik doorgemaakt heb? Waarom bleef je maar bellen? Je weet toch van die enge telefoontjes die ik krijg?'

'Ik bleef bellen omdat ik wist dat je van streek was toen je ophing zonder dag te zeggen. Ik wilde graag weten of het goed met je ging! En waarom ging jij ervan uit dat het weer zo'n telefoontje was zonder het nummer te checken? Wat je zegt slaat nergens op, echt nergens op!'

'Ik heb het nummer niet gecheckt omdat ik meteen na ons gesprek zo'n zwijgtelefoontje kreeg! Daarna was ik te bang om op te nemen, voor het geval hij het weer was.'

'Zo bang dat je jezelf hebt verschanst in de woonkamer?'

'Nou, dan weet je nu tenminste hoe angstig ik van die telefoontjes word.'

Hij schudt vermoeid zijn hoofd. 'Dit moet ophouden, Cass.'

'Denk je dat ik dat niet ook wil?' Hij loopt naar de deur. 'Waar ga je heen?'

'Terug naar mijn werk.'

Ik kijk hem mismoedig aan. 'Kun je niet blijven?'

'Nee. Toen ik je niet kon bereiken, heb ik een vergadering laten verzetten.'

'Kun je dan terugkomen zodra die is afgelopen?'

'Nee, ik vrees van niet. Er zijn al te veel mensen afwezig.'

'Maar je zei eerder dat je zou proberen vroeg thuis te komen!'

Hij slaakt een zucht. 'Er is al een uur verloren gegaan omdat ik hiernaartoe moest komen, dus ik ben op de gewone tijd thuis,' zegt hij geduldig. Hij haalt de autosleutels uit zijn zak. 'Ik moet gaan.'

Hij vertrekt en trekt de deur stevig achter zich dicht. Ik vraag me af hoeveel hij nog kan hebben voordat hij breekt. Ik heb een hekel aan mezelf, aan wat ik ben geworden.

Ik snak naar een kop thee, loop de keuken in en zet de waterkoker aan. Als ik dat mes gisteren niet had gezien, zou ik deze ochtend beter zijn doorgekomen. Het telefoontje zou me nog steeds van streek hebben gemaakt, maar ik zou niet zo getraumatiseerd zijn geweest dat ik niet meer kon checken waar het volgende telefoontje vandaan kwam. Als ik dat had gedaan, had ik gezien dat het Matthew was die belde. Dan had ik opgenomen en was alles goed gegaan. Nu vind ik het idioot dat ik zo bang was dat ik mezelf in de woonkamer had verschanst. *Je wordt gek*, zegt een stemmetje in mijn hoofd. *Je wordt gek.*

Ik neem mijn thee mee de woonkamer in. Het raam waar ik doorheen had willen klimmen staat nog open en wanneer ik ernaartoe loop om het dicht te doen, besef ik dat het kan zijn dat ik het alarm zelf heb laten afgaan in plaats van Matthew. De gedachte dat het misschien een gezamenlijk effect is geweest – met mij aan het raam en Matthew bij de deur naar de woonkamer – maakt me aan het lachen en dat voelt zo goed dat ik me niet probeer in te houden. Terwijl ik naar het andere raam loop, aan de voorkant van het huis, moet ik nog steeds lachen, met een lach die, moet ik erkennen, grenst aan het hysterische. Ik schuif de gordijnen open – en de lach blijft steken in mijn keel. Want buiten op straat staat de man, de man die ik eerder langs het huis heb zien lopen, de man die onze nieuwe buurman zou kunnen zijn, de man die mijn zwijgende beller zou kunnen zijn, de man die Jane vermoord zou kunnen hebben. We staren elkaar een ogenblik aan en dan loopt hij weg, niet naar de huizen verderop, maar in de tegenovergestelde richting, naar het bos.

Het kleine beetje kracht dat ik nog overhad, trekt weg uit mijn lichaam, en ik loop de keuken in, niet om mijn laptop te halen maar om een paar pillen in te nemen. Ze maken de rest van de dag net draaglijk. Ik breng de tijd door op de bank en kom pas een uur voordat Matthew thuis zal komen in beweging. En daarna zijn we bij het avondeten stiller dan ooit.

Woensdag 12 augustus

Het geluid van de gestage regen haalt me uit mijn slaap. Mijn ledematen voelen zwaar, alsof ik door water waad. Ik dwing mezelf mijn ogen open te doen en vraag me af waarom alles zo moeilijk gaat. Dan herinner ik me de pillen die ik midden in de nacht heb geslikt, als een kind dat zijn bed uit sluipt om 's nachts wat lekkers te eten. Het is verbazingwekkend hoe snel ze mijn houvast zijn geworden. Ik had er gisteren al twee genomen, haastig ingeslikt met mijn kop thee zodra Matthew naar zijn werk was gegaan, omdat ik wist dat ik me geen herhaling van de dag daarvoor kon veroorloven, toen ik me in de woonkamer had verschanst. Ze werkten inderdaad, want toen het zwijgtelefoontje kwam, was ik niet in blinde paniek geraakt. Ik had opgenomen, geluisterd en opgehangen. Kortom: ik had gedaan wat hij van me verwachtte. Het had hem er niet van weerhouden opnieuw te bellen, maar tegen die tijd was ik te versuft om naar de telefoon te lopen, en daarna was ik in zo'n diepe slaap gevallen dat ik het niet eens zou hebben gehoord als hij was overgegaan. Toen ik uiteindelijk wakker werd, vlak voordat Matthew thuiskwam, was ik verbijsterd hoe makkelijk het was geweest om opnieuw de hele dag te slapen. Ik nam me voor geen pillen meer te nemen.

Maar toen was er gisteravond op het journaal een update geweest over de moord op Jane. Inmiddels denkt de politie dat ze haar moordenaar ergens heeft opgepikt voordat ze bij de passeerhaven arriveerde – wat zou betekenen dat hij in de auto zat toen ik erlangs reed.

'Dus ze had toch een minnaar,' zei Matthew.

'Waarom zeg je dat?' wilde ik weten, terwijl ik mijn gevoel van onrust trachtte te verbergen. 'Misschien gaf ze gewoon iemand een lift.'

'Alleen als ze niet goed bij haar hoofd was. Ik kan me niet voorstellen dat een jonge vrouw zo dom is dat ze stopt om een volslagen vreemde op te pikken. Ik bedoel, zou jij dat doen?'

'Nee, zeker niet. Maar het was die avond verschrikkelijk slecht weer en misschien heeft hij haar aangehouden.'

'Misschien wel. Maar als de politie verder gaat graven in haar leven, zal de conclusie vast zijn dat er inderdaad een minnaar in het spel was. Dan heeft haar moordenaar het dus niet ook op iemand anders gemunt. Zoals ik al eerder heb gezegd: het ging om iets persoonlijks.'

Hoewel ik nog steeds niet geloof dat Jane een minnaar had, werkten zijn woorden kalmerend. 'Ik hoop dat je gelijk hebt,' zei ik.

'Ik weet dat ik gelijk heb. Je hoeft je geen zorgen meer te maken, Cass. Voor je het weet zit de dader achter de tralies.'

Maar toen was de man van Jane in beeld verschenen; hij werd lastiggevallen door een verslaggever die hem vroeg of hij kon bevestigen dat zijn vrouw een minnaar had gehad. Hij was kalm en waardig in zijn weigering te antwoorden, zoals hij ook was geweest op de uitvaart van zijn vrouw, en het schuldgevoel dat ik altijd heb over Jane, steeds als ik aan haar denk, werd honderd keer zo erg. Het drukte zwaar op me, verpletterde me in alle hevigheid. We waren naar bed gegaan, maar van de gedachte dat de moordenaar misschien wel vanaf de passagiersstoel naar me had gekeken toen ik langs de auto van Jane reed, had ik niet kunnen slapen. Ik was zo opgefokt dat ik om drie uur 's ochtends naar beneden ging en een paar pillen innam om de rest van de nacht door te komen. En dat is de reden waarom ik me zo futloos voel.

Ik kijk naar Matthew, die met een ontspannen gezicht naast me ligt te slapen. Mijn ogen vallen op de klok: het is kwart over acht, wat wil zeggen dat het zaterdag is, anders zou hij al op zijn. Ik steek mijn hand uit en strijk met een vinger over zijn wang. Ik bedenk hoeveel ik van hem hou. Ik vind het vreselijk dat hij een kant van me heeft gezien waarvan ik zelf niet eens wist dat die bestond, en ik vind het heel erg dat hij zich vast afvraagt waar hij in vredesnaam aan is begonnen door met mij te trouwen. Zou hij ook met me getrouwd zijn als ik eerlijk tegen hem was geweest en hem had verteld dat mijn moeder op vierenveertigjarige leeftijd de diagnose dementie had gekregen? Het is een vraag die me achtervolgt. Het is ook een vraag waarop ik niet per se het antwoord wil weten.

De behoefte om Matthew te laten zien hoezeer ik hem waardeer, maakt mijn hoofd weer wat helderder. Met de bedoeling hem een ontbijt op bed te brengen gooi ik het dekbed van me af, zwaai mijn benen naast het bed en blijf even zitten, omdat het een te grote inspanning lijkt te vergen om te gaan staan. Mijn ogen vallen op Matthews kantoorkleren, die netjes over de stoel liggen – een schoon overhemd, een andere stropdas dan die van gisteren – en ineens besef ik dat het niet zaterdag is maar woensdag; en dat Matthew voor het eerst sinds ik hem ken door zijn wekker heen is geslapen.

Wetend dat hij er enorm van zal balen, strek ik mijn arm om hem wakker te schudden – maar dan stop ik, met mijn hand halverwege in de lucht. Als ik hem verder laat slapen, is hij misschien nog thuis als mijn beller zich aandient. En dan kan hij het telefoontje aannemen.

Mijn hart bonst omdat ik weer op het punt sta hem te misleiden. Ik ga liggen en trek het dekbed zachtjes over me heen. Ik kijk naar de klok en durf amper adem te halen voor het geval hij wakker wordt; de wijzers bewegen tergend langzaam naar halfnegen, en dan naar kwart voor negen. Ik voel me schuldig dat hij door mij te laat op zijn werk komt, maar ik vertel mezelf dat ik me hier niet toe zou hoeven verlagen als hij de telefoontjes serieus had genomen. Aan de andere kant, hoe kan ik hem kwalijk nemen dat hij er niet zwaar aan tilt? Ik heb hem immers niet verteld dat ik die avond Jane in haar auto heb zien zitten? Als ik dat wel had gedaan, zou hij begrijpen waarom ik denk dat mijn beller de moordenaar is.

Vlak voor negen uur wordt hij uit zichzelf wakker en springt het bed uit met een kreet van schrik.

'Cass! Cass, heb je gezien hoe laat het is? Het is bijna negen uur!'

Ik doe een goede imitatie van iemand die uit een diepe slaap ontwaakt.

'Wat? Nee, dat kan niet.'

'Jawel! Kijk maar!'

Ik wrijf in mijn ogen en ga rechtop zitten. 'Wat is er met je wekker, dan? Ben je vergeten hem aan te zetten?'

'Nee, ik zal er wel doorheen zijn geslapen. Heb jij hem ook niet gehoord?'

'Nee, anders had ik je wel wakker gemaakt.' De leugen glipt gemakkelijk mijn mond uit en klinkt zo onecht dat ik ervan uitga dat hij zich zal realiseren dat ik doe alsof. Maar hij is afgeleid en kijkt afwisselend naar de klok en zijn kleren. Hij haalt zijn hand door zijn haar en probeert te begrijpen hoe dit heeft kunnen gebeuren.

'Zelfs met de beste wil van de wereld lukt het me niet om voor tien uur op kantoor te zijn,' kreunt hij.

'Is dat nou zo erg? Je bent nooit te laat en je werkt vaak langer door,' redeneer ik.

'Nee, niet heel erg, denk ik,' geeft hij toe.

'Ga jij dan maar onder de douche, dan maak ik het ontbijt wel.'

'Oké.' Hij pakt zijn telefoon. 'Ik moet het Valerie wel even laten weten.'

Hij belt Valerie om haar te vertellen dat hij er pas na tien uur zal zijn en ik ga naar beneden terwijl hij zich scheert en onder de douche gaat. Ik voel me net zo gespannen als anders, ondanks Matthews aanwezigheid. Ik had nooit gedacht dat ik zou willen dat mijn zwijgende kwelgeest zou bellen, maar de gedachte dat hij dat misschien niet doet, maakt me misselijk van ongerustheid. Want als hij niet belt, wil dat zeggen dat hij weet dat Matthew thuis is.

'Geen trek?' vraagt Matthew bij het ontbijt, met een blik op mijn lege bordje.

'Op dit moment niet. Als de telefoon gaat,' ga ik aarzelend verder, 'wil jij dan opnemen? Als het weer zo'n telefoontje is vind ik het prettig dat jij het ook eens hoort.'

'Alleen als diegene binnen tien minuten belt.'

'En zo niet?'

Hij fronst en probeert meelevend te kijken, maar de barstjes beginnen zichtbaar te worden. 'Ik kan hier niet de hele dag rondhangen, lieverd.'

Minder dan tien minuten later worden mijn gebeden verhoord. De telefoon gaat en we lopen samen naar de gang. Hij pakt de telefoon en checkt het nummer. Het is afgeschermd.

'Niets zeggen,' zeg ik geluidloos. 'Alleen luisteren.'

Oké, mimet hij terug.

Hij neemt het telefoontje aan en nadat hij een paar seconden heeft geluisterd, zet hij de luidspreker aan zodat ik de stilte ook kan horen. Ik zie dat hij popelt om wat te zeggen, om te vragen wie er belt, dus leg ik mijn vinger op mijn lippen en gebaar dat hij moet ophangen.

'Is dat alles?' vraagt hij, totaal niet onder de indruk.

'Ja. Maar het was anders dan anders.' De woorden verlaten mijn mond voor ik het weet.

'Hoe bedoel je, "anders dan anders"?'

'Ik weet het niet, er was gewoon iets anders aan.'

'In welk opzicht?'

Ik haal mijn schouders op en mijn gezicht wordt rood. 'Gewoonlijk voel ik dat er iemand is. Vandaag niet. De stilte… was anders.'

'Stilte is stilte, Cass.' Hij kijkt op zijn horloge. 'Ik moet zo langzamerhand echt gaan.' Ik blijf zwijgend staan en hij geeft een kneepje in mijn schouder. 'Misschien klonk het anders omdat de luidspreker aan was.'

'Misschien.'

'Je klinkt niet overtuigd.'

'De telefoontjes zijn anders altijd dreigender.'

'Dreigender?'

'Ja.'

'Nou, misschien ervaar je ze als dreigender omdat je gewoonlijk alleen bent wanneer er wordt gebeld. Er is niets engs aan die telefoontjes, lieverd, dus hou nou op te denken dat dat wel zo is. Het is maar een callcenter dat verbinding probeert te krijgen, dat is alles.'

'Je zult wel gelijk hebben,' zeg ik.

'Ik héb gelijk,' zegt hij resoluut en hij klinkt zo zeker van zijn zaak dat ik ineens besluit hem te geloven; ik besluit te geloven dat de telefoontjes de hele tijd al vanuit een callcenter aan het andere eind van de wereld kwamen. Er valt een enorme last van mijn schouders. 'Waarom ga je vandaag niet lekker in de tuin rommelen?' oppert hij.

'Ik moet eerst boodschappen doen, want er is nauwelijks nog wat te eten in huis.'

'Heb je misschien zin om een van je curry's te maken voor vanavond?'

'Goed idee,' zeg ik, blij met de gedachte aan een middagje kokkerellen.

Hij geeft me een kus en vertrekt. Ik ren naar boven om mijn tas te halen, want ik wil graag op de streekmarkt in Browbury zijn voordat het er te druk wordt. Wanneer ik de voordeur achter me dicht wil trekken, gaat de telefoon. Ik blijf aarzelend op de drempel staan. Wat als hij wist dat ik daarnet niet degene was die opnam? Wat als hij nu weer belt? Meteen ben ik boos op mezelf. Had ik niet zojuist besloten dat het een callcenter was dat steeds belde? *Toe dan*, hoor ik een stemmetje honend zeggen, *ga dan terug en neem op, dan weet je het.* Maar ik wil mijn hervonden zelfvertrouwen niet op de proef stellen.

Ik rijd naar Browbury, waar ik een tijdje over de markt rondloop en groenten en koriander voor de curry koop, en vijgen voor het dessert. Bij de bloemenkraam koop ik een enorme bos lelies en dan loop ik naar de wijnhandel om een fles voor vanavond uit te kiezen. Daarna ga ik thuis in de keuken aan de slag. Op een gegeven ogenblik denk ik dat ik de telefoon hoor overgaan, boven de radio uit, maar ik raak niet in paniek en zet de radio wat harder, omdat ik wil vasthouden aan wat ik heb besloten te geloven.

'Hebben we iets te vieren?' vraagt Matthew als hij me een fles champagne uit de koelkast ziet halen.

'Ja.'

Hij glimlacht. 'Mag ik vragen wat?'

'Dat ik me veel beter voel,' zeg ik, dolblij dat ik de dag ben doorgekomen zonder ook maar één pil te slikken.

Hij pakt de champagne uit mijn handen en neemt me in zijn armen. 'Dat is het beste nieuws dat ik in lange tijd heb gehoord.' Hij wrijft met zijn neus in mijn hals. 'Hoeveel beter zei je dat je je voelt?'

'Zoveel beter dat we zouden kunnen denken aan het krijgen van een baby.'

Hij kijkt me verheugd aan. 'Echt?'

'Ja,' zeg ik, en ik geef hem een kus.

'Zullen we de champagne mee naar bed nemen?' fluistert hij.

'Ik heb je favoriete curry gemaakt.'

'Dat weet ik, hij ruikt heerlijk. Dan eten we die later.'

'Ik hou van je,' zucht ik.

'Ik meer van jou,' zegt hij, en hij neemt me in zijn armen. Ik voel me gelukkiger dan ik me in lange tijd heb gevoeld.

Donderdag 13 augustus

Ik slaap de volgende dag uit, dus Matthew is al weg tegen de tijd dat ik wakker word. De herinnering aan onze avond samen brengt een huivering van genot in me teweeg. Ik stap uit bed, loop naar de badkamer en neem de tijd voor een lange douche. De zon schijnt weer volop, dus ik trek een korte broek en een T-shirt aan, steek mijn voeten in een paar espadrilles en loop naar beneden met mijn laptop. Vandaag ga ik aan het werk.

Ik ontbijt, haal de papieren die ik nodig heb uit mijn schooltas en zet de computer aan. Maar het is moeilijk om me te concentreren omdat ik, ergerlijk genoeg, toch met één oor luister of de telefoon gaat. Ook het getik van de klok leidt me af. Het lijkt met de seconde luider te worden, waardoor mijn blik naar de wijzers wordt getrokken, die traag voortkruipen naar negen uur en dan halftien. De tijd verglijdt zonder dat er iets gebeurt en ik begin net te geloven dat het echt allemaal achter de rug is wanneer de telefoon overgaat.

Ik staar vanuit de keuken de gang in, met bonkend hart. Dit is een nieuwe dag, houd ik mezelf voor, dit is een nieuwe ik – iemand die niet bang meer is voor een rinkelende telefoon. Ik duw mijn stoel naar achteren en loop kordaat de gang in, maar voordat ik kan opnemen, slaat het antwoordapparaat aan en klinkt de stem van Rachel door de ruimte.

'Hoi Cass, met mij, vanuit een zonnig Siena. Ik heb je mobiel al geprobeerd, dus ik bel nog wel terug. Ik moet je vertellen over Alfie. O mijn god, hij is zoooo saai!'

Lachend van opluchting loop ik naar boven om haar te bellen met mijn mobiel. Ik ben halverwege de trap als het vaste toestel weer overgaat, dus ren ik terug naar beneden en neem snel op, in de veronderstelling dat het Rachel weer zal zijn. Maar zodra ik de telefoon tegen mijn oor houd, weet ik dat zij het niet is, net zoals ik weet dat het telefoontje dat ik gisteren hoorde overgaan toen ik het huis uit liep van hem kwam, al had ik ervoor gekozen te geloven dat dat niet zo was. En ik ben zo woedend dat mijn hoop is vervlogen, dat ik het telefoontje afbreek en het toestel neersmijt. Hij belt meteen terug, zoals ik van tevoren al weet, dus neem ik op en leg weer neer, net als zojuist. Na ongeveer een minuut – alsof hij niet kan geloven wat ik heb gedaan – belt hij opnieuw. Dus ik neem op en leg weer neer, en hij belt terug, dus ik neem op en leg neer, en hij belt op en zo gaat het een tijdje door. Om de een of andere reden begin ik lol in dit spelletje te krijgen. Maar dan realiseer ik me dat ik het niet zal winnen, omdat hij me niet met rust zal laten tot ik hem geef wat hij wil. Dus blijf ik aan de telefoon en luister naar zijn stille dreiging aan de andere kant van de lijn. En dan bel ik Matthew.

Ik krijg meteen zijn voicemail, dus bel ik het algemene nummer van zijn werk en vraag of ik doorverbonden kan worden met zijn assistente.

'Hallo Valerie, met Cass, de vrouw van Matthew.'

'Dag Cass. Hoe gaat het met je?'

'Prima, bedankt. Ik probeerde Matthew net te bellen, maar ik kreeg meteen de voicemail.'

'Dat komt omdat hij in een vergadering zit.'

'Al lang?'

'Sinds negen uur.'

'Ik neem aan dat hij er tussendoor niet even uit wegloopt?'

'Nou, alleen voor een kop koffie of zo. Maar als het dringend is, kan ik hem wel even halen.'

'Nee, dat hoeft niet. Ik spreek hem later wel.'

Nou, in elk geval heb ik één dag respijt gehad, vertel ik mezelf mat terwijl ik een paar pillen uit de strip druk en ze inneem met wat water. In elk geval is het me één dag gelukt te geloven dat Matthew gelijk had toen hij zei dat het om telefoontjes van een callcenter ging. En nu ik mezelf niet langer voor de gek kan houden, heb ik tenminste de pillen nog om me de dag door te helpen.

Wachtend op het effect van het medicijn zijg ik neer op de bank in de woonkamer, met de afstandsbediening in mijn hand. Ik heb nog nooit eerder overdag televisie gekeken en terwijl ik langs de zenders zap kom ik een thuiswinkelzender tegen. Ik kijk er een tijdje naar, me verwonderend over al die spulletjes waarvan ik nooit heb geweten dat ik ze nodig had, en als ik een paar lange zilveren oorringen zie, die Rachel vast prachtig vindt, zoek ik snel een pen en noteer de gegevens, zodat ik ze later kan bestellen.

Er gaat ongeveer een uur voorbij tot de telefoon overgaat en ik – omdat de pillen beginnen te werken – slechts een vage ongerustheid voel. Geen angst. Het is Matthew.

'Goedemorgen lieverd, heb je goed geslapen?' Zijn stem klinkt teder, het resultaat van ons liefdesspel van de afgelopen nacht.

'Jazeker.' Ik zwijg even, want ik wil de intimiteit van het moment niet bederven door hem te vertellen over het telefoontje dat ik heb ontvangen.

'Valerie zei dat je gebeld had,' geeft hij als voorzet.

'Ja. Ik kreeg vanochtend weer zo'n telefoontje.'

'En?' Hij kan zijn teleurstelling niet verbergen en ik kan

mezelf wel voor de kop slaan dat ik niets liefdevollers wist te zeggen voordat ik hem weer bij mijn nachtmerrie betrok.

'Ik vond gewoon dat ik het je moest vertellen, dat is alles.'

'Wat wil je dat ik doe?'

'Dat weet ik niet. Misschien moeten we de politie erbij halen.'

'Dat zou kunnen, maar ik vraag me af of ze een paar zwijgtelefoontjes serieus zullen nemen, ook al gezien het feit dat ze op jacht zijn naar een moordenaar.'

'Misschien wel als ik ze vertel dat ik denk dat ze van de moordenaar afkomstig zijn.' De woorden zijn eruit voor ik het weet, en hoewel ik het niet kan horen, zie ik voor me hoe Matthew een zucht van ongeduld onderdrukt.

'Luister, je bent vermoeid en afgemat. Als je je kwetsbaar voelt, trek je al snel overhaaste conclusies, maar het is niet logisch om ervan uit te gaan dat de telefoontjes van de moordenaar afkomstig zijn. Probeer dat nou in je oren te knopen.'

'Goed dan,' zeg ik plichtmatig.

'Tot later.'

'Oké.' Ik leg neer met een rotgevoel omdat ik de opluchting heb tenietgedaan die hij gisteren moet hebben gevoeld toen ik hem vertelde dat het een stuk beter met me ging. Ik negeer mijn laptop en kijk weer naar de thuiswinkelzender tot ik in een bewusteloze toestand wegzink.

Ik word wakker van de telefoon. Buiten is de zon verschoven naar de middag en terwijl mijn hoofd langzaam helder wordt houd ik instinctief mijn adem in. Het antwoordapparaat slaat aan en opgelucht laat ik de lucht uit mijn longen stromen. Ik verwacht dat het Rachel is, die me nog eens probeert te bellen, maar de stem lijkt verdacht veel op die van Mary, onze rector, die iets zegt over de aanstaande teamdag. Ik wil niet onder nog meer druk komen te staan dan nu al het geval is, dus ik zet het geluid uit. Maar als het telefoontje is afgelopen pak ik mijn laptop, als een leerling die haar huiswerk niet heeft gedaan, en neem hem mee naar de werkkamer om daar aan het bureau te gaan zitten werken.

Ik ben nog maar amper begonnen wanneer een auto buiten op de weg hard optrekt, waardoor ik schrik. Ik luister hoe de auto wegrijdt, in de richting van de andere huizen. Het geluid van de motor neemt met de seconde af en ik vraag me af waarom ik de auto niet heb horen naderen. Tenzij die de hele tijd al voor het huis stond.

Ik probeer de gedachte van me af te zetten, maar dat lukt niet. Paniek maakt zich van me meester en de vragen schieten koortsachtig door mijn hoofd. Was de auto eerder aangekomen, toen ik sliep? Wie had er achter het stuur gezeten? De moordenaar? Had hij door het raam naar me gekeken toen ik op de bank lag te slapen, als in een poppenhuis? Ik weet dat het krankzinnig is, dat zegt mijn verstand me ook. Maar de angst die ik voel is verschrikkelijk echt.

Ik ren de gang in, gris de autosleutels van het tafeltje en doe de voordeur open. De schittering van de zon overvalt me en ik haast me naar de auto met mijn hoofd gebogen en mijn handen boven mijn ogen om ze af te schermen. Ik rijd het hek uit, zonder na te denken over waar ik naartoe ga, met alleen maar het verlangen om van huis te zijn, en ik kom terecht op de weg naar Castle Wells. Als ik daar aankom, probeer ik twee van de kleinere parkeerterreinen, maar die staan allebei vol, dus ik parkeer in de grote parkeergarage. Ik loop doelloos door de winkels, koop een paar dingen, doe een hele tijd met een kop thee in een café en loop nog een tijdje in het winkelgebied, om het moment uit te stellen dat ik terug naar huis moet. Om zes uur loop ik naar de parkeergarage, in de hoop dat Matthew al thuis zal zijn, want de gedachte aan een leeg huis bezorgt me koude rillingen.

Plotseling wordt mijn arm van achteren vastgepakt en

draai ik me met een gil van schrik vliegensvlug om. En daar staat Connie, met een grote glimlach op haar gezicht. Haar aanblik maakt alles weer normaal en in mijn opluchting omhels ik haar.

'Wil je dat nooit meer doen?' zeg ik, en ik probeer mijn bonzende hart onder controle te krijgen. 'Ik kreeg zowat een hartverzakking.'

Ze beantwoordt mijn omhelzing; haar bloemenparfum ruikt vertrouwd en geruststellend. 'Sorry, het was niet mijn bedoeling om je te laten schrikken. Hoe gaat het met je, Cass? Geniet je van de vakantie?'

Ik strijk mijn haar uit mijn gezicht en knik, terwijl ik me afvraag of ik er net zo verwilderd uitzie als ik me voel. Ze kijkt me nog steeds aan, wachtend op een antwoord. 'Ja, vooral als het zulk mooi weer is als vandaag,' zeg ik met een glimlach. 'Het is prachtig, hè? En jij? Je gaat zeker al snel weg.'

'Ja, zaterdag. Ik heb er veel zin in.'

'Ik hoop dat je het niet erg vond dat ik na dat etentje vlak voor de vakantie niet meer ben meegegaan naar jouw huis,' ga ik verder, want ik voel me nog steeds een beetje schuldig dat ik het op het laatste moment had laten afweten.

'Nee, natuurlijk niet. Maar omdat jij niet meeging, haakte John ook af, dus we moesten onszelf vermaken.'

'Sorry,' zeg ik met een grimas.

'Het was gezellig – we hebben een karaokespel gedaan en geprobeerd om het geluid van de donder met ons gezang te overstemmen. Ik heb nog ergens een gênante video.'

'Die wil ik dan graag eens zien.'

'Dat komt wel goed, geloof me!' Ze haalt haar telefoon tevoorschijn en kijkt hoe laat het is. 'Ik heb afgesproken wat te gaan drinken met Dan. Heb je zin om mee te gaan?'

'Nee, dank je, ik was net op weg terug naar de parkeergarage. Heb je alles klaar voor je vakantie?'

'Bijna. Ik moet alleen nog wat doen aan de laatste voorbereidingen voor de teamdag – ik neem aan dat je het telefoontje van Mary hebt gekregen, met de bevestiging dat het vrijdag de achtentwintigste wordt? Omdat ik pas de woensdag daarvoor terugkom, heb ik bijna alles al gedaan. En jij?'

'Ik ben ook al een heel eind,' lieg ik.

'Dan zie ik je de achtentwintigste.'

'Absoluut.' Ik omhels haar nog een keer. 'Veel plezier!'

'Jij ook!'

Ik loop verder naar de parkeergarage, een heel stuk opgeknapt nu ik Connie heb gezien, ondanks het feit dat ik tegen haar heb gelogen over het werk dat ik al zou hebben verricht. En nu moet ik wel luisteren naar het bericht dat Mary op het antwoordapparaat heeft ingesproken, voor het geval ze van me verwacht dat ik iets meeneem of iets bijdraag aan de vergadering. Een gevoel van onrust knaagt aan me, want hoe krijg ik iets van werk gedaan nu er zoveel andere dingen spelen? Ik wou dat de moordenaar achter de tralies zat. Misschien duurt dat niet lang meer, zeg ik tegen mezelf. Nu de politie denkt dat het om een bekende van Jane gaat, zullen ze hem toch zeker wel kunnen vinden.

Ik kom aan bij de parkeergarage, neem de lift naar de vierde verdieping en loop naar rij E, waar ik mijn auto heb neergezet. Of waar ik denk dat ik hem heb neergezet, want hij staat er niet. Ik voel me onnozel en loop heen en weer langs de rij. Als ik hem nog steeds niet kan vinden, draai ik me om en speur rij F af. Maar ook daar staat mijn auto niet.

Verbouwereerd begin ik langs de andere rijen te lopen, hoewel ik weet dat ik in rij E heb geparkeerd. En ik weet zeker dat het op de vierde verdieping was, want omdat ik wist dat ik toch geen plekje zou kunnen vinden op de eerste twee verdiepingen was ik meteen naar de derde gereden. Daar was het ook vol geweest, dus was ik verder naar boven gegaan, hiernaartoe. Hoe is het dan mogelijk dat ik mijn auto niet kan vinden? Na een paar minuten heb ik de hele verdieping gecheckt, dus loop ik naar de vijfde, want misschien heb ik me toch vergist. Opnieuw loop ik de rijen langs, opzij stappend voor de auto's die komen en gaan. Ik probeer niet te laten merken dat ik die van mij kwijt ben. Maar ook hier is mijn Mini nergens te bekennen.

Ik ga terug naar de vierde verdieping, blijf even staan en probeer me te oriënteren. Er is maar één lift, dus ik loop ernaartoe en volg de stappen die ik vanochtend heb afgelegd, maar dan in tegenovergestelde richting, tot ik bij de plek kom waar mijn auto dan zou moeten staan. Maar hij staat er niet. Er prikken tranen van frustratie in mijn ogen. Het enige wat ik kan doen is naar het kantoortje op de begane grond gaan om te zeggen dat mijn auto is verdwenen.

Ik loop naar de lift, maar op het laatste moment verander ik van gedachten en loop via de trap naar beneden, waarbij ik op elke verdieping controleer of mijn auto er staat. Op de begane grond ga ik naar het kantoortje, waar een man van middelbare leeftijd achter een computer zit.

'Neem me niet kwalijk, ik denk dat mijn auto is gestolen,' zeg ik, en ik probeer niet hysterisch te klinken.

Hij blijft naar het scherm kijken en in de veronderstelling dat hij me niet heeft gehoord, zeg ik het nog eens, maar dan luider.

'Ik heb u daarnet wel gehoord, hoor,' zegt hij. Dan tilt hij zijn hoofd op en kijkt me aan door het glas.

'O. Nou, kunt u me dan vertellen wat ik moet doen?'

'Jazeker, u moet nog een keer gaan kijken.'

'Ik heb al gekeken,' zeg ik verontwaardigd.

'Waar dan?'

'Op de vierde verdieping, waar ik geparkeerd stond. Ik heb ook de tweede, derde en vijfde verdieping gecheckt.'

'Dus u weet niet zeker waar u hem hebt achtergelaten.'

'Jawel, dat weet ik wél zeker!'

'Als ik een pond zou krijgen voor iedere persoon die me heeft verteld dat zijn of haar auto is gestolen, zou ik steenrijk zijn. Hebt u uw ticket?'

'Ja,' zeg ik, en ik haal mijn portemonnee uit mijn tas en doe hem open. 'Hier.' Ik duw het ticket onder het loket door en verwacht dat hij het zal pakken.

'En hoe denkt u dat degene die uw auto heeft meegenomen zonder het ticket door de slagboom is gekomen?'

'Ik neem aan dat diegene heeft gedaan alsof hij het kwijt was en hier bij de uitgang heeft betaald.'

'Wat is het kenteken?'

'R-V-0-7-B-W-W. Het is een zwarte Mini.'

Hij kijkt op zijn computerscherm en schudt zijn hoofd. 'Er is geen auto met dat kenteken uitgereden met een heruitgegeven ticket.'

'Wat wilt u daarmee zeggen?'

'Dat uw auto niet gestolen is.'

'Maar waar is hij dan?'

'Vermoedelijk daar waar u hem hebt neergezet.'

Hij richt zich weer op zijn scherm en ik staar hem aan. Ik merk dat ik plotseling een bloedhekel aan hem heb. Dat komt natuurlijk door wat dit zou kunnen betekenen – alweer een bevestiging van mijn haperende geheugen – maar ik kan hem wel schieten om de manier waarop hij het wegwuift. En hoe dan ook wéét ik waar ik mijn auto heb geparkeerd. Ik sla met mijn hand tegen het glas en hij neemt me op met een behoedzame blik.

'Als u met me meekomt, kan ik u bewijzen dat dat niet zo is,' zeg ik resoluut.

Hij kijkt me even aan, draait dan zijn hoofd om en roept over zijn schouder: 'Patsy, kun je het even van me overnemen?' Er komt een vrouw aanlopen uit het kantoor erachter. 'De auto van deze dame is gestolen,' legt hij uit.

Ze kijkt me grijnzend aan. 'Ja hoor, natuurlijk.'

'Het is echt zo!' snauw ik.

De man komt het kantoortje uit. 'Kom dan maar.'

We lopen samen naar de lift en terwijl we erop staan te wachten, gaat mijn mobiel over. Ik wil eigenlijk niet opnemen, voor het geval het Mary is, maar ik weet dat het raar overkomt als ik mijn telefoon negeer zonder te kijken, dus ik haal hem uit mijn tas. Als ik zie dat het Matthew is, gaat er een golf van opluchting door me heen.

'Hoi?'

'Nou jij bent zo te horen blij dat ik bel,' merkt hij op. 'Ik ben net thuis. Waar ben je?'

'In Castle Wells. Ik ben wezen shoppen, maar ik heb nu een probleem. Ik denk dat mijn auto is gestolen.'

'Gestolen?' Zijn stem schiet uit. 'Weet je dat zeker?'

'Nou, het lijkt er wel op.'

'Weet je zeker dat hij niet is weggesleept? Ben je vergeten het ticket erin te leggen of ben je langer gebleven dan was toegestaan?'

'Nee,' zeg ik, terwijl ik een stukje wegloop van de man en diens zelfgenoegzame lachje. 'Ik had 'm niet op een parkeerplaats buiten maar in de grote parkeergarage gezet.'

'Dan kan hij dus niet zijn weggesleept?'

'Nee, hij is gestolen.'

'Je bent toch niet vergeten waar je hem hebt neergezet?'

'Nee! En om je vraag voor te zijn: ja, ik heb de hele parkeergarage afgezocht.'

'Heb je de politie gebeld?'

'Nog niet. Ik sta hier met iemand van de parkeergarage en we zijn op weg naar boven om te gaan kijken.'

'Je weet dus nog niet helemaal zeker dat hij gestolen is?'

'Kan ik je straks terugbellen?' vraag ik, inmiddels met een gloeiend gezicht. 'De lift is er.'

'Oké.'

De liftdeuren gaan open en er stroomt een groepje mensen uit. We stappen de lift in en de man kijkt toe wanneer ik op de knop voor de vierde verdieping druk. Op weg naar boven stoppen we op de tweede en dan op de derde verdieping. Op de vierde etage stap ik eruit, met de man op mijn hielen.

'Ik had hem daar geparkeerd,' zeg ik, wijzend naar de andere kant van de garage. 'Rij E.'

'Gaat u voor,' zegt hij.

Ik baan me een weg door de rijen auto's.

'Hij zou hier ergens moeten staan.'

'R-V-0-7-B-W-W?'

'Ja,' knik ik.

'Daar staat-ie.'

'Waar?'

'Daar,' zegt hij met wijzende vinger.

Ik volg zijn blik en staar naar mijn auto.

'Dat is onmogelijk,' mompel ik. 'Hij stond er daarnet echt niet.' Ik loop ernaartoe en zou – bizar genoeg – willen dat het mijn auto niet was. 'Ik begrijp er niets van. Ik heb de hele rij twee keer gecheckt.'

'Kan gebeuren,' zegt hij, grootmoedig in zijn triomf.

'Ik weet niet wat ik moet zeggen.'

'Nou, u bent niet de eerste en u zult ook zeker niet de laatste zijn. Zit er maar niet over in.'

'Maar hij stond er niet, echt niet.'

'Misschien was u niet op de goede verdieping.'

'Jawel,' houd ik vol. 'Ik ben hiernaartoe gegaan en toen ik 'm niet kon vinden, ben ik naar de vijfde verdieping gelopen en daarna heb ik de derde gecheckt. Ik ben zelfs nog op de tweede verdieping geweest.'

'En de zesde?'

'Nee, want ik wist zeker dat ik niet helemaal bovenin had geparkeerd.'

'De zevende is de bovenste.'

'Dat maakt niet uit. Ik had mijn auto op de vierde verdieping neergezet.'

'Dat is waar,' zegt hij instemmend. 'Want hij staat hier.'

Ik kijk rond. 'Is er nog een andere lift?'

'Nee.'

Ik geef het op. 'Nou, het spijt me zeer dat ik uw kostbare tijd heb verspild,' zeg ik, want ik wil ontzettend graag weg. 'Bedankt voor de moeite.'

'Graag gedaan,' zegt hij, waarna hij met een zwaai van zijn hand wegloopt.

In de geborgenheid van mijn auto leun ik met mijn hoofd achterover tegen de stoel en sluit mijn ogen. Ik ga in gedachten nog eens alles na en probeer te bedenken hoe het kan dat ik mijn auto niet heb gezien toen ik in eerste instantie op de vierde verdieping kwam. De enige conclusie die ik kan trekken is dat ik niet op de vierde maar op de vijfde verdieping geweest moet zijn. Hoe kan ik zo'n oerstomme vergissing hebben gemaakt? Nog erger is de gedachte dat ik het Matthew moet vertellen. Had hij daarnet maar niet gebeld, had ik hem maar niet verteld dat mijn auto was gestolen. Ik weet dat ik hem zou moeten bellen om hem te zeggen dat ik 'm gevonden heb, maar ik kan mezelf er niet toe zetten te bekennen dat ik me had vergist.

Ik start de motor en rijd langzaam naar de uitgang, met een zwaar hoofd van uitputting. Bij de slagboom realiseer ik me dat ik door alles wat er is gebeurd ben vergeten te betalen voordat ik de vierde verdieping verliet. Ik kijk in mijn achteruitkijkspiegel: er staan al auto's achter me met bestuurders die ongeduldig wachten tot ik verder rijd, en paniekerig druk op de hulpknop.

'Ik ben vergeten te betalen!' roep ik met trillende stem. Er klinkt getoeter achter me. 'Wat moet ik nu doen?'

Net als ik me afvraag of de man van de garage het me betaald zal zetten door me uit mijn auto te laten stappen om naar de dichtstbijzijnde betaalautomaat te lopen, waarbij ik me de woede van een half dozijn bestuurders op de hals zal halen, zwaait de slagboom omhoog.

'Bedankt,' zeg ik geluidloos en dankbaar in de richting van de man in het kantoortje. Voordat hij zich kan bedenken en de slagboom op me neer kan laten dalen, rijd ik met gierende banden weg.

Terwijl ik de stad uit rijd, voel ik me zo opgefokt dat ik weet dat ik eigenlijk even ergens zou moeten gaan stilstaan om te kalmeren. Mijn mobiel gaat, een perfect excuus om te stoppen, maar omdat ik vermoed dat het Matthew is, blijf ik doorrijden. De gedachte niet naar huis te gaan maar in de auto te blijven zitten en verder te rijden tot ik geen benzine meer heb is verleidelijk, maar ik houd te veel van Matthew om hem bezorgder te maken dan nodig is.

De rest van de rit blijft mijn mobiel af en toe overgaan, en zodra ik de oprit op stuur, komt Matthew haastig aanlopen. Zijn gezicht is vertrokken van ongerustheid en het schuldgevoel vermengt zich met mijn uitputting.

'Gaat het wel?' vraagt hij. Voordat ik mijn autogordel heb losgeklikt heeft hij het portier al geopend.

'Ja, prima,' zeg ik, naar de passagiersstoel gekeerd om mijn tas te pakken, zodat ik hem niet hoef aan te kijken.

'Je had me wel even wat kunnen laten weten,' zegt hij verwijtend. 'Ik heb me zorgen lopen maken.'

'Sorry.'

'Wat is er gebeurd?'

'Loos alarm. Ik heb op de verkeerde verdieping gekeken.'

'Maar je zei dat je alle verdiepingen had gecheckt.'

'Maakt het wat uit? De auto is niet gestolen. Is dat niet genoeg?'

Er valt een stilte waarin hij zijn best doet om me niet te vragen hoe het kan dat ik de auto over het hoofd had gezien. 'Je hebt gelijk,' zegt hij toegeeflijk. Ik stap de auto uit en loop naar binnen. 'Je ziet er afgepeigerd uit. Ik zorg wel voor het eten, als je wilt.'

'Dank je. Ik ga even douchen.'

Ik blijf lang in de badkamer en doe er nog langer over om in de slaapkamer mijn oude joggingbroek aan te trekken; zo stel ik het moment uit dat ik Matthew weer onder ogen moet komen. Ik ben zo gedeprimeerd dat ik me alleen maar op het bed wil laten vallen om de rest van deze afschuwelijke rotdag weg te slapen.

Ik verwacht steeds maar dat Matthew boven komt kijken waar ik blijf, maar het enige geluid dat ik hoor komt vanuit de keuken, waar hij staat te koken.

Als ik eindelijk beneden ben, dwing ik mezelf te praten over van alles en nog wat – school, het weer, dat ik Connie ben tegengekomen –, vastbesloten om ervoor te zorgen dat hij er geen woord tussen kan krijgen, vastbesloten om hem te laten denken dat mijn vergissing met de auto me helemaal niet van mijn stuk heeft gebracht. Ik schrijf zelfs de datum van de teamdag op de kalender en vertel hem dat ik me erop verheug om iedereen weer te zien en weer aan het werk te gaan. Maar binnen in me knaagt de ongerustheid en ik moet mezelf ertoe zetten de risotto te eten die hij heeft klaargemaakt. Ik zou hem willen vertellen over de auto waarvan ik vermoed dat die eerder vandaag voor ons huis heeft gestaan, maar hoe kan ik dat doen na alles wat er is gebeurd? Het zal alleen overkomen als nog meer hysterie, nog meer paranoia van mijn kant.

Vrijdag 14 augustus

Het is precies vier weken geleden dat Jane werd vermoord en ik kan bijna niet geloven hoezeer mijn leven in zo korte tijd is veranderd. Gevoelens van angst en schuld zijn zo'n constante factor geworden dat ik me niet kan heugen hoe het was om ze niet te hebben. En het debacle van gisteren met mijn auto heeft me erg verontrust. Als ik al meer bewijs nodig had dat ik op weg ben naar de diagnose dementie, was dat het wel.

Het is moeilijk om me niet gedeprimeerd te voelen. Ik zit lusteloos in de woonkamer, met de televisie aan om me gezelschap te houden, afgestemd op dezelfde afstompende thuiswinkelzender als gisteren. Rond tien uur gaat de telefoon en wanneer ik meteen in de paniekstand schiet, met mijn adem gevangen in mijn longen, met mijn hart zo snel kloppend dat ik er duizelig van word, realiseer ik me dat ik erop geconditioneerd ben om angst te voelen zodra de telefoon overgaat. Zelfs als het antwoordapparaat aanslaat – zodat ik weet dat het niet mijn zwijgende beller is – ervaar ik geen opluchting, want hij zal sowieso nog bellen.

Ik schrik van het geklepper van de brievenbus. Hoe heeft het zover kunnen komen, dat door elk geluid, niet alleen het gerinkel van de telefoon, mijn hart op hol slaat en mijn huid prikt van onbehagen? Sinds wanneer ben ik zo angstig? Ik voel me beschaamd – beschaamd omdat ik niet meer de sterke vrouw ben die ik ooit was, beschaamd omdat ik me door het minste of geringste van de wijs laat brengen. Ik baal ervan dat ik mijn adem inhoud en luister naar de voetstappen van de postbode die terug knerpen over het grindpad, omdat ik zeker wil weten dat híj het echt was die iets door onze brievenbus heeft gegooid, en niet de moordenaar. Ik baal ervan dat mijn maag opspeelt als ik de post uit de gang haal en een brief aantref die aan mij is gericht, ik baal ervan dat ik met trillende handen naar de handgeschreven envelop staar omdat hij misschien van hem afkomstig is. Ik wil 'm niet openmaken, maar ik word aangespoord door iets wat sterker is dan mezelf – want weten is beter dan niet-weten. Ik scheur de envelop open en tref een enkel vel papier aan. Ik vouw het langzaam open en durf de woorden die erop staan geschreven amper te lezen.

Beste Cass,

Bedankt voor je brief. Het betekent heel veel voor me om te weten dat je zulke goede herinneringen hebt aan je lunch met Jane. Ik herinner me dat ze thuiskwam en me vertelde hoe goed jullie met elkaar konden opschieten, dus ik ben blij dat jij het ook zo voelde. Ik waardeer het zeer dat je de tijd hebt genomen om me te schrijven; brieven als die van jou zijn ongelooflijk belangrijk voor me in deze verschrikkelijke tijd.

Wat de meisjes betreft: ze missen hun moeder enorm maar zijn gelukkig te jong om te begrijpen wat er is gebeurd. Ze weten alleen maar dat hun moeder nu een engel is geworden.

Mocht je me ooit ergens op straat tegenkomen (helaas is mijn gezicht tegenwoordig algemeen bekend), zeg me dan alsjeblieft gewoon gedag. Ik begrijp dat mensen niet weten wat ze tegen me moeten zeggen, maar ik vind het vervelend te merken dat ze me ontwijken.

Met vriendelijke groeten,
Alex

Mijn adem, die ik onwillekeurig heb ingehouden, komt beverig naar buiten en mijn ogen vullen zich met tranen – van opluchting omdat het slechts om een onschuldige brief gaat, maar ook uit intens medeleven met de man van Jane. Zijn vriendelijke woorden van dankbaarheid voelen als balsem voor mijn ziel, hoewel hij ze nooit zou hebben geschreven als hij wist dat ik Jane die avond aan haar lot had overgelaten. Bij het herlezen van zijn brief is elk woord een pijl die mijn geweten doorboort, en plotseling wil ik niets liever dan hem de waarheid vertellen. Misschien zou hij me erom veroordelen. Maar misschien, heel misschien, zou hij me zeggen dat ik niets had kunnen doen, dat Jane lang voordat ik langsreed al was gedoemd om te sterven. En als de woorden uit zijn mond kwamen, zou ik ze misschien geloven.

De telefoon die overgaat brengt me terug naar het hier en nu, waar geen troost bestaat, geen vergeving, alleen maar onophoudelijke angst en opgejaagdheid. Ik gris de telefoon uit de houder en wil tegen hem schreeuwen dat hij me met rust moet laten. Maar ik wil niet dat hij weet hoe ontzettend bang ik ben, dus zwijgen we allebei, ieder met onze eigen intentie. De seconden tikken voorbij. En dan realiseer ik me dat, als ik de dreiging van zijn kant kan voelen, hij ook de angst van mijn kant zou kunnen waarnemen. Ik sta op het punt op te hangen wanneer ik gewaarword dat dit telefoontje anders dan anders is.

Ik spits mijn oren en probeer erachter te komen waarom. Ergens op de achtergrond hoor ik een vaag geluid: misschien een zachte fluistering van wind of het geritsel van een blad. Wat het ook is, het vertelt me dat hij zich in de openlucht bevindt. Onmiddellijk borrelt de angst, die zich weer op een plekje in mijn maag had genesteld, in alle hevigheid op. De adrenaline giert door mijn lijf, drijft me de werkkamer in en haalt de blinde paniek uit mijn ogen, zodat ik op de weg kan kijken – om te zien dat die verlaten is. Ik voel de opluchting, maar de angst, die zich niet zomaar gewonnen geeft, herinnert me eraan dat het niet wil zeggen dat de moordenaar er inderdaad niet is. Het zweet breekt me aan alle kanten uit. Ik wil eigenlijk de politie bellen, maar iets – misschien mijn gezonde verstand – vertelt me dat agenten die de tuin komen doorzoeken hem toch niet zouden vinden. Hij – mijn kwelgeest – is daar veel te slim voor.

Ik kan niet als een weerloos doelwit in het huis blijven afwachten wat hij voor me in petto heeft. Ik ren naar de gang, schiet het eerste paar schoenen aan dat ik zie, pak de autosleutels van het tafeltje en doe de voordeur open. Ik kijk rond: op de oprit is niets te zien, maar ik wil geen enkel risico nemen, dus klik ik het autoportier van een afstandje van het slot en overbrug de paar meters tussen de auto en het huis in een paar seconden. Eenmaal in de auto doe ik alle deuren op slot, waarna ik snel en zwaar ademend door het hek rijd. Wanneer ik het huis passeer dat te koop gestaan heeft, zie ik een man in de tuin staan, die ik herken als degene die ik bij ons huis heb zien rondhangen. Ik kan niet zien of hij een mobiel in zijn hand houdt, maar het maakt niet uit. Hij zou mijn zwijgende beller kunnen zijn, de moordenaar van Jane, haar geheime minnaar. Hij woont op de perfecte plek om Matthew elke ochtend naar zijn werk te zien gaan, zodat hij weet wanneer ik alleen ben.

Het is tijd om naar de politie te gaan. Maar eerst moet ik Matthew spreken, moet ik hem vertellen wat ik vermoed en moet hij me zeggen dat ik gelijk zou kunnen hebben, want ik wil me niet opnieuw vergissen. Het is beter mezelf bij hém voor schut te zetten dan bij de politie. Hoe kan ik ze vragen onderzoek te doen naar de man die verderop aan de weg woont zonder enig bewijs en zonder steun van Matthew? Ik sta vast al bij ze bekend als een idioot omdat ik het alarm heb laten afgaan.

Gestrest als ik ben rijd ik bijna door een rood licht, en omdat ik geen ongeluk wil krijgen dwing ik mezelf te kalmeren. Ik wou dat ik de dag met iemand anders kon doorbrengen, maar Rachel is nog in Siena en alle anderen die ik ken zijn ook op vakantie of gaan vandaag of morgen weg.

Uiteindelijk besluit ik maar naar Browbury te rijden; intussen blijven mijn ogen de achteruitkijkspiegel checken omdat ik er zeker van wil zijn dat niemand me volgt. Ik parkeer in High Street, met het voornemen ergens te gaan zitten, mijn tijd te verdoen en een bescheiden lunch te bestellen. Opgelucht dat ik een plan heb, wil ik mijn tas pakken en besef ik tot mijn afgrijzen dat ik die in de haast thuis heb achtergelaten. Ik moet toch op zijn minst even ergens wat kunnen drinken, dus doorzoek ik het dashboardkastje om te kijken of ik wat munten kan vinden. Door een ferme tik op het raam besterf ik het zowat, maar als ik rechtop ga zitten zie ik John, die me toelacht.

Omdat ik van schrik niet terug kan lachen keer ik me weer naar het dashboardkastje en duw het dicht, om mezelf even tijd te geven. Als ik me heb herpakt, steek ik het sleuteltje weer in het contact en laat het raam naar beneden zakken.

'Je liet me schrikken,' zeg ik met een geforceerde glimlach.

'Sorry,' zegt hij berouwvol. 'Dat was niet de bedoeling. Kom je net aan of ga je net weg?'

'Allebei.' Hij kijkt me vragend aan. 'Ik ben er net, maar ik heb mijn tas thuis laten liggen, dus nu moet ik terug om hem op te halen,' leg ik uit.

'Kan ik helpen?'

Ik aarzel en weeg mijn opties tegen elkaar af. Ik wil hem geen valse hoop geven, maar hij weet dat ik met Matthew ben. En ik wil beslist niet terug naar huis, maar ik kan ook niet de rest van de dag doelloos in Browbury rondhangen zonder een kop koffie en een krant te kunnen kopen.

'Misschien wil je me op een kop koffie trakteren?'

'Ik hoopte al dat je dat zou zeggen.' Hij steekt zijn hand in zijn zak en haalt twee losse ponden uit zijn zak. 'Ik zal zelfs je parkeerplek betalen, tenzij je een boete wilt krijgen?'

'O, daar had ik nog niet aan gedacht,' zeg ik, en ik vertrek mijn gezicht. 'Maar een pond is genoeg; ik hoef hier maar een uur te staan.'

'Niet als ik je na de koffie ook op een lunch trakteer.'

'Ach, waarom niet?' zeg ik. Mijn stemming verbetert bij de gedachte dat er nu twee uren van mijn dag gevuld zijn. 'Zolang je mij een andere keer laat betalen.'

'Afgesproken.'

Hij loopt naar de parkeermeter, werpt de munten erin en overhandigt me het ticket door het raam.

'Dank je.'

Ik stap de auto uit en hij maakt een hoofdgebaar naar mijn voeten. 'Leuke schoenen.'

Als ik naar beneden kijk, zie ik dat ik de oude bruine instappers van mijn moeder aanheb, die ik altijd draag bij het tuinieren.

'Ik was onkruid aan het wieden en ben vergeten om andere schoenen aan te trekken,' zeg ik lachend. 'Weet je wel zeker dat je met me gezien wilt worden?'

'Absoluut. Waar wil je naartoe?'

'Zeg jij 't maar.'

'Wat dacht je van Costello's?'

'Heb je tijd genoeg?'

'Zeker. En jij? Je hebt toch geen haast?'

'Nee, helemaal niet.'

Ik heb het de uren daarna zo gezellig dat ik niet wil dat er een eind aan komt. Het idee dat ik naar huis moet, waar ik alleen mijn gedachten als gezelschap heb, is deprimerend, en ik neem snel een slokje water.

'Dank je,' zeg ik wanneer John om de rekening vraagt. 'Dat had ik echt even nodig.'

'Ik ook.'

'Waarom dan?' vraag ik.

'Ach, ik voel me een beetje verloren sinds mijn vriendin bij me is weggegaan. En hoe zit het met jou? Waarom moest jij er een paar uurtjes tussenuit? Je wordt toch niet meer geplaagd door die telefoontjes?'

Ik kijk hem scherp aan. 'Hoe bedoel je?'

'Van dat callcenter. Het heeft mijn oor wel een tijdje gekost om te herstellen van jouw uitbarsting.'

'Daar geneer ik me nog steeds voor,' kreun ik.

'Ik hoop dat dat niet de reden is waarom je de vorige vrijdag niet bent meegegaan om iets te drinken. We hebben je gemist.'

'O, helemaal vergeten!' Al mijn zorgen zijn in één klap terug. 'Het spijt me, John, wat stom van me!'

'Maak je er maar niet druk over. Je zei al dat Matthew een paar dagen vrij zou nemen en dat jullie misschien samen ergens naartoe zouden gaan,' zegt hij.

Ik weet dat ik iets moet zeggen, moet vragen of het een leuke avond was geweest, maar ik voel me zo uit het veld geslagen dat ik niets kan uitbrengen.

'Gaat het wel?' vraagt hij. 'Je lijkt een beetje van slag te zijn.'

Ik knik en kijk weg, over High Street uit, naar al die mensen die hun leven leiden. 'Het is gewoon een nogal rare zomer.'

'Wil je erover praten?'

Ik schud langzaam mijn hoofd. 'Je zult denken dat ik gek ben geworden.'

'Nooit.'

Ik kijk hem aan en probeer te glimlachen. 'In feite is er echt de mogelijkheid dat ik gek zal worden. Mijn moeder werd enkele jaren voor ze stierf dement en ik ben bang dat ik het ook word.'

Hij strekt zijn arm uit en even denk ik dat hij mijn hand in de zijne zal nemen. Maar hij pakt zijn glas water. 'Dementie en gekte zijn niet hetzelfde,' zegt hij terwijl hij een slokje water neemt.

'Nee, dat is waar,' zeg ik instemmend.

'Heb je de diagnose dementie gekregen?'

'Nee, nog niet. Ik moet nog naar een specialist, maar ik zal wel vergeten om te gaan.' We beginnen allebei te lachen en ik merk dat ik er niet mee kan stoppen. 'God, wat is het fijn om weer eens te lachen,' zeg ik, nog nagiechelend.

'Nou, voor wat het waard is: je komt op mij totaal niet gek over.'

'Dat komt omdat je niet dag in dag uit met mij samenleeft. Het is vervelend voor Matthew dat ik steeds domme dingen doe – je weet wel, vergeten om andere schoenen aan te trekken als ik wegga, en mijn tas thuis laten liggen.'

'Dat lijkt me meer iets voor iemand die wat al te gehaast de deur uit gaat dan voor iemand die gek aan het worden is.' Hij kijkt me vragend aan; zijn aandachtige donkere ogen houden mijn blik vast. 'Ben je gehaast weggegaan?'

'Ik ben gewoon niet graag meer alleen thuis,' zeg ik schouderophalend.

'Sinds de moord op Jane?'

'Nou ja, alles jaagt me angst aan. Ons huis ligt een beetje te afgelegen, vind ik.'

'Maar er staan toch wel meer huizen in de buurt?'

'Jawel.' Ik aarzel en vraag me af of ik hem het ware karakter van de telefoontjes zal toevertrouwen, of ik hem zal vertellen over de man verderop aan de weg. Maar de serveerster komt eraan met de rekening en het moment is vervlogen.

'Gelukkig duurt het niet meer zo lang voordat het schooljaar weer begint,' zegt John. Hij haalt zijn portemonnee tevoorschijn. 'Straks is er zoveel te doen dat we geen tijd zullen hebben om bij dingen stil te staan.' Hij trekt een gezicht. 'Teamdag op de achtentwintigste. Vertel me alsjeblieft niet dat je je lesprogramma voor het komende trimester al af hebt.'

'Ik heb nog niet eens naar de syllabus gekeken,' beken ik.

Hij rekt zich uit, waarbij zijn T-shirt omhoog schuift en zijn gebruinde huid zichtbaar wordt. 'Ik ook niet,' vertrouwt hij me grijnzend toe.

'Echt niet?'

'Nee, echt niet.'

Ik slaak een zucht van opluchting. 'Je moest eens weten hoeveel beter ik me daardoor voel. Gisteren kwam ik Connie tegen in Castle Wells en zij zei dat ze bijna klaar was.'

'Ai!' Hij trekt een grimas.

Ik kijk hem onderzoekend aan. 'Ze zei dat jij die avond ook niet meer mee naar haar huis bent gegaan, je weet wel, na ons afscheidsetentje ter afsluiting van het jaar.'

'Nee, daar had ik geen zin in.'

'Oké.' Ik knik.

'En zeg nou zelf, wat voor zin had het om mee te gaan zonder jou?' gaat hij luchtig verder.

'Geen enkele zin,' zeg ik instemmend. 'Ik ben nou eenmaal het sprankelende middelpunt van zo'n feestje.'

Hij lacht. 'Dat bedoel ik nou.' Maar we weten allebei dat hij iets anders bedoelt.

We verlaten het restaurant en hij loopt met me mee naar mijn auto.

'Heb je trouwens nog een slaappakje gekocht?' vraag ik.

'Ja. Blauw met een olifantje voorop. Die vriend van me was wel een beetje verbaasd – ik had het uitgekozen omdat ik het leuk vond, maar ik was vergeten dat de baby een meisje was.'

'Ik ben blij dat ik niet de enige met een slecht geheugen ben,' zeg ik lachend.

'Zie je nou wel, het overkomt iedereen weleens. Ga je nog wat leuks doen dit weekend?'

'Alleen een beetje bijkomen in de tuin, hoop ik.'

'Nou, rust lekker uit dan maar.' Hij knikt in de richting van mijn auto. 'Dit is die van jou, toch?'

'Ja.' Ik omhels hem. 'Dank je, John, voor alles.'

'Graag gedaan,' zegt hij ernstig. 'Ik zie je op school weer, Cass. Rij voorzichtig.'

Hij blijft wachten op de stoep tot ik de parkeerplek af ben gereden en High Street in rijd. Ik vraag me af wat ik kan doen om de rest van de tijd te vullen tot Matthew thuiskomt. Bij het kruispunt waar ik normaal altijd naar rechts ga, zie ik het bordje Heston, en voor ik het weet, rijd ik in de richting van het dorpje waar Jane woonde, het dorpje waar ze naar op weg was in de nacht dat ze werd vermoord. Even komt er een paniekgevoel in me op en vraag ik me af wat ik aan het doen ben, wat ik verwacht te bereiken door daarnaartoe te gaan. Maar om de een of andere reden voel ik me ertoe genoodzaakt.

De rit duurt maar vijf minuten. Ik parkeer op een weg tussen het park en de pub, waar ik uit de auto stap. Het park is klein maar mooi onderhouden. Ik passeer de poort en loop langzaam over de paden om de prachtige variatie aan bloemen te bewonderen. De enkele bankjes in de schaduw zijn bezet, de meeste door oudere stellen die even rust nemen tijdens hun middagwandeling, dus ik vind er een in de zon en ga er een tijdje zitten, blij dat ik een plek heb gevonden om de komende paar uur door te brengen. Ik denk aan Jane en vraag me af hoe vaak zij op dit bankje heeft gezeten, hoe vaak ze over dit pad heeft gelopen. Aan de andere kant van het park ligt een speeltuintje, waar wat kleine kinderen heen en weer schommelen op houten dieren. Ik stel me voor hoe ze haar kinderen erop en eraf hielp, hoe ze bij hen stond als ze van de glijbaan roetsjten, zoals een paar van de volwassenen nu doen. En net als anders drukt het schuldgevoel dat ik altijd heb als ik aan Jane denk weer zwaar op me.

Terwijl ik zit te kijken en me weemoedig afvraag of Matthew en ik ooit kinderen zullen krijgen, probeert een klein meisje van haar schommeldier te klimmen. Ik zie dat het ondanks haar vasthoudendheid niet gaat lukken omdat een van haar voetjes vastzit. Instinctief doe ik mijn mond open om te roepen, om een van de volwassenen te waarschuwen dat ze gaat vallen, maar ze tuimelt al op de grond. Als ze schreeuwt van de pijn rent er een man naar haar toe, maar een ander klein meisje strekt haar armpjes naar hem uit omdat ze van haar schommeldier af wil, dus hij pakt haar snel op voordat hij bukt om zich op het andere kind te richten. En terwijl ik kijk hoe hij het vuil van haar af klopt en een kus op haar blonde hoofdje geeft, besef ik dat hij de man van Jane is.

Er gaat een schok door me heen. Ik staar naar hem en vraag me af of ik me vergis. Maar zijn foto heeft in alle kranten gestaan en hij is de laatste weken veel op de televisie geweest, dus zijn gezicht is bekend. Bovendien lijkt het erop dat de meisjes een tweeling zijn. Mijn instinct zegt me te vluchten, het park zo snel mogelijk te verlaten voordat hij me ziet. Maar dan kalmeer ik. Hij weet niet dat ik degene ben die zijn vrouw had kunnen redden.

Hij verlaat het speeltuintje, met het kind dat zich heeft bezeerd op zijn arm en het andere aan de hand. Ze huilen allebei als ze over het pad lopen, in de richting van het bankje waar ik zit, en ik hoor dat hij ze probeert te sussen met beloften van pleisters en een ijsje. Maar het kind op zijn arm laat zich niet troosten, ze is overstuur om haar geschaafde knieën, waarvan er één behoorlijk bloedt.

'Wil je daar een papieren zakdoekje voor?' vraag ik voor ik het weet.

Hij staat voor me stil. 'Dat is misschien wel een goed idee,' zegt hij opgelucht. 'Het is nog een aardig stukje lopen voor we thuis zijn.'

Ik haal er eentje uit mijn zak en geef het hem. 'Het is schoon.'

'Bedankt.'

Hij zet het kind met de kapotte knie naast me op het bankje, hurkt voor haar neer en laat haar het zakdoekje zien.

'Zie je wat die aardige mevrouw me heeft gegeven? Zullen we kijken of we je knie beter kunnen maken?'

Hij duwt het zachtjes op de schaafwond, het bloed wordt erdoor geabsorbeerd en haar tranen drogen als bij toverslag op.

'Beter, Lottie?' vraagt haar zusje, dat haar bezorgd aankijkt.

'Beter,' zegt ze knikkend.

'Godzijdank.' De man van Jane kijkt me ernstig aan. 'Stel je voor dat ze op beton was gevallen, zoals wij toen we klein waren.' Hij haalt het zakdoekje weg. 'Alweer klaar,' zegt hij.

Zijn dochtertje tuurt naar haar knie en klimt, kennelijk tevreden, van het bankje.

'Spelen,' zegt ze, en ze rent naar het grasveldje.

'En nu willen ze niet naar huis,' kreunt hij, en hij komt overeind.

'Ze zijn leuk,' zeg ik glimlachend. 'Schattig.'

'Meestal wel,' zegt hij instemmend. 'Maar ze kunnen best twee lastpakjes zijn als ze willen.'

'Ze zullen hun moeder wel missen.' Ik houd mijn mond, verschrikt om wat ik net heb gezegd. 'Het... spijt me,' stamel ik. 'Het is gewoon...'

'Je hoeft je niet te verontschuldigen,' zegt hij. 'Je doet tenminste niet alsof je niet weet wie ik ben. Je zult niet geloven hoeveel mensen er naar Heston komen in de hoop mij tegen het lijf te lopen, alsof ik een beroemdheid ben. Ze beginnen een gesprek met me, meestal met de meisjes als aanleiding, en dan vragen ze me naar hun moeder, of die misschien thuis de lunch aan het maken is, of ze misschien blond haar heeft, net als de meisjes. In het begin, voordat ik het doorhad, voelde ik me gedwongen ze te vertellen dat ze was overleden, waarna ze dieper gingen graven en ik uiteindelijk zei dat ze vermoord was. En dan deden ze alsof ze verbaasd waren en zeiden hoe erg ze het vonden en hoe vreselijk het voor mij moest zijn geweest. Het was pas toen een vrouw een stap te ver ging en me vroeg hoe de politie het me had verteld dat ik het doorkreeg.' Vol ongeloof schudt hij zijn hoofd. 'Er is volgens mij een naam voor zulke lieden, maar ik kom er niet op. In elk geval doen de dorpswinkel en de pub goede zaken,' voegt hij er met een treurige glimlach aan toe.

'Het spijt me,' zeg ik nog eens. Ik wil hem vertellen wie ik ben, dat ik vanochtend zijn brief heb ontvangen, maar na wat hij zojuist heeft gezegd, ben ik bang dat hij denkt dat ik, net als die andere mensen, naar het park ben gekomen in de hoop hem aan te treffen, ook al omdat ik eigenlijk geen reden heb om in Heston te zijn. Het is immers niet zo dat hij me heeft uitgenodigd hem te komen opzoeken. Ik sta op.

'Ik moet maar eens gaan.'

'Niet om wat ik heb gezegd, hoop ik.' In het felle zonlicht

zie ik grijze haren in zijn bruine haar en ik vraag me af of die er al zaten voordat Jane stierf.

'Nee, helemaal niet,' verzeker ik hem. 'Ik moet gewoon terug naar huis.'

'Nou, bedankt voor de hulp in nood.' Hij kijkt naar de spelende meisjes. 'Het hele incident is gelukkig alweer vergeten.'

'Graag gedaan.' Ik probeer te glimlachen, maar de ironie van zijn woorden maakt het moeilijk. 'Nog een fijne middag.'

'Jij ook.'

Ik loop weg met bonkend hart; zijn woorden over mijn hulp in nood klinken nog na in mijn oren. Ze drijven de hele weg naar de poort de spot met me en als ik in de auto stap, vraag ik me af wat me in godsnaam had bezield om hiernaartoe te komen, tenzij het mijn behoefte aan vergiffenis was. Wat zou er gebeuren als ik terug zou gaan om hem te vertellen wie ik ben – en dat ik Jane die avond op de passeerhaven had zien staan? Zou hij die droevige glimlach van hem glimlachen en me zeggen dat het niet uitmaakte, dat het maar goed was dat ik niet was gestopt, want dat ik anders misschien ook zou zijn vermoord? Of zou hij me verfoeien omdat ik niks had gedaan om te helpen, zou hij naar me wijzen en iedereen in het park vertellen dat ik niets had gedaan om zijn vrouw te helpen? Omdat ik dat met geen mogelijkheid kan weten, start ik de motor en rijd naar huis, maar ik kan alleen nog maar denken aan de man van Jane en de twee dochtertjes die ze heeft achtergelaten.

Hoewel ik zo langzaam rijd als ik kan, ben ik tegen vijf uur thuis. Wanneer ik door het hek rijd, komt mijn onrust meteen weer boven en ik weet dat ik het huis niet in durf, pas als Matthew er is, dus blijf ik in de auto zitten. Zelfs in de schaduw is het zo heet dat ik de ramen opendraai in de hoop op een briesje. Mijn telefoon geeft een piepje om me te vertellen dat er een berichtje binnenkomt, en als ik zie dat het van Mary is, zet ik mijn mobiel uit. Ik zit me dusdanig zorgen te maken over het werk waar ik nog niet aan ben toegekomen dat ik niet opmerk dat de tijd verstrijkt, dus als Matthews auto de oprit op komt rijden, denk ik eerst dat hij vroeg thuis is. Een blik op mijn horloge zegt me dat het al halfzeven is.

Hij parkeert naast me en ik haal de sleutels uit het contact en stap mijn auto uit alsof ik er nog maar net ben.

'Ik was eerst,' zeg ik glimlachend.

'Je ziet er verhit uit,' merkt hij op terwijl hij me een kus geeft. 'Had je de airco niet aan?'

'Ik was alleen maar in Browbury, dus ik heb hem niet aangezet voor die korte rit terug.'

'Ben je gaan winkelen?'

'Ja.'

'Nog iets leuks gekocht?'

'Nee.'

We lopen naar de voordeur en hij draait hem van het slot. 'Waar is je tas?' vraagt hij met een knikje naar mijn lege handen.

'In de auto.' Ik loop snel het huis in. 'Ik pak hem straks wel, ik moet eerst even wat drinken.'

'Wacht, laat me het alarm uitschakelen! O, het staat niet aan.' Ik voel hem achter mijn rug fronsen. 'Heb je het niet aangezet voordat je wegging?'

'Nee, het leek me niet nodig, want ik was niet van plan lang weg te blijven.'

'Nou, ik heb liever dat je het voortaan wel aanzet. Nu we toch een alarm hebben, kunnen we het ook maar beter gebruiken.'

Terwijl hij zich omkleedt zet ik thee en neem die mee de tuin in.

'Zeg me nou niet dat je met die dingen aan je voeten de

deur uit bent geweest,' zegt hij als hij zich een paar minuten later bij me voegt.

Ik kijk naar mijn voeten. Omdat ik hem niet nog meer wil geven om zich zorgen over te maken, doe ik alsof ik lach. 'Nee, ik heb ze net aangetrokken.'

Hij glimlacht, gaat naast me zitten en strekt zijn lange benen. 'En, wat heb je vandaag gedaan, behalve winkelen in Browbury?'

'Ik heb nog wat lessen voorbereid,' zeg ik, en ik vraag me af waarom ik niet vertel dat ik John ben tegengekomen.

'Mooi zo.' Hij kijkt op zijn horloge. 'Tien over zeven. Als je je thee ophebt, trek je andere schoenen aan en neem ik je mee uit eten. Laten we het weekend goed beginnen.'

Ik moet er niet aan denken, want ik zit nog vol na mijn uitgebreide lunch met John.

'Weet je het zeker?' vraag ik weifelend. 'Wil je niet liever thuisblijven?'

'Nee, tenzij er nog iets over is van de curry van eergisteren.'

'Sorry, die is op.'

'Laten we dan buiten de deur Indiaas gaan eten.'

'Oké,' zeg ik, opgelucht dat hij geen pasta bij Costello's heeft voorgesteld.

Ik loop naar boven om iets anders aan te trekken en pak een klein tasje uit de kledingkast. Dat verberg ik onder mijn vestje en terwijl Matthew het alarm inschakelt, loop ik naar mijn auto, waar ik nadrukkelijk doe alsof ik het van de achterbank tevoorschijn haal. We rijden Browbury in en gaan naar ons favoriete Indiase restaurant.

'Ken jij onze nieuwe buurman?' zeg ik terwijl we de menukaart bekijken. 'Heb je hem toevallig al gesproken?'

'Ja, gisteren, toen ik wachtte tot je terug zou komen uit

Castle Wells. Hij liep langs en we raakten aan de praat. Het schijnt dat zijn vrouw hem vlak voordat ze erin zouden trekken heeft verlaten.'

'Welke kant liep hij op?'

'Hoe bedoel je?'

'Je zei dat hij langsliep.'

'Ja, hij liep naar zijn eigen huis toe. Hij had zeker een wandelingetje gemaakt. Ik heb gezegd dat we hem binnenkort eens uitnodigen om bij ons te komen eten.'

Mijn hart bonst. 'Wat zei hij?'

'Dat hij dat heel leuk zou vinden. Dat is toch wel goed?'

Ik kijk naar mijn menukaart en doe net of ik die aandachtig bestudeer. 'Zolang hij niet de moordenaar is.'

Matthew barst in lachen uit. 'Je maakt een grapje, toch?'

'Natuurlijk.' Ik dwing mezelf te glimlachen. 'Wat is het voor iemand?'

'Hij lijkt me een aardige vent.'

'Hoe oud is hij?'

'Geen idee – begin zestig, denk ik.'

'Hij leek mij niet zo oud toen ik hem zag.'

'Hij is een gepensioneerde piloot. En piloten moeten waarschijnlijk goed in vorm blijven.'

'Heb je hem gevraagd waarom hij zo vaak bij ons huis staat?'

'Nee, want ik wist dat helemaal niet. Maar hij heeft wel gezegd dat hij ons huis mooi vindt, dus misschien heeft hij het staan bewonderen.' Hij kijkt me fronsend aan. 'Staat hij vaak bij ons huis?'

'Ik heb hem een paar keer gezien.'

'Dat is niet verboden,' zegt hij, alsof hij weet waar ik naartoe wil met mijn vragen en me maant dat niet te doen.

'Dat heb ik ook niet gezegd.'

Hij glimlacht me bemoedigend toe. 'Laten we iets uitkiezen om te eten, oké?'

Ik wil hem erop wijzen dat een aardige, gepensioneerde piloot van begin zestig heus wel een moordenaar kan zijn, maar ik weet dat hij daar niet in mee zal gaan, laat staan dat hij het de politie wil vertellen.

Zaterdag 15 augustus

De klap van de post die wordt bezorgd trilt door het huis als we zitten te ontbijten. Matthew staat op met een stuk beboterde toast dat half uit zijn mond steekt, en loopt de gang in. Enkele ogenblikken later komt hij terug met een paar brieven en een klein, plat pakketje.

'Hier,' zegt hij, terwijl hij het me overhandigt. 'Dat is voor jou.'

Ik bekijk het enigszins ongerust. De brief van gisteren was van Alex, maar er is weinig kans dat dit pakketje ook van hem komt. 'Wat is dit?'

'Dat weet ik niet.' Hij bestudeert de effen witte verpakking. 'Iets wat je hebt besteld?'

'Ik heb niks besteld.' Nerveus leg ik het pakketje op de keukentafel, bijna bang om het aan te raken, want ik vraag me af of mijn zwijgende beller het kan hebben gestuurd.

'Weet je het zeker?' Matthew legt zijn hand op mijn schouder.

'Absoluut.'

'Wil je dat ik het voor je openmaak?'

'Nee, laat maar,' zeg ik haastig. Hoewel ik het pakketje gemakkelijk open zou kunnen scheuren, pak ik het op en neem het mee naar de werkkamer. Daar haal ik een schaar uit de la en knip de verpakking open. Er zit een doosje in.

Ik haal het tevoorschijn en doe met bonkend hart het dekseltje open. Er ligt een paar prachtige zilveren oorringen op een zwartfluwelen kussentje; als ik ze herken gaat er een golf van opluchting door me heen.

'Mooi hoor,' zegt Matthew, die over mijn schouder meekijkt. Ik had niet gehoord dat hij me was gevolgd. 'Ze zijn voor Rachel,' vertel ik hem, en ik sluit het doosje weer. 'Ik had niet verwacht dat ze er al zo snel zouden zijn.'

'Voor haar verjaardag?'

Ik denk aan het huisje op het Île de Ré. 'Ja,' zeg ik.

Met een goedkeurende glimlach loopt hij de kamer uit. Ik leg de oorringen in een la en blijf even uit het raam staan kijken, waar ik goed zicht heb over de weg en het veld aan de overkant. Vroeger voelde ik me hier veilig, alsof niets ons kwaad zou kunnen doen.

De vaste telefoon gaat. Even verstijf ik van schrik, maar dan realiseer ik me dat het weekend is. Mijn zwijgende beller heeft nog nooit eerder op een zaterdag van zich laten horen. Desondanks laat ik het antwoordapparaat aanslaan. Het is Mary, die zich afvraagt of ik de berichten die ze heeft ingesproken over de teamdag wel heb ontvangen. Mijn hart zinkt me in de schoenen. De vakantie is bijna voorbij en ik heb nog steeds niets gedaan van het werk dat ik zou moeten doen. Zij blijft praten en voegt er als grapje aan toe dat ze hoopt dat ik mijn mobiel niet kwijt ben omdat ze me ook aardig wat sms'jes heeft gestuurd.

Bijna meteen nadat Mary haar bericht heeft beëindigd, gaat de telefoon opnieuw. Ik check het nummer en vraag me af of Mary net zo vasthoudend aan het worden is als mijn zwijgende beller. Maar het is Rachel, dus ik neem op.

'Hoi,' zeg ik monter.

'Hé, hoe gaat het?'

Ik word gek, wil ik haar vertellen. 'Druk met lesvoorbereidingen,' zeg ik in plaats daarvan.

'Nog meer telefoontjes gehad?'

'Nee, de laatste tijd niet,' jok ik. 'En hoe gaat het met jou? Hoe is Siena?'

'Prachtig. Ik vermaak me uitstekend, ondanks Alfie.' Haar hese lach weerklinkt. 'Ik wil je dolgraag alles over hem vertellen maar we staan op het punt om uit te gaan.'

'Nog geen trouwplannen dus?' vraag ik geamuseerd.

'Absoluut niet. En je kent me toch, ik ben sowieso niet geschikt voor het huwelijk. Zullen we de dinsdag na mijn thuiskomst samen gaan lunchen – de maandag ervoor is een bankholiday. Het is dus mijn eerste werkdag en het zou fijn zijn om iets te hebben om me op te verheugen. En jij hoeft pas die woensdag weer naar school, toch?'

'Klopt, dus dinsdag lunchen is prima. In The Sour Grapes?'

'Goed, dan zie ik je daar.'

Ik hang op en besef dat er nog maar twee weken zomervakantie te gaan zijn. Een zegen en een vloek tegelijk. Ik kan niet wachten om van huis te zijn, weg van de telefoontjes. Maar al het werk dat nog op me ligt te wachten, maakt dat de terugkeer naar school onmogelijk lijkt.

'Klaar?' Ik kijk op en zie Matthew staan. Hij is goed gekleed in een kaki broek en een poloshirt en hij heeft een kleine sporttas bij zich.

'Klaar?' Ik trek een frons in mijn voorhoofd.

'Voor onze middag in de spa.'

Ik knik en dwing mezelf te glimlachen, maar ik ben niet klaar, want ik was helemaal vergeten dat hij me gisteren in het restaurant had verrast met een reservering voor vanmiddag in een spa bij Chichester. We zijn er vlak na onze verloving geweest en zijn gebaar van gisteravond had de spanning verlicht die was blijven hangen na het gesprek over onze nieuwe buurman.

'Ik moet alleen mijn schoenen nog aandoen,' zeg ik. Ik strijk de katoenen rok glad die ik vanochtend heb aangetrokken in plaats van de korte broek die ik normaal zou hebben gedragen. Dus misschien heb ik vanochtend wél aan de spa gedacht.

Ik ren naar boven, prop een bikini in een tas en vraag me af wat ik verder nog nodig kan hebben.

'We moeten gaan, Cass!'

'Ik kom eraan!' Ik trek het hemdje dat ik draag uit en doe de kastdeur open, op zoek naar iets mooiers. Ik pak een witkatoenen shirtje met kleine knoopjes en trek het aan. In de badkamer haal ik een borstel door mijn haar. Ik wil net wat make-up opdoen als Matthew weer naar boven roept.

'Cass, heb je me gehoord, ik heb gereserveerd voor twee uur!'

Ik kijk vluchtig op de klok en zie dat we maar drie kwartier hebben om naar Chichester te rijden. 'Sorry,' zeg ik terwijl ik de trap af ren. 'Ik zocht mijn bikini.'

We stappen in de auto en rijden de oprit af. Ik leun met mijn hoofd achterover en sluit mijn ogen. Ik ben bekaf, maar hier in de auto met Matthew, waar ik niets te vrezen heb, voel ik me veilig. We nemen plotseling een scherpe bocht en ik word zowat tegen de deur geslingerd, dus ik doe mijn ogen open en knipper een paar keer om te kijken waar we zijn. En dan zie ik het.

'Matthew!' Ik hoor de angst in mijn stem. 'We gaan de verkeerde kant op!'

Hij kijkt opzij en fronst. 'We gaan naar Chichester.'

'Ik weet het, maar waarom via Blackwater Lane!' De woorden voelen zwaar aan op mijn tong.

'Deze route scheelt tien minuten. Anders komen we te laat.'

Mijn hart bonst. Ik wil hier niet langs – ik kan het niet!

Door de voorruit zie ik dat we de passeerhaven naderen en het begint me te duizelen. In paniek keer ik me naar het portier en zoek de handgreep.

'Cass!' roept Matthew verschrikt uit. 'Wat doe je? Je kunt niet zomaar de auto uit stappen! We rijden zestig!' Hij trapt hard op de rem en door de schok schiet ik naar voren. Hij zet de auto haastig stil, precies tegenover de passeerhaven waar Jane is vermoord. Iemand heeft er bloemen neergelegd en het plastic verpakkingsmateriaal flappert in de wind. Met afschuw vervuld omdat ik terug ben op de plek waar mijn nachtmerrie is begonnen, barst ik in huilen uit.

'Nee!' snik ik. 'Alsjeblieft, Matthew, we kunnen hier niet stoppen!'

'O god,' zegt hij vermoeid. Hij zet de auto in de eerste versnelling en wil wegrijden, maar stopt dan. 'Dit is krankzinnig.'

'Het spijt me,' snik ik.

'Wat wil je dat ik doe? Zal ik verder rijden? Of wil je naar huis?' Hij klinkt alsof hij aan het eind van zijn Latijn is.

Ik huil zo hard dat ik amper kan ademhalen. Hij buigt naar me toe en probeert zijn armen om me heen te slaan, maar ik schud hem van me af. Zuchtend begint hij de auto midden op de weg te keren om terug te gaan.

'Nee,' zeg ik tegen hem, nog steeds snikkend. 'Ik kan niet naar huis, ik kan het gewoon niet.'

Hij stopt midden in de manoeuvre, waarbij de auto in een gevaarlijke hoek op de weg komt te staan. 'Wat bedoel je daar nou mee?'

'Ik wil niet naar huis, dat is alles.'

'Waarom niet?' Zijn stem klinkt kalm, maar ik voel de onderliggende spanning, iets ernstigs wat verborgen blijft.

'Ik voel me er gewoon niet meer veilig.'

Hij haalt diep adem en beheerst zich. 'Gaat het nog steeds

om de moord? Kom nou toch, Cass, de moordenaar bevindt zich echt niet in de buurt van ons huis en hij weet niet wie je bent. Ik weet dat de moord op Jane je van streek heeft gemaakt, maar je moet je eroverheen zetten.'

Ik keer me woedend naar hem toe. 'Hoe kan ik me eroverheen zetten terwijl de dader nog niet is gepakt?'

'Dus wat wil je dat ik nu doe? Ik heb het hele huis voor jou van een alarminstallatie laten voorzien. Wil je dat ik je afzet bij een hotel? Wil je dat dan? Want je hoeft het maar te zeggen en ik doe het!'

Tegen de tijd dat we thuis zijn, ben ik zo overstuur dat Matthew dokter Deakin belt, die aanbiedt langs te komen. Zelfs als hij er is, kan ik niet ophouden met huilen. Hij vraagt hoe het gaat met de medicijnen en als Matthew hem vertelt dat ik ze niet regelmatig inneem, fronst dokter Deakin en zegt hij dat hij ze heeft voorgeschreven omdat ik ze nodig heb. Onder zijn vorsende blik slik ik dankbaar twee pillen door en wacht tot ze me in een toestand brengen waar niets er meer toe doet. En onderwijl stelt hij voorzichtige vragen, omdat hij wil weten wat mijn inzinking heeft veroorzaakt. Ik luister hoe Matthew vertelt dat ik mezelf in de woonkamer had opgesloten toen hij op zijn werk was en wanneer dokter Deakin vraagt of ik nog ander verontrustend gedrag vertoon, zegt Matthew dat ik vorige week hysterisch werd omdat ik dacht dat ik een enorm mes op het buffet in de keuken had zien liggen, maar dat het in werkelijkheid om een klein keukenmesje ging. Ik voel dat ze een blik wisselen. Vervolgens beginnen ze over me te praten alsof ik er niet bij ben. Ik hoor het woord 'zenuwinstorting' maar het kan me niet schelen omdat de pillen hun magische werk al aan het doen zijn.

Bij zijn vertrek drukt dokter Deakin Matthew op het hart dat ik rust nodig heb, en dat hij hem moet bellen als het slechter met me gaat. Ik lig de rest van de avond suf op de bank terwijl Matthew naast mij televisie zit te kijken, met mijn hand in de zijne. Als het programma is afgelopen zet hij de televisie uit en vraagt me of er nog meer is waar ik me zorgen over maak.

'Alleen maar al het werk dat ik nog moet doen voor de school weer begint,' zeg ik. Er wellen tranen in me op, ondanks de pillen.

'Maar je bent toch al een eind op weg?'

Ik ben in mijn eigen leugens verstrikt geraakt. 'Een klein eindje, maar ik heb nog veel te doen en ik weet niet zeker of ik het op tijd af krijg.'

'Nou, misschien kun je iemand vragen je te helpen.'

'Dat kan niet, iedereen heeft zelf al een hoop werk.'

'Kan ik je dan helpen?'

'Nee, niet echt.' Ik kijk hem vertwijfeld aan. 'Wat moet ik doen, Matthew?'

'Als niemand je kan helpen en je kunt het niet alleen, dan weet ik het ook niet.'

'Ik ben gewoon steeds zo moe.'

Hij strijkt mijn haar uit mijn gezicht. 'Als je het niet aankunt, waarom vraag je dan niet of je parttime kunt gaan werken?'

'Dat gaat niet.'

'Waarom niet?'

'Omdat het te laat is om nog een vervanger voor me te vinden.'

'Wat een onzin! Als jou iets gebeurt, zullen ze wel moeten.'

Ik staar hem aan. 'Hoe bedoel je?'

'Alleen maar dat niemand onmisbaar is.'

'Maar waarom zei je dat mij iets zou kunnen gebeuren?'

Hij fronst zijn wenkbrauwen. 'Ik maakte een punt, meer niet – in de zin van: als je een been breekt of door een bus wordt overreden, zullen ze een vervanger moeten zoeken.'

'Maar je zei het alsof je wist dat mij iets zou gebeuren,' houd ik vol.

'Doe niet zo belachelijk, Cass!' Zijn stem klinkt scherp van ergernis en ik krimp ineen, want hij verheft zijn stem niet vaak. Hij ziet me ineenkrimpen en zucht. 'Het is maar bij wijze van spreken, oké?'

'Sorry,' mompel ik. De pillen verdrijven de paniek en er komt slaperigheid voor in de plaats.

Hij slaat zijn armen om me heen en trekt me naar zich toe, maar het voelt ongemakkelijk.

'Denk er maar over na of je het met Mary wilt hebben over parttime terugkomen,' zegt hij.

'Of helemaal niet terugkomen,' hoor ik mezelf zeggen.

'Wil je dat dan, helemaal stoppen met werken?'

Hij deinst een stukje achteruit en kijkt me verwonderd aan. 'Donderdag zei je nog dat je je erop verheugde om weer aan het werk te gaan.'

'Ik weet gewoon niet of het me zal lukken om alles te doen wat er van me wordt verwacht. Misschien kan ik nog een paar weken extra vrij vragen en halverwege september teruggaan, als ik me beter voel.'

'Ik geloof niet dat dat zomaar kan, tenzij dokter Deakin zegt dat je nog niet aan het werk mag.'

'Denk je dat hij dat zou doen?' zeg ik, hoewel iets in mij me vertelt dat ik hiermee moet ophouden, dat ik aan de telefoontjes en aan Jane moet denken, aan de mogelijkheid dat ik thuis niet veilig ben. Maar het lukt me niet die gedachten lang genoeg vast te houden om me erop te concentreren.

'Misschien wel. Laten we eerst maar eens kijken hoe het gaat met de pillen. Het duurt nog twee weken voor de school weer begint. Als je ze regelmatig blijft slikken ga je je waarschijnlijk een stuk beter voelen.'

Vrijdag 28 augustus

De voordeur slaat achter Matthew dicht. Vanuit de slaapkamer hoor ik hoe hij de auto start, door het geopende hek rijdt en over de weg in de verte verdwijnt. Er valt een stilte over het huis. Met enige moeite ga ik rechtop zitten, pak de twee perzikkleurige pilletjes die op mijn ontbijtblad liggen en stop ze in mijn mond. Ik spoel ze weg met sinaasappelsap. Ik negeer de twee sneden geroosterd bruinbrood, die met zorg doormidden gesneden en artistiek gerangschikt zijn, en het kommetje Griekse yoghurt met muesli. Ik zak terug tegen de kussens en doe mijn ogen dicht.

Matthew had gelijk gehad. Nu ik de pillen regelmatig slik, voel ik me veel beter. Mijn leven is enorm verbeterd gedurende de afgelopen… week? Twee weken? Ik open mijn ogen weer en tuur naar de klok om te kijken naar de datum. Vrijdag 28 augustus, dus dertien dagen. Ik herinner me misschien niet veel, maar 15 augustus staat in mijn geheugen gegrift als de datum van mijn zenuwinstorting. Dat was ook de verjaardag van mijn moeder. Ik dacht er die avond pas aan nadat dokter Deakin was vertrokken, en toen ik me realiseerde dat ik geen bloemen op haar graf had gelegd, raakte ik opnieuw van streek en nam ik het Matthew kwalijk dat hij me er niet aan had herinnerd. Wat niet eerlijk was, aangezien ik hem haar geboortedatum nooit had verteld, maar hij zag ervan af me daarop te wijzen en zei dat ik de volgende ochtend dan maar moest gaan.

Ik ben nog steeds niet geweest, omdat het me – fysiek – gewoon niet lukt. Ik slik twee pillen voordat ik naar bed ga, zodat ik de hele nacht door blijf slapen, en elke ochtend brengt Matthew me er voor hij naar zijn werk gaat – op dringend advies van dokter Deakin, die heeft gezegd dat ik moet rusten – nog twee op het blad met mijn ontbijt. Daardoor is de ongerustheid die ik voel als hij eenmaal is vertrokken afgezwakt tegen de tijd dat ik me heb gedoucht en aangekleed. Het nadeel is dat ik me halverwege de ochtend zo futloos voel dat ik de ene voet amper voor de andere kan zetten. Ik breng de dagen grotendeels door in het schemergebied tussen waken en slapen, languit op de bank, met de televisie op de thuiswinkelzender omdat ik de energie niet kan opbrengen om te zappen. Soms ben ik me vaag bewust van het telefoongerinkel op de achtergrond, maar dat dringt nauwelijks tot me door, en omdat ik nooit opneem wordt er ook minder vaak gebeld. Hij belt nog steeds, alleen om me te laten weten dat hij me niet is vergeten, maar ik geniet van het idee dat het hem frustreert dat hij me niet te pakken krijgt.

Het leven is simpel. De pillen, hoe sterk ze ook zijn, maken het me toch mogelijk om op een bepaald niveau te functioneren, want de was wordt gedaan, de vaatwasser wordt ingeladen en het huis wordt opgeruimd. Ik herinner me eigenlijk niet dat ik ermee bezig ben geweest, wat me meer zorgen zou moeten baren dan het geval is, omdat het betekent dat de pillen mijn toch al haperende geheugen aantasten. Als ik verstandig was, zou ik de dosis halveren. Maar als ik verstandig was, had ik de pillen wellicht überhaupt niet nodig gehad. Als ik meer zou eten, zouden de pillen misschien minder effect op me hebben, maar het lijkt erop dat ik zowel mijn eetlust als mijn denkvermogen kwijt ben. Het ontbijt dat Matthew me brengt komt op de bodem van de afvalbak terecht en ik sla de lunch telkens over omdat ik te lamlendig ben om te eten. Dus mijn enige maaltijd op een dag is het eten dat ik 's avonds voor Matthew en mij klaarmaak.

Hij heeft geen idee hoe ik mijn dagen doorbreng. Omdat de pillen ongeveer een uur voor hij thuiskomt zijn uitgewerkt, heb ik tijd om mijn gedachten te ordenen, een borstel door mijn haar te halen, wat make-up op te doen en aan het eten te beginnen. En als hij ernaar vraagt, verzin ik werk dat ik heb gedaan en kasten die ik heb opgeruimd.

Ik wil me compleet afsluiten voor de buitenwereld. Ik heb heel veel sms'jes gekregen – van Rachel, Mary en Hannah, die me uitnodigen voor een kop koffie, en van John, die het over lesprogramma's wil hebben. Ik heb nog niemand geantwoord omdat ik geen zin heb om mensen te zien, laat staan om over lesprogramma's te praten. De druk die ik al voel neemt daardoor toe en plotseling besluit ik dat mijn telefoon kwijtraken de beste oplossing zou zijn. Als ik die ben verloren, hoef ik niemand terug te bellen. En aangezien hij in huis toch nauwelijks bereik heeft, heb ik er sowieso weinig aan.

Ik haal mijn mobiel. Er staan een paar voicemails op, en weer drie sms'jes, maar ik doe hem uit zonder ze te openen. Ik loop de trap af naar de woonkamer en kijk rond waar ik hem kan verstoppen. Ik loop naar een van de orchideeën, neem hem uit de sierpot, leg mijn mobiel op de bodem en zet de plant er weer op.

Mochten de pillen me al doen vergeten dat ik dementie heb, dan zijn er altijd nog de kleine reminders om me te vertellen dat mijn brein langzaam aftakelt. Ik weet niet meer goed hoe de magnetron werkt – ik wilde een paar dagen geleden een beker warme chocolademelk voor mezelf maken, maar ik moest op een pannetje terugvallen, aangezien de knoppen me niets meer zeiden. En er blijven dingen met de post komen die ik op de thuiswinkelzender heb gezien, maar waarvan ik me niet herinner dat ik ze besteld heb.

Gisteren werd er weer een pakket bezorgd. Matthew had het aangetroffen op het stoepje voor de deur toen hij thuiskwam van zijn werk.

'Dit lag voor de deur,' had hij kalm gezegd, ook al ging het om het tweede pakketje in drie dagen. 'Heb je alweer wat besteld?'

Ik keerde me van hem af zodat hij de verwarring in mijn ogen niet kon zien. Ik wou dat ik iets had besteld wat door de brievenbus paste, zodat ik het had kunnen verstoppen voordat Matthew thuis was gekomen. Dat er zo snel na de spiraalsnijder van dinsdag weer iets kwam waar ik het bestaan niet van wist, was gênant.

'Maak maar open,' had ik gezegd om tijd te rekken.

'Hoezo dan, is het voor mij?' Hij schudde even met de doos. 'Het klinkt als een soort gereedschap.'

Ik keek toe hoe hij de doos openmaakte terwijl ik me vertwijfeld probeerde te herinneren wat ik besteld had.

'Een aardappelsnijapparaat.' Hij keek me vragend aan.

'Dat leek me handig.' Ik haalde mijn schouders op en zag weer voor me hoe een aardappel in luttele seconden in frieten werd gesneden.

'Laat me raden, hij hoort bij dat groentespiraalding van een paar dagen geleden. Hoe kom je er in vredesnaam bij die dingen te bestellen?'

Ik vertelde hem dat ik er reclame voor had gezien in een tijdschrift dat met de zondagkrant werd bezorgd, omdat dat beter klonk dan bekennen dat ik naar een thuiswinkelzender had zitten kijken. Voortaan zal ik mijn tas in de slaapkamer moeten laten om te voorkomen dat ik weer in de verleiding kom. Ik heb de gewoonte opgevat hem 's ochtends mee naar beneden te nemen voor het geval ik er snel vandoor moet, wat tevens inhoudt dat ik mijn creditcard voor het grijpen heb. Maar als de zwijgende beller onverhoopt verschijnt, kom ik toch niet ver. Vanwege de pillen kan ik beslist niet rijden, dus ik kan alleen maar de tuin in rennen, wat niet veel uit zal halen.

Soms denk ik dat hij er is. Dan schrik ik wakker, met wild kloppend hart, ervan overtuigd dat hij door het raam naar me heeft staan kijken. Omdat mijn instinct me zegt dat ik moet vluchten kom ik half overeind van de bank en laat me dan weer zakken, want het maakt niet uit: als hij er is, nou ja, dan is alles tenminste voorbij. Ik ben helder genoeg om te weten dat de pillen weliswaar mijn redding zijn, maar ook mijn einde kunnen betekenen, op welke manier dan ook. Of in elk geval het einde van mijn huwelijk, want hoelang nog kan ik van Matthew verwachten dat hij bestand is tegen mijn steeds vreemdere gedrag?

Ik merk dat de pillen die ik heb geslikt mijn brein alweer vertroebelen, dus ga ik snel onder de douche en trek de kleren aan die mijn uniform zijn geworden: een wijde spijkerbroek en een T-shirt, want die zien er na een dag op de bank nog toonbaar uit. Toen ik een keer een jurk droeg was die na een dagje van veel slapen zo gekreukt dat Matthew lachend vroeg of ik door de struiken in de tuin had gekropen.

Ik laat mijn tas liggen en neem het dienblad mee naar beneden, scheur het geroosterde brood in stukjes en neem het mee de tuin in voor de vogels. Ik zou graag even gaan zitten om te genieten van de zon, maar ik voel me alleen binnenshuis maar veilig, met de deuren op slot. Ik ben niet meer buiten geweest sinds ik de pillen geregeld ben gaan slikken. Ik heb voor het avondeten steeds nog op de vriezer geteerd en ik heb mijn toevlucht genomen tot de pakken houdbare melk die we voor nood in huis hebben. Matthew merkte gisteren op dat de koelkast bijna leeg was, dus ik hoop dat hij zal voorstellen morgen boodschappen te doen.

Mijn ledematen voelen zwaar aan wanneer ik terug het huis in loop. Ik doorzoek de vriezer en tref wat worstjes aan, en vervolgens zoek ik in gedachten naar iets waarmee ik er een maaltijd van kan maken. Ik weet dat er nog ergens wat uien liggen en er zal ongetwijfeld een pot tomatensaus in de kast staan. Nu ik het eten heb geregeld loop ik tevreden naar de woonkamer en zak neer op de bank.

De presentatoren op de thuiswinkelzender zijn vertrouwde vrienden geworden. Vandaag zijn er horloges in de aanbieding, bezet met kristalletjes, en ik ben blij dat ik te vermoeid ben om mijn tas uit de slaapkamer te gaan halen. De vaste telefoon gaat over, maar ik sluit mijn ogen en laat me meevoeren door de slaap. Ik houd van het gevoel langzaam in de leegte weg te soezen en – als de werking van de pillen uren later afzwakt – de geleidelijke terugkeer naar de werkelijkheid. Vandaag word ik me in het niemandsland tussen slapen en waken ineens bewust van een aanwezigheid, van iemand dichtbij. Het voelt alsof hij in de kamer op me neerkijkt, niet vanaf de andere kant van het raam. Ik blijf heel stil liggen en mijn zintuigen scherpen zich terwijl de seconden voorbij tikken; mijn ademhaling wordt oppervlakkiger, mijn lichaam spant zich. En als ik het wachten niet langer kan verdragen, sla ik snel mijn ogen open in de verwachting hem dreigend over me heen gebogen te zien staan, met een mes in zijn hand. Mijn hart klopt zo hard dat ik het kan horen bonken in mijn borst. Maar er is niemand, en als ik mijn hoofd naar het raam toe draai, is ook daar niemand te zien.

Tegen de tijd dat Matthew een uur later thuiskomt, staat het stoofpotje met worst in de oven, is de tafel gedekt en heb ik, om goed te maken dat er geen voor- of nagerecht is, een fles wijn opengetrokken.

'Lekker,' zegt hij. 'Maar eerst heb ik zin in een biertje. Wil jij ook wat?' Hij loopt naar de koelkast en trekt de deur open. Zelfs ik schrik een beetje van de lege glasplaten. 'O, heb je vandaag geen boodschappen gedaan?'

'Ik dacht dat we morgen misschien zouden kunnen gaan.'

'Je hebt gezegd dat jij zou gaan op de terugweg van school,' zegt hij. Hij haalt een flesje bier tevoorschijn en sluit de koelkastdeur weer. 'Hoe ging het trouwens?'

Ik kijk tersluiks naar de kalender aan de muur en zie het woord 'teamdag' op de datum van vandaag staan. De schrik slaat me om het hart.

'Ik heb besloten niet te gaan,' vertel ik hem. 'Het leek me weinig zin te hebben, aangezien ik nog niet aan het werk ga.'

Hij kijkt me verbaasd aan. 'Wanneer heb je dat besloten?'

'We hebben het erover gehad, weet je nog? Ik zei dat ik me nog niet in staat voelde weer aan het werk te gaan en jij zei dat we het erover konden hebben met dokter Deakin.'

'We hebben ook gezegd dat we zouden afwachten hoe je je zou voelen na een paar weken pillen slikken. Maar als dit is wat je wilt...' Hij pakt een flesopener uit de la en wipt de dop van zijn flesje bier. 'Denkt Mary dat ze op zo korte termijn een vervanger kan vinden?'

Ik keer me van hem af zodat hij mijn gezicht niet kan zien. 'Dat weet ik niet.'

Hij neemt een slok, rechtstreeks uit het flesje. 'Nou, wat zei ze dan toen je haar vertelde dat je niet aan het werk gaat?'

'Ik weet het niet,' mompel ik.

'Ze zal toch wel wat hebben gezegd,' houdt hij vol.

'Ik heb het haar nog niet verteld. Ik heb het vandaag pas besloten.'

'Maar ze wilde toch wel weten waarom je niet naar de teamdag zou komen?'

Ik hoef niet te antwoorden, want de deurbel gaat. Ik laat het aan hem over om open te doen en ga aan tafel zitten met mijn hoofd in mijn handen, me afvragend hoe ik in hemelsnaam de teamdag heb kunnen vergeten. Pas wanneer ik Matthew zich uitvoerig hoor verontschuldigen tegenover iemand, besef ik dat Mary aan de deur is. Ik hoop vurig dat hij haar niet binnen vraagt.

'Dat was Mary.' Ik til mijn hoofd op en zie hem voor me staan. Hij wacht tot ik reageer, tot ik iets zeg, maar dat kan ik niet, ik heb niets meer te zeggen. 'Ze is weg,' voegt hij eraan toe. Voor het eerst in ons huwelijk kijkt hij boos. 'Je hebt haar niet eens op de hoogte gesteld. Waarom heb je niet op haar berichtjes gereageerd?'

'Ik heb ze niet gelezen. Ik ben mijn mobiel kwijt,' vertel ik hem, met een ongeruste klank in mijn stem. 'Ik kan hem nergens vinden.'

'Wanneer heb je hem voor het laatst gehad?'

'Ik denk misschien de avond dat we uit eten zijn geweest. Ik heb hem de laatste tijd amper gebruikt, dus ik kwam er eerder vandaag pas achter.'

'Hij zal wel ergens in huis liggen.'

Ik schud mijn hoofd. 'Ik heb overal gezocht, zelfs in de auto. Ik heb het restaurant gebeld, maar daar ligt-ie ook niet.'

'Nou, en je laptop dan, ben je die soms ook kwijt? En waarom heb je de vaste telefoon de laatste tijd steeds niet opgenomen? Kennelijk heeft zowat iedereen van school geprobeerd je te bereiken: Mary, Connie, John. Eerst dachten ze dat we misschien op een lastminutereis waren gegaan, maar toen je vandaag niet kwam opdagen, vond Mary dat ze maar even langs moest komen om na te gaan of er iets aan de hand is.'

'Het zijn de pillen,' mompel ik. 'Ik word erdoor verdoofd.'

'Dan kunnen we dokter Deakin maar beter vragen of de dosis verlaagd kan worden.'

'Nee.' Ik schud mijn hoofd. 'Dat wil ik niet.'

'Als je in staat bent om dingen uit een tijdschrift te bestellen, ben je ook in staat om contact op te nemen met je collega's, en al helemaal je rector. Mary was heel begripvol, maar ze zal ook best kwaad zijn.'

'Je hoeft niet zo tegen me tekeer te gaan!'

'Tekeer te gaan? Ik heb zojuist je hachje gered, Cass!'

Ik weet dat hij gelijk heeft en ik haal bakzeil. 'Wat zei Mary?'

Hij pakt zijn flesje bier, dat hij op het aanrecht had laten staan toen hij de deur ging opendoen. 'Er viel niet veel te zeggen. Ik heb haar verteld dat je in de zomer wat gezondheidsproblemen hebt gehad en dat je medicijnen slikt. Ze was niet heel verrast. Het schijnt dat ze zich het laatste trimester al zorgen over je heeft gemaakt.'

'O,' zeg ik mismoedig.

'Ze heeft niets gezegd omdat ze dacht dat je alleen maar uit vermoeidheid een beetje vergeetachtig was, en dat je na de zomervakantie wel weer de oude zou zijn.'

Ik laat een holle lach horen. 'Dan zal ze wel opgelucht zijn dat ik niet terugkom,' zeg ik. Het voelt als een vernedering dat mijn geheugenproblemen Mary blijkbaar waren opgevallen.

'Integendeel – ze zei dat ze je zullen missen en vroeg of je het haar wilt laten weten zodra je je goed genoeg voelt om weer aan het werk te gaan.'

'Dat is aardig van haar,' zeg ik schuldbewust.

'Iedereen steunt je, Cass. We willen allemaal dat je beter wordt.'

Er komt een floers van tranen voor mijn ogen. 'Dat weet ik.'

'Je hebt wel een medische verklaring van dokter Deakin nodig.'

'Wil jij hem erom vragen?'

Ik voel hoe zijn blik op me rust. 'Oké.'

'En ga je mee naar de supermarkt? Ik wil niet rijden met die pillen achter de kiezen en we hebben boodschappen nodig.'

'Hebben ze echt zoveel effect op je?'

Ik aarzel, want als ik hem vertel dat dat inderdaad zo is, vraagt hij dokter Deakin misschien om de dosis te verlagen.

'Ik wil gewoon geen risico nemen door te gaan rijden, dat is alles.'

'Prima. Dan gaan we morgen.'

'Vind je het niet erg?'

'Natuurlijk niet. Als er iets is waarmee ik je kan helpen, moet je het maar gewoon zeggen en dan komt het voor elkaar.'

'Dat weet ik wel,' zeg ik dankbaar. 'Dat weet ik.'

Dinsdag 1 september

Ik kan nauwelijks wachten tot Matthew me mijn ontbijt brengt, zodat ik mijn pillen weer kan innemen. Ik was vergeten dat het gisteren een bankholiday was, en ik heb nu al drie dagen geen pillen geslikt. Ik neem ze nooit in het weekend, want ik wil niet dat Matthew merkt hoeveel effect ze op me hebben. Daarom verstop ik ze in de la van mijn nachtkastje. Bovendien heb ik ze niet echt nodig om de dag door te komen als hij thuis is. 's Nachts heb ik ze wel nodig, om niet wakker te liggen en te piekeren over Jane, over de moord en over haar moordenaar, die nog steeds niet gepakt is. En die me blijft bellen.

Ik heb mezelf er in het weekend een paar keer op betrapt dat ik heimelijk naar de pillen keek en me afvroeg of ik er misschien eentje kon nemen, alleen om rustig te worden. De eerste keer was zaterdagochtend, nadat we thuis waren gekomen met een auto vol boodschappen. We hadden ergens koffie gedronken en ik had ervan genoten terug in de buitenwereld te zijn, al was het maar voor even. Thuis zette ik de boodschappen weg, verwonderd over het feit dat een volle koelkast me het gevoel gaf dat ik mijn leven weer onder controle had. Matthew nam een biertje.

'Ik kan maar beter vast een beginnetje maken,' had hij vrolijk gezegd.

'Hoe bedoel je?' had ik gevraagd. Ik vroeg me af of hij de behoefte voelde zich te bedrinken vanwege de tol die het samenleven met mij in toenemende mate eiste.

'Nou, als Andy vanavond een van zijn curry's maakt, zullen we er wel wat biertjes bij nemen.'

Ik deed er lang over de kazen die we hadden gekocht in de koelkast te leggen, om tijd te rekken. 'Zouden we vanavond dan naar Hannah en Andy gaan?'

'De zaterdag voor de bankholiday, dat had je tenminste gezegd. Zal ik voor de zekerheid even bellen?'

De informatie kwam me niet bekend voor, maar ik wilde niet dat Matthew erachter zou komen dat ik weer iets was vergeten. 'Nee, dat hoeft niet.'

Hij nam een slok van zijn bier en viste zijn mobiel uit zijn zak. 'Ik check het toch maar even. Dat kan geen kwaad.'

Hij belde Hannah, die bevestigde dat ze ons inderdaad verwachtte.

'Jij zorgt voor het dessert, begrijp ik,' zei Matthew nadat hij had opgehangen.

'O ja, dat is ook zo,' zei ik, vechtend tegen de paniek. Ik hoopte maar dat ik genoeg ingrediënten in huis had om een cake te maken.

'Ik kan wel iets gaan halen bij Bértrand's, als je wilt.'

'Misschien zo'n aardbeienvlaai,' antwoordde ik dankbaar. 'Vind je dat niet vervelend?'

'Nee, natuurlijk niet.'

Hoewel ik had weten te voorkomen dat er een nieuwe blunder aan het licht kwam, zakte mijn stemming meteen weer in. Ik wierp een snelle blik op de kalender aan de muur en zag iets geschreven in het vakje van zaterdag. Ik wachtte tot Matthew de keuken uit was en liep erheen om te kijken wat er stond: HANNAH EN ANDY 19.00 UUR. Ik probeerde er niet al te neerslachtig van te worden, maar dat viel niet mee.

Tijdens het eten vroeg Hannah of ik me erop verheugde weer aan de slag te gaan in het nieuwe schooljaar. Ik had er niet over nagedacht wat ik mensen zou vertellen, dus ontstond er een ongemakkelijke stilte totdat Matthew die verbrak.

'Cass heeft besloten een tijdje vrij te nemen,' legde hij uit.

Hannah was te beleefd om te vragen waarom, maar toen we aan de koffie zaten zag ik dat ze druk in gesprek was met Matthew terwijl Andy mij de foto's van hun vakantie liet zien.

'Waar had je het met Hannah over?' vroeg ik in de auto op weg naar huis.

'Ze maakt zich zorgen om jou, dat is niet meer dan normaal,' zei hij. 'Je bent een vriendin van haar.' En ik was blij dat we thuis meteen naar bed gingen, want zo had ik een goede reden gehad om snel mijn twee pillen in te nemen.

Nu hoor ik Matthews voetstappen op de trap, dus ik sluit mijn ogen en doe alsof ik slaap. Als hij weet dat ik wakker ben, wil hij misschien nog even praten en ik wil alleen mijn pillen maar. Hij zet het dienblad neer en geeft me een kus op mijn voorhoofd. Ik doe alsof ik half wakker word.

'Ga maar weer slapen,' zegt hij zacht. 'Ik zie je vanavond.'

De pillen zitten al in mijn mond voordat hij onder aan de trap is. Dan besluit ik, afgemat door de inspanningen van de afgelopen drie dagen, om in bed te blijven in plaats van me aan te kleden en naar de woonkamer te gaan, zoals ik gewoonlijk doe.

Het eerstvolgende waar ik me weer bewust van ben, is een aanhoudend gerinkel dat me uit een diepe slaap haalt. Eerst denk ik dat het de telefoon is, maar als het lang doorgaat nadat het antwoordapparaat aangeslagen had moeten zijn, besef ik dat er iemand constant op de deurbel staat te drukken.

Ik blijf liggen, onaangedaan door het feit dat er iemand

aan de deur is. Om te beginnen ben ik te zeer onder invloed van de pillen om me er druk over te maken. Bovendien zal de moordenaar vast niet aanbellen voordat hij binnenkomt om me te doden, dus zal het de postbode wel zijn met nog meer pakketjes waarvan ik niet meer weet dat ik ze heb besteld. Pas als ik haar door de brievenbus hoor roepen, besef ik dat het Rachel is.

Nadat ik een ochtendjas heb omgeslagen loop ik naar beneden en doe de deur open.

'Eindelijk,' zegt ze met een opgeluchte blik op haar gezicht.

'Wat doe jij hier nou?' mompel ik, en ik ben me ervan bewust dat ik brabbel.

'We zouden vandaag gaan lunchen in The Sour Grapes.'

Ik kijk haar verbouwereerd aan. 'Hoe laat is het?'

'Wacht even.' Ze haalt haar telefoon tevoorschijn. 'Twintig over een.'

'Dan moet ik in slaap gevallen zijn,' zeg ik, omdat dat beleefder klinkt dan dat ik het ben vergeten.

'Toen je er om kwart voor een nog niet was heb ik geprobeerd je op je mobiel te bellen, en toen je niet reageerde heb ik jullie vaste telefoon gebeld. Omdat je niet opnam ben ik hiernaartoe gekomen. Ik maakte me ongerust; ik vroeg me af of je misschien pech onderweg of een ongeluk had gehad,' legt ze uit, 'want ik wist dat je het me zou laten weten als je laat zou zijn. Dus ben ik hier maar heen gereden om te kijken wat er aan de hand was. Je hebt geen idee hoe blij ik was je auto op de oprit te zien staan!'

'Het spijt me dat je helemaal deze kant op hebt moeten komen,' zeg ik schuldbewust.

'Mag ik binnenkomen?' Zonder op een antwoord te wachten loopt ze de gang in. 'Vind je het goed als ik een sandwich maak?'

Ik volg haar de keuken in en ga aan tafel zitten. 'Ga je gang.'

'Voor jou, niet voor mij. Je ziet eruit alsof je dagen niet gegeten hebt.' Ze pakt wat brood uit de kast en doet de koelkast open. 'Wat is er mis, Cass? Ik ga drie weken naar Siena en als ik terugkom lijkt het wel alsof je iemand anders bent geworden, iemand die ik niet ken.'

'Ik heb het wel een beetje moeilijk gehad,' zeg ik.

Ze zet een pot mayonaise op tafel, met een tomaat en wat kaas, en zoekt een bord. 'Ben je ziek geweest?' vraagt ze. Ze ziet er zo mooi uit met haar gebruinde huid en los vallende witte jurkje, dat ik me slecht op mijn gemak voel in mijn pyjama. Ik trek mijn ochtendjas om me heen.

'Alleen psychisch.'

'Zeg dat nou niet. Maar je ziet er wel vreselijk uit en je stem klinkt een beetje van de wereld.'

'Dat komt door de pillen,' zeg ik, en ik leg mijn hoofd op de tafel. Het hout voelt koel aan onder mijn wang.

'Welke pillen?'

'Die dokter Deakin me heeft gegeven.'

Ze fronst haar wenkbrauwen. 'Waarom slik je pillen?'

'Ze helpen me het aan te kunnen.'

'Hoezo, is er iets gebeurd?'

Ik til mijn hoofd van de tafel op. 'Alleen de moord.'

Ze kijkt me beduusd aan. 'Je bedoelt die op Jane?'

'Hoezo, is er nog een andere moord geweest, dan?'

'Cass, dat is al weken geleden!'

Ze lijkt wat uit het lood geslagen, dus ik knipper met mijn ogen. Maar dat verandert er niets aan, dus het zal wel aan mij liggen. 'Dat weet ik, en haar moordenaar loopt nog steeds vrij rond,' zeg ik, met mijn vinger in de lucht prikkend.

Ze fronst. 'Je denkt toch niet nog steeds dat hij het op jou heeft gemunt, hè?'

'Jawel,' zeg ik knikkend.

'Maar waarom dan?'

Ik hang weer half over de tafel. 'Ik krijg nog steeds die telefoontjes.'

'Je zei laatst van niet.'

'Ik weet het. Maar ik maak me er niet meer zo druk om, dankzij de pillen. Ik neem niet eens meer op.'

Vanuit mijn ooghoek zie ik hoe ze mayonaise op het brood smeert, de tomaat in schijfjes snijdt en wat plakjes van de kaas schaaft. 'Maar hoe weet je nou dat hij het is?'

'Dat is gewoon zo.'

Ze schudt wanhopig haar hoofd. 'Je weet dat je angst ongefundeerd is, hè? Ik maak me zorgen om je, Cass. Hoe zit het met je baan? De school begint morgen weer, toch?'

'Ik ga nog niet aan het werk.'

Ze houdt op met snijden. 'Wanneer dan wel?'

'Dat weet ik niet.'

'Gaat het echt zo slecht?'

'Nog slechter.'

Ze belegt de sandwich en zet het bord voor me neer. 'Eet dit maar op en daarna praten we.'

'Misschien is het beter om tot zes uur te wachten.'

'Waarom?'

'Omdat de pillen tegen die tijd zijn uitgewerkt en ik dan helderder ben.'

Ze kijkt me vol ongeloof aan. 'Wil je me nou vertellen dat je steeds de hele dag zo doorbrengt? Wat slik je dan in vredesnaam? Antidepressiva?'

Ik haal mijn schouders op. 'Ik denk dat ze eerder een angstremmende werking hebben.'

'Wat vindt Matthew ervan dat je ze slikt?'

'Hij is inmiddels aan het idee gewend.'

Ze gaat naast me zitten, pakt het bord en biedt me de sandwich nadrukkelijk aan, want ik heb geen aanstalten gemaakt om er ook maar één hap van te nemen. 'Eet op!' zegt ze dwingend.

Nadat ik beide helften heb opgegeten, vertel ik haar wat er de afgelopen weken allemaal is gebeurd: over het mes dat ik in de keuken heb gezien en dat ik dacht dat er iemand in de tuin was, over het feit dat ik me in de woonkamer had opgesloten en de deur had gebarricadeerd, dat ik mijn auto kwijt was geraakt, een kinderwagen had besteld, over de dingen die ik had besteld van de thuiswinkelzender, en als ik klaar ben, zie ik dat ze geen idee heeft wat ze moet zeggen. Ze kan nu niet langer beweren dat ik een burn-out heb.

'Wat erg allemaal,' zegt ze met een geschokte blik. 'Hoe gaat Matthew ermee om? Ik hoop dat hij je steunt.'

'Ja, absoluut. Maar misschien zou dat anders liggen als hij wist hoe moeilijk het in de toekomst voor hem gaat worden als ik inderdaad dementie heb, zoals mama.'

'Je hebt geen dementie.' Haar stem klinkt beslist, streng zelfs.

'Ik hoop dat je gelijk hebt,' zeg ik. Ik zou willen dat ik er net zo zeker van was als zij.

Snel daarna gaat ze weg, met de belofte dat ze me weer komt opzoeken als ze terug is van alweer een zakenreis naar New York.

'Jij boft maar,' zeg ik verlangend in de deuropening. 'Ik wou dat ik weg kon.'

'Waarom ga je niet met me mee?' zegt ze impulsief.

'Ik denk niet dat ik goed gezelschap zou zijn.'

'Maar het zou je ontzettend goeddoen! Jij kunt relaxen in het hotel als ik op de conferentie ben en 's avonds kunnen we samen eten.' Ze pakt mijn hand, met glanzende ogen van opwinding. 'Toe, zeg nou ja, Cass, we zouden het hartstikke leuk hebben! Dan neem ik daarna een paar dagen vrij, om samen leuke dingen te doen.'

Een ogenblik lang voel ik me net zo opgewonden als zij, alsof ik het echt zou kunnen doen. Dan komt de werkelijkheid terug en weet ik dat ik er niet toe in staat zal zijn.

'Dat kan ik niet,' zeg ik zachtjes.

Ze kijkt me vastberaden aan en zegt: 'Je weet heel goed dat die zin niet in ons vocabulaire voorkomt.'

'Het spijt me, Rachel, ik kan het echt niet. Misschien een andere keer.'

Ik doe de deur achter haar dicht en voel me nog ellendiger dan anders. Nog niet zo lang geleden zou ik de kans om een week met Rachel naar New York te gaan met beide handen hebben aangegrepen. Nu is de gedachte aan een vliegreis of zelfs maar het idee dat ik van huis weg zou moeten me al te veel.

Verlangend naar een staat van gedachteloosheid loop ik naar de keuken en neem nog een pil. Die vloert me zo snel dat ik pas wakker word als ik Matthew mijn naam hoor roepen.

'Sorry,' mompel ik, ontdaan dat hij me in comateuze toestand op de bank heeft aangetroffen. 'Ik zal wel in slaap gevallen zijn.'

'Dat geeft niks. Zal ik aan het eten beginnen terwijl jij boven een verkwikkende douche neemt?'

'Goed idee.'

Nog wat slaapdronken kom ik overeind en loop naar boven. Ik neem een koude douche, kleed me aan en ga weer naar beneden, naar de keuken.

'Je ruikt lekker,' zegt hij, opkijkend terwijl hij de vaatwasser leegruimt.

'Sorry, daar ben ik niet aan toegekomen.'

'Maakt niet uit. Maar heb je wel de wasmachine aangezet? Ik heb morgen mijn witte overhemd nodig.'

Ik draai me snel om. 'Dat ga ik meteen doen.'

'Een lui dagje gehad?' zegt hij plagend.

'Min of meer,' geef ik toe.

Ik loop naar de bijkeuken, haal de overhemden uit de wasmand en doe ze in de wasmachine. Maar dan blijven mijn vingers onzeker boven de rij knoppen hangen. Ik probeer me te herinneren welke knop ik moet indrukken omdat die informatie, angstaanjagend genoeg, uit mijn geheugen is verdwenen.

'Doe deze er ook nog maar even bij.' Ik schrik op en draai me vlug om naar Matthew, die met ontbloot bovenlijf en zijn overhemd in zijn hand achter me staat. 'Sorry, heb ik je laten schrikken?'

'Niet echt,' zeg ik verward.

'Je leek mijlenver weg met je gedachten.'

'Dat valt wel mee.'

Ik neem het overhemd van hem aan en stop het in de wasmachine. Ik doe het deurtje dicht en blijf wezenloos staan.

'Gaat het wel goed?'

'Nee,' zeg ik met verstikte stem.

'Is het wat ik heb gezegd over dat luie dagje?' zegt hij berouwvol. 'Dat was maar een grapje.'

'Dat is het niet.'

'Wat dan?'

Mijn gezicht gloeit. 'Ik weet niet meer hoe ik de wasmachine moet aanzetten.'

De stilte duurt maar een paar seconden, maar lijkt langer. 'Dat is niet erg, ik doe het wel,' zegt hij snel, en hij strekt zich langs mij heen uit naar de machine. 'Zo, niks aan de hand.'

'Natuurlijk is er wat aan de hand!' roep ik boos. 'Als ik niet meer weet hoe ik de wasmachine moet aandoen, wil dat zeggen dat mijn hersens niet goed werken!'

'Hé,' zegt hij zachtjes, 'rustig maar.' Hij probeert zijn armen om me heen te slaan, maar ik schud hem van me af.

'Nee!' roep ik. 'Ik ben het zat, ik wil niet meer doen alsof alles in orde is. Dat is niet zo!'

Ik duw hem opzij en loop snel door de keuken de tuin in. De koele lucht kalmeert me, maar de steeds snellere aftakeling van mijn geheugen is angstaanjagend.

Matthew geeft me een tijdje om op adem te komen en volgt me dan naar buiten.

'Je moet de brief van dokter Deakin lezen,' zegt hij zacht.

Het wordt me koud om het hart. 'Welke brief van dokter Deakin?'

'Die vorige week is bezorgd.'

'Ik heb geen brief gezien.' Maar terwijl ik het zeg, herinner ik me vaag een brief met het stempel van de praktijk op de envelop.

'Dat kan niet anders – hij lag op het buffet met alle andere brieven die je nog niet hebt opengemaakt.'

Ik denk aan de aan mij geadresseerde brieven die zich in de afgelopen weken hebben opgestapeld omdat ik me er niet toe kon zetten er wat mee te doen.

'Ik neem de stapel morgen wel door,' zeg ik, plotseling angstig.

'Dat zei je een paar dagen geleden ook toen ik je ernaar vroeg. Het punt is...' Hij zwijgt en er valt een ongemakkelijke stilte.

'Wat?'

'Ik heb die van de huisarts opengemaakt.'

Mijn mond valt open. 'Heb je mijn post geopend?'

'Alleen die van dokter Deakin,' zegt hij vlug. 'En alleen omdat jij er niet aan toe leek te komen. Ik dacht dat het belangrijk zou kunnen zijn, dat hij je misschien wilde zien of je medicatie wilde veranderen of zo.'

'Je had het recht niet,' zeg ik met een boze blik. 'Waar is die brief?'

'Waar je hem hebt gelaten.' Ik verberg mijn angst met woede en loop kwaad de keuken in, waar ik de stapel brieven doorzoek tot ik hem vind. Met trillende vingers neem ik het vel papier uit de al geopende envelop, en ik vouw het open. De woorden dansen voor mijn ogen: '*met een specialist gesproken over uw symptomen*'; '*ik zou u willen verwijzen voor nader onderzoek en tests*'; '*beginnende dementie*'; '*zo snel mogelijk een afspraak maken*'.

De brief valt uit mijn handen. Beginnende dementie. Ik laat de woorden door mijn mond rollen, probeer ze uit. Door de geopende deur pikt een vogel de woorden op en begint te tjirpen: '*Beginnende dementie, beginnende dementie, beginnende dementie.*'

Matthews armen slaan zich om me heen, maar ik blijf verstijfd van angst staan. 'Nou, dan weet je het nu,' zeg ik met een beverige stem van de tranen. 'Tevreden?'

'Natuurlijk niet! Hoe kun je dat nou zeggen? Ik ben alleen maar verdrietig. En boos.'

'Omdat je met me bent getrouwd?'

'Nee, nooit.'

'Als je bij me weg wilt, dan kan dat. Ik heb immers genoeg geld om naar het beste tehuis te gaan dat er is.'

Hij schudt me even zachtjes door elkaar. 'Hè, zeg zulke dingen nou niet. Ik heb je al eerder gezegd: ik ben niet van plan om bij je weg te gaan, beslist niet. En dokter Deakin wil je alleen maar doorverwijzen voor tests.'

'Maar wat als blijkt dat ik het heb? Ik weet hoe het zal zijn, ik weet hoe ongelooflijk frustrerend het voor je zal zijn.'

'Mocht het zover komen, dan zullen we dat samen onder ogen zien. We hebben nog jaren te gaan, Cass, en dat kunnen goede jaren zijn, zelfs als inderdaad blijkt dat je dementie hebt. Hoe dan ook bestaat er medicatie om het proces te vertragen. Maak je nou niet ongerust voordat er echt iets is om je ongerust over te maken. Ik weet dat het moeilijk is, maar je moet positief blijven.'

Op de een of andere manier weet ik de rest van de avond door te komen, maar de angst heeft toegeslagen. Hoe kan ik positief blijven als ik niet eens meer weet hoe de magnetron of de wasmachine werkt? Ik herinner me mama en de waterkoker, en de hete tranen beginnen weer te stromen. Hoelang zal het duren voor ik niet meer weet hoe ik een simpele kop thee voor mezelf kan zetten? Hoelang zal het duren voor ik mezelf niet meer kan aankleden? Matthew, die ziet hoe neerslachtig ik ben, vertelt me dat er ergere dingen zijn, dus vraag ik hem wat er erger kan zijn dan mijn verstand verliezen en als hij geen antwoord weet te geven, voel ik me schuldig dat ik hem zo in het nauw heb gebracht. Ik weet dat het nergens op slaat boos op hem te zijn omdat hij positief probeert te blijven. Maar het is toch de boodschapper die het te verduren krijgt; het is moeilijk om hem dankbaar te zijn nu hij me mijn laatste beetje hoop heeft ontnomen: dat mijn geheugenverlies toch iets anders zou kunnen zijn dan dementie.

Zondag 20 september

Ik sta in de keuken langzaam door de risotto te roeren die ik voor de lunch heb gemaakt, met mijn ogen gericht op Matthew, die in de tuin onkruid uit de bloembedden staat te trekken. Ik kijk niet echt naar hem, ik gebruik hem alleen maar om mijn blik te focussen terwijl de gedachten ronddwarrelen door mijn hoofd, als reactie op het weekend en het gebrek aan medicatie.

Het is twee maanden geleden dat Jane werd vermoord en ik heb absoluut geen idee waar de laatste paar weken zijn gebleven. Dankzij de pillen zijn ze in een pijnloos waas verstreken. Met moeite tel ik terug en probeer te bedenken wanneer ik de brief van dokter Deakin onder ogen kreeg waarin ik werd doorverwezen voor tests, en ik kom uit op drie weken geleden. Drie weken en nog steeds heb ik me nog niet neergelegd bij het feit dat ik beginnende dementie zou kunnen hebben. Misschien zal ik het op een dag kunnen aanvaarden – mijn tests zijn gepland voor het eind van de volgende maand – maar nu wil ik er nog niet aan.

Jane zweeft mijn gedachten binnen. Haar gezicht blijft daar hangen, haar uitdrukking net zo wazig als de avond dat ik haar zag in het bos, en ik vind het droevig dat ik me nauwelijks kan herinneren hoe ze eruitzag. Het lijkt allemaal zo lang geleden te zijn gebeurd. Maar mijn zwijgende beller is er nog steeds. Door de week, als ik alleen thuis ben, ben ik me bewust van de telefoon die de hele dag door geregeld gaat. Soms hoor ik door de mist in mijn brein heen Hannah, Connie of John een boodschap inspreken op het antwoordapparaat. Maar als een telefoontje voortijdig wordt afgebroken, weet ik dat hij het is.

Ik blijf maar dingen van de thuiswinkelzender bestellen, maar ik zit nu in het hogere segment: inmiddels bestel ik sieraden in plaats van keukengerei. Toen Matthew vrijdag van zijn werk kwam, trof hij weer een pakketje aan dat de postbode voor de deur had gezet, en het hart zonk me in de schoenen bij de gedachte aan weer een rondje raden naar de inhoud.

'Dat ruikt naar mijn favoriete gerecht,' had hij glimlachend gezegd voordat hij naar me toe liep om me een kus te geven. Onderwijl probeerde ik te bedenken wat ik nou weer had besteld.

'Het leek me een goed begin van het weekend.'

'Heerlijk.' Hij hield het pakketje omhoog. 'Weer een gadget voor de keuken?'

'Nee,' zei ik, in de hoop dat dat klopte.

'Wat is het dan?'

'Een cadeautje.'

'Voor mij?'

'Nee.'

'Mag ik het openmaken?'

'Ga je gang.'

Hij pakte een schaar en knipte de buitenste verpakking open.

'Messen?' vroeg hij, en hij trok twee zwarte platte leren doosjes tevoorschijn.

'Waarom maak je ze niet open?' opperde ik.

Plotseling wist ik wat erin zat. 'Parels,' zei ik. 'Er zitten parels in.'

Hij opende het deksel van een van de doosjes. 'Prachtig, hoor.'

'Ze zijn voor Rachel,' vertelde ik hem zelfverzekerd.

'Ik dacht dat je al oorringen voor haar had gekocht?'

'Deze zijn voor Kerstmis.'

'Het is nog maar september, Cass.'

'Het kan toch geen kwaad om vroeg te beginnen?'

'Nee, dat is ook zo.' Hij haalde de factuur tevoorschijn en liet een laag gefluit horen. 'Sinds wanneer besteed jij vierhonderd pond aan een vriendin?'

'Ik kan met mijn geld doen wat ik wil,' zei ik defensief. Nu wist ik dat ik hem terecht niet had verteld over het huis op het Île de Ré dat ik voor Rachel heb gekocht.

'Natuurlijk. En voor wie is die andere parelketting?'

Het enige wat ik kon bedenken is dat ik vergeten moest zijn dat ik de ketting had besteld en dat ik er vervolgens nog een had gekocht. 'Ik dacht dat jij me die misschien als verjaardagscadeau kon geven.'

Hij fronste zijn voorhoofd, minder bereid om het spelletje mee te spelen dan voorheen. 'Je hebt toch al parels?'

'Ja, maar heel andere,' zei ik, in de hoop dat er niet nog een derde ketting zou verschijnen.

'Oké.' Ik voelde dat hij me vreemd aankeek. Dat doet hij tegenwoordig vaak.

De risotto is klaar, ik roep Matthew en we gaan zitten om te eten. Als we bijna klaar zijn, wordt er aangebeld. Matthew loopt naar de voordeur om open te doen.

'Je had niet gezegd dat Rachel zou komen,' zegt hij. Hij komt samen met haar de keuken in. Hoewel hij glimlacht, merk ik dat hij niet erg blij is om haar te zien. Dat ben ik wel, maar ik ben ook verrast, want ik heb geen idee of ik ben vergeten dat ze zou komen of dat ze zomaar langskomt.

'Cass wist er niet van, ik kom gewoon even langs om bij te kletsen,' komt ze me te hulp. 'Maar als ik stoor, ben ik zo weer weg.' Ze kijkt me vragend aan.

'Nee, leuk dat je er bent,' zeg ik haastig, verbolgen over de manier waarop Matthew haar altijd het gevoel geeft niet welkom te zijn. 'We zijn net klaar met de lunch. Heb je al gegeten of zal ik iets voor je maken?'

'Een espresso zou wel lekker zijn.'

Hoewel Matthew nog staat, maakt hij geen aanstalten, dus loop ik naar de kast en pak er een paar kopjes uit.

'Wil jij ook?' vraag ik hem.

'Ja, graag.'

Ik zet een kopje op het plateautje en neem een capsule uit het rekje.

'Hoe gaat het nu met je?' vraagt Rachel.

'Goed,' zeg ik. 'En met jou? Hoe was je reis?' Ik houd het bewust vaag omdat ik niet meer weet waar ze ook alweer naartoe zou gaan.

'Net als anders. Raad eens wat ik op de terugreis op het vliegveld heb gekocht?'

Ik plaats de capsule in de houder, maar in plaats van erin te glijden, blijft het cupje erboven uitsteken.

'Vertel,' zeg ik, terwijl ik het erin probeer te duwen.

'Een Omega-horloge.'

Ik haal de capsule eruit en probeer het nog eens; ik voel Matthews blik op me rusten. 'Wow. Hij zal wel prachtig zijn,' zeg ik. De capsule wil er nog steeds niet in.

'Dat is-ie ook. Ik heb mezelf maar eens verwend.'

Ik duw op het cupje en probeer het stevig in de houder te drukken.

'Groot gelijk,' zeg ik. 'Dat heb je verdiend.'

'Je moet de hendel eerst omhoog doen,' zegt Matthew kalmpjes.

Met een gloeiend gezicht doe ik wat hij zegt, waarna de capsule op zijn plaats glijdt.

'Zal ik het even doen?' oppert hij. 'Misschien willen jij en Rachel lekker in de tuin gaan zitten? Dan breng ik de koffie naar buiten.'

'Dank je,' zeg ik dankbaar.

'Gaat het wel?' vraagt Rachel, als we buiten op het terras zijn. 'Ik had misschien eerst moeten bellen, maar ik was vanochtend in Browbury en bedacht spontaan dat ik even langs zou gaan.'

'Maak je geen zorgen, het ligt niet aan jou maar aan mij,' zeg ik, en ze lacht. 'Ik wist niet meer hoe ik het koffieapparaat moest bedienen. Eerst was het de magnetron, daarna de wasmachine. Nu het koffieapparaat. Straks vergeet ik nog hoe ik me aan moet kleden.' Ik zwijg even om me schrap te zetten voor de grote aankondiging. 'Het kan zijn dat ik beginnende dementie heb.'

'Ja, dat heb je me een paar weken geleden verteld.'

'O,' zeg ik beteuterd.

'Je hebt nog geen tests gehad, toch?'

'Nee, nog niet.'

'En de pillen? Slik je die nog steeds?'

'Ja.' Ik begin zachter te praten. 'Maar in het weekend slik ik ze niet, want ik wil niet dat Matthew weet hoeveel effect ze hebben. Ik doe alsof ik ze neem en verstop ze in de la van mijn nachtkastje.'

Ze fronst. 'Cass! Als ze echt zoveel effect op je hebben, moet je ze toch zeker helemaal niet slikken! Of in elk geval een kleinere dosis nemen.'

'Misschien, maar dat wil ik niet. Zonder die pillen zou ik de week niet doorkomen. Ze doen me vergeten dat ik alleen thuis ben, dat er telefoontjes binnenkomen.'

'Krijg je die nog steeds?'

'Af en toe.'

Ze legt een hand op mijn arm. 'Dan moet je nu toch de politie er maar bij halen, Cass.'

Ik kijk haar vluchtig aan. 'Wat heeft dat voor zin? Ik denk niet dat ze er iets aan kunnen doen.'

'Dat weet je niet. Misschien kunnen ze die telefoontjes natrekken of zo. Wat vindt Matthew ervan?'

'Hij denkt dat ik niet meer word gebeld.'

'Daar is Matthew met onze koffie,' onderbreekt ze me luid, om me te waarschuwen dat hij eraan komt. Hij zet een kopje voor haar neer en ze kijkt vriendelijk naar hem op. 'Dank je.'

'Geef maar een gil als jullie meer willen.'

'Doen we.'

Ze gaat een halfuur later weg, nadat ze heeft aangeboden me komende vrijdag op te halen en 's avonds mee uit te nemen. Ze weet dat ik het niet vertrouwd vind om zelf te rijden en ik baal ervan dat ik nu afhankelijk ben van anderen als ik de deur uit wil. Het verdriet dat ik voel om het leven dat ik voorheen had, doet fysiek pijn. Maar het is niet de dementie die me van mijn zelfstandigheid heeft beroofd, realiseer ik me, hoewel die dag ooit zou kunnen komen. Het is het schuldgevoel en de angst waar ik elk moment van de dag van doordrongen ben, sinds ik twee maanden geleden langs de auto van Jane ben gereden. Schuldgevoel en angst hebben me ondermijnd. Als dat met Jane niet was gebeurd, als ik haar niet had ontmoet, als ze niet vermoord was, had ik kunnen omgaan met het slechte nieuws dat ik wellicht beginnende dementie heb. Ik zou het onder ogen hebben gezien en ik zou op dit moment mijn opties overwegen in plaats van mijn dagen slapend op de bank door te brengen.

Het besef wat er van me is geworden, en waarom, voelt als een enorme wake-upcall. Het haalt me uit mijn lethargie en motiveert me om positieve actie te ondernemen. Ik denk na over wat ik kan doen om mijn leven ten goede te keren, of in elk geval op het juiste spoor te komen, en ik besluit om weer naar Heston te gaan. Als iemand me kan helpen om rust in mijn hoofd te krijgen, is het Alex wel, de man van Jane. Ik verwacht niet dat hij het schuldgevoel kan wegnemen, want dat zal altijd bij me blijven. Maar hij had me een vriendelijke, meelevende man geleken. Dus als hij ziet dat het me oprecht spijt dat ik die avond niet ben gestopt om Jane te helpen, kan hij het misschien over zijn hart verkrijgen me te vergeven. En dan kan ik misschien, heel misschien, beginnen mezelf te vergeven. Ik zou misschien zelfs wat tegen de angst kunnen doen, die zo weloverwogen door mijn zwijgende beller is aangewakkerd. Ik ben niet zo naïef dat ik denk dat al mijn problemen met één rit naar Heston opgelost zullen worden. Maar je moet ergens beginnen.

Maandag 21 september

Ik voeg de pillen die Matthew me vanochtend heeft gebracht toe aan het kleine aantal dat al in mijn laatje ligt, want als ik vandaag naar Heston wil rijden, moet ik helder blijven. Ik sta lang onder de douche, laat het water over me heen stromen en als ik er uiteindelijk onder vandaan kom, voel ik me mentaal sterker dan ik me in tijden heb gevoeld. Bijna als herboren. Misschien besluit ik daarom, als de telefoon rond tien uur overgaat, om op te nemen. Ten eerste wil ik controleren of de telefoontjes niet slechts een hersenspinsel zijn geweest, en ten tweede kan ik me niet voorstellen dat hij blijft bellen ondanks het feit dat ik al in geen tijden heb opgenomen.

De abrupte inademing als ik opneem zegt me dat hij zich overrompeld voelt. Verheugd als ik ben dat ik hem op het verkeerde been heb gezet, kan ik beter omgaan met de stilte die volgt. Mijn ademhaling, die normaal beverig is van angst, blijft gelijkmatig.

'Ik heb je gemist.' De gefluisterde woorden glijden zalvend over de lijn en treffen me als een onzichtbare kracht. De angst komt weer naar boven, bezorgt me kippenvel en verstikt me in al zijn venijn. Ik gooi de telefoon neer. *Dit wil niet zeggen dat hij in de buurt is*, zeg ik tegen mezelf, en ik probeer de kalmte die ik zojuist nog voelde te hervinden. *Dat hij iets tegen je heeft gezegd, betekent niet dat hij je gadeslaat.* Ik haal een paar keer adem en wijs mezelf erop dat het feit dat hij niet verwachtte dat ik zou opnemen, bewijst dat hij niet alles over mijn doen en laten weet. Maar het is moeilijk om niet opnieuw bang te worden. Wat als hij besluit me een bezoekje te brengen, nu hij weet dat ik terug ben in het land der levenden?

Ik loop de keuken in. Instinctief checken mijn ogen eerst het raam en dan de achterdeur. Ik probeer de deurkruk; die blijft geruststellend onbeweeglijk. Niemand kan naar binnen zonder dat ik hem binnenlaat.

Eigenlijk wil ik koffie zetten, maar gezien de moeite die ik gisteren met het apparaat had, schenk ik toch maar een glas melk in. Ik vraag me af waarom mijn beller er deze keer voor heeft gekozen iets te zeggen, want dat heeft hij nog niet eerder gedaan. Misschien wilde hij me uit balans brengen omdat hij voor het eerst geen angst van mijn kant ervoer. Ik voel een golf van triomf door me heen gaan dat ik iets fundamenteels tussen ons heb veranderd. Ik heb hem dan misschien niet bepaald ontmaskerd, maar ik heb hem zover gekregen dat hij iets van zichzelf heeft prijsgegeven, al was het maar een fluistering.

Ik wil niet te vroeg naar Heston gaan, dus ruim ik een beetje op om mezelf af te leiden van het feit dat ik alleen thuis ben. Maar dat werkt niet. Ik maak een glas muntthee, in de hoop dat ik er rustig van zal worden, en ga het in de keuken zitten drinken. De tijd verstrijkt langzaam, maar met veel wilskracht lukt het me om het uit te houden tot elf uur. Dan vertrek ik, nadat ik het alarm heb ingeschakeld. Rijdend door Browbury herinner ik me de laatste keer dat ik er was, de dag dat ik John tegenkwam, en ik bedenk dat het ongeveer vijf weken geleden moet zijn. Als ik eraan denk hoe bang ik die dag was geweest omdat ik dacht dat de moordenaar in de tuin was, word ik woedend dat iemand zoveel angst in me heeft kunnen losmaken. En waar waren die vijf weken gebleven? Waar was de zomer gebleven?

Ik kom aan in Heston, parkeer mijn auto aan dezelfde weg en steek over naar het park. De man van Jane en haar kinderen zijn nergens te bekennen, maar ik had ook niet gedacht dat het zo gemakkelijk zou zijn. Ik wil niet nadenken over de mogelijkheid dat hij helemaal niet naar het park komt, of over wat ik zal doen als hij weigert naar me te luisteren, dus ik blijf een tijdje op een bankje zitten, genietend van de late-septemberzon op mijn gezicht.

Rond halfeen loop ik naar de pub; onderweg daarnaartoe koop ik een krant bij de dorpswinkel. Ik bestel een kop koffie aan de bar en neem hem mee naar de tuin. Er zitten al verbazend veel mensen te lunchen en plotseling heb ik het gevoel dat ik uit de toon val, niet alleen omdat ik in m'n eentje ben, maar ook omdat iedereen elkaar lijkt te kennen of in elk geval vaste klant lijkt te zijn.

Ik vind een tafeltje onder een boom, een stukje van iedereen af, en ik sla de krant open. De koppen zijn niet erg interessant, dus ik ga naar de volgende pagina. Meteen valt mijn oog op een artikel met de titel WAAROM IS ER NOG NIEMAND GEARRESTEERD? Ik hoef het niet te lezen om te weten dat het over de moordenaar van Jane gaat.

Naast het artikel staat een foto van een jonge vrouw, een vriendin van Jane, die kennelijk net zo gefrustreerd is als ik over de traagheid van het politieonderzoek. '*Iemand moet weten wie de moordenaar is*,' wordt ze geciteerd, een gevoel dat door de verslaggever is opgepikt en wordt besproken. '*Twee maanden geleden werd een jonge vrouw in koelen bloede vermoord*,' eindigt het artikel. '*Ergens moet iemand rondlopen die iets weet.*'

Mijn maag draait om en ik vouw de krant dicht. Voor zover ik weet, is de politie ermee gestopt degene die Jane nog levend in haar auto had zien zitten te verzoeken contact op te nemen, maar dit laatste artikel kan de dingen weer oprakelen. Ik ben te opgefokt om te blijven zitten, dus ik verlaat de pub en begin langs de weg te lopen, uitkijkend naar de man van Jane, want ik wil nu voor geen goud weer met lege handen terugkeren. Als ik langs een rij stenen cottages loop, zie ik twee identieke driewielers voor een van de tuinen geparkeerd staan. Zonder mezelf de kans te geven te aarzelen loop ik het pad op en klop op de voordeur.

Ik zie hoe hij me door het raam bekijkt, maar hij doet er zo lang over om naar de deur te komen dat ik denk dat hij niet zal opendoen.

Hij kijkt me aan vanaf de drempel.

'De dame van het zakdoekje,' zegt hij. Zijn stem klinkt vriendelijk noch onvriendelijk.

'Ja,' zeg ik, blij dat hij zich mij herinnert. 'Sorry dat ik stoor, maar mag ik even met je praten?'

'Niet als je journalist bent.'

Ik schud snel mijn hoofd. 'Ik ben geen journalist.'

'En als je een of ander medium bent, ben ik ook niet geïnteresseerd.'

Ik glimlach een beetje en zou bijna willen dat dat de reden voor mijn komst was. 'Nee, zoiets is het niet.'

'Laat me raden – jij en Jane kenden elkaar al heel lang en je wilt me vertellen hoe erg je het vindt dat jullie contact was verwaterd.'

Ik schud weer mijn hoofd. 'Niet echt, nee.'

'Waarom wil je dan met me praten?'

'Ik ben Cass.'

'Cass?'

'Ja. Ik heb je een paar weken geleden geschreven. Jane en ik hebben samen geluncht vlak voor...' Ik weet niet wat ik verder moet zeggen en mijn stem sterft weg.

'Natuurlijk!' Er verschijnt een frons op zijn gezicht. 'Waarom heb je dat niet gezegd toen we elkaar in het park tegenkwamen?'

'Dat weet ik niet. Waarschijnlijk omdat ik niet wilde dat je dacht dat ik me opdrong. Ik reed die dag door Heston en herinnerde me dat Jane het over het park had gehad, dus besloot ik er te stoppen. Het kwam niet in me op dat ik je tegen zou kunnen komen.'

'Ik denk dat ik daar nu het grootste deel van mijn dagen slijt,' zegt hij met een grimas. 'De meisjes krijgen er geen genoeg van. Ze willen er elke dag naartoe, zelfs als het regent.'

'Hoe gaat het met ze?'

'Heel goed.' Hij doet de deur verder open. 'Kom binnen. De meisjes slapen, dus ik heb wel even.' Ik volg hem naar de woonkamer, waar de vloer bezaaid ligt met speelgoed en Jane me vanaf vele familiefoto's aankijkt. 'Heb je zin in een kop thee?'

'Nee, dank je,' zeg ik. Ineens ben ik nerveus.

'Je zei dat je met me wilt praten?'

'Ja.' Er springen tranen in mijn ogen en ik zoek in mijn tas naar een papieren zakdoekje – boos op mezelf.

'Ga zitten. Er moet je kennelijk iets van het hart.'

'Ja,' zeg ik weer, en ik neem plaats op de bank.

Hij pakt een stoel en gaat tegenover me zitten. 'Ga je gang.'

'Ik heb Jane die avond gezien,' zeg ik. Ik draai het zakdoekje om mijn vingers.

'Ja, dat weet ik, op een feestje. Jane heeft het me verteld.'

'Nee, niet die avond. De avond dat ze is...' Het woord 'vermoord' blijft in mijn keel steken. 'De avond van haar dood. Ik reed op Blackwater Lane langs haar auto op de passeerhaven.'

Hij blijft zo lang zwijgen dat ik denk dat hij in een soort shock is geraakt.

'Heb je dat aan de politie verteld?' vraagt hij uiteindelijk.

'Ja. Ik ben degene die gebeld heeft om te vertellen dat ze nog leefde toen ik haar zag.'

'Heb je verder nog iets gezien?'

'Nee, alleen Jane. Maar ik wist niet dat zij het was, want het regende te hard om haar gezicht te kunnen onderscheiden. Ik zag een vrouw, meer niet. Ik kwam er pas later achter dat het Jane was.'

Hij zucht, en zijn adem blijft in de lucht tussen ons in hangen. 'Je hebt niemand anders bij haar in de auto gezien?'

'Nee. Dan had ik het de politie wel verteld.'

'En je bent niet gestopt?'

Ik durf zijn blik niet te beantwoorden en buig mijn hoofd. 'Ik dacht dat ze pech had, dus ik ben een eindje vóór haar gestopt. Ik dacht dat ze wel uit haar auto zou stappen, maar dat deed ze niet – het stroomde van de regen –, dus wachtte ik of ze met haar lichten zou knipperen of zou toeteren om me te laten weten dat ze hulp nodig had. Toen ze dat niet deed, ging ik ervan uit dat ze al iemand had gebeld en dat die onderweg was. Ik weet dat ik had moeten uitstappen en teruglopen om te kijken of alles in orde was, maar ik was bang, ik dacht dat het misschien een soort hinderlaag was, dus leek het me het beste om thuis de politie of een pechhulpdienst te bellen, aangezien ik er maar een paar minuten vandaan woon, en te vragen of ze ernaartoe wilden gaan. Maar toen ik thuis was, gebeurde er iets waardoor ik het vergat. En de volgende ochtend, toen ik hoorde dat er een jonge vrouw was vermoord, voelde ik me... nou, ik kan niet beschrijven hoe ik me voelde... Ik kon niet geloven dat ik was vergeten dat telefoontje te plegen... Ik bleef maar denken dat ze nog zou leven als ik dat wél gedaan had. Ik voelde me zo schuldig dat ik het niemand durfde te vertellen, zelfs mijn man niet, omdat ik dacht dat mensen het me kwalijk zouden nemen, dat ze zouden vinden dat haar dood mijn schuld was omdat ik niets had gedaan om haar te helpen. En ze zouden nog gelijk hebben ook. En toen ik hoorde dat het om Jane ging, voelde ik me verschrikkelijk.' Ik slik de tranen weg. 'Ik ben dan wel niet de moordenaar, maar ik heb het gevoel dat ik net zo schuldig ben aan haar dood als hij.'

Ik zet me schrap voor zijn woede, maar hij schudt alleen maar zijn hoofd. 'Zo moet je niet denken,' zegt hij.

'Weet je wat het ergste is?' ga ik verder. 'Achteraf bleef ik maar denken dat ik óók vermoord had kunnen worden als ik uit de auto was gestapt. Dus was ik blij dat ik dat niet had gedaan. Wat ben ik dan voor iemand?'

'Geen slecht mens,' zegt hij dan. 'Alleen maar menselijk.'

'Waarom ben je zo aardig? Waarom ben je niet boos op me?'

Hij staat op. 'Wil je dat dan?' zegt hij. 'Ben je daarom hiernaartoe gekomen? Wil je dat ik zeg dat jij verantwoordelijk bent voor de dood van Jane, en dat je een slecht mens bent? Want als dat zo is, ben je hier aan het verkeerde adres.'

Ik schud mijn hoofd. 'Daarom ben ik hier niet.'

'Wat wil je dan precies?'

'Ik weet niet hoelang ik nog kan leven met het schuldgevoel.'

'Je moet ophouden jezelf de schuld te geven.'

'Dat lukt me nooit.'

'Luister, Cass, als je wilt dat ik het je vergeef, dan doe ik dat graag. Ik neem je niet kwalijk dat je niets hebt gedaan; ik betwijfel of Jane zou zijn uitgestapt om jou te helpen als de rollen omgedraaid waren geweest. Zij zou ook te bang zijn geweest, net als jij.'

'Maar zij zou er misschien nog aan gedacht hebben iemand te sturen om te kijken of alles in orde was.'

Hij pakt een foto van de tweeling, een en al lach en blonde

krullen. 'Er zijn al te veel levens verwoest door de dood van Jane,' zegt hij zacht. 'Laat haar dood jouw leven niet verwoesten.'

'Dank je,' zeg ik. Mijn ogen vullen zich weer met tranen. 'Dank je met heel mijn hart.'

'Ik vind het alleen maar heel naar dat je door zo'n hel bent gegaan. Zal ik dan nu een kop thee voor je zetten?'

'Je hoeft geen moeite voor me te doen.'

'Ik wou toch al thee zetten toen je aanklopte, dus het is geen enkele moeite.'

Tegen de tijd dat hij terugkomt met de thee, is het me gelukt me te herpakken. Hij stelt wat vragen, dus vertel ik hem dat ik lerares ben, zonder erbij te zeggen dat ik momenteel niet werk. We praten over zijn dochtertjes en hij bekent dat hij het moeilijk vindt om fulltime vader te zijn, vooral omdat hij zijn werk mist, maar hij voegt eraan toe dat toen zijn collega's hem verleden week hadden gevraagd te komen lunchen, hij het pas voor de eerste keer sinds de dood van Jane weer aankon om onder de mensen te komen.

'En hoe ging dat?' vraag ik.

'Ik ben niet gegaan omdat er niemand was om op de meisjes te passen. Alle vier de grootouders wonen te ver weg om op het laatste moment in te springen, hoewel ze geweldig genoeg wel vaak in het weekend komen. Maar voor de ouders van Jane is het nog lastig om de meisjes te zien. Ze lijken veel op haar.'

'Is er niet iemand in de buurt die kan helpen?'

'Nee, eigenlijk niet.'

'Ik wil best een keer oppassen,' zeg ik. Hij kijkt een beetje verbouwereerd. 'Het spijt me, dat is een domme opmerking – je kent me helemaal niet, dus natuurlijk vertrouw je me je dochtertjes niet zomaar toe.'

'Nou ja, toch bedankt voor het aanbod.'

Ik drink mijn kop leeg, me bewust van het ongemakkelijke gevoel tussen ons. 'Ik moet maar eens gaan,' zeg ik, en ik sta op. 'Bedankt dat je me de ruimte hebt gegeven met je te praten.'

'Als je er nu maar een beter gevoel over hebt.'

'Ja,' zeg ik, 'gelukkig wel.'

Hij loopt met me mee naar de voordeur en ik krijg plotseling de neiging om hem in vertrouwen te nemen over de telefoontjes.

'Is er nog iets?' vraagt hij.

'Nee hoor, laat maar,' zeg ik, omdat ik me niet langer aan hem kan opdringen.

'Tot ziens dan maar.'

'Tot ziens.'

Ik loop langzaam naar het hekje, me afvragend of ik mijn kans heb gemist, want er is geen sprake van dat ik opnieuw onuitgenodigd bij hem kan aankloppen.

'Misschien zie ik je nog eens in het park!' roept hij me na.

'Misschien,' zeg ik. Ik realiseer me dat hij me nakijkt. 'Tot ziens.'

Het is rond vier uur als ik thuiskom, te laat op de dag om nog een pil te slikken, dus ik besluit om in de tuin te gaan zitten tot Matthew er is. Ik ben niet van plan hem te vertellen dat ik vandaag weg ben geweest, want dan moet ik liegen over waarnaartoe, en dat kan zich later tegen me keren als ik me niet kan herinneren wat ik hem heb verteld. Door de hitte krijg ik zo'n dorst dat ik met tegenzin naar binnen ga. Ik denk eraan bij binnenkomst het alarm uit te schakelen en ik loop naar de keuken. Ik doe de deur open en sta stil op de drempel. Mijn ogen speuren de ruimte af; er glijdt een prikkeling van ongerustheid langs mijn ruggengraat. Alles lijkt in orde te zijn, maar ik weet dat er iets niet klopt, ik weet dat er iets is veranderd sinds mijn vertrek vanochtend.

Ik beweeg langzaam achteruit de gang in en blijf zo stil mogelijk staan, om het kleinste geluid te kunnen opvangen. Er is niets te horen, alleen de stilte, maar ik weet dat dat niet betekent dat er niemand is. Ik pak de telefoon uit zijn houder van het tafeltje in de gang en glip zachtjes door de voordeur naar buiten; ik trek hem achter me dicht. Ik loop een stukje weg van het huis, maar blijf binnen het hek, zodat de telefoon nog bereik heeft, en dan toets ik met trillende vingers Matthews nummer in.

'Kan ik je terugbellen?' vraagt hij. 'Ik zit in een vergadering.'

'Ik denk dat er iemand in ons huis is geweest,' zeg ik behoedzaam.

'Wacht even.'

Ik hoor zijn verontschuldiging en dan het geschraap van zijn stoel. Een paar seconden later heb ik hem weer aan de lijn.

'Wat is er nou?'

'Er is iemand binnen geweest,' zeg ik, en ik probeer mijn onrust te verbergen. 'Ik ging een eindje lopen en toen ik terugkwam, merkte ik dat er iemand in de keuken was geweest.'

'Hoe dan?'

'Ik weet het niet,' zeg ik, gefrustreerd dat ik weer klink alsof ik niet goed snik ben.

'Is er iets weg? Is er ingebroken? Is dat wat je bedoelt?'

'Ik weet niet of er iets weg is; ik weet alleen dat er iemand binnen is geweest. Kun je naar huis komen, Matthew? Ik weet niet wat ik moet doen.'

'Heb je het alarm aangezet toen je wegging?'

'Ja.'

'Hoe kan er dan iemand zijn binnengekomen zonder het te laten afgaan?'

'Dat weet ik niet.'

'Zijn er sporen van braak?'

'Weet ik niet. Ik ben niet lang genoeg binnen gebleven om dat te zien. Luister nou, dit is tijdverspilling. Wat als hij hier nog is? Vind je niet dat we de politie moeten bellen?' Ik aarzel even. 'De moordenaar van Jane loopt nog steeds vrij rond.'

Hij zegt niets en ik weet dat het stom van me was om erover te beginnen.

'Weet je heel zeker dat er iemand binnen is geweest?' vraagt hij.

'Natuurlijk. Zoiets verzin ik toch niet. En misschien is hij er nog steeds.'

'Dan moeten we de politie maar bellen.' Ik voel zijn tegenzin. 'Die is er sneller dan ik.'

'Maar je komt wel?'

'Ja, ik ga nu weg.'

'Dank je.'

Een minuut later belt hij terug om me te laten weten dat de politie onderweg is. Die arriveert weliswaar snel, maar ook kalm. Daardoor weet ik dat Matthew het woord 'moordenaar' niet heeft genoemd. De politieauto stopt voor het hek en ik herken de agente die hier is geweest toen ik het alarm had laten afgaan.

'Mevrouw Anderson?' zegt ze terwijl ze over de oprit naar me toe loopt. 'Ik ben agent Lawson. Uw echtgenoot heeft me gevraagd langs te komen. Ik begrijp dat u denkt dat er iemand in uw huis is?'

'Ja,' zeg ik snel. 'Ik ging een eindje lopen en toen ik terugkwam, merkte ik dat er iemand in de keuken was geweest.'

'Zijn er sporen van braak – glas op de vloer bijvoorbeeld?'

'Ik ben maar tot aan de keuken gekomen, dus dat weet ik niet.'

'En u denkt dat er nog steeds iemand binnen is?'

'Ik weet het niet zeker. Ik ben meteen naar buiten gegaan om mijn man te bellen.'

'Kan ik door de voordeur naar binnen? Hebt u een sleutel?'

'Ja,' zeg ik, en ik geef hem haar.

'Blijft u alstublieft hier, mevrouw Anderson. Ik zal u een seintje geven als u binnen kunt komen.'

Ze gaat het huis in en ik hoor haar roepen, vragen of er iemand aanwezig is, en dan is het een minuut of vijf stil. Uiteindelijk komt ze terug naar buiten.

'Ik heb het huis grondig doorzocht en ik heb niets aangetroffen wat erop wijst dat er is ingebroken,' zegt ze. 'Er zijn geen braaksporen, alle ramen zijn goed dicht en alles lijkt dus in orde te zijn.'

'Bent u daar zeker van?' vraag ik ongerust.

'Misschien wilt u mee naar binnen en zelf rondkijken,' biedt ze aan. 'Controleren of er niets ontbreekt en zo.'

Ik volg haar het huis in en loop door elk vertrek. Hoewel er nergens iets is verplaatst, weet ik dat er iemand is geweest.

'Ik voel het gewoon,' zeg ik hulpeloos als ze me vraagt hoe ik dat dan weet.

We lopen de trap af naar de keuken.

'Misschien kunnen we een kopje thee drinken,' oppert agent Lawson, en ze gaat aan de tafel zitten.

Ik wil de waterkoker aanzetten en blijf dan plotseling staan.

'Mijn mok,' zeg ik, en ik draai me naar haar om. 'Ik had mijn mok op het buffet laten staan toen ik wegging, en die is nu weg. Daarom weet ik dat er iemand binnen is geweest. Mijn mok staat niet waar ik hem heb neergezet.'

'Misschien staat-ie in de vaatwasser,' zegt ze.

Ik doe de vaatwasser open en zie mijn mok op het rekje staan.

'Ik wist wel dat ik niet gek geworden was!' zeg ik triomfantelijk. Ze kijkt me weifelend aan. 'Ik heb hem er niet in gezet,' leg ik uit. 'Hij stond op het buffet.'

De deur gaat open en Matthew komt binnen.

'Alles in orde?' vraagt hij, en hij kijkt me nerveus aan.

Ik laat het aan agent Lawson over om hem bij te praten. Ondertussen werken mijn hersens op volle toeren en vraag ik me af of het mogelijk is dat ik me vergis, of dat ik mijn mok echt op het buffet had laten staan. Maar ik ben zeker van mijn zaak.

Ik richt mijn aandacht weer op agent Lawson, die net klaar is Matthew te vertellen dat ze geen braaksporen heeft aangetroffen, of andere sporen van een vreemde in het huis.

'Maar er was wel iemand,' houd ik vol. 'Mijn mok is niet vanzelf in de vaatwasser beland.'

'Hoe bedoel je?' vraagt Matthew.

'Voor ik wegging, heb ik mijn mok op het buffet gezet en nu staat-ie in de vaatwasser,' leg ik nogmaals uit.

Hij kijkt me berustend aan. 'Je herinnert je waarschijnlijk niet meer dat je hem erin hebt gezet, dat is alles.' Hij wendt zich tot agent Lawson. 'Mijn vrouw heeft soms problemen met haar geheugen, dus ze vergeet weleens dingen.'

'Oké,' zegt ze, en ze kijkt me meelevend aan.

'Dit heeft niets met mijn geheugen te maken!' zeg ik geërgerd. 'Ik ben niet gek. Ik weet wat ik wel heb gedaan en wat niet!'

'Maar soms even niet,' zegt Matthew mild. Ik open mijn mond om me te verdedigen maar ik doe hem snel weer dicht. Als hij zou willen, kon hij een hele reeks voorbeelden noemen van momenten waarop ik niet meer wist wat ik had gedaan. In de stilte die volgt realiseer ik me dat ik kan volhouden tot ik een ons weeg, maar dat ze niet zullen geloven dat ik mijn mok op het buffet had laten staan.

'Het spijt me dat u hier voor niets naartoe bent gekomen,' zeg ik afgemeten.

'Geen probleem. U kunt beter het zekere voor het onzekere nemen,' zegt agent Lawson vriendelijk.

'Ik geloof dat ik maar even ga liggen.'

'Goed idee.' Matthew lacht me bemoedigend toe. 'Ik kom zo wel even bij je.'

Als agent Lawson is vertrokken, lig ik te wachten tot Matthew naar boven komt. Als hij wegblijft, loop ik naar beneden om hem te zoeken. Hij zit in de tuin een glaasje wijn te drinken alsof er niets aan de hand is. Er gaat een flits van woede door me heen.

'Ik ben blij dat het je niet dwarszit dat er iemand in ons huis was,' zeg ik, en ik kijk hem vol ongeloof aan.

'Toe nou, Cass, als diegene alleen maar een mok in de vaatwasser heeft gezet, is dat niet het einde van de wereld, toch?'

Ik heb geen idee of hij sarcastisch is, want deze kant van hem heeft hij me nog niet eerder laten zien. Een stemmetje in mij waarschuwt: *Wees voorzichtig, drijf niet te ver door!* Maar ik kan de woede die ik voel niet tegenhouden.

'Je gelooft me kennelijk pas als je op een dag thuiskomt en me met doorgesneden keel aantreft!'

Hij zet zijn glas wijn op tafel. 'Denk je dat nou echt? Dat er iemand zal binnenkomen om je te vermoorden?'

Er knapt iets in me. 'Het maakt niet uit wat ik denk, want er is toch niemand die naar me luistert!'

'En kun je ons dat kwalijk nemen? Er is absoluut geen reden voor je angsten, echt geen enkele.'

'Hij heeft iets tegen me gezegd!'

'Wie?'

'De moordenaar!'

'Cass,' kreunt hij.

'Nee, serieus! En hij is in ons huis geweest! Begrijp je, Matthew? Alles is veranderd!'

Hij schudt wanhopig zijn hoofd. 'Je bent ziek, Cass, je hebt beginnende dementie en je hebt last van paranoia. Kun je dat niet gewoon accepteren?'

De wreedheid van zijn woorden verbijstert me. Ik weet niet wat ik moet zeggen, dus keer ik hem mijn rug toe en loop naar binnen. In de keuken slik ik twee van mijn pillen en dan wacht ik even om hem de tijd te geven achter me aan te komen. Maar dat doet hij niet, dus ga ik naar boven, trek mijn kleren uit en stap in bed.

Dinsdag 22 september

Als ik mijn ogen weer opendoe, is het ochtend. Meteen komen de gebeurtenissen van gisteravond terugstromen in mijn gedachten. Ik draai mijn hoofd naar Matthew, me afvragend of hij toen hij naar bed ging nog heeft geprobeerd me wakker te maken om zich te verontschuldigen voor zijn kwetsende woorden. Maar zijn kant van het bed is leeg. Ik kijk op de klok: het is halfnegen. Het dienblad met mijn ontbijt staat op het nachtkastje, wat betekent dat hij al naar zijn werk is.

Ik ga rechtop zitten en hoop dat er een briefje tegen mijn glas sap zal staan, maar ik zie verder alleen een kommetje ontbijtgranen, een kannetje melk en mijn twee pilletjes. Ik ben misselijk van ongerustheid. Hoe vaak hij me ook vertelt dat hij me nooit zal verlaten, dat hij bij me blijft, deze nieuwe, hardere kant van zijn karakter heeft me van slag gebracht. Ik begrijp dat het voor hem beangstigend moet zijn om een vrouw te hebben die koppig blijft volhouden dat ze wordt gestalkt door een moordenaar, maar had hij niet moeten proberen om zich in mijn angsten te verdiepen voordat hij ze zo abrupt van de hand wees? Als ik erover nadenk, is hij nooit eens rustig met me gaan zitten om te vragen waaróm ik denk dat de moordenaar het op me gemunt heeft. Als hij dat had gedaan, had ik misschien wel bekend dat ik de auto van Jane die avond had gezien.

Tranen van eenzaamheid stromen over mijn wangen en ik pak de pillen en het sap om ze mee door te slikken; ik wil niets liever dan de pijn verdoven. Maar ik kan niet ophouden met huilen, zelfs niet als de slaap me begint te overmannen, want ik voel alleen nog maar vreselijke wanhoop – en angst voor de toekomst. Als ik dementie blijk te hebben en Matthew me verlaat, heb ik alleen nog het vooruitzicht op jaren in een verpleeghuis, waar vrienden me uit plichtsgevoel komen opzoeken, een plichtsgevoel dat zal stoppen op het moment dat ik niet meer weet wie ze zijn. Mijn tranenvloed neemt toe en mondt uit in een hevig gesnik van ellende, en als ik enige tijd later wakker word door een vreselijk gekreun, waarbij mijn hoofd aanvoelt alsof het op ontploffen staat, lijkt het alsof mijn emotionele pijn zich heeft gemanifesteerd in fysieke pijn. Ik probeer mijn ogen te openen, maar dat lukt me niet. Het is alsof mijn lichaam in brand staat, en als ik mijn hand naar mijn hoofd breng, merk ik dat het nat is van het zweet. Ik besef dat er iets verschrikkelijk mis is en doe een poging uit bed te stappen, maar mijn benen kunnen me niet dragen en ik val op de vloer. Ik voel dat de slaap me weer wil meetrekken, maar een zesde zintuig vertelt me dat ik er niet aan moet toegeven en in plaats daarvan probeer ik in beweging te komen. Het lijkt onmogelijk en het enige wat ik kan bedenken, door de mist in mijn brein heen, is dat ik een beroerte of iets dergelijks gehad moet hebben. Mijn overlevingsdrang treedt in werking en aangezien ik weet dat ik alleen een kans maak als ik zo snel mogelijk hulp krijg, kruip ik op handen en voeten naar de trap en laat ik me er half af vallen om naar de gang beneden te komen. Door de pijn verlies ik bijna mijn bewustzijn, maar met bovenmenselijke inspanning gebruik ik mijn armen om mijn lichaam over de vloer voort te slepen naar het tafeltje waar de telefoon op staat. Ik wil Matthew bellen, maar ik weet dat ik eerst de hulpdiensten moet inschakelen, dus bel ik het alarmnummer, 999, en als er een vrouw opneemt, vertel ik haar dat ik hulp nodig heb. Ik brabbel zo onduidelijk dat ik doodsbang ben dat ze me niet verstaat. Ze vraagt naar mijn naam en ik zeg dat ik Cass heet. Dan vraagt ze waar ik vandaan bel en het lukt me nog net om haar ons adres te geven voordat de telefoon uit mijn handen glijdt en op de vloer klettert.

'Cass, Cass, kun je me horen?' De stem klinkt zo ver weg dat ik hem net zo goed kan negeren. Maar hij keert zo vasthoudend terug dat ik uiteindelijk mijn ogen opendoe.

'Ze is er weer,' hoor ik iemand zeggen. 'Ze komt bij.'

'Cass, mijn naam is Pat, ik wil graag dat je bij me blijft, oké?' Ergens boven me komt een gezicht in beeld. 'We nemen je straks mee naar het ziekenhuis, maar kun je me vertellen of je deze hebt geslikt?' Ze houdt het doosje pillen dat dokter Deakin heeft voorgeschreven omhoog en als ik ze herken, geef ik een klein knikje.

Ik voel handen die me optillen en dan een paar seconden koele lucht op mijn gezicht terwijl ik naar een ambulance word gedragen.

'Matthew?' vraag ik zwakjes.

'Die zie je in het ziekenhuis,' zegt een stem. 'Kun je me vertellen hoeveel je er hebt ingenomen, Cass?'

Ik wil haar net vragen wat ze bedoelt als ik heftig begin over te geven, en tegen de tijd dat we bij het ziekenhuis aankomen voel ik me zo slap dat ik niet eens kan glimlachen naar Matthew als hij bij me komt staan met een wit gezicht van bezorgdheid.

'Je mag haar later zien,' zegt een verpleegkundige op kordate toon.

'Het komt toch wel goed met haar, hè?' vraagt hij angstig, en ik heb meer met hem te doen dan met mezelf.

Ik onderga eerst allerlei tests en pas als de arts me vragen begint te stellen besef ik dat ze denkt dat ik een overdosis heb genomen.

Ik staar haar vol afgrijzen aan. 'Een overdosis genomen?'

'Ja.'

Ik schud mijn hoofd. 'Nee, dat zou ik nooit doen.'

Ze schenkt me een blik die me vertelt dat ze me niet gelooft en verbijsterd vraag ik naar Matthew.

'Godzijdank gaat het goed met je,' zegt hij, en hij pakt mijn hand. Hij kijkt me gekweld aan. 'Komt het door mij, Cass? Door wat ik gezegd heb? Als dat zo is, spijt het me zo. Als ik ook maar even had gedacht dat je zoiets zou doen, was ik nooit zo hard geweest.'

'Ik heb geen overdosis genomen,' zeg ik huilend. 'Waarom blijft iedereen dat maar zeggen?'

'Maar je hebt het tegen de ambulancemedewerkster gezegd.'

'Nee hoor.' Ik probeer rechtop te gaan zitten. 'Waarom zou ik iets zeggen wat niet waar is?'

'Probeer kalm te blijven, mevrouw Anderson.' De arts kijkt me streng aan. 'U bent nog erg ziek. Gelukkig hebben we uw maag niet hoeven leegpompen, want u hebt de meeste pillen al opgebraakt in de ambulance, maar u moet de komende vierentwintig uur nog wel onder observatie blijven.'

Ik grijp Matthew beet bij zijn arm. 'Ze moet het verkeerd begrepen hebben. De ambulancemedewerkster liet me de pillen zien die dokter Deakin me heeft voorgeschreven en vroeg me of ik ze had geslikt, dus zei ik ja, want ik slik ze immers. Ik bedoelde niet dat ik een overdosis had genomen.'

'Ik vrees dat onze tests laten zien dat u dat wel hebt gedaan,' zegt de arts.

Ik kijk Matthew smekend aan. 'Ik heb de twee pillen ingenomen die jij me bij het ontbijt hebt gebracht, maar daarna niet nog meer, ik zweer het je. Ik ben niet eens beneden geweest.'

'Dit zijn de doosjes die de hulpverleners uit het huis hebben meegenomen,' zegt de arts, en ze overhandigt Matthew een plastic tasje. 'Zou u het weten als er pillen ontbreken? We denken dat ze er niet heel veel heeft geslikt, misschien een stuk of twaalf.'

Matthew doet het eerste van de twee doosjes open. 'Aan deze is ze een paar dagen geleden begonnen en er missen er acht, wat klopt, want ze neemt er vier per dag, twee 's ochtends en twee 's avonds,' zegt hij, en hij laat de strip aan de arts zien. 'En dit andere doosje,' gaat hij verder terwijl hij de inhoud controleert, 'is vol, zoals het hoort. Dus ik weet niet waar ze die extra pillen vandaan heeft.'

'Kan het zijn dat uw vrouw er een aantal heeft opgespaard?'

Geërgerd omdat ik geen deel uitmaak van het gesprek sta ik op het punt ze eraan te herinneren dat ik er ook nog ben, wanneer me plotseling het kleine voorraadje in mijn laatje te binnen schiet.

'Nee, ik zou het hebben gemerkt als er pillen ontbraken,' zegt Matthew. 'Ik ben degene die ze haar geeft, snapt u, voordat ik 's morgens naar mijn werk ga. Op die manier weet ik dat ze ze niet vergeet in te nemen.' Hij zwijgt even. 'Ik weet niet of u op de hoogte bent – ik heb het een van de verpleegkundigen verteld – maar het kan zijn dat mijn vrouw aan beginnende dementie lijdt.'

Terwijl zij praten over mijn mogelijke dementie probeer ik na te gaan of ik op de een of andere manier de pillen uit mijn laatje kan hebben gehaald zonder te weten wat ik deed. Ik wil het niet geloven, maar ik weet nog hoe ellendig, hoe wanhopig ik me had gevoeld, en hoe ik had gehunkerd naar een toestand van bewusteloosheid. Zou het kunnen dat ik, na het slikken van de twee pillen die Matthew me had gebracht, in het laatje had gegrepen en de andere ook had ingenomen? Had ik onbewust een einde willen maken aan het leven dat onvoorzien ondraaglijk was geworden?

Ik ben al verzwakt door wat ik heb meegemaakt en het laatste restje energie vloeit uit me weg. Uitgeput ga ik weer op mijn kussen liggen en sluit mijn ogen tegen de tranen, die vervolgens uit mijn ooghoeken druppelen.

'Cass, gaat het wel?'

'Ik ben moe,' mompel ik.

'Ik denk dat we haar het beste kunnen laten slapen,' zegt de arts.

Ik voel Matthews lippen op mijn wang. 'Ik kom morgen terug,' belooft hij.

Maandag 28 september

Uiteindelijk had ik moeten bekennen dat ik de pillen had ingenomen, aangezien het bewijs in mijn bloedbaan te vinden was. Ik gaf toe dat ik wat pillen in het laatje van mijn nachtkastje verborgen had, maar ik hield vol dat ik geen voorraadje had aangelegd met de intentie zelfmoord te plegen. Ik legde uit dat ik ze er had bewaard omdat ik op de dagen dat Matthew thuis was niet de behoefte had gevoeld om ze in te nemen. Toen ze me vroegen waarom ik dat Matthew niet had verteld, verklaarde ik dat ik niet had gewild dat hij wist dat de pillen me zo erg versuften dat ik nergens meer puf voor had. Matthew, die sceptisch was, wees erop dat wat ik zei niet helemaal waar was, omdat ik, voor zover hij kon nagaan, nog op zeker niveau had gefunctioneerd. Dus vulde ik mijn verhaal aan door te zeggen dat ik nauwelijks wist wat ik deed. Het enige positieve is dat ze het voorval – omdat ik zo weinig had ingenomen – beschouwden als een schreeuw om hulp en niet als een echte zelfmoordpoging.

Toen Matthew me de avond erna mee naar huis nam, was het eerste wat ik deed naar boven lopen, naar de slaapkamer, om in het laatje te kijken. De pillen waren weg. Ik weet dat Matthew niet gelooft dat ik ze per ongeluk heb ingenomen, hoewel hij dat niet echt gezegd heeft. Maar het voelt als weer een nagel aan de doodskist van onze relatie. Het is niet Matthews schuld; ik kan me nauwelijks voorstellen hoe het voor hem moet zijn om een vrouw te hebben die aan het begin van de zomer nog slechts hooguit een beetje verstrooid was, en aan het eind van de zomer dement, paranoïde en suïcidaal is geworden.

Hij stond erop de rest van de week vrij te nemen, ook al zei ik dat dat niet nodig was. In feite zou ik liever gehad hebben dat hij naar zijn werk was gegaan, omdat ik wilde nadenken over mijn nabije toekomst. Mijn onbedoelde overdosis had me eraan herinnerd hoe kostbaar het leven is, en ik was vastbesloten om dat van mij weer onder controle te krijgen nu ik dat nog kon. Om te beginnen weigerde ik de nieuwe blauwe pilletjes die ik kreeg voorgeschreven. Ik vertelde Matthew dat ik het liever zonder wilde proberen te redden omdat ik de behoefte had om weer in de realiteit te leven.

Door alles wat er was gebeurd, was ik vergeten dat ik met Rachel zou uitgaan – of misschien zou ik dat sowieso vergeten zijn – dus was ik er allesbehalve klaar voor toen ze vrijdagavond voor de deur stond.

'Geef me tien minuten...' zei ik, blij om haar te zien. 'Matthew wil vast wel een kopje thee voor je zetten terwijl je wacht.'

Matthew keek me verbaasd aan. 'Je gaat nu toch niet uit, mag ik aannemen?'

'Waarom niet?' fronste ik. 'Ik ben geen invalide.'

'Ja, maar na wat er is gebeurd.' Hij wendde zich tot Rachel. 'Je weet toch wel dat Cass in het ziekenhuis heeft gelegen?'

'Nee, daar had ik geen idee van.' Rachel keek geschokt. 'Waarom dan? Wat is er gebeurd?'

'Dat vertel ik je wel tijdens het eten,' zei ik gehaast. Ik keek Matthew uitdagend aan; hij moest het niet wagen me te vertellen dat ik niet weg kon gaan. 'Je vindt het niet erg om vanavond alleen te zijn, toch?'

'Helemaal niet, maar...'

'Het gaat prima met me,' hield ik vol.

'Weet je het zeker, Cass?' zei Rachel onzeker. 'Als je ziek bent geweest...'

'Een avondje uit is precies wat ik nodig heb,' zei ik vastberaden.

Tien minuten later waren we op weg, en ik gebruikte de rit naar Browbury om Rachel te vertellen over mijn onbedoelde overdosis. Ze vond het doodeng dat de pillen me onbewust zoiets gevaarlijks konden laten doen, maar ze leek tevreden toen ik haar geruststelde dat ik niet van plan was om nog medicijnen te slikken. Gelukkig begreep ze dat ik niet wilde praten over wat er was gebeurd en de rest van de avond spraken we over andere dingen.

Op zaterdag – tien weken nadat mijn leven was ingestort – bracht Matthew me thee in dezelfde mok die maandagmiddag zoveel consternatie had veroorzaakt, en ging ik alles nog eens na. In gedachten zag ik de mok duidelijk op het buffet staan en hoewel mijn hersens niet altijd te vertrouwen zijn, was ik er vrij zeker van dat ik hem niet in de vaatwasser had gezet voordat ik de keuken uit was gelopen. Dus wie had dat dan gedaan? De enige met een sleutel van ons huis, behalve ik, is Matthew, maar ik wist dat hij het niet kon zijn omdat hij, ordelijk als hij is, altijd achteraan begint in te ruimen, en de vaatwasser was praktisch leeg geweest. Hoe dan ook, als hij midden op de dag even thuis was geweest, had hij dat wel gezegd. En eerlijk is eerlijk: ik ruim in vanaf de voorkant. En als ik een overdosis kan innemen zonder te weten wat ik doe, is het ook best mogelijk dat ik mijn mok in de vaatwasser zet zonder me dat achteraf te herinneren.

We wisten het weekend door te komen; Matthew ging behoedzaam met me om, alsof ik een tijdbom was die elk moment kon ontploffen. Hij slaakte vanochtend nog net geen zucht van verlichting toen hij naar zijn werk kon vluchten, maar ik weet dat hij het een zware taak vond om op me te passen, hoewel ik zonder de pillen veel helderder overkom. Maar mijn onopzettelijke overdosis heeft hem verontrust, en de gedachte dat ik iets doms zou kunnen doen, maakt dat hij zich thuis bij mij niet kan ontspannen.

Zodra hij naar zijn werk is vertrokken sta ik op, want ik wil het huis uit zijn voordat mijn zwijgende beller zich weer aandient. Ik zou het telefoontje gewoon kunnen negeren, maar ik weet dat hij dan blijft bellen tot ik opneem, waardoor ik van slag zal raken. En vandaag moet ik rustig zijn, omdat ik weer naar Heston ga, naar de man van Jane.

Het is mijn bedoeling om daar vroeg in de middag te zijn, het tijdstip waarop ik denk dat het waarschijnlijk is dat de tweeling slaapt, dus stop ik onderweg in Browbury, waar ik op mijn gemak een ontbijt nuttig en de rest van de ochtend ga shoppen om nieuwe kleren te kopen, aangezien niets me meer lijkt te passen.

Alex lijkt niet al te verrast te zijn als hij me weer bij hem op de stoep ziet staan.

'Ik had wel gedacht dat ik je nog een keer zou zien,' zegt hij, en hij gebaart me binnen te komen. 'Ik merkte dat er nog iets was wat je kwijt wilde.'

'Je mag me gerust vragen om weer weg te gaan,' zeg ik. 'Maar ik hoop dat je dat niet doet, want als jij me niet kunt helpen, weet ik niet wie dan wel.'

Hij biedt me een kop thee aan, maar die sla ik af, plotseling zenuwachtig om wat ik ga zeggen.

'Vertel, wat kan ik voor je doen?' vraagt hij op weg naar de woonkamer.

'Je zult denken dat ik gek ben geworden,' waarschuw ik terwijl ik op de bank plaatsneem. Hij zwijgt, dus ik haal diep adem. 'Oké, vooruit dan maar. Op de dag dat ik de politie belde om te vertellen dat ik Jane nog in leven had gezien, deed de politie een oproep aan degene die had gebeld om opnieuw contact op te nemen. De dag daarop kreeg ik een zwijgtelefoontje. Ik stond er niet lang bij stil, maar toen ik de volgende dag weer werd gebeld, en de dag daarna nog een paar keer, begon ik er bang van te worden. Het waren geen telefoontjes van een hijger – daar had ik niet zo mee gezeten – maar het was stil aan de andere kant van de lijn, hoewel ik wist dat er iemand was. Toen ik dat aan mijn man vertelde, zei hij dat het vast een callcenter was dat verbinding probeerde te krijgen, maar ik werd steeds angstiger voor het overgaan van de telefoon omdat – nou ja, ik vermoedde dat ze afkomstig waren van degene die Jane had vermoord.'

Hij maakt een geluidje, een lichte grom van verbazing, maar als hij niets zegt, ga ik verder.

'Het zou voor hem niet moeilijk zijn geweest om me op te sporen aan de hand van mijn nummerbord. Toen ik voor de auto van Jane was gestopt, heb ik er een paar minuten stilgestaan, dus het is mogelijk dat hij mijn kenteken heeft kunnen zien, ondanks de regen. Hoe vaker ik werd gebeld, hoe traumatischer het voor me werd. Ik nam aan dat hij dacht dat ik hem had gezien en dat hij me waarschuwde dat niet aan de politie te vertellen. Maar ik had alleen Jane maar gezien. Ik probeerde de telefoontjes te negeren, maar hij bleef maar bellen tot ik opnam, en op een gegeven moment begon ik me te realiseren dat hij nooit belde als mijn echtgenoot thuis was, waardoor ik ging denken dat hij ons huis in de gaten hield.

Er was inmiddels een alarmsysteem geïnstalleerd, maar het lukte hem toch om binnen te komen en een visitekaartje in de keuken achter te laten: een enorm keukenmes, precies zo een als het exemplaar op de foto's van de politie. De volgende dag dacht ik dat hij in de tuin was en heb ik me opgesloten in de woonkamer. Ik had medicijnen gekregen, waarvan ik zowel psychisch als fysiek een wrak werd, maar ik kon op geen enkele andere manier omgaan met die telefoontjes. En vorige week maandag, toen ik terugkwam na mijn bezoek aan jou, wist ik dat hij bij ons binnen was geweest. Er was niets weg, er was niets beschadigd, maar ik voelde gewoon dat hij er geweest was. Ik was er zo zeker van dat we de politie erbij haalden, maar die kon geen braaksporen vinden. Toen ik zag dat de mok die ik eerder die dag op het buffet had laten staan in de vaatwasser stond, voelde ik enige triomf. Dat was het bewijs dat er iemand in huis was geweest – maar toen ik dat zei, keek iedereen me aan alsof ik gek was.' Ik wacht even om op adem te komen. 'Het punt is dat ik beginnende dementie heb en dat ik zoveel dingen vergeet dat niemand me meer gelooft. Maar ik weet dat hij vorige week maandag in ons huis was. En nu ben ik doodsbang dat ik zijn volgende slachtoffer word. Dus weet ik niet wat ik moet doen. De politie denkt al dat ik me dingen verbeeld, dus als ik vertel dat de moordenaar het op mij heeft gemunt, zullen ze me niet geloven; ik kan niet eens bewijzen dat ik die telefoontjes heb gekregen. Ik klink als een halve gek, hè?' voeg ik er hulpeloos aan toe.

Hij zwijgt een ogenblik en ik stel me voor dat hij probeert te bedenken hoe hij me zijn huis uit kan werken zonder me te beledigen.

'Ik heb die telefoontjes écht gekregen,' zeg ik, met mijn blik op hem gericht. Hij staat tegen een boekenrek geleund en lijkt na te denken over wat ik hem net heb verteld. 'Het is heel belangrijk voor me dat je me gelooft.'

'Ik geloof je,' zegt hij.

Ik kijk hem licht wantrouwig aan, me afvragend of hij me alleen maar naar de mond praat. 'Waarom? Ik bedoel, niemand anders gelooft me.'

'Een soort intuïtie, denk ik. Bovendien, waarom zou je

zoiets verzinnen? Je lijkt me geen aandachttrekker. Dan was je inmiddels wel naar de politie en media gegaan.'

'Ze zouden een hersenspinsel van me kunnen zijn.'

'Het feit dat je dat zegt, maakt het zeer onwaarschijnlijk.'

'Dus jij gelooft echt dat ik telefoontjes heb gekregen van degene die Jane heeft vermoord?' vraag ik, want ik wil graag dat hij dat bevestigt.

'Nee. Ik geloof wel dat je die telefoontjes krijgt, maar ze komen niet van de moordenaar van Jane.'

'Vertel me nou niet dat ze van een callcenter komen,' zeg ik, zonder mijn teleurstelling te verbergen.

'Nee, er is duidelijk meer aan de hand. Iemand valt je lastig, dat is zeker.'

'Waarom kunnen ze dan niet van de moordenaar komen?'

'Omdat dat niet logisch is. Luister, wat heb je precies gedaan toen je langs de auto van Jane reed? Als je haar duidelijk had kunnen zien, zou je haar hebben herkend. Maar je hebt me verteld dat dat niet het geval was.'

'Ik kon haar gezicht niet goed onderscheiden,' zeg ik bevestigend. 'Ik had de indruk dat ze blond was, maar dat was dan ook alles.'

'Dus als je iemand naast haar in de auto had zien zitten, had je hooguit kunnen zeggen dat diegene donker of blond was.'

'Ja, maar dat weet de moordenaar niet. Hij denkt misschien dat ik hem goed heb kunnen zien.'

Hij loopt bij het boekenrek vandaan en gaat naast me zitten. 'Zelfs als hij naast Jane zat, op de passagiersstoel? De politie denkt dat ze hem heeft opgepikt voordat ze naar de passeerhaven reed. Nou, als dat zo is, zal hij toch niet op de achterbank hebben gezeten?'

'Nee,' zeg ik, en ik vraag me af hoe het voor hem geweest moet zijn om de geruchten te horen dat zijn vrouw een minnaar had.

'En er klopt nog iets niet aan je redenatie. Als hij echt denkt dat jij de politie essentiële informatie over hem zou kunnen verschaffen, waarom zou hij je dan in leven laten? Waarom zou hij je niet doden? Hij heeft al een moord gepleegd, dus waarom niet nog een keer?'

'Maar als die telefoontjes niet van hem afkomstig zijn,' zeg ik verbluft, 'van wie dan wel?'

'Dat zou je moeten uitzoeken. Maar geloof me, ze komen niet van degene die Jane heeft vermoord.' Hij pakt mijn hand vast. 'Geloof me nou maar.'

'Je weet niet hoe graag ik dat zou willen.' Mijn ogen vullen zich met tranen. 'Weet je wat ik dinsdagochtend heb gedaan? Ik heb een overdosis genomen. Niet opzettelijk, ik was me er niet eens van bewust dat ik zoveel pillen had geslikt, maar ik neem aan dat ik het heb gedaan omdat ik onbewust vond dat mijn leven ondraaglijk was geworden.'

'Als ik je iets van dit alles had kunnen besparen, had ik dat gedaan,' zegt hij zacht. 'Maar ik had geen idee dat de moord op Jane impact zou kunnen hebben op iemand buiten onze familie.'

'Vreemd hoor,' zeg ik langzaam. 'Ik zou opgelucht moeten zijn dat degene die me belt niet de moordenaar is. Maar in elk geval dacht ik te weten wie het was. Nu kan het iedereen zijn.'

'Je zult dit vast niet willen horen, maar het is waarschijnlijk iemand die je kent.'

Ik staar hem vol afschuw aan. 'Iemand die ik ken?'

'Papa?'

Een van zijn dochtertjes verschijnt in de deuropening, gekleed in een T-shirtje en luier, een pluchen konijn in de hand geklemd.

Alex staat op en neemt haar met een zwaai in zijn armen, terwijl ik haastig mijn tranen droog.

'Slaapt Louise nog?' vraagt hij, en hij geeft haar een kus.

'Loulou slaapt,' zegt ze knikkend.

'Ken je de mevrouw van het zakdoekje in het park nog?'

'Is je knie weer heel?' vraag ik. Ze steekt haar been recht vooruit zodat ik het zelf kan zien. 'Fijn,' zeg ik glimlachend. 'Helemaal beter.' Ik kijk de man van Jane aan. 'Ik zal jullie niet langer storen. Nogmaals bedankt.'

'Ik hoop dat ik je heb kunnen helpen.'

'Ja, zeker wel.' Ik wend me tot zijn dochtertje. 'Dag, Charlotte.'

'Je weet haar naam nog,' zegt hij aangenaam verrast.

Hij loopt met me mee naar de voordeur. 'Denk alsjeblieft na over wat ik je heb gezegd.'

'Dat doe ik.'

'Pas goed op jezelf.'

Er gaan zoveel emoties door me heen dat het onmogelijk is om te rijden, dus zoek ik een bankje in het park en ga er een tijdje zitten. Een deel van de angst die ik de afgelopen negen weken met me mee heb gedragen, sinds dat eerste telefoontje, is verdwenen. Hoewel Matthew en Rachel me allebei hebben gezegd dat het niet logisch was te veronderstellen dat het de moordenaar was die steeds belde, wisten zij niet dat ik Jane die avond had gezien, dus begrepen ze mijn angst niet. Maar de man van Jane kent het hele verhaal, en als ik zijn redenering volg – waarom de telefoontjes niet van de moordenaar afkomstig kunnen zijn – is daar geen speld tussen te krijgen. Maar hoe zit het met zijn andere uitleg, dat iemand die ik ken de telefoontjes pleegt?

Het angstgevoel keert met dubbele kracht terug, verankert zich in mijn binnenste en perst de lucht uit mijn longen om meer ruimte voor zichzelf te maken. Het verdroogt mijn mond en er gonzen allerlei namen door mijn hoofd. Het zou iedereen kunnen zijn. De partner van een van mijn vriendinnen, die aardige vent die om de paar maanden de ramen komt lappen, de man van het beveiligingsbedrijf, de nieuwe buurman, een vader van school. Ik ga de mannen die ik ken na en verdenk ze uiteindelijk allemaal. Ik vraag me niet af waarom ze dan zoiets zouden doen; ik vraag me eerder af waarom niet. Ieder van hen zou een psychopaat kunnen zijn.

Aangezien ik niet het risico wil lopen dat Alex me hier straks als een stalker aantreft wanneer hij met zijn dochtertjes langsloopt, verlaat ik het park. Ik zou naar huis moeten gaan, maar wat als ik weer merk dat er iemand in huis is geweest? Diegene is al eens langs het alarm gekomen, maar hoe? Iemand met de technische kennis om dat te kunnen. De man van Superior Security Systems? Ik herinner me het raam dat die dag na zijn vertrek openstond. Misschien had hij er iets aan gesleuteld zodat hij naar believen zou kunnen komen en gaan. Is hij mijn zwijgende beller?

Omdat ik ertegen opzie om naar huis te gaan, rijd ik terug naar Browbury en vind daar een kapsalon waar ik zonder afspraak terechtkan. Pas als ik voor de spiegel zit, zonder iets te doen te hebben behalve naar mijn gezicht te kijken, besef ik hoeveel de laatste paar maanden van me hebben gevergd. Ik zie er uitgemergeld uit en de kapster vraagt of ik onlangs ziek ben geweest, omdat mijn haar tekenen van stress vertoont. Ik kies ervoor haar niet te vertellen dat ik misschien beginnende dementie heb of dat ik nog maar een kleine week geleden een overdosis heb genomen.

Ik heb zo lang bij de kapper gezeten dat Matthews auto al op de oprit staat als ik terugkom. De voordeur vliegt al open voordat ik ben uitgestapt.

'Godzijdank! Waar was je?' vraagt hij met een paniekerige blik. 'Ik heb me doodongerust om je gemaakt.'

'Ik ben naar Browbury geweest om te winkelen en naar de kapper te gaan,' zeg ik welwillend.

'Nou, laat de volgende keer maar een briefje achter of bel

me als je weggaat. Je kunt niet zomaar gaan ronddwalen, Cass.'

Dat steekt me. 'Ik ben niet zomaar gaan ronddwalen!'

'Je weet best wat ik bedoel.'

'Niet echt. Ik ga je niet op de hoogte stellen van alles wat ik doe, Matthew. Dat deed ik voorheen niet en dat ben ik nu ook niet van plan.'

'Maar toen had je nog geen beginnende dementie. Ik hou van je, Cass, dus maak ik me zorgen om je. Koop in elk geval een nieuw mobieltje zodat ik je kan bereiken.'

'Oké,' zeg ik, omdat ik me best in hem kan verplaatsen. 'Ik koop er morgen eentje, dat beloof ik.'

Dinsdag 29 september

Als er de volgende ochtend wordt gebeld, denk ik aan wat Alex heeft gezegd: dat hij vermoedde dat de telefoontjes van een bekende afkomstig zijn. Ik neem op.

'Wie ben je?' vraag ik, eerder geïnteresseerd dan bang. 'Je bent niet wie ik dacht dat je was, dus wie ben je dan wel?'

Ik leg de telefoon neer, met een merkwaardig triomfantelijk gevoel, maar tot mijn teleurstelling belt hij meteen terug. Ik sta me af te vragen of ik zal opnemen, wetend dat hij zal blijven bellen tot ik zwicht. Maar ik wil hem niet geven wat hij wil, ik wil daar niet gedwee en stil blijven staan – niet meer. Er zijn al te veel weken van mijn leven verloren gegaan. Als ik er niet nog meer wil verliezen, moet ik me tegen hem gaan verzetten.

Omdat ik bang ben dat ik zal bezwijken, loop ik de tuin in, weg van het geluid van de telefoon. Ik denk erover het toestel in gesprek te zetten, zodat hij geen verbinding meer kan krijgen, maar ik wil hem niet kwader maken dan hij misschien al is. De andere optie is om weer een dag weg te gaan en pas thuis te komen als Matthew er weer is. Maar ik heb er genoeg van om mijn huis uit gejaagd te worden. Wat ik nodig heb, is iets om me bezig te houden.

Mijn blik valt op de snoeischaar, die op de plek ligt waar ik hem twee maanden geleden heb neergelegd, de dag voordat

Hannah en Andy kwamen barbecueën, op de vensterbank, samen met mijn tuinhandschoenen, dus ik besluit wat snoeiwerk te gaan doen. Ik doe er ongeveer een uur over om de rozen in vorm te krijgen en dan blijf ik tot het begin van de middag onkruid wieden, me verwonderend over het feit dat mijn beller, wie het ook is, zoveel tijd heeft om zoiets nutteloos te doen, want hij moet nu toch wel doorhebben dat ik niet ga opnemen. Ik probeer me voor te stellen wat voor type man hij is, maar ik weet dat het een vergissing zou zijn hem te typeren als een einzelgänger die moeite heeft met het aangaan van relaties. Hij zou best een brave burger kunnen zijn, een familiemens, een man met veel vrienden en interesses. Het enige wat ik inmiddels vrijwel zeker weet, is dat ik hem ken, waardoor ik minder bang ben dan ik misschien zou moeten zijn.

Het is een bijna onverteerbare gedachte dat ik, als de moord niet was gepleegd, zijn telefoontjes nooit zou hebben gepikt. Ik zou hem hebben uitgelachen, hem een zielenpiet hebben genoemd, hem hebben verteld dat ik de politie erbij zou halen als hij niet ophield me lastig te vallen. De enige reden waarom ik dat niet heb gedaan is dat ik dacht dat hij de moordenaar was, waardoor ik zo verlamd was van angst dat ik niets kon beginnen. Het idee dat hij hier zo lang mee is weggekomen zorgt ervoor dat ik hem koste wat kost wil ontmaskeren.

Rond één uur stoppen de telefoontjes nadat ze sowieso al minder frequent waren geworden; het lijkt alsof hij heeft besloten even een pauze te nemen om te gaan lunchen. Of misschien heeft hij RSI gekregen van het achter elkaar bellen van mijn nummer. Ik volg zijn voorbeeld en maak wat te eten voor mezelf, blij dat het me lukt om zo lang in mijn eentje thuis te zijn. Maar als hij na halfdrie nog steeds niet weer heeft gebeld, begin ik me ongemakkelijk te voelen. Hoewel ik vastbesloten ben zijn identiteit aan het licht te brengen, ben ik nog niet klaar voor hem.

Omdat ik mezelf wil beschermen voor het geval hij me op komt zoeken, loop ik het tuinschuurtje in en pak een schoffel, een hark en, belangrijker nog, een heggenschaar, en ga ik naar de voortuin, waar ik me veiliger voel. Terwijl ik dode bloemen uit een border verwijder, loopt de man van verderop aan de weg – de ex-piloot – langs en deze keer roept hij 'hallo'. Ik kijk naar hem en neem hem eens goed op. Ik voel me veel beter na mijn gesprek met Alex gisteren, en de man ziet er eerder droevig uit dan bedreigend, dus ik groet terug.

Ik blijf nog ongeveer een uur tuinieren, waarbij ik mijn oren spits of de telefoon gaat, en als ik klaar ben, neem ik een van de ligstoelen mee naar de zijkant van het huis om uit te rusten tot Matthew thuiskomt. Maar ik kan me niet ontspannen. Ik wil mijn leven terug, maar ik weet dat me dat niet zal lukken tot ik erachter ben wie mijn kwelgeest is. En om dat uit te zoeken heb ik hulp nodig.

Ik loop de gang in en bel Rachel.

'Heb jij toevallig tijd om af te spreken na je werk?'

'Is alles goed?' vraagt ze.

'Ja, prima, ik heb alleen maar ergens je hulp bij nodig.'

'Dat klinkt intrigerend! We kunnen afspreken in Castle Wells, maar ik kan er pas rond halfzeven zijn. Is dat oké?'

Ik aarzel, want ik ben niet meer in Castle Wells geweest sinds ik mijn auto niet meer kon vinden in de parkeergarage. Maar ik kan niet verwachten dat Rachel altijd naar Browbury komt terwijl ze maar tien minuten van Castle Wells werkt.

'De Spotted Cow?'

'Ja, ik zie je daar.'

Ik laat een briefje achter voor Matthew, waarop ik schrijf dat ik naar Castle Wells ga om een nieuw mobieltje te kopen.

Ik wil niet weer in de garage parkeren, dus ik zoek een plekje op een van de kleinere parkeerplaatsen en loop naar het winkelgebied. Als ik langs de Spotted Cow kom, kijk ik door het raam om te kijken of het er al druk is en zie ik Rachel halverwege de ruimte aan een tafel zitten. Net als ik me afvraag waarom ze er al is, een uur vroeger dan ze had gezegd er te kunnen zijn, loopt er iemand naar haar tafel en neemt plaats. Tot mijn verbazing is het John.

Geschokt duik ik weg en loop haastig terug, bij de Spotted Cow vandaan, blij dat ze me niet hebben gezien. Rachel en John. Mijn gedachten gaan alle kanten op, maar alleen omdat ik hen nooit samen had verwacht. En zijn ze dat? Samen? Een stel? Ik probeer me hun lichaamstaal voor de geest te halen en die had er vertrouwd uitgezien. Maar een stel? Toch, hoe meer ik erover nadenk, hoe logischer het lijkt. Ze zijn allebei intelligent, aantrekkelijk en prettig gezelschap. Ik stel me voor hoe ze 's avonds samen uitgaan, hoe ze lachen en drinken, en ik word overspoeld door een golf van verslagenheid. Waarom hebben ze me niets verteld? Vooral Rachel.

Ik vertraag mijn pas en realiseer me dat ik de gedachte aan hen samen niet prettig vind. Hoewel ik veel van Rachel houd, vind ik John een te vriendelijke ziel om echt gelukkig met haar te zijn. En te jong. Ik baal ervan dat ik hun eventuele relatie afkeur en ben blij dat ik van tevoren ben gewaarschuwd, voor het geval Rachel me straks gaat vertellen dat zij en John een stel vormen. Maar dat hoeft natuurlijk niet zo te zijn. Misschien zijn ze wel ex-minnaars – en in dat geval zal Rachel het me nooit vertellen. Nu ik er zo over nadenk, vertelt ze me nooit iets over de mannen met wie ze uitgaat, waarschijnlijk omdat ze nooit lang bij ze blijft.

Plotseling bedenk ik dat ik niet snel een telefoonzaak zal vinden als ik deze kant uit blijf gaan, dus steek ik de straat over en ga terug naar het centrum zonder vlak langs de Spotted Cow te lopen. Een stukje verderop zie ik de Baby Boutique en ik bloos van gêne bij de gedachte aan de dag waarop ik had gedaan alsof ik in verwachting was. Als ik er ben, duw ik de deur open. Ik kan nauwelijks geloven dat ik echt ga opbiechten dat ik heb gelogen over een zwangerschap. Maar als ik mijn leven terug wil hebben, moet ik dingen rechtzetten, dus ik loop naar de toonbank, opgelucht dat er geen klanten zijn, opgelucht dat dezelfde jonge verkoopster er staat.

'Ik weet niet of u zich me herinnert,' begin ik. Ze kijkt me vragend aan. 'Ik heb hier een paar maanden geleden een slaappakje gekocht.'

'Ja, natuurlijk,' zegt ze glimlachend. 'We verwachten onze baby rond dezelfde tijd, toch?' Ze kijkt omlaag, naar mijn buik, en als ze ziet dat ik er geen bolling heb, kijkt ze me verschrikt aan.

'Het spijt me,' stamelt ze.

'Het geeft niet,' zeg ik haastig. 'Ik was helemaal niet zwanger. Ik dacht het, maar het was niet zo.'

Ze schenkt me een meelevende blik. 'Was het een schijnzwangerschap?' vraagt ze, en omdat ik vind dat ik het recht heb om iets van mijn integriteit te behouden, vertel ik haar dat het waarschijnlijk vooral lag aan mijn eigen wensdenken.

'Het zal vast snel een keer gebeuren,' zegt ze.

'Ik hoop het.'

'Als u het niet erg vindt dat ik het zeg... ik vond die aankoop van de kinderwagen ook wel wat voorbarig. Ik weet niet wat we precies voor u kunnen doen, maar als ik het mijn manager vraag, zal ze hem vast wel willen terugnemen tegen een iets lagere prijs.'

'Ik ben hier niet om te vragen of ik de kinderwagen terug kan brengen,' stel ik haar gerust, want ik realiseer me dat ze dat veronderstelt. 'Ik vind het prima om hem te houden. Ik wilde alleen even gedag zeggen.'

'Daar ben ik blij om.'

Ik neem afscheid en loop naar de deur, verbaasd over het fijne gevoel dat ik heb.

'Overigens was het de goede kinderwagen, toch? De marineblauwe?'

'Ja,' zeg ik glimlachend.

'Gelukkig maar. Uw gulle gever zou het me nooit vergeven als ik het fout had gehad.'

Ik ga de straat op en haar woorden klinken nog na in mijn oren. *Uw gulle gever*. Had ik het verkeerd begrepen? Had ze het gehad over het stel dat destijds tegelijk met mij in de winkel was? Misschien was ze, toen ik de winkel die dag had verlaten, er niet meer zeker van welke kinderwagen ik had besteld en had ze hun gevraagd of het echt de blauwe was geweest die ik wilde. Maar ze had 'gulle gever' gezegd, en niet 'gevers', en bovendien wist ze dat het willekeurige mensen betrof die toevallig op hetzelfde moment in de winkel waren. Dus wat bedoelde ze nou?

Hoewel de waarheid voor de hand ligt, wil ik er niet aan. De enige die wist dat ik die dag in de winkel was geweest, was John. Ik kan niet geloven dat hij de kinderwagen naar me toe heeft laten sturen, want dan zou de volgende vraag zijn: waarom? Mijn hoofd tolt ervan. Ik steek de straat weer over en loop naar Costas, waar we naartoe zijn gegaan nadat ik hem was tegengekomen toen ik uit de Baby Boutique kwam. Ik bestel een koffie en ga aan het raam zitten, met mijn blik op de winkel aan de overkant gericht, en ik probeer te bedenken hoe het verhaal in elkaar zit.

Het zou vrij onschuldig kunnen zijn. John heeft altijd al een zwak voor me gehad. Misschien had hij in de winkel gezegd dat ik hem had aangeraden een slaappakje te kopen voor de baby van een vriend van hem, waarna de verkoopster mijn – veronderstelde – zwangerschap ter sprake had gebracht.

Misschien had hij besloten iets voor me te kopen omdat hij blij voor me was. Maar dan zou hij toch niet zoiets duurs hebben uitgekozen als een kinderwagen? En als het een cadeau was, waarom had hij het dan anoniem gestuurd? En waarom had hij, toen we elkaar een tijdje later in Browbury tegenkwamen, het noch over mijn zwangerschap noch over de kinderwagen gehad? Had hij zich gegeneerd om wat hij had gedaan? Niets van dit alles sneed hout.

Het alternatief, dat het helemaal niet onschuldig was, maakt mijn hart aan het bonzen. Had John me die dag gevolgd, en had hij me gevolgd op de dag dat hij in Browbury op mijn autoraam klopte? Nu ik erover nadenk, was het wel bijzonder dat ik hem binnen tien dagen twee keer was tegengekomen. Had hij de kinderwagen anoniem laten bezorgen om me bang te maken? Hij kon niet weten dat ik zou denken dat ik hem zelf had besteld, omdat hij toen nog niet wist van mijn beginnende dementie. Ik had hem daar pas bij de lunch in Browbury over verteld. En waarom zou hij dit überhaupt allemaal doen? *Omdat hij verliefd op je is*, fluistert een stemmetje in mijn hoofd, terwijl mijn hart pijnlijk bonkt. Zou hij zo verliefd op me zijn dat hij me ook haat?

Als ik me realiseer dat alles erop wijst dat John mijn zwijgende beller is, voel ik me misselijk. Hij wist hoe gespannen ik was sinds de moord op Jane en toen ik de afgelegen ligging van ons huis noemde, had hij gezegd dat er andere huizen in de buurt stonden. Maar hij is nooit bij me op bezoek geweest, dus hoe kon hij dat weten? Ineens ben ik zo boos op hem dat ik mezelf ervan moet weerhouden meteen naar de Spotted Cow te gaan om hem voor het blok te zetten waar Rachel bij is. Want voordat ik dat doe, moet ik echt zeker van mijn zaak zijn.

Ik denk erover na, bekijk het van alle kanten, maar hoezeer ik ook wil dat het niet waar is, alle feiten schreeuwen me toe dat ik mijn kwelgeest heb gevonden. Ik denk terug aan begin augustus, toen ik tegen mijn beller had geroepen dat hij me met rust moest laten en John zich als zichzelf had gepresenteerd en had gedaan alsof hij daardoor werd verrast. Hij was het al die tijd geweest. En ik had me verontschuldigd en hem verteld dat ik werd lastiggevallen door een callcenter. Wat zal hij in zijn vuistje gelachen hebben met dat telefoontje om me uit te nodigen voor een borrel met Connie en andere collega's. Ik had hem verteld dat ik niet wist of ik kon omdat Matthew de twee dagen daarop vrij was. En op die beide dagen was er niet gebeld. Zelfs de timing klopt: nadat de school dichtging, had hij de hele zomer de tijd gehad om me bang te maken. Maar het lijkt zo krankzinnig. Als iemand me vanochtend had gezegd dat John mijn zwijgende beller was, had ik diegene recht in zijn gezicht uitgelachen.

Dan schiet me iets te binnen en het voelt alsof ik door een mokerslag word getroffen. Op de avond van de moord op Jane ging John ook niet mee naar Connie. En hij en Jane hebben samen getennist, dat had hij me zelf verteld. Zou het kunnen zijn dat ze geliefden waren geweest? Had hij haar die avond ontmoet? Is het mogelijk dat hij Jane heeft vermoord? Het antwoord daarop kan toch alleen maar nee zijn. Maar dan herinner ik me dat hij heeft gezegd dat zijn vriendin, die we geen van allen hebben ontmoet, van het toneel verdwenen was.

En hoe zit het met Rachel? Als zij en John een stel zijn, kan het zijn dat ze gevaar loopt. Maar als zij en John een stel zijn, weet ze misschien ook wat hij heeft gedaan. Plotseling hap ik naar adem. Er schieten zoveel scenario's door mijn hoofd dat ik in de verleiding kom meteen naar huis te gaan zonder me nog in de buurt van de Spotted Cow te wagen. Ik kijk op mijn horloge: ik heb vijf minuten om een besluit te nemen.

Uiteindelijk besluit ik dat ik Rachel gewoon ga ontmoeten. Ik gebruik de wandeling ernaartoe om me op elke mogelijkheid voor te bereiden: dat John nog bij haar is, dat hij er niet is, dat Rachel me vertelt over haar en John, dat ze niets over hem zegt. Als ze niets zegt, moet ik haar dan vertellen over mijn bange vermoedens over John? Maar zelfs mij klinken ze onzinnig en vergezocht in de oren.

Tegen de tijd dat ik de pub binnenloop, is het er zo druk dat het maar goed is dat Rachel een uur te vroeg was, anders hadden we niet kunnen zitten.

'Had je geen rustiger plekje kunnen uitzoeken?' Ik probeer een grapje te maken, want we worden omringd door een grote groep Franse studenten.

'Ik ben er nog maar net,' zegt ze, en ze omhelst me, 'dus we hebben geluk dat we überhaupt een tafeltje hebben.'

Ik hoor de leugen en binnen in mij roert zich iets.

'Ik haal wel wat te drinken,' bied ik aan. 'Wat wil jij?'

'Eén klein glaasje wijn graag, want ik moet nog rijden.'

De wachttijd aan de bar geeft me de kans om te bedenken wat ik ga zeggen als ze me vraagt waarom ik met haar wilde afspreken, want ik heb haar niet langer nodig om mijn zwijgende beller op te sporen. Tenzij het John niet is, tenzij ik het hele verhaal heb verzonnen naar aanleiding van dat ene zinnetje van de verkoopster.

'Goed, waar heb je mijn hulp bij nodig?' vraagt ze als ik weer ben gaan zitten.

'Matthew,' zeg ik.

'Hoezo, wat is er aan de hand?'

'Niets bijzonders, alleen dat de kerst eraan zit te komen. Ik wil graag iets heel speciaals voor hem doen. Hij heeft de laatste tijd veel moeten verduren en ik zou het graag een beetje goed willen maken. Ik vroeg me af of jij enig idee hebt wat ik zou kunnen doen. Jij bent zo goed in zulke dingen.'

'Maar je hebt nog een paar maanden,' fronst ze.

'Dat weet ik, maar ik heb de zaken momenteel allemaal niet erg goed onder controle. En ik dacht dat jij, als je me helpt iets te plannen, me er later in elk geval aan kunt herinneren.'

Ze lacht. 'Oké dan. Wat voor iets heb je in gedachten? Een weekendje weg? Een ballonvlucht? Skydiven? Een kookcursus?'

'Klinkt allemaal geweldig, behalve de kookcursus,' zeg ik. En het volgende halfuur komt ze met het ene idee na het andere, allemaal even leuk, maar ik kan mijn hoofd er niet bij houden.

'Je kunt ze hem niet allemaal cadeau doen,' zegt ze als ze er genoeg van heeft, 'hoewel dat natuurlijk wél zou kunnen, aangezien geld geen issue is.'

'Nou, je hebt me in elk geval genoeg ideeën aan de hand gedaan,' zeg ik dankbaar. 'En hoe gaat het met jou? Nog nieuwe ontwikkelingen sinds vrijdag?'

'Nee, gewoon zijn gangetje,' zegt ze, en ze trekt een gezicht.

'Je hebt me nog niet eens verteld over die man in Siena, je weet wel, de broer.'

'Alfie.' Ze staat op. 'Sorry, ik moet even naar de wc, ik ben zo terug.'

In de tijd dat ze weg is besluit ik het gesprek op de een of andere manier op John te brengen, om van daaruit verder te komen. Maar als ze terugkomt, blijft ze staan in plaats van te gaan zitten.

'Vind je het erg als ik je alleen laat?' vraagt ze. 'Ik heb morgen een drukke dag voor de boeg en ik moet maar eens naar huis.'

'Nee, ga gerust,' zeg ik, verbaasd dat ze al zo snel weggaat. 'Ik ga zo ook, maar ik heb nog een koffie nodig voor ik naar huis rij.'

Ze buigt voorover en omhelst me ten afscheid. 'Ik laat later deze week wat van me horen,' belooft ze.

Ik kijk haar nieuwsgierig na, zoals ze zich een weg baant door de groep Franse studenten, omdat ik nooit eerder heb meegemaakt dat ze zo haastig vertrok. Zou ze met John hebben afgesproken? Misschien wacht hij ergens op haar, in een andere pub. Als ze bij de deur is, zie ik dat een van de studenten haar probeert terug te roepen.

'Madame, madame!' roept ze. Maar Rachel is al weg.

De studente begint met een jongen naast haar te bakkeleien en ik verlies mijn belangstelling. Ik keer me om en vraag een langslopende serveerster of ze me een kop koffie wil brengen.

'Neemt u me niet kwalijk.' Ik kijk op en zie het Franse meisje voor me staan, met een klein zwart mobieltje in haar hand. 'Het spijt me, maar mijn vriend heeft dit uit de tas van uw vriendin gepakt.'

'Nee, dat is niet van haar,' zeg ik met een blik op het toestelletje. 'Ze heeft een iPhone.'

'*Mais si*,' houdt ze vol. 'Mijn vriend daar' – ze draait zich om en wijst naar de jongen met wie ze daarnet stond te bakkeleien – 'heeft het uit haar handtas gehaald.'

'Waarom zou hij dat doen?' zeg ik fronsend.

'Het was een *défi*, hij werd uitgedaagd. Het was heel verkeerd. Ik wilde het haar teruggeven maar hij gaf het niet aan mij. Maar nu heb ik het, dus geef ik het aan u.'

Ik kijk naar de jongen die ze heeft aangewezen. Hij grijnst naar me, legt zijn handpalmen tegen elkaar en maakt een kleine buiging.

'Hij is heel stout, niet?'

'Ja,' zeg ik instemmend. 'Maar toch denk ik niet dat dit telefoontje van mijn vriendin is. Misschien heeft hij het van iemand anders afgepakt.'

Ze roept hem erbij en na een kort gesprek in het Frans, waarin iedereen om hen heen bevestigend lijkt te knikken, wendt ze zich weer tot mij.

'*Si,*' zegt ze nog eens. 'Jawel. Zij liep langs hem heen en hij heeft het uit haar tas gepakt.' Ze kijkt me zorgelijk aan. 'Als u wilt, geef ik het aan de barman.'

'Nee, laat maar,' zeg ik, en ik neem het van haar aan. 'Dank je. Ik zorg er wel voor dat ze het krijgt. Ik hoop dat je vriend niets van *míj* heeft gepikt,' zeg ik fronsend tegen haar.

'Nee, nee,' zegt ze vlug.

'Nou, bedankt dan maar.'

Ze loopt terug naar haar vrienden en ik keer het mobieltje om in mijn hand, er nog steeds niet van overtuigd dat het van Rachel is. Het is zo ongeveer een van de eenvoudigste modellen die te koop zijn. Heeft John het haar gegeven? Het voelt alsof alles om me heen afbrokkelt. Ik weet niet meer wie ik kan vertrouwen, zelfs mezelf vertrouw ik niet. Ik klap het toestel open en bekijk de lijst met contacten. Er staat maar één nummer in. Ik aarzel een ogenblik en vraag me af of ik het echt zal bellen. Ik voel me net een stalker, maar ik weet niet eens zeker of het Rachels telefoon is en ik hoef immers niets te zeggen, alleen maar te luisteren naar de stem aan de andere kant van de lijn.

Een beetje misselijk van de spanning bel ik het nummer. Er wordt meteen opgenomen.

'Waarom bel je me in godsnaam? We zouden alleen berichtjes sturen.'

Als ik al iets had willen zeggen, had ik niets kunnen uitbrengen. Want ineens krijg ik geen adem meer.

Het geroezemoes van de Franse studenten, die aanstalten maken om te vertrekken, brengt me terug naar de werkelijkheid. Ik kijk naar het toestelletje in mijn hand en besef dat ik door de schok ben vergeten op te hangen. De verbinding is inmiddels verbroken en ik pijnig mijn hersens om na te gaan of er tijdens die paar minuten dat de lijn open was dingen te horen waren geweest die op mij wezen. Maar degene aan de andere kant kan alleen de geluiden en stemmen om me heen hebben gehoord, niet het heftige bonzen van mijn hart. Bovendien had hij misschien al opgehangen zodra hij zich realiseerde dat er iets niet klopte.

Mijn koffie komt eraan en ik sla hem snel achterover, want Matthew zal zich afvragen waar ik ben omdat ik niet op het briefje had geschreven dat ik met Rachel had afgesproken, alleen dat ik een mobieltje ging kopen. Ik loop snel naar de auto en verstop het telefoontje van Rachel achter in het dashboardkastje. Ik wil zo snel mogelijk naar huis, maar ik ga voor geen goud terug via Blackwater Lane, dus trap ik stevig op het gaspedaal en denk na over wat ik tegen Rachel ga zeggen als ze belt, want dat zal ze zeker doen.

'Ik weet dat je een briefje hebt achtergelaten, maar ik verwachtte niet dat je zo laat terug zou zijn,' moppert Matthew als ik de keuken in loop. Hij geeft me een kus.

'Sorry, ik ben nog iets gaan drinken met Rachel.' Binnen is het koel vergeleken met buiten en het ruikt vaag naar geroosterd brood.

'O, vandaar. Heb je een nieuw mobieltje gekocht?'

'Nee, ik wist niet goed welke ik moest kiezen, maar ik beloof je dat ik er morgen eentje koop.'

'We kunnen samen naar de verschillende modellen kijken op internet, als je wilt,' biedt hij aan. 'Trouwens, Rachel belde net nog. Ze vroeg of je haar terug wilt bellen.'

Mijn hart slaat een slag over. 'Zal ik straks even doen. Ik wil eerst graag even douchen, het is zo heet buiten.'

'Het klonk nogal dringend.'

'Dan doe ik het meteen maar.'

Ik haal de telefoon uit de gang en neem hem mee naar de keuken.

'Glaasje wijn?' vraagt Matthew terwijl ik haar nummer intoets. De fles is al open, dus ik knik, met de telefoon aan mijn oor.

'Hoi Cass.' Het is voor het eerst dat ik Rachel gespannen hoor klinken, hoewel ze haar best doet het te verbergen.

'Matthew zei dat je gebeld hebt,' zeg ik.

'Ja, luister, weet jij of iemand een mobieltje heeft gevonden nadat ik uit de pub ben weggegaan? Ik denk dat ik het ergens heb laten vallen of zo.'

'Dat kan niet, want ik bel je er nu op,' redeneer ik logisch.

'Het was niet mijn eigen telefoon, maar een toestelletje dat ik voor een vriendin bewaarde. Het kan uit mijn tas gevallen zijn.'

Een vriendin. Het woord drukt zwaar op mijn gemoed. 'Heb je de Spotted Cow gebeld om te vragen of iemand het heeft afgegeven?'

'Ja, daar hebben ze het niet.'

'Wacht even – was het een klein zwart telefoontje?'

'Ja, dat klopt. Weet jij waar het is?'

'Misschien al halverwege het Kanaal. Herinner je je die groep Franse studenten? Nou ja, nadat jij was weggegaan zaten ze te klieren met een mobieltje, ze gooiden het naar elkaar over. Ik heb er niet bij stilgestaan, want ik dacht dat het van een van hen moest zijn.'

Er valt een verschrikte stilte. 'Weet je het zeker?'

'Ja. Ze spotten ermee omdat het zo'n simpel basismodelletje was. Daarom is het vast niet het toestel dat jij voor je vriendin in bewaring had,' voeg ik er weifelend aan toe. 'Niemand gebruikt nog zo'n ding.'

'Weet je of ze nog in de pub zijn? Die Franse studenten?'

De gedachte dat ze helemaal terug naar Castle Wells zal jakkeren, is bijzonder aangenaam.

'Toen ik wegging nog wel. Ze leken nog de hele avond voor de boeg te hebben,' zeg ik, wetend dat ze al lang en breed weg zullen zijn als zij daar aankomt, want ze bereidden zich al voor op vertrek toen ik wegging.

'Dan kan ik maar beter teruggaan om te kijken of ze er nog zijn.'

'Succes, ik hoop dat je geluk hebt.'

Ik leg de telefoon neer, opgelucht dat ik het heb klaargespeeld.

'Waar ging dat nou over?' zegt Matthew fronsend.

'Rachel is in de pub een mobieltje kwijtgeraakt, dat waarschijnlijk is gepikt door een groep Franse studenten,' leg ik uit. 'Ze gaat er nu heen om te kijken of ze het terug kan krijgen.'

'Oké,' zegt hij knikkend.

'Wat wil je eten vanavond? Heb je trek in biefstuk?'

'Nou, eigenlijk belde Andy of ik zin had om met hem in de pub een biertje te gaan drinken. Dat vind je toch niet erg?'

'Nee hoor, ga maar. Eet je daar dan wat?'

'Ja, komt goed.'

Ik strek gapend mijn armen boven mijn hoofd uit. 'Ik denk dat ik dan maar eens vroeg naar bed ga.'

'Ik zal proberen zachtjes te doen als ik terugkom,' belooft hij, en hij vist zijn autosleutels uit zijn zak.

Ik kijk hem na terwijl hij naar de voordeur loopt.

'Ik hou van je,' roep ik.

'Ik meer van jou,' zegt hij, en hij draait zich met een glimlach om.

Ik wacht tot de auto van de oprit is gereden en voor de zekerheid nog even langer. Dan ren ik naar buiten, naar mijn auto, en pak het mobieltje waarvan Rachel me had verteld dat ze het voor een vriendin bewaarde.

Terug in het huis loop ik naar de woonkamer en ga zitten. Ik tril zo hevig dat ik het telefoontje nauwelijks open krijg. Ik ga naar de berichtjes en lees het laatste dat ze heeft ontvangen, vlak voordat ze de Spotted Cow verliet.

di 19:51
Nog even volhouden
Einde in zicht, beloofd!

Ik scrol naar het berichtje daarvóór, het laatste dat Rachel heeft gestuurd, waarschijnlijk vanuit de wc.

di 19:50
Vals alarm, ze had niets interessants te melden
Ik ga nu weg, heb er genoeg van
Begin me af te vragen of er ooit een eind aan komt ☹

En de berichtjes van daarvóór, eerder vanavond.

di 18:25
Hou me op de hoogte

di 18:24
Klus geklaard, zaadje van diskrediet geplant
Heb hem gevraagd het de rector te vertellen, dus hopelijk wortelt het
Zit nu te wachten tot ze komt

En verder de rest van de berichten van vandaag, te beginnen met het eerste van vanochtend.

di 10:09
We hebben een probleem
Toen ik vanochtend belde, zei ze dat ze wist dat ik de moordenaar niet ben

di 10:09
Wtf?

di 10:10
Ze klonk ook niet bang

di 10:10
Wat ga je nu doen?

di 10:10
Steeds terugbellen
Haar uitputten, net als eerder

di 10:52
Hoe gaat het?

di 10:53
Ze neemt niet op

di 10:53
Weet je zeker dat ze niet weg is gegaan?

di 10:53
Vrij zeker

di 10:53
Blijf het proberen

di 10:54
Doe ik

di 16:17
Raad eens? Ze heeft net gebeld; wil praten
Enig idee waarover?

di 16:19
Misschien de telefoontjes van vanochtend
Zorg dat je zoveel mogelijk te weten komt

di 16:21
Heb met haar afgesproken in cw
Ik ben er toch vanwege J, dus twee vliegen in één klap

Dan realiseer ik me dat ik er veel sneller een vinger achter zal krijgen als ik naar het begin van de berichtenwisseling scrol. En ik zie dat die op 17 juli begint, de avond dat ik over Blackwater Lane naar huis reed en Jane in haar auto zag zitten.

17 jul 21:16
Dit ontvangen?

17 jul 21:16
Ja ☺

17 jul 21:17
Mooi. Onthoud: niet bellen, me alleen op mijn werk berichtjes sturen, of als je weet dat ze niet in de buurt is
Houd deze telefoon altijd bij de hand
Ik laat elke avond wat horen als ze slaapt

17 jul 21:18
Het wordt moeilijk je de komende maanden niet te zien

17 jul 21:18
Denk aan het geld
Als ze je een deel had gegeven, had dit allemaal niet gehoeven
Nu krijgen we alles

17 jul 21:18
Het gaat lukken, toch?

17 jul 21:19
Natuurlijk. Het gaat immers al heel goed
Ze denkt al dat ze dingen vergeet
En het zijn nog maar kleinigheden, wacht maar tot we haar echt gek maken

17 jul 21:19
Hoop dat je gelijk hebt. Ik stuur haar straks een bericht over het cadeau voor Susie
Als ze erin trapt, zitten we safe

◆

18 jul 10:46
Goedemorgen!
Even een berichtje om je te zeggen dat ze eraan komt

18 jul 10:46
Ik wacht
Heeft ze iets gezegd over Susies cadeau?

18 jul 10:47
Nee, maar ze kwam gespannen over

18 jul 10:47
Hopelijk heeft mijn berichtje gewerkt
Gehoord over die vrouw die is vermoord?

18 jul 10:47
Ja, vreselijk
Laat me weten hoe het gaat

18 jul 12:56
Omg het was een makkie!
Ik waarschuw je maar even: ze is onderweg naar huis

18 jul 12:56
Nu al? Dacht dat jullie samen zouden lunchen

18 jul 12:56
Ze heeft geen trek meer ☺

18 jul 12:57
Ging het zo goed?

18 jul 12:57
Kon niet beter, ze was totaal van slag

18 jul 12:58
Ze geloofde echt dat ze het cadeau vergeten was?

18 jul 12:58
Heb gezegd dat zij het idee zelf had geopperd
Geweldig te zien hoe ze deed alsof ze het zich herinnerde!
Ligt het geld op z'n plek; ze zal het vast gaan checken

18 jul 12:59
160 in het laatje

18 jul 12:59
Bingo!

Ik doe er ongeveer een uur over om alle sms'jes te lezen en terug te komen bij waar ik ben begonnen – bij het laatste berichtje, dat Rachel vanuit de wc in de Spotted Cow had gestuurd. De meeste berichtjes lees ik door mijn tranen heen en sommige blijven nadat ik verder ben gegaan in mijn geheugen gegrift. De berichtenwisseling leidt me naar een waarheid die ik amper onder ogen durf te zien omdat ik weet dat ze me kapot zal maken. Maar als ik bedenk wat ik de afgelopen maanden heb doorstaan, en dat ik me overeind heb weten te houden, besef ik dat ik sterker ben dan ik dacht.

Ik sluit mijn ogen en vraag me af wanneer Matthew en Rachel een verhouding hebben gekregen. Ik denk terug aan het moment dat ze elkaar voor het eerst ontmoetten, ongeveer een maand nadat Matthew in mijn leven was gekomen. Ik was al verliefd op hem en wilde dolgraag dat Rachel hem aardig zou vinden, maar ze konden niet echt goed met elkaar overweg. Of zo had het destijds geleken. Misschien was er wel meteen een klik geweest en hadden ze het prima gevonden dat te verbergen. Misschien waren ze niet lang daarna geliefden geworden, al voordat Matthew met me was getrouwd. Het is een vreselijk idee dat mijn huwelijk met Matthew mogelijk niets meer was dan een schijnvertoning, een manier voor hem en Rachel om mij mijn geld afhandig te maken. Wat ik wil geloven is dat hij oprecht van me had gehouden, dat zijn geldzucht pas later was ontstaan, en dat het Rachel was die het idee in zijn hoofd had geplant. Maar voorlopig weet ik dat gewoon niet.

Langzaam sta ik op, met het gevoel dat ik in de afgelopen uren honderd jaar ouder ben geworden. Ik heb het telefoontje van Rachel nog steeds in mijn hand en ik weet dat ik het moet verstoppen voordat Matthew terugkomt. Hij is niet uit met Andy, maar met Rachel. Hij helpt haar natuurlijk met zoeken naar het zwarte mobieltje dat zoveel belastend bewijsmateriaal bevat. Ik kijk de kamer rond en mijn blik valt op de orchideeën op de vensterbank. Mijn eigen mobiel is nog steeds verborgen onder een van die planten. Ik loop erheen, pak een andere plant uit zijn sierpot, leg Rachels telefoon onderin en zet de orchidee terug. Dan ga ik naar bed.

Pas als ik Matthews auto de oprit op hoor komen besef ik dat ik gevaar loop. Als Rachel en Matthew de Franse studenten toch hebben opgespoord, weten ze dat ik het mobieltje heb. Ik gooi het dekbed van me af en spring uit bed; ik kan amper geloven dat ik naar bed ben gegaan in plaats van het telefoontje naar de politie te brengen. Maar ik was zo verbijsterd en zo van streek geweest dat ik niet helder had kunnen denken. Nu is het te laat. Zonder mijn mobiel en met de vaste telefoon beneden kan ik met geen mogelijkheid bellen.

Het geluid van het dichtslaande autoportier drijft me de badkamer in, waar ik zoek naar iets om me mee te verdedigen. Ik ruk het kastje open en mijn ogen vallen op een nagelschaartje, maar dat lijkt me geen afdoende wapen. Matthews sleutel knarst in het slot en in paniek pak ik een bus haarlak en ren terug naar de slaapkamer. Ik stap in bed, schuif de haarlak onder mijn kussen en trek de dop eraf. Dan ga ik met mijn gezicht naar de deur liggen, sluit mijn ogen en doe alsof ik slaap. Mijn hand heeft de verborgen spuitbus stevig vast. En als tickertape onder aan een scherm schieten de sms'jes me door het hoofd.

20 sep 11:45
Ik verveel me

20 sep 11:51
Kom anders langs om het koffieapparaat in actie te zien Nieuwe geplaatst

20 sep 11:51
Serieus?
Dacht dat je niet wilde dat we elkaar zouden opzoeken

20 sep 11:51
Wil wel een uitzondering maken
En heb je nodig om iets uit te vissen

20 sep 11:51
Wat dan?

20 sep 11:52
Waarom ze in het weekend in orde is en door de week gevloerd

20 sep 11:52
Oké, hoe laat?

20 sep 11:53
2 uur

20 sep 23:47
Nogal een risico, die kus van vanmiddag in de gang

20 sep 23:47
Was het waard
Iets te weten gekomen?

20 sep 23:47
Ze neemt haar pillen in het weekend niet in
En wil niet dat je weet hoeveel effect ze hebben
Dus bewaart ze ze in een laatje
Ze krijgt dan alleen de 2 die jij in haar sinaasappelsap doet

20 sep 23:49
Zei ze welk laatje?

20 sep 23:49
Nachtkastje

20 sep 23:49
Wacht, ga even kijken

20 sep 23:53
Klopt, heb er 11 gevonden
Heb een briljant idee

20 sep 23:53
Ik word er opgewonden van

20 sep 23:54
Ga ze gebruiken voor een overdosis

20 sep 23:54
Nee!!! Dat kan niet!!!

20 sep 23:54
Laat het lijken op een zelfmoordpoging, zodat ze labiel overkomt

20 sep 23:55
En als ze doodgaat?

20 sep 23:55
Dan is ons probleem opgelost
Maar dat gebeurt niet. Zal bijsluiter goed lezen; geen zorgen

Ik hoor zijn zachte tred op de trap en met elke stap bonst mijn hart een beetje luider: het slaan op een trommel dat zijn komst aankondigt. Wanneer hij stilstaat aan het voeteneind, bereikt het een crescendo en ik kan me niet voorstellen dat hij het niet hoort, of dat hij niet ziet hoe mijn lichaam trilt onder de sprei. Hij kan vast mijn angst voelen, zoals ik voel dat hij daar naar me staat te kijken. Weet hij dat ik het mobieltje heb? Of ben ik veilig, in elk geval de komende nacht? Het wachten wordt ondraaglijk en vervolgens onmogelijk. Ik beweeg een beetje en doe mijn ogen half open.

'Je bent er weer,' mompel ik slaperig. 'Was het leuk met Andy?'

'Ja, je moet de groeten hebben. Ga maar weer slapen, ik ga douchen.'

Ik doe mijn ogen dicht en hij verlaat de kamer.

En terwijl zijn voetstappen in de gang wegsterven, rolt de tickertape van berichtjes weer voort door mijn hoofd.

21 sep 16:11
We hebben een probleem
Ze weet dat jij in ons huis bent geweest

21 sep 16:11
Hoe kan dat?

21 sep 16:11
Weet ik niet, heb de politie gebeld

21 sep 16:12
Wat? Waarom?

21 sep 16:12
Omdat ze dat wilde
Zou verdacht hebben geleken als ik had geweigerd
Ga nu naar huis, hoop dat ik je kan dekken

21 sep 23:17
Kun je zsm wat laten horen alsjeblieft
Maak me zorgen, wil weten wat er vanmiddag is gebeurd

21 sep 23:30
Rustig maar, alles oké

21 sep 23:30
Hoe wist ze dat ik binnen geweest was?

21 sep 23:30
Je hebt haar mok in de vaatwasser gezet
Heeft ze opgemerkt

21 sep 23:31
Echt? Weet ik niet meer

21 sep 23:31
Wie dementeert er nou eigenlijk?

21 sep 23:31
Je bent er wel vrolijk onder; zijn door het oog van de naald gekropen

21 sep 23:31
Het is allemaal goed gekomen

21 sep 23:32
Hoezo?

21 sep 23:32
Na vertrek van de politie zei ik dat ze paranoïde was en bracht beginnende dementie ter sprake
Ze liep kwaad weg, heeft 2 pillen genomen

21 sep 23:33
Dus?

21 sep 23:33
Dus doe de 13 uit haar laatje morgenochtend in het sinaasappelsap
+ 2 die ze nog inneemt
In totaal 15
+ 2 al in haar bloedbaan
Moet genoeg zijn

21 sep 23:34
Je bedoelt dat het echt gaat gebeuren?

21 sep 23:34
Een gouden kans
Het is nu of nooit

21 sep 23:34
Gaat het werken?

21 sep 23:35
Ik kan getuigen dat we ruzie hebben gehad
Jij kunt zeggen dat ze gedeprimeerd was toen je haar gistermiddag sprak

Zeggen dat ze je heeft verteld over de pillen in haar laatje
Maar dat je niet dacht dat ze die zou slikken

21 sep 23:36
Van 15 pillen gaat ze niet dood, toch?

21 sep 23:36
Nee, ze wordt alleen doodziek
Ik ga tussen de middag naar huis, doe net alsof ik het goed wil maken
Hopelijk tref ik haar bewusteloos aan; zal dan ambulance bellen

◆

22 sep 08:08
Heb het gedaan
Nu naar m'n werk maar ga over een paar uur terug

22 sep 08:09
Wat als ze het sap niet opdrinkt?

22 sep 08:09
Dan komt er later wel een zelfmoordpoging

22 sep 11:54
Net gebeld door ziekenhuis
Op weg daarnaartoe

22 sep 11:54
Het plan heeft dus gewerkt?

22 sep 11:55
Daar lijkt het op. Ze heeft zelf ambulance gebeld
Je hoort van me

Ineens realiseer ik me dat de douche niet aan is gezet en dat Matthew niet in de badkamer is. Mijn hart gaat als een razende tekeer. Waar is hij? In de donkere stilte spits ik mijn oren. Ik hoor het zachte geluid van zijn stem uit de slaapkamer aan de voorkant. Hij en Rachel zijn vast als de dood dat het mobieltje op de een of andere manier in handen van de politie komt en dat hun spelletje dan uit is. Zijn ze genoeg in paniek om me te vermoorden? Of me zoveel pillen toe te dienen dat het lijkt alsof ik nog een zelfmoordpoging heb gedaan, maar deze keer met succes? Zoals ik daar in bed lig te wachten tot hij terugkomt, met mijn hand nog steeds om de spuitbus geklemd, ben ik banger dan ik ooit ben geweest. Vooral nu ik weet van het mes.

8 aug 23:44
Ging gesmeerd bij de dokter vandaag

8 aug 23:44
Medicijnen?

8 aug 23:44
Ja, maar ze zegt dat ze die niet gaat innemen
Zal proberen haar op andere gedachten te brengen

8 aug 23:45
Ik denk dat ik iets heb wat kan helpen

8 aug 23:45
Wat dan?

8 aug 23:45
Een enorm groot keukenmes
Lijkt precies op het mes van de moord

8 aug 23:46
??? Waar heb je dat vandaan?

8 aug 23:46
Londen
Ik kan het misschien ergens neerleggen waar ze het dan vindt
Om haar bang te maken

8 aug 23:46
Geen goed idee, ze zal de politie bellen
En hoe zit het met de vingerafdrukken
Denk niet dat het gaat werken

8 aug 23:47
Wel als we het zorgvuldig plannen

8 aug 23:47
Zal erover nadenken

◆

9 aug 00:15
Heb erover nagedacht

9 aug 00:17
Ben je daar?

9 aug 00:20

Nu wel! Heb je een plan?

9 aug 00:20

Ja, maar te moeilijk om per sms uit te leggen
Ik bel je

9 aug 00:20

Dacht dat we hadden afgesproken dat bellen te riskant is?

9 aug 00:21

Nood breekt wet en zo

9 aug 20:32

Heb de achterdeur opengelaten
Doe wat we hebben afgesproken en maak meteen dat je wegkomt
Hoop dat we geen fout begaan

9 aug 20:33

Vertrouw op mij, het komt goed ☺

9 aug 23:49

Hoi

9 aug 23:49

Godzijdank! Hoorde haar gillen, ben razend benieuwd hoe het is gegaan!

9 aug 23:50

Ongelooflijk dat het heeft gewerkt, ze was hysterisch

9 aug 23:50
Gelukkig is de politie niet geweest

9 aug 23:51
Heb haar ervan overtuigd dat ze spoken zag

9 aug 23:51
Zei ik toch
Heb het mes in het schuurtje gelegd; hoop dat dat oké is

9 aug 23:52
Geen probleem – je weet nooit of we het op een dag weer nodig hebben

Wat als Rachel op dit moment Matthew probeert over te halen naar het schuurtje te lopen, het mes te pakken en me te doden? Als hij mijn keel doorsnijdt, zal men denken dat de moordenaar van Jane weer heeft toegeslagen. Matthew zal de zwijgtelefoontjes ter sprake brengen en handenwringend vertellen dat hij me niet had geloofd toen ik zei dat de moordenaar het op mij gemunt had. Rachel kan hem een alibi voor vanavond geven en zeggen dat ze hem had gevraagd langs te komen omdat ze zich zorgen over me maakte na onze ontmoeting in de pub. Het mes zal nooit gevonden worden, evenmin als het mes waar Jane mee is vermoord. En ik kom dan bekend te staan als Cass Anderson, het tweede slachtoffer van de moordenaar in het bos.

De deur naar de logeerkamer gaat open. Ik houd mijn adem in en wacht af welke kant hij op gaat: de trap af en de tuin in, of over de overloop naar mij toe. Als hij naar beneden gaat, heb ik dan tijd genoeg om naar de woonkamer te rennen, het mobieltje van Rachel uit de orchideepot te pakken en het huis te verlaten voordat hij terugkomt? Moet ik te voet gaan of met de auto? Als ik met de auto ga, zal het geluid van de startende motor hem alarmeren. Als ik te voet ga, hoe ver kom ik dan voordat hij opmerkt dat ik niet meer in bed lig? Wanneer ik zijn voetstappen over de overloop naar de slaapkamer hoor komen, voel ik me week van opluchting dat ik geen beslissing hoef te nemen. Tenzij hij het mes al bij zich heeft, tenzij hij het al uit het schuurtje heeft gehaald voordat hij binnenkwam.

Hij loopt de slaapkamer in en het kost me al mijn wilskracht om niet uit bed te springen en haarlak in zijn ogen te spuiten, om aan te vallen voordat ik zelf word aangevallen. Mijn vinger, klaar boven het spuitknopje, trilt zo erg dat ik betwijfel of ik goed kan richten en het is alleen de gedachte dat ik hem niet zal kunnen uitschakelen voordat hij mij overmeestert die me ervan weerhoudt iets te doen. Ik hoor het geruis van zijn kleren terwijl hij zich uitkleedt, en ik dwing mezelf gelijkmatig te ademen, als iemand in diepe slaap. Als hij in bed stapt en merkt dat ik lig te trillen als een espenblad zal zijn argwaan zijn gewekt. Vannacht kan alleen kalmte mijn leven redden.

Woensdag 30 september

Als de ochtend aanbreekt, kan ik nauwelijks geloven dat ik nog leef. Matthew lijkt er martelend lang over te doen om naar zijn werk te gaan en als hij eenmaal weg is, kleed ik me haastig aan en ga de trap af naar de keuken, waar ik wacht tot hij zal bellen, me sterk bewust van het feit dat ik het spel vandaag meer dan ooit goed moet spelen. Vandaag moet ik meer dan ooit zijn wie hij wil dat ik ben.

Ik dacht dat ik misschien niet meer angstig zou zijn nu ik weet wie hij is, mijn zwijgende beller. Maar ik ben me er nu van bewust waar hij toe in staat is en dat maakt me juist banger, wat me goed van pas komt als de telefoon om negen uur overgaat. Want omdat ik gisteren iets tegen hem heb gezegd, heb gevraagd wie hij was, weet ik dat ik vandaag weer iets moet zeggen, anders zal hij zich afvragen waarom mijn hervonden zelfvertrouwen in één dag is verdwenen. Dus opnieuw vraag ik hem wie hij is en vervolgens, vlak voordat ik ophang, vraag ik hem me met rust te laten, met naar ik hoop de juiste dosis angst in mijn stem.

Er staat me vandaag een hoop te doen als ik hun web van leugens en bedrog wil ontwarren, dus ik rijd meteen naar Hannah, in de hoop dat ze thuis is. Gelukkig staat haar auto op de oprit.

Ze lijkt verbaasd me te zien en pas als ze, niet helemaal op haar gemak, vraagt of ik me beter voel, vermoed ik dat Matthew haar heeft verteld dat ik een zelfmoordpoging heb gedaan. Ik heb geen tijd om te vragen wat ze precies heeft gehoord, dus vertel ik haar dat ik bijna weer de oude ben, in de verwachting dat dat voorlopig voldoende is. Ze nodigt me uit binnen te komen voor een kop koffie, en als ik het aanbod afsla en zeg dat ik haast heb, weet ik dat ze zich afvraagt waarom ik gekomen ben.

'Hannah, herinner je je die barbecue bij ons in de tuin, eind juli?' vraag ik.

'Jazeker,' zegt ze. 'We hebben die heerlijk gemarineerde biefstukjes gegeten die Matthew bij de boerderijwinkel had gekocht.' Haar ogen lichten op als ze er weer aan denkt.

'Dit klinkt misschien als een rare vraag, maar heb ik jou uitgenodigd toen we elkaar tegenkwamen in Browbury?'

'Ja, je zei dat je het leuk zou vinden als we bij jullie zouden komen barbecueën.'

'Maar heb ik ook een datum genoemd? Ik bedoel: heb ik gevraagd of jullie die zondag wilden komen?'

Ze denkt even na en slaat haar slanke armen om haar middel. 'Was het niet pas de volgende dag dat jullie ons hebben uitgenodigd? Ja, ik weet het weer, Matthew zei dat jij hem had gevraagd te bellen omdat jij druk bezig was in de tuin.'

'Nu herinner ik het me weer,' zeg ik. Ik laat mijn stem opgelucht klinken. 'Het punt is dat ik problemen heb gehad met mijn kortetermijngeheugen, en er zijn verschillende dingen waar ik niet zeker van ben – ik weet niet of ik ze echt ben vergeten, of ze wel of niet zijn gebeurd op de manier die ik dacht. Hier kun je zeker geen touw aan vastknopen?'

'Ach ja, in zekere zin wel,' zegt ze glimlachend.

'Ik kon mezelf bijvoorbeeld wel voor de kop slaan dat ik me niet herinnerde dat je ons een paar weken geleden had uitgenodigd om bij jullie te komen eten…'

'Dat zal wel komen omdat ik Matthew erover had gesproken,' onderbreekt ze me. 'Ik had een paar berichten achtergelaten, een op jullie vaste telefoon en een op je mobieltje, en toen je niet terugbelde, heb ik Matthew gebeld.'

'En daarna was hij vergeten te vertellen dat jij had gevraagd of ik voor het dessert wilde zorgen.'

'Dat heb ik niet gevraagd,' protesteert ze. 'Hij bood het aan.'

Om de vragen die ik net heb gesteld meer logica te geven vertel ik haar dat ik misschien beginnende dementie heb, en ik vraag haar dat vooralsnog aan niemand te vertellen omdat ik zelf nog aan het idee moet wennen. En dan vertrek ik.

24 jul 15:53
Heb met haar afgesproken in Bb, ze klonk een beetje van streek, weet jij waarom

24 jul 15:55
Man van alarmsysteem heeft haar nerveus gemaakt, misschien is dat het

24 jul 15:55
Ik zie haar om 6 uur

24 jul 15:55
Laat me weten of er iets bruikbaars uit komt

24 jul 23:37
Hoi, hoe ging het?

24 jul 23:37
Prima, niets bijzonders; ze zei dat ze zich niet op haar gemak voelde met die man van het alarm

24 jul 23:37
Heeft ze je verteld dat ze Hannah is tegengekomen?

24 jul 23:38
Ja

24 jul 23:38
Ze heeft haar en A uitgenodigd voor een BBQ
Zei niet wanneer, dus denk erover dat te gebruiken

24 jul 23:38
Hoe?

24 jul 23:38
Weet ik nog niet
Btw heb haar verteld dat ik naar booreiland ga

24 jul 23:39
Hoe nam ze het op?

24 jul 23:39
Ze was niet blij; ik zei dat ik het haar al had verteld; ze denkt dat ze het is vergeten
Heb het op de kalender gezet, voor het geval ze het checkt, kan haar handschrift goed vervalsen

24 jul 23:39
Goed om te weten!

◆

25 jul 23:54
Hoi, hoe was je dag?

25 jul 23:54
Best, maar mis je wel. Hartstikke moeilijk ☺

25 jul 23:54
Nog maar een paar maanden te gaan
Heb een geweldig idee voor BBQ met H&A
Bel morgen om 10 uur naar ons huis, doe alsof je Andy bent

25 jul 23:54
?

25 jul 23:55
Doe het nou maar gewoon

◆

26 jul 10:35
Dank je, Andy!

26 jul 10:35
Haha, heeft het gewerkt?

26 jul 10:35
Ben nu vlees en worstjes voor BBQ aan het halen

26 jul 10:36
Ze gelooft dat zij ze heeft uitgenodigd?

26 jul 10:36
Yep!

26 jul 10:37

Niet te geloven dat het zo makkelijk is

26 jul 10:37

☻

Na het bezoekje aan Hannah rijd ik naar het beveiligingsbedrijf op het industrieterrein en loop naar de receptie. Een dame kijkt op vanachter een rommelige balie.

'Kan ik u helpen?' vraagt ze met een glimlach.

'Jullie hebben een paar maanden geleden een alarmsysteem bij ons aangelegd. Hebt u misschien een kopie van ons contract? Ik vrees dat ik dat van ons kwijt ben.'

'Ja, natuurlijk.' Ze kijkt me vragend aan.

'Anderson,' zeg ik.

Ze tikt het in op haar computer. 'Daar is het al.'

Het papier schuift uit de zoemende printer; ze pakt het en geeft het aan mij.

'Dank u wel.' Ik kijk er even naar en zie dat de installatie was gepland op zaterdag 1 augustus. Matthews handtekening staat eronder.

20 jul 23:33

Raad eens? Ze heeft me tijdens het eten verteld dat ze echt een alarm wil

Ze heeft geregeld dat er vrijdag iemand komt kijken

20 jul 23:33

Sorry! Dat komt doordat ik over jullie afgelegen huis ben begonnen

Heb haar gezegd dat jullie een alarm nodig hebben; dacht niet dat ze erin mee zou gaan

20 jul 23:34
Als we een alarm hebben, zal dat de dingen moeilijker maken

20 jul 23:34
Niet als je me de code geeft ☺

◆

27 jul 08:39
Goedemorgen!

27 jul 08:40
Dacht dat je misschien zou bellen. Op weg naar booreiland?

27 jul 08:41
Nee, sta op industrieterrein te wachten tot het beveiligingsbedrijf opengaat

27 jul 08:41
Waarom?

27 jul 08:41
Ga het alarm bestellen en laat haar denken dat zij het heeft gedaan

27 jul 08:42
Hoe ga je dat doen?

27 jul 08:42
Door haar handtekening te vervalsen op een nepcontract

27 jul 08:43
Kan je dat?

27 jul 08:44
Makkie. Heb je toch gezegd: kan haar handschrift goed vervalsen
Beveiligingsbedrijf gaat open, je hoort nog van me

27 jul 10:46
Zit in de trein naar Aberdeen, heb geregeld dat zaterdagochtend het alarm wordt geïnstalleerd
Ik moet thuis zijn, maar zij niet, heb jij een idee?

27 jul 10:47
Zal erover denken
Goede reis

◆

29 jul 09:36
De zwijgtelefoontjes jagen haar echt angst aan!
Wil niet alleen thuis zijn, dus heb geopperd dat ze naar een hotel gaat

29 jul 09:36
Toe maar weer

29 jul 09:37
Jij en ik op een dag, beloofd
Komt goed uit, want dan is ze er zaterdag niet als het alarm wordt geïnstalleerd
Maar je moet wat voor me doen

29 jul 09:38
Oké

29 jul 09:38
Huis later bellen en bericht achterlaten
Doen alsof je beveiligingsbedrijf bent; bevestigen dat het alarm vrijdag wordt geïnstalleerd

29 jul 09:39
Bedoel je niet zaterdag?

29 jul 09:39
Nee, vrijdag. Vertrouw me nou maar, ik weet wat ik doe
Pleeg ook morgen zo'n telefoontje

29 jul 09:40
Oké

◆

31 jul 16:05
Hoi, al terug van booreiland?

31 jul 16:34
Nu wel. Thuis, sta op het punt naar hotel te gaan
Heb haar verteld dat man van alarm op de stoep stond
Neem nepcontract mee om te bewijzen dat zij het heeft besteld

31 jul 16:35
Hoop dat ze erin trapt

31 jul 16:35
Komt goed

31 jul 19:13
Missie geslaagd

31 jul 19:14
Ze zal wel denken dat ze gek wordt!

31 jul 19:14
Is toch de bedoeling?

Ik verlaat het beveiligingsbedrijf en rijd naar Castle Wells. De verkoopster in de Baby Boutique heeft het druk met een klant, dus ik wacht en probeer mijn ongeduld te bedwingen.

'Laat me raden,' zegt ze als ze me ziet staan. 'Bij nader inzien wilt u de kinderwagen toch terugbrengen.'

'Nee hoor,' verzeker ik haar. 'Maar er is iets wat ik graag wil weten. Toen ik hier gisteren was, zei u dat mijn gulle gever het u nooit zou vergeven als u de verkeerde kinderwagen had gestuurd.'

'Dat klopt,' knikt ze.

'Maar hoe is het eigenlijk gegaan?' vraag ik. 'Gewoon uit nieuwsgierigheid, want het was compleet onverwacht. Die wagen werd vanuit het niets bezorgd.'

'Ik heb nog geopperd dat-ie wat later bezorgd zou kunnen worden omdat, nou ja... er nog van alles kon gebeuren. Maar zij wilde het per se meteen.'

'Hoe ging dat precies? Zei ze dat ze me een cadeau wilde geven en vroeg ze om een suggestie?'

'Min of meer. Ze kwam een paar minuten nadat u was vertrokken binnen en zei dat ze een vriendin van u was. Ze vroeg of u nog naar iets speciaals had gekeken, dus ik vertelde haar dat u al een slaappakje had gekocht, en het jonge stel dat er was, maakte een grapje over de kinderwagen die u zo mooi vond. Ze zei dat die dan perfect zou zijn en bestelde hem ter plekke.' Ze kijkt me ongerust aan. 'Ik vroeg me af of ik te veel had gezegd omdat ze geschokt leek te zijn toen ik zei dat we onze baby rond dezelfde tijd verwachtten, maar ze verzekerde me dat ze al wist dat u zwanger was; ze was alleen verbaasd dat u het mij had verteld.'

'Het punt is dat ik zo opgetogen was over de mogelijkheid van een zwangerschap dat ik twee van mijn vriendinnen erover heb verteld, en ik heb geen idee wie van beiden me de kinderwagen heeft gestuurd, want er zat geen briefje bij. Kunt u me vertellen hoe ze heette? Ik wil haar graag bedanken.'

'Natuurlijk. Hebt u een ogenblik, dan kijk ik even in de computer. Wat was uw naam ook alweer?'

'Cassandra Anderson.'

'Ah, ja, daar staat het. O, er staat geen naam bij. Heeft ze niet ingevuld.'

'Weet u dan nog hoe ze eruitzag?'

Ze denkt na. 'Wacht even – vrij lang met donker krullend haar. Het spijt me, daar hebt u waarschijnlijk niet zoveel aan.'

'Integendeel, dan weet ik precies om wie het gaat. Heel fijn, dan kan ik haar nu bedanken.' Ik laat een pauze vallen. 'Overigens, weet u nog dat u mijn man hebt gesproken?'

'Uw man? Nee, ik geloof het niet.'

'Hij heeft hiernaartoe gebeld op de dag dat de kinderwagen werd bezorgd – dat moet op vrijdag zijn geweest – omdat hij dacht dat de kinderwagen per ongeluk naar ons toe was gestuurd.'

'Weet u zeker dat hij met mij heeft gesproken? Ik ben bang dat ik me dat niet herinner. En door de week sta ik alleen in de winkel.'

'Dan heb ik het vast verkeerd begrepen.' Ik schenk haar een glimlach. 'Bedankt, u hebt me erg geholpen.'

4 aug 11:43
Ze heeft me net gevraagd af te spreken in CW, klonk van streek

4 aug 11:50
Heb weer een zwijgtelefoontje gepleegd
Ga je?

4 aug 11:51
Ja, maar heb het heel druk op m'n werk, dus hoop dat het niet lang duurt
Ik laat je weten wat er aan de hand is

4 aug 14:28
Geweldig nieuws – ze denkt dat je telefoontjes van de moordenaar komen

4 aug 14:29
Wat???
Misschien is ze écht gek

4 aug 14:29
Des te makkelijker voor ons als ze zichzelf gek maakt
Ook het BBQ-verhaal kunnen bevestigen
Haar gezegd dat ze mij had verteld dat ze H&A voor de zondag had uitgenodigd

4 aug 14:30
Goed werk

4 aug 14:31
Ga terug naar m'n werk; tot later

4 aug 14:38
Moet je horen

4 aug 14:39
Je ging toch terug naar je werk?

4 aug 14:39
Zag haar op weg terug naar mijn auto uit Baby Boutique komen

4 aug 14:39
Baby Boutique?
Wat doet ze daar nou?

4 aug 14:40
Hoe moet ik dat weten?

4 aug 14:40
Kun je erachter komen?

4 aug 14:40
Heb eigenlijk geen tijd

4 aug 14:40
Maak maar tijd
Waarom gaat ze een babywinkel in?
Misschien iets waar we wat aan hebben
We moeten zoveel mogelijk weten om tegen haar te gebruiken

4 aug 14:41

Oké

4 aug 15:01

Dit geloof je nooit

4 aug 15:01

Eindelijk

Waarom duurde het zo lang?

4 aug 15:02

Niet zo mopperen

Ik breng je een blijde boodschap

4 aug 15:02

Ga verder

4 aug 15:02

Je wordt papa!

4 aug 15:03

wtf???

4 aug 15:03

Weet je het zeker van je sterilisatie?

4 aug 15:03

Natuurlijk weet ik het zeker!

Wat is er aan de hand?

4 aug 15:03
Joost mag 't weten
Ze heeft de dame in de winkel verteld dat ze zwanger was
Dus heb een kinderwagen voor jullie besteld

4 aug 15:03
??

4 aug 15:04
Ze was er kennelijk weg van
Je kunt haar laten denken dat zij hem heeft besteld, net als het alarm

4 aug 15:04
Vraag me af of het twee keer zal werken

4 aug 15:04
Het proberen waard
Lukt het niet, dan krijgt de winkel de schuld van de verwarring
Maar je moet vrijdag thuis zijn voor de bezorging

4 aug 15:05
Oké, neem wel een paar dagen vrij
Om de bezorgde echtgenoot te spelen
Moet nadenken over aanpak met kinderwagen

4 aug 15:06
Wou dat je een paar dagen bij mij kon zijn ☹

4 aug 15:06

Onze tijd komt nog

Btw, ik ben even naar huis geweest om alarmcode te wijzigen

Ze zal het alarm laten afgaan

4 aug 15:07

Klotedag voor haar

4 aug 15:07

Hopelijk volgen er nog veel meer ☺

4 aug 23:37

Hoe ging het met het alarm?

4 aug 23:38

Wou dat je erbij was geweest

Politie is gekomen

4 aug 23:38

Ze geloofde dat ze een foute code had ingetoetst?

4 aug 23:38

Twijfelde er niet eens aan

4 aug 23:38

Een koud kunstje dus

4 aug 23:39

Ongelooflijk, toch?

◆

6 aug 23:45
Klaar voor ontvangst van de kinderwagen morgen?

6 aug 23:47
☻

6 aug 23:47
Gebruik je zgn. zwangerschap?

6 aug 23:47
Als het zo uitkomt

◆

7 aug 23:46
Dank voor de kinderwagen

7 aug 23:46
Fijn dat-ie in de smaak valt
Hoe ging het?

7 aug 23:46
Zo grappig
Verwarring alom
Ze had als verrassing een tuinschuurtje voor me besteld
Zij dacht eerst dat de kinderwagen het schuurtje was,
dus praatten langs elkaar heen

7 aug 23:47
?

7 aug 23:47
Maakt niet uit; ging goed
Ze zei dat ze geen kinderwagen had besteld, dus ik deed alsof ik de winkel belde
Haar geconfronteerd met zwangerschap; gezegd dat de verkoopster me had gefeliciteerd

7 aug 23:48
Wat zei ze?

7 aug 23:48
Verkoopster nam aan dat ze zwanger was; ze is erin meegegaan

7 aug 23:48
Maf hoor! En de kinderwagen?

7 aug 23:49
Ze gelooft dat zij hem zelf moet hebben besteld

7 aug 23:49
Hoe is het mogelijk!
Ze is echt in de war

7 aug 23:49
Beste nog: heb haar zover gekregen dat ze naar de dokter gaat
Morgen afspraak

7 aug 23:50
Ze zal niet blij zijn dat je het al met hem over haar hebt gehad
Wat als hij geen medicijnen voorschrijft?

7 aug 23:50
Doet-ie wel. Heb hem verteld dat ze achterdochtig en overspannen is
Hopelijk zal haar gedrag dat bevestigen

Van de Baby Boutique rijd ik naar de school waar ik tot voor kort werkte. Ik kom aan het begin van de lunchpauze aan. Ik denk aan John en mijn gezicht wordt rood van het schuldgevoel om de snelheid waarmee ik hem heb verdacht, zelfs van de moord op Jane. Maar ik weet nog steeds niet hoe onschuldig hij is – hij had Rachel ontmoet, nietwaar? Het gezicht van Jane verschijnt op mijn netvlies en de droefheid die ik daarbij altijd ervaar, komt terug. Maar ik kan nu niet aan haar denken, nog niet.

Ik duw de deur naar de hal van de school open. De gangen zijn leeg en nu ik erdoorheen loop, besef ik hoe erg ik het allemaal mis. Voor de deur van de lerarenkamer sta ik stil, haal diep adem en stap naar binnen.

'Cass!' Connie springt overeind, stoot daarbij haar salade op de grond en omhelst me stevig. 'O mijn god, wat fijn dat je er bent! We missen je enorm, weet je dat?'

Andere collega's drommen om me heen, vragen me hoe het gaat en zeggen hoe blij ze zijn om me te zien. Als ik ze ervan heb verzekerd dat het prima met me gaat, vraag ik waar John en Mary zijn.

'John heeft kantinedienst en Mary is in haar kantoor,' zegt Connie.

Vijf minuten later ben ik op weg naar Mary. Ze lijkt net zo verheugd me te zien als alle anderen, wat geruststellend is.

'Ik heb jullie in de steek gelaten en daar wil ik me voor verontschuldigen,' leg ik uit. 'Met name voor mijn afwezigheid op de teamdag.'

'Niets om je druk over te maken,' zegt ze, piekfijn gekleed

zoals altijd, in een marineblauw pak en roze shirt. 'Je man heeft het ons ruim van tevoren laten weten, dus het was geen probleem. Ik vind het wel jammer dat ik je niet heb gezien toen ik 's avonds nog even langskwam met de bos bloemen. Je man zei dat je sliep.'

'Ik had je een bedankbriefje moeten sturen,' zeg ik schuldbewust, want ik wil niet dat ze weet dat Matthew me de bloemen niet heeft gegeven.

'Doe niet zo gek.' Ze kijkt me bedachtzaam aan. 'Eerlijk gezegd had ik niet verwacht dat je er zo goed uit zou zien. Weet je zeker dat je nog niet terug kunt komen? We missen je.'

'Ik kom graag terug,' zeg ik weemoedig. 'Maar zoals je weet, ben ik ziek geweest. Ik denk dat je het vorige trimester wel hebt gemerkt dat er iets met me aan de hand was.'

Ze schudt haar hoofd. 'Ik heb niets opgemerkt, vrees ik. Als ik had geweten dat je zo onder druk stond, had ik geprobeerd je te helpen. Ik wou dat je er met me over had gesproken.'

'Maar heb je mijn man dan niet verteld dat je had gemerkt dat ik de zaken niet helemaal onder controle had?'

'Het enige wat ik je man heb gezegd toen hij belde dat je niet zou terugkomen, was dat je mijn best georganiseerde en meest efficiënte teamlid bent.'

'Heeft hij gezegd waarom ik niet zou terugkomen?'

Ze kijkt me open en eerlijk aan. 'Hij zei dat je een zenuwinstorting had gehad.'

'Ik ben bang dat hij het een beetje heeft overdreven.'

'Dat dacht ik al, vooral omdat je medische verklaring alleen aangaf dat je aan stress leed.'

'Mag ik er misschien even naar kijken?'

'Ja, natuurlijk.' Ze loopt naar haar archiefkast en neemt de mappen door. 'Deze is het.'

Ik pak het vel papier aan en bekijk het even.
'Zou ik hier een kopie van kunnen krijgen?'
Ze vraagt niet waarom en ik geef geen tekst en uitleg.
'Ik laat er meteen eentje maken,' zegt ze.

16 aug 23:52
Goed nieuws
Ik heb gisteren gedaan wat je zei en de korte weg door het bos naar Chichester genomen
Ze stortte compleet in
Heb de dokter erbij gehaald; hij zei dat ze de pillen geregeld moet innemen

16 aug 23:52
Eindelijk!

16 aug 23:52
En nog iets
Ze zegt dat ze niet meer naar haar werk wil
Denk dat we er bijna zijn

16 aug 23:53
Godzijdank
Tijd voor de laatste loodjes
Denk je dat ik morgen het huis in kan?

16 aug 23:53
Zal proberen haar te verdoven met pillen
Maar wees voorzichtig

◆

17 aug 10:45
Ik ben in jullie huis, C is helemaal weg
Hoeveel heb je haar gegeven?

17 aug 10:49
2 in sinaasappelsap + 2 voorgeschreven
Vroeg me al af waarom ze de telefoon niet opnam
Waar is ze

17 aug 10:49
Buiten westen voor de tv
Heb wat dingen van de thuiswinkelzender besteld

17 aug 10:49
Waarom?

17 aug 10:50
Zodat ze denkt dat zij ze zelf heeft gekocht
Je zei dat ze al oorringen voor mij had besteld, dus waarom niet

17 aug 10:50
Overdrijf het niet

17 aug 10:50
☺

◆

20 aug 14:36
Ben je bij ons binnen?

20 aug 14:36
Ja, heb een beetje opgeruimd
Hopelijk denkt ze dat zij dat heeft gedaan
Zo niet, dan zeg je dat jij het voor je werk al gedaan hebt; voelt ze zich lullig

24 aug 23:49
Vanmiddag rector gebeld en verteld over zenuwinstorting
Gezegd dat ze voorlopig niet terugkomt

24 aug 23:49
Wat zei ze?

24 aug 23:49
Voelt zich rot dat ze het niet heeft zien aankomen
Wil een medische verklaring

◆

26 aug 15:09
Hoe gaat-ie?

26 aug 15:10
Zou liever in Siena zijn
Nieuwe machine nog niet bezorgd; ze zeggen nu dinsdag
Heb net wat overhemden voor je gestreken

26 aug 15:10
Dank
Neem je mee naar Siena als dit allemaal voorbij is
Btw dank voor dat spiraalsnijgeval

26 aug 15:11
Fijn dat je er blij mee bent
Over een paar dagen krijg je nog iets

◆

28 aug 17:21
Hoe gaat-ie?

28 aug 17:37
Rector wil bloemen langsbrengen

28 aug 17:37
Wat heb je gezegd?

28 aug 17:38
Ja gezegd, maar zal haar vertellen dat C te ziek is om haar te zien en de bloemen wegmikken
Btw heb verklaring van de dokter, maar staat alleen stress op

28 aug 17:38
Balen

28 aug 17:38
Niets over zenuwinstorting
Dus zal nepbrief over dementietests maken

28 aug 17:39
Ze is zo naïef, ze gelooft vast dat-ie echt is
Hoop dat je het niet erg vindt, maar heb extra parels voor mezelf besteld

28 aug 17:39
Heb je verdiend

◆

31 aug 23:49
Hoe was je dag?

31 aug 23:50
Zelfde liedje
Ze heeft niets gezegd over jullie lunchafspraak van morgen

31 aug 23:50
Goed zo, dan is ze het vergeten
Moet naar jullie huis, want wasmachine wordt geleverd
Zal doen alsof ik ben gekomen om te kijken waarom ze niet is komen opdagen

◆

1 sep 15:17
Hoe ging het?

1 sep 15:18
Machine kwam om 11 uur; ze is er compleet doorheen geslapen
Heb daarna aangebeld om te vragen waarom ze niet is komen opdagen voor de lunch
Dacht eerst dat ze niet zou opendoen

1 sep 15:18
Hoe kwam ze over?

1 sep 15:18
Kon amper wijs uit haar worden
Ze is zo van slag, had het weer over de moord, vertelde me over het mes dat ze heeft gezien
Klinkt hartstikke gestoord

1 sep 15:19
Goed zo
Wil haar er vanavond van overtuigen dat ze dat inderdaad is

1 sep 23:27
En? Heb je haar weten te overtuigen?

1 sep 23:28
Ja, ze was nog helemaal van de wereld toen ik thuiskwam
Dus heb haar gevraagd om de wasmachine aan te zetten
Lukte niet en heb haar brief van dokter over dementietests laten zien

1 sep 23:29
Hoe nam ze het op?

1 sep 23:29
Hoe denk je?

Ik vertrek snel daarna bij Mary en beloof haar dat ik contact blijf houden. Als ik de hoofduitgang uit loop, roept iemand mijn naam. Ik draai me om en zie John naar me toe snellen.

'Vertel me nou niet dat je wilde weggaan zonder gedag te zeggen,' zegt hij verwijtend.

'Ik wilde je niet storen tijdens je kantinedienst,' lieg ik, want ik weet nog steeds niet zeker of hij mijn vriend of vijand is.

Hij kijkt me onderzoekend aan. 'Hoe gaat het met je?'

'Prima.'

'Mooi zo.'

'Je lijkt niet erg overtuigd,' zeg ik.

'Ik had gewoon niet verwacht dat je zo snel weer op de been zou zijn, dat is alles.'

'Waarom niet?'

Hij lijkt niet op zijn gemak. 'Nou, na alles wat je hebt meegemaakt.'

'Hoe bedoel je?'

'Rachel heeft het me verteld,' zegt hij opgelaten.

'Wat heeft ze je verteld?'

'Dat je een overdosis hebt genomen.'

Ik knik langzaam. 'Wanneer heeft ze je dat verteld?'

'Gisteren. Ze belde me hier op school en vroeg of ik na het werk iets met haar wilde drinken. Ik stond op het punt te bedanken – ik was bang dat ze me weer een oneerbaar voorstel wilde doen – maar ze zei dat ze het over jou wilde hebben. Dus heb ik met haar afgesproken.'

'Ga verder,' zeg ik.

'We hebben wat gedronken in Castle Wells en ze vertelde me dat jij vorige week een overdosis had genomen en naar het ziekenhuis was gebracht. Ik vond het vreselijk en wilde dat ik niet had geluisterd toen Matthew me had gezegd dat ik niet bij je op bezoek mocht.'

'Wanneer was dat?' frons ik.

'Nadat Mary ons had verteld dat je had besloten niet terug te komen op school. Ik kon het niet geloven, want toen we elkaar in Browbury waren tegengekomen, had je niets gezegd over het opgeven van je baan – en dus had ik het gevoel dat er iets niet goed zat. Het leek niet te kloppen. Mary zei dat je aan stress leed en ik wist dat de moord op Jane je dwarszat, maar ik dacht – stom genoeg misschien – dat ik je kon overhalen om van gedachten te veranderen. Hoe dan ook, Matthew zei dat je te ziek was om bezoek te ontvangen, en toen Rachel me vertelde dat je die overdosis had genomen, begreep ik niet hoe je zo snel achteruit had kunnen gaan.' Hij zwijgt even. 'Heb je een overdosis genomen, Cass?'

Ik schud snel mijn hoofd. 'Niet bewust. Ik heb te veel van mijn medicijnen geslikt zonder te weten dat ik dat deed.'

Hij kijkt opgelucht. 'Rachel vroeg me om het Mary te vertellen. Ze vond dat zij het moest weten.'

'Heb je dat gedaan?'

'Nee, natuurlijk niet, dat is niet aan mij.' Hij aarzelt een moment. 'Ik weet dat Rachel een goede vriendin van je is, maar ik vraag me af of ze wel zo'n goede vriendin vóór je is. Ik vond het niet loyaal van haar dat ze me over die overdosis vertelde. Wees op je hoede, Cass.'

'Oké,' zeg ik knikkend. 'Mocht ze je een dezer dagen bellen, zeg dan maar niet dat je me gezien hebt, goed?'

'Ik zeg niks,' belooft hij. 'Hou je taai, Cass. Zien we elkaar nog eens?'

'Absoluut,' zeg ik met een glimlach. 'Ik ben je een lunch verschuldigd, weet je nog.'

Ik rijd weg van de school, blij met alles wat ik tot nu toe heb bereikt. Ik denk erover naar dokter Deakin te gaan, maar ik betwijfel of ik zo snel een afspraak kan maken. Bovendien is het voldoende te weten dat ik volgens hem alleen aan stress lijd. Dat zou veranderd kunnen zijn als hij is geïnformeerd over mijn recente overdosis, maar ik heb Rachels telefoon om te bewijzen dat die door Matthew is toegediend, niet door mezelf.

Op dit moment kan ik mezelf nog niet toestaan na te denken over wat er met me zou zijn gebeurd als ik het mobieltje niet in handen had gekregen, of over de manier waarop de twee mensen van wie ik het allermeest hield me hebben verraden. Ik ben bang dat ik dan zo word overmand door verdriet dat ik niet in staat zal zijn te doen wat ik vastbesloten ben te gaan doen, al sinds het moment dat ik Matthews stem in de Spotted Cow aan de andere kant van de lijn hoorde: namelijk hun web van list en bedrog ontrafelen. Ik had Hannah vanochtend niet hoeven opzoeken, of de medewerkster van het beveiligingsbedrijf, of de verkoopster van de Baby Boutique, of Mary, want alles staat op het telefoontje. Maar toen ik wakker werd, kon ik nog steeds niet echt geloven wat ze hadden gedaan, en omdat ze me de laatste maanden zo gek hadden gemaakt, begon ik me af te vragen of ik het me had ingebeeld, of misschien verkeerd had begrepen wat ik had gelezen. Ik durfde de berichtjes niet nog eens te lezen, uit angst dat ik ze per ongeluk zou wissen of voor het geval Rachel of Matthew onverwacht zou komen en me met het mobieltje zou zien. Mijn rondgang van vandaag had bevestigd dat het echt zo in elkaar steekt als ik dacht.

Ik had me ook gerealiseerd hoe gemakkelijk ik het ze had gemaakt. Nu lijkt het ongelooflijk dat ik niets in twijfel heb getrokken: niet de alarminstallatie die ik zou hebben besteld, niet de kinderwagen, niet de wasmachine die ik niet kon aanzetten. Alles wat er is gebeurd, heb ik toegeschreven aan mijn falende geheugen. Zelfs het kwijtraken van mijn auto in de parkeergarage.

12 aug 23:37
We moeten er een schepje bovenop doen

12 aug 23:38
Waarom?

12 aug 23:39
Ze heeft eerder vandaag een fles champagne opengetrokken
Zegt dat ze zich veel beter voelt, had het zelfs over een baby krijgen

12 aug 23:39
Arme ziel
Ik bel haar morgen, hoor wel wat ze zegt

◆

13 aug 09:42
Heb haar net gebeld, ze nam niet op
Heb jij al een zwijgtelefoontje gepleegd?

13 aug 09:42
Nog niet, sta op het punt
Hopelijk brengt het haar terug bij af

13 aug 09:42
Zal ik later vandaag naar jullie huis gaan?

13 aug 09:43
Ja, maar wees voorzichtig

13 aug 09:43
Ben ik altijd

13 aug 14:31
Nog iets bijzonders daar?

13 aug 14:32
Nee. Ligt te slapen voor de tv

13 aug 14:32
Goed zo, mijn telefoontje heeft haar dus angst aangejaagd

13 aug 15:30
Kan ik nu gaan? Moet naar Castle Wells

13 aug 15:53
Sorry, zat in vergadering
Ga maar
Zorg ervoor dat niemand je ziet, want het is de bedoeling dat je in Siena zit

13 aug 15:54
Ik heb een blonde pruik en een joggingbroek, weet je nog

13 aug 15:54
Wou dat ik je kon zien

13 aug 15:54
Nee hoor. Echt niet

13 aug 16:48
Raad eens wie er in Castle Wells is?
Wilde net weggaan toen zij in de parkeergarage aankwam
Ik volg haar nu, ik heb een idee
Is er een reservesleutel van haar auto?

13 aug 16:49
Ja, thuis, hoezo?

13 aug 16:50
Je weet dat ze weleens bang is dat ze haar auto niet kan vinden?
Kunnen we nu laten gebeuren

13 aug 16:51
Hoe dan?

13 aug 16:51
Als jij weg kan van je werk kun je hiernaartoe komen en haar auto naar een andere verdieping verplaatsen
Ze staat op de 4e

13 aug 16:51
Je bent geniaal
Ga nu weg, hoop dat ik er op tijd ben

13 aug 16:51
Ik hou je op de hoogte

13 aug 17:47
Ik ben er, waar is ze?

13 aug 17:47
Loopt rond in de stad

13 aug 17:47
Zal ik nu de auto verplaatsen?

13 aug 17:48
Doe maar. Kan me niet voorstellen dat ze nog lang blijft
Zet maar op de bovenste verdieping

13 aug 17:48
Oké

13 aug 18:04
Ze is op de terugweg, heb je 'm verplaatst?
Ze is net die meid van haar werk tegengekomen, Connie geloof ik

13 aug 18:04
Ja, zit in auto op de bovenste verdieping
Hou haar in de gaten, zodat ik op tijd weg ben als ze hier boven komt kijken
Laat me weten wat er gebeurt

13 aug 18:14
Zo grappig om te zien
Ze zoekt overal
Nu op 5e verdieping
Heb bijna medelijden met haar

13 aug 18:14
Denk je dat ze hiernaartoe komt?

13 aug 18:16
Nee, ze gaat weer naar beneden

13 aug 18:19
Wat gebeurt er nu?

13 aug 18:21
Op begane grond, denk dat ze naar het kantoortje gaat om te zeggen dat ze haar auto niet kan vinden

13 aug 18:21
Zal ik 'm terugzetten op de 4e?

13 aug 18:21
Ja!

13 aug 18:24
Is het gelukt?
Ze is op weg naar boven met medewerker; ze wachten op de lift

13 aug 18:25
Ja, maar niet op precies dezelfde plaats kunnen zetten, paar plekken verderop

13 aug 18:25
Maakt niet uit, denk ik
Ga nu maar gauw

13 aug 18:26
Ben al weg
Ik ga haar bellen om te vragen waar ze is; doe alsof ik thuis ben

13 aug 23:48
Hoi, hoe ging het?

13 aug 23:49
Laat ik het zo zeggen
Voorlopig trekt ze geen fles champagne meer open

13 aug 23:49
☺

Plotseling heb ik honger, want ik heb niet gegeten sinds mijn lunch van gisteren. Ik stop bij een tankstation en koop een sandwich en iets te drinken. Ik eet snel, want ik wil graag naar huis. Ik rijd de vierbaansweg weer op, met de intentie om deze weg aan te houden, maar vijf minuten later sla ik, zonder precies te weten waarom, links af, naar de weg door het bos, die me via Blackwater Lane naar huis leidt.

Ik denk er niet te veel bij na en laat me meevoeren door het lot. Tenslotte had dat me ook het mobieltje bezorgd. Hoe groot was de kans geweest dat die Franse student het uit Rachels tas pakte toen ze langs hem liep? Hoe groot was de kans dat een vriendin van hem haar geweten liet spreken en het aan mij gaf? Ik heb mezelf nooit beschouwd als een spiritueel type, maar gisteren had toch ergens iemand het beste met me voor gehad.

Blackwater Lane lijkt in niets op de laatste keer dat ik er in mijn eentje reed. De bomen die erlangs staan, laten een weelde van herfstkleuren zien en het feit dat er geen andere auto's rijden maakt de weg vredig, niet bedreigend. Als ik bij de passeerhaven kom waar de auto van Jane geparkeerd stond, houd ik er stil. Nadat ik de motor heb uitgezet, laat ik mijn raam naar beneden zakken en blijf een tijdje zitten. Ik laat de lichte bries de auto binnenkomen en ik voel dat Jane bij me is. Hoewel de moordenaar nog niet is gepakt voel ik me rustig, voor het eerst sinds haar dood.

Ik was van plan geweest meteen terug naar huis te gaan, het telefoontje van Rachel onder de orchidee vandaan te halen en dat naar de politie te brengen, maar als ik naar deze plek ben geleid, moet dat een reden hebben. Dus ik sluit mijn ogen en denk aan Jane, en aan de gewetenloze wijze waarop Matthew en Rachel de moord op haar hebben gebruikt om mij te breken.

18 jul 15:15
Hoe gaat het?

18 jul 15:15
Prima. Hoe kan het dat je me nu een berichtje stuurt?

18 jul 15:15
Ben niet thuis. Heb haar verteld dat ik naar de sportschool ging
Moet de schijn ophouden
Wil niet dat ze zich afvraagt waarom ik er niet meer heen ga

18 jul 15:16
Wou dat je op weg was naar mij, zoals eerder

18 jul 15:16
Ik ook. Weet je wel hoe ik je mis?

18 jul 15:16
Ik kan me er iets bij voorstellen ☺
En we zien elkaar vanavond dus niet

18 jul 15:16
Maar goed ook, zou je willen kussen
Hoezo niet eigenlijk?

18 jul 15:17
Susies feest gaat niet door
Want die vrouw die is vermoord werkte bij ons bedrijf

18 jul 15:17
Serieus?

18 jul 15:17
Heb net C gebeld om het haar te vertellen, ze is er kapot van
Ze blijkt laatst met haar te hebben geluncht

18 jul 15:18
Wat? Weet je het zeker? Met die vermoorde vrouw?

18 jul 15:18
Ja. Ze heeft haar ontmoet op een afscheidsfeestje van mijn werk
Ze hebben toen afgesproken te gaan lunchen
Jane Walters

18 jul 15:19
Dat weet ik nog! Ik heb Cass na die lunch opgehaald bij het restaurant
Ze zei dat ze had afgesproken met een nieuwe vriendin, Jane

18 jul 15:19
Dat was zij

18 jul 15:20
God, ze zal nu nog meer van streek zijn
Ze zit al in de zenuwen omdat de moordenaar vrij rondloopt

18 jul 15:20
Goed, kunnen we misschien gebruiken

18 jul 23:33
Wist niet dat je ruzie met de vermoorde vrouw hebt gehad
Vertelde Cass me

18 jul 23:34
Ze pikte mijn parkeerplek in

18 jul 23:34
Haar verdiende loon gekregen dan

18 jul 23:35
God, wat ben jij een hardvochtige klootzak!

18 jul 23:35
Niet als het om jou gaat
Je weet toch dat jij voor mij de ware bent, hè?

18 jul 23:35
☺

◆

24 jul 23:40
De moord heeft haar echt de stuipen op het lijf gejaagd, ze wil niet alleen zijn als ik weg ben
Haar gezegd dat ze jou te logeren kan vragen

24 jul 23:40
Bedankt!

24 jul 23:40
Moet het echt laten lijken
Jij kunt natuurlijk nee zeggen

24 jul 23:41
Ongelooflijk dat ze zo bang is

24 jul 23:41
Maar komt ons goed uit

◆

28 jul 09:07
Goedemorgen!

28 jul 09:07
Jij klinkt opgewekt. Wat is er?

28 jul 09:08
C belde om me te vragen of ik haar net had gebeld
Ze klonk nerveus, dus heb voor de lol nee gezegd

28 jul 09:08
Is dat alles?

28 jul 09:09
Ze was gisteren ook al gebeld, maar dat was ik niet
Heb haar gerustgesteld

28 jul 09:09
Snap het nog steeds niet

28 jul 09:10
Denk erover het morgen weer te doen. En overmorgen
Zodat zij denkt dat ze een stalker heeft

28 jul 09:10
Briljant!

28 jul 09:10
Dacht wel dat je het een goed idee zou vinden

◆

5 aug 23:44
Fijne dag gehad?

5 aug 23:57
Sorry, stond onder de douche

5 aug 23:57
Mooie gedachte

5 aug 23:58
☺ *Ja, best aardige dag gehad, en jij?*

5 aug 23:58
Niks bijzonders, maar bedacht iets
Zal ik morgen wel een zwijgtelefoontje plegen?
Ben dan thuis

5 aug 23:58
Als je het niet doet, komt ze erachter dat jij het bent

5 aug 23:59
Of ze denkt dat ze in de gaten wordt gehouden

5 aug 23:59
Paranoia is gunstig, dus daar gaan we voor

De gedachte aan de sms'jes maakt me zo woedend dat ik vastbesloten ben een manier te vinden om de dood van Jane te wreken. Ik loop elk dingetje dat sinds die noodlottige avond is gebeurd na. En plotseling weet ik precies wat me te doen staat.

Ik verlaat de passeerhaven en rijd snel naar huis, vurig hopend dat de auto van Matthew of Rachel niet op de oprit geparkeerd staat. Er is niets of niemand te zien maar ik kijk zorgvuldig rond wanneer ik uit de auto stap. Ik ga naar binnen. Terwijl ik het alarm uitschakel, gaat de telefoon over. Ik zie aan het nummer dat het Matthew is, dus ik neem op.

'Hallo?'

'Eindelijk!' Zijn verontrusting is duidelijk hoorbaar. 'Ben je weg geweest?'

'Nee, ik was in de tuin. Wat dan? Heb je eerder gebeld?'

'Ja, ik heb een paar keer geprobeerd je te bereiken.'

'Sorry, ik ben achter in de tuin aan de gang gegaan, bij de heg. Ik kom net binnen voor een kop thee.'

'Je gaat toch niet weer weg?'

'Dat was ik niet van plan. Hoezo?'

'Ik denk erover vanmiddag vrij te nemen om samen met jou te zijn.'

Mijn hartslag versnelt. 'Dat zou ik heel fijn vinden,' zeg ik kalm.

'Dan zie ik je over ongeveer een uur.'

Ik hang op en pijnig mijn hersens over de vraag waarom hij heeft besloten vanmiddag vrij te nemen. Misschien is het hem of Rachel gelukt om de groep Franse studenten uit de pub op te sporen. Misschien weten ze dat ik het mobieltje heb. Als die studenten op het college in Castle Wells verblijven, is het niet moeilijk om ze te vinden. Ik heb tot nu toe geluk gehad, maar ondanks wat ik Rachel heb verteld, kan ik er niet op rekenen dat ze al op de terugweg naar Frankrijk zijn.

Ik haast me de tuin in, in de hoop dat Matthew het mes niet heeft weggehaald van de plek waar Rachel het die dag heeft neergelegd. De kussens van de tuinstoelen zijn al opgeborgen voor de winter; ze liggen netjes opgestapeld achter in het schuurtje. Ik leg ze opzij en voor mijn neus verschijnt niet het mes maar een espressomachine.

Het duurt vijf seconden om te bedenken dat dit het apparaat is dat in onze keuken stond, het exemplaar waarin de capsule kan worden geplaatst zonder dat de hendel eerst omhoog moet. Ik zoek nog even verder en onder een oud tuintafeltje, bedekt met een laken, vind ik een doos met de foto van een magnetron erop. Als ik die opendoe, zie ik dat onze oude magnetron erin zit, een ouder model van het apparaat dat nu op ons aanrecht staat. Ik kan wel krijsen van woede om het gemak waarmee Matthew me heeft beetgenomen, maar ik ben bang dat ik er niet mee zal kunnen stoppen, dat alle emoties die ik heb ingehouden sinds ik gisteren het mobieltje van Rachel in handen kreeg eruit zullen stromen, en dat ik dan niet door kan gaan. Dus ik reageer mijn woede af op de magnetron en schop ertegen, een aantal keren, eerst met mijn rechter- en dan met mijn linkervoet. En als mijn boosheid is gezakt en er alleen nog verdriet overblijft, bewaar ik dat voor later en ga verder met wat ik moet doen.

Het duurt nog een paar minuten voordat ik het mes vind, in een bloempot helemaal achter in het schuurtje, in een theedoek gewikkeld die ik herken als eigendom van Rachel, omdat ik er net zo een heb, meegebracht van een reis naar

New York. Het is dan misschien niet het mes waar Jane mee is vermoord, maar ik word toch beroerd van de aanblik. Zonder het aan te raken omwikkel ik het snel weer en leg het terug waar ik het gevonden heb. *Vanavond is het allemaal voorbij*, vertel ik mezelf, *vanavond is het allemaal voorbij*.

Ik ga het huis in en blijf even staan. Ik vraag me af of ik het echt zal kunnen. En omdat er maar één manier is om daarachter te komen, loop ik naar de gang, pak de telefoon en bel de politie.

'Kunt u alstublieft komen?' zeg ik. 'Ik woon dicht bij de plek waar Jane Walters is vermoord en ik heb net een groot keukenmes in mijn tuinschuurtje gevonden.'

Ze zijn er vóór Matthew, zoals ik had gehoopt. Deze keer zijn ze met z'n tweeën: agent Lawson, die ik al ontmoet heb, en haar mannelijke collega, agent Thomas. Ik zorg ervoor dat ik geschokt overkom, maar niet hysterisch. Ik vertel ze waar het mes is en agent Thomas loopt meteen het tuinschuurtje binnen.

'Denkt u dat het gaat om het moordwapen waarnaar u op zoek bent?' vraag ik agent Lawson ongerust, voor het geval dat nog niet in haar is opgekomen. 'Dat was toch nog niet gevonden?'

'Ik ben bang dat ik daar niets over kan zeggen,' zegt ze.

'Nou ja, weet u, ik kende haar namelijk.'

Ze kijkt me verbaasd aan. 'U kende Jane Walters?'

'Nog maar net. We raakten op een feestje aan de praat en hebben een keer samen geluncht.'

Ze pakt haar notitieboekje. 'Wanneer was dat?'

'Even denken... dat zal een week of twee voor haar dood zijn geweest.'

Agent Lawson fronst. 'We hebben haar man gevraagd om een lijst van haar vrienden en vriendinnen en uw naam stond er niet op.'

'Zoals ik al zei, ik kende haar nog maar net.'

'En hoe kwam ze op u over tijdens die lunch?'

'Prima. Heel normaal.'

We worden onderbroken door agent Thomas, die terugkomt met het mes, dat hij voorzichtig in zijn gehandschoende handen houdt; het is nog deels bedekt door de theedoek.

'Is dit wat u bedoelt?' vraagt hij.

'Ja.'

'Kunt u ons vertellen hoe u het hebt gevonden?'

'Ja, natuurlijk.' Ik haal diep adem. 'Ik was in de tuin bezig en ik had een paar bloempotten nodig om bollen in te planten. Ik wist dat er wat in het schuurtje stonden, want daar bewaart Matthew – mijn man – ze. Toen ik een grote pot pakte, zag ik een theedoek onderin. Die wilde ik eruit halen, maar er bleek iets in te zitten. Ik begon de doek open te vouwen, maar toen ik het lemmet zag en besefte dat het een mes was, was ik zo bang dat ik het snel weer heb omwikkeld – het deed me namelijk denken aan het mes dat ik op de televisie heb gezien in verband met de moord op Jane Walters. Dus ik heb het teruggelegd en jullie gebeld.'

'Herkent u de theedoek?' vraagt hij.

Ik knik langzaam. 'Een vriendin heeft die vanuit New York voor me meegebracht.'

'Maar u hebt dit mes nooit eerder gezien.'

Ik aarzel. 'Ik geloof toch van wel.'

'En niet alleen op de televisie?' zegt agent Lawson vriendelijk.

Ik kan haar niet kwalijk nemen dat ze denkt dat ik een tikje onnozel ben na de debacles met het alarm en de mok. En vooralsnog komt me dat wel goed uit, want als ik brokjes informatie laat vallen die Matthew – nou ja – verdacht maken, lijkt dat niet meteen moedwillig.

'Nee, niet alleen op de televisie,' zeg ik. 'Het was misschien een kleine maand geleden, op een zondag. Ik liep naar de keuken om, voordat ik naar bed ging, de vaatwasser in te ruimen en toen lag het op het buffet.'

'Dit mes?' vraagt de politieman.

'Dat zou kunnen. Ik heb het maar kort gezien want tegen de tijd dat ik Matthew erbij had gehaald, was het weg.'

'Weg?'

'Ja, het lag er niet meer. Er lag een klein keukenmesje op dezelfde plaats. Maar ik wist dat ik een veel groter mes had gezien en was ontzettend bang. Ik wilde de politie bellen, maar Matthew zei dat ik het me maar had ingebeeld.'

'Kunt u voor ons precies nalopen wat u die avond hebt gezien, mevrouw Anderson?' vraagt agent Lawson, met haar notitieboekje weer in de aanslag.

Ik knik. 'Zoals ik al zei, liep ik naar de keuken om de vaatwasser in te ruimen en toen ik de borden erin wilde zetten, zag ik een enorm keukenmes op het buffet liggen. Ik kende het niet – wij hebben er niet zo een – en ik schrok zo dat ik alleen nog maar de keuken uit wilde, dus ik rende de gang in en begon om Matthew te roepen...'

'Waar was uw echtgenoot op dat moment?' onderbreekt ze me.

Ik sla mijn armen om mijn middel, zodat het lijkt alsof ik nerveus ben. Ze glimlacht me bemoedigend toe en ik haal diep adem. 'Hij was al naar bed gegaan, dus hij was boven. Hij kwam naar beneden gesneld en ik vertelde hem dat er een groot mes op het buffet in de keuken lag. Ik zag dat hij me niet geloofde. Ik vroeg hem jullie te bellen omdat ik een foto had gezien van het type mes waarmee Jane vermoord was en omdat het er precies zo uitzag. Dus ik was doodsbang dat de moordenaar ergens in de tuin was, of zelfs in huis. Maar Matthew zei dat hij eerst het mes wilde zien, dus hij ging naar de keuken en riep mij om te komen kijken. En toen ik keek, was het grote mes weg en lag er een keukenmesje voor in de plaats.'

'Liep uw echtgenoot de keuken helemaal in of bleef hij in de deuropening staan?'

'Dat weet ik niet meer. Ik geloof dat hij in de deuropening stond, maar ik ben bang dat ik op dat moment nogal overstuur was.'

'Wat deed uw echtgenoot daarna?'

'Hij keek demonstratief de hele keuken rond, op zoek naar het mes, maar ik wist dat hij dat alleen maar voor mij deed. En toen hij het niet vond, zei hij dat ik me moest hebben vergist.'

'En dacht u zelf dat u zich had vergist?'

Ik schud heftig mijn hoofd. 'Nee.'

'Dus wat denkt u dat er gebeurd is?'

'Ik dacht dat het grote mes er wél lag, maar dat iemand door de achterdeur binnen was gekomen toen ik Matthew erover vertelde, en het heeft omgewisseld voor een keukenmesje. Ik weet dat het raar klinkt, maar dat dacht ik en dat denk ik nog steeds.'

Agent Lawson knikt. 'Kunt u ons zeggen waar u en uw echtgenoot waren op de avond van 17 juli?'

'Ja, dat was de laatste dag van het schooljaar – ik geef les aan Castle Wells High – en ik ben met wat collega's naar een wijnbar geweest. Het onweerde die avond.'

'En uw echtgenoot?'

'Die was thuis.'

'Alleen?'

'Ja.'

'Hoe laat kwam u terug?'

'Dat zal rond kwart voor twaalf zijn geweest.'

'En was uw echtgenoot hier?'

'Hij sliep in de logeerkamer. Hij belde me toen ik uit

Castle Wells vertrok om te zeggen dat hij een migraineaanval had en in de logeerkamer zou gaan liggen, zodat ik hem na thuiskomst niet zou storen.'

'Zei hij verder nog iets?'

'Alleen dat ik niet via Blackwater Lane moest rijden. Hij zei dat het ging onweren en vroeg me om op de grote weg te blijven.'

Ze wisselt een blik met agent Thomas. 'Dus toen u thuiskwam, lag uw echtgenoot in de logeerkamer te slapen.'

'Ja. Ik ben niet gaan kijken want de deur was dicht en ik wilde hem niet storen, maar hij was er natuurlijk gewoon.' Ik zet een vragend gezicht op. 'Ik bedoel, waar anders zou hij geweest moeten zijn?'

'Hoe gedroeg uw echtgenoot zich de volgende dag, mevrouw Anderson?' neemt agent Thomas het over.

'Net als anders. Ik ben gaan winkelen en toen ik terugkwam, was hij in de tuin. Hij had een houtvuurtje gemaakt.'

'Een houtvuurtje?'

'Ja, hij had een vuurtje gestookt. Hij zei van gesnoeide takken, wat ik een beetje vreemd vond omdat ze na het onweer en de regen te nat zouden zijn om te branden. Maar hij zei dat ze onder een dekzeil hadden gelegen. Gewoonlijk verbrandt hij de takken niet met een vuurtje maar in de open haard. Maar hij zei dat ze daar niet geschikt voor waren.'

'Niet geschikt?'

'Ja, te veel rook of zo.' Ik zwijg even. 'Ik dacht dat het daarom misschien een beetje raar rook.'

'Hoe bedoelt u raar?'

'Dat weet ik niet. Gewoon niet de normale lucht van een vuur, weet u wel, bij het branden van hout. Maar misschien was het de regen.'

'Heeft hij het over de moord op Jane Walters gehad?'

'De hele tijd,' zeg ik, en ik houd mezelf nog steviger vast.

'Ik raakte er erg overstuur van, vooral omdat ik het gevoel had dat ik Jane al goed kende.' Agent Thomas fronst en agent Lawson schudt bijna onmerkbaar haar hoofd, een waarschuwing om me niet te onderbreken. 'Hij leek erdoor geobsedeerd. Ik heb hem meerdere keren gevraagd om de televisie uit te zetten.'

'Kende uw echtgenoot Jane Walters ook?' vraagt agent Lawson, met een onderzoekende blik op mijn gezicht. Ze kijkt agent Thomas even aan. 'Mevrouw Anderson heeft twee weken voor de moord met Jane Walters geluncht,' legt ze uit.

'Nee, hij had alleen van haar gehoord; ik had hem over haar verteld. De dag dat Jane en ik samen lunchten, kwam hij me ophalen, maar ze hebben elkaar niet ontmoet. Jane heeft hem wel gezien, door het raam. Ik weet nog hoe ze keek,' zeg ik, met een glimlach bij de gedachte.

'Hoe bedoelt u?'

'Gewoon een beetje verrast. Veel mensen reageren zo op hem omdat hij... nou ja, een heel knappe man is.'

'Dus uw echtgenoot kende Jane Walters niet?' zegt agent Thomas met een ietwat teleurgestelde blik op zijn gezicht.

'Nee, maar mijn vriendin Rachel Baretto wel. Via haar heb ik Jane leren kennen. Rachel nam me mee naar een feestje bij Finchlakers, en Jane was daar ook.' Ik zwijg even. 'Rachel voelde zich verschrikkelijk toen ze het hoorde over Jane, want ze had op de dag van haar dood nog ruzie met haar gehad.'

'Ruzie?' Agent Thomas leeft op. 'Zei ze ook waarover?'

'Het ging om een parkeerplek.'

'Een parkeerplek?'

'Ja.'

'Als zij voor hetzelfde bedrijf als Jane Walters werkte, is ze ondervraagd,' onderbreekt agent Lawson mij.

'Dat klopt,' knik ik. 'Ik weet het nog, want ze vertelde me dat het haar dwarszat dat ze de politie niets over de ruzie had verteld. Ze was bang dat ze schuldig zou lijken.'

'Schuldig?'

'Ja.'

'Waaraan?'

'Ik veronderstel dat ze op de moord doelde. Dus heb ik haar gezegd dat niemand een moord pleegt om een parkeerplek.' Ik kijk haar nerveus aan. 'Tenzij de ruzie niet om een parkeerplek ging.'

Agent Lawson haalt haar mobieltje tevoorschijn en tikt iets in. 'Waarom zegt u dat?'

Ik kijk uit het keukenraam naar de tuin erachter, die baadt in de nazomerzon.

'Nou, als het om een parkeerplek ging, waarom zou ze dat dan niet gewoon aan de politie hebben verteld?' Ik schud mijn hoofd. 'Sorry, dat had ik niet moeten zeggen, maar ik ben op dit moment gewoon niet erg te spreken over Rachel.'

'Waarom niet?'

'Omdat ze een verhouding heeft.' Ik kijk naar mijn handen. 'Met mijn man.'

Er valt een korte stilte. 'Hoelang is dat al gaande?' vraagt agent Lawson.

'Dat weet ik niet, ik ben er nog maar net achter gekomen. Een paar weken geleden kwam Rachel onverwacht langs en zag ik dat Matthew haar in de gang een kus gaf,' zeg ik, blij dat ik iets uit hun sms'jes tegen hen kan gebruiken, ook al betekent het dat ik zojuist tegen de politie heb gelogen.

De beide agenten wisselen weer een blik.

'Hebt u uw echtgenoot verteld dat u dat hebt gezien?' vraagt agent Thomas. 'Hebt u hem ermee geconfronteerd?'

'Nee, hij zou het alleen maar hebben weggewuifd en hebben gezegd dat ik het me had ingebeeld, net als het mes in de keuken.' Ik aarzel even. 'Soms vraag ik me af of...' Ik zwijg even omdat ik twijfel hoe ver ik moet gaan om Matthew betaald te zetten wat hij heeft gedaan.

'Ja?' spoort agent Lawson me aan.

Ik zie het aangename beeld voor me van handboeien die om Matthews polsen klikken. 'Soms vraag ik me af of Jane van hun verhouding afwist,' zeg ik. 'Soms vraag ik me af of ze, toen ze hem door het raam van het restaurant zag, zo verrast keek omdat ze hem herkende. Ik weet het niet, misschien had ze hem met Rachel gezien.' Omdat ik zeker wil weten dat zij denken wat ik graag wil dat ze denken, maak ik het ze gemakkelijk. 'Toen ik daarnet het mes in het schuurtje vond, wist ik niet wat ik moest denken. Eerst dacht ik dat de moordenaar het daar had verstopt en wilde ik Matthew bellen om hem te vragen wat ik moest doen. En toen bedacht ik dat hij me niet had geloofd toen ik hem over het mes in de keuken vertelde en daarom heb ik de politie gebeld.' Mijn ogen vullen zich met tranen. 'Maar nu weet ik niet of ik er goed aan heb gedaan, want ik wéét wat u denkt, ik weet dat u denkt dat Matthew de moordenaar is, dat hij Jane heeft gedood omdat ze van hem en Rachel wist, en dat ze van plan was het mij te vertellen, maar dat kan niet waar zijn, dat kan niet waar zijn!'

Op dat moment komt Matthew thuis, perfect getimed.

'Wat is er aan de hand?' zegt hij terwijl hij de keuken in loopt.

Hij kijkt mij aan. 'Heb je het alarm weer laten afgaan?' Hij wendt zich tot agent Lawson. 'Het spijt me dat u weer deze kant op moest komen. Het is zeer waarschijnlijk dat mijn vrouw beginnende dementie heeft.'

Ik doe mijn mond open om ze te vertellen dat stress de enige diagnose is die ik heb gekregen, maar ik pers mijn lippen snel weer op elkaar, want het is nu niet echt belangrijk.

'We zijn hier niet vanwege het alarm,' legt agent Lawson uit.

Matthew zet met een frons zijn tas op de grond. 'O, mag ik dan vragen waar dit over gaat?'

'Hebt u dit eerder gezien?' Agent Thomas houdt de theedoek voor zich uit, met het mes duidelijk zichtbaar.

We horen allemaal de korte aarzeling. 'Nee, hoezo, wat is dat?'

'Een mes, meneer Anderson.'

'Mijn hemel.' Matthew klinkt geschokt. 'Waar hebt u dat gevonden?'

'In uw tuinschuurtje.'

'In het tuinschuurtje?' Het lukt hem een blik vol ongeloof op te zetten. 'Hoe komt dat daar nou?'

'Dat proberen we uit te zoeken. Misschien kunnen we allemaal even gaan zitten?'

'Natuurlijk. Komt u maar verder.'

Ik volg het groepje naar de woonkamer. Matthew en ik gaan op de bank zitten en de agenten pakken er allebei een stoel bij. Ik weet niet of ze de stoelen expres tegenover Matthew neerzetten, waardoor ze hem insluiten en mij buiten hun claustrofobische driehoek laten.

'Mag ik vragen wie het mes heeft gevonden?' vraagt Matthew.

'Uw echtgenote,' zegt agent Lawson.

'Ik had bloempotten nodig om wat bollen in te planten,' leg ik uit. 'Het zat in een van de grote potten, gewikkeld in een theedoek.'

'Herkent u deze theedoek?' Agent Thomas laat hem aan Matthew zien.

'Nee, ik heb hem nooit eerder gezien.'

Ik laat een zenuwachtig lachje horen. 'Dat toont maar weer aan hoe vaak jij iets afdroogt,' zeg ik, alsof ik de spanning wil doorbreken. 'Wij hebben er precies zo een. Die heeft Rachel vanuit New York voor ons meegenomen.'

'En het mes, meneer Anderson?' vraagt agent Thomas. 'Hebt u dat eerder gezien?'

'Nee.' Matthew schudt gedecideerd zijn hoofd.

'Ik heb net verteld dat het precies lijkt op het mes dat ik die zondagavond op het buffet zag liggen,' vertel ik hem uitdrukkelijk.

'We hebben het hier al eerder over gehad,' zegt Matthew vermoeid. 'Het was ons keukenmesje dat je zag, weet je nog?'

'Nee, echt niet, het was een veel groter mes.'

'Mag ik u vragen waar u was op de avond van vrijdag 17 juli, meneer Anderson?' vraagt agent Thomas.

'Dat is zo'n tijd geleden, ik weet niet of ik me dat herinner,' zegt Matthew met een kort lachje. Maar niemand lacht met hem mee.

'Het was die avond dat ik uit was met de collega's van school,' zeg ik behulpzaam. 'De avond van het onweer.'

'O, ja.' Matthew knikt. 'Ik was hier, thuis.'

'Hebt u het huis op enig moment verlaten?'

'Nee, ik had last van migraine en ben naar bed gegaan.'

'Waar hebt u geslapen?'

'In de logeerkamer.'

'Waarom sliep u daar, en niet in uw eigen bed?'

'Omdat ik niet wakker wilde worden als Cass thuiskwam. Luister, wat is er aan de hand? Vanwaar deze ondervraging?'

Agent Lawson kijkt hem een paar seconden onderzoekend aan. 'We willen alleen maar wat feiten op een rijtje krijgen,' zegt ze.

'Wat voor feiten?'

'Er is mogelijk een moordwapen in uw tuinschuurtje gevonden, meneer Anderson.'

Matthews mond valt open. 'U wilt toch niet suggereren dat ik iets te maken heb met de moord op die jonge vrouw?'

Agent Thomas kijkt hem bedachtzaam aan. 'Welke jonge vrouw bedoelt u, meneer Anderson?'

'U weet heel goed welke vrouw ik bedoel!' Zijn laagje vernis begint te barsten en ik kijk naar hem zonder emotie, me afvragend hoe het kan dat ik van hem heb gehouden.

'Zoals ik al zei, willen we wat feiten op een rijtje krijgen. Meneer Anderson, hoe goed kent u Rachel Baretto?'

Dat Rachel ter sprake komt, verrast hem. Hij kijkt abrupt op. 'Niet zo goed. Ze is een vriendin van mijn vrouw.'

'Dus u hebt geen verhouding met haar.'

'Wat? Nee! Ik heb een hekel aan dat mens!'

'Maar ik heb gezien dat je haar kuste,' zeg ik zachtjes.

'Doe niet zo belachelijk!'

'Die dag dat ze onverwacht langskwam, toen ik niet meer wist hoe het koffieapparaat werkte, heb ik gezien dat je haar kuste, in de gang,' houd ik vol.

'Nee hè, niet weer,' kreunt hij. 'Je kunt niet blijven doorgaan met dingen verzinnen, Cass.' Maar de twijfel heeft zich een weg naar zijn ogen gebaand.

'Ik denk dat het beter is om dit gesprek op het bureau voort te zetten,' onderbreekt agent Thomas ons. 'Kunt u zich daarin vinden, meneer Anderson?'

'Nee, daar kan ik me niet in vinden!'

'Dan zal ik u nu op uw rechten moeten wijzen.'

'Op mijn rechten moeten wijzen?'

Ik wend me met een gekwelde blik tot de agenten. 'U denkt toch niet echt dat hij Jane Walters heeft vermoord?'

'Wat?' Matthew lijkt bijna van zijn stokje te gaan.

'Het is mijn schuld,' zeg ik handenwringend. 'Ze stelden me vragen en nu ben ik bang dat alles wat ik heb gezegd tegen je gebruikt zal worden!' Hij staart me geschokt aan terwijl agent Thomas hem op zijn rechten wijst. Dan begin ik te snikken alsof mijn hart gebroken is – en ik besef dat ik niet meer doe alsof, want mijn hart is inderdaad gebroken, niet alleen door Matthew maar ook door Rachel, van wie ik heb gehouden als van een zus.

Ze voeren hem mee, en als ik de deur eenmaal achter hen heb gesloten, droog ik mijn tranen, want ik ben nog niet klaar. Nu is Rachel aan de beurt.

Ik bel haar nummer. Ik was van plan om alleen over de telefoon met haar te praten, maar terwijl ik wacht tot ze opneemt besluit ik haar te vragen langs te komen omdat het veel vermakelijker zal zijn als ik haar recht in haar gezicht vertel wat ik op mijn hart heb; het zal veel bevredigender zijn om haar reactie te zien en niet alleen te horen.

'Rachel, kun je hiernaartoe komen?' vraag ik huilend. 'Ik moet met iemand praten.'

'Ik wilde net van mijn werk weggaan,' zegt ze, 'dus ik kan over ongeveer veertig minuten bij je zijn, afhankelijk van het verkeer.' Voor het eerst neem ik een zweem verveling in haar stem waar. Ik weet dat ze denkt dat ik weer zal beginnen over de moordenaar die het op mij heeft gemunt.

'Dank je,' zeg ik op opgeluchte toon. 'Haast je alsjeblieft.'

'Ik doe mijn best.'

Ze hangt op en ik stel me voor dat ze nu een berichtje naar Matthew stuurt, want ze heeft inmiddels vast al een nieuw mobieltje aangeschaft. Maar nu hij in hechtenis zit, zal ze hem niet kunnen bereiken.

Ze arriveert een uur later, misschien vanwege het verkeer, misschien omdat ze me wat langer in de piepzak wilde laten zitten.

'Wat is er gebeurd, Cass?' vraagt ze zodra ik de deur heb opengedaan. 'Is er iets met Matthew?' Ze kijkt bezorgd, wat betekent dat ik gelijk had, dat ze na mijn telefoontje inderdaad geprobeerd heeft hem te pakken te krijgen.

'Hoe weet je dat?' vraag ik met een verbaasde blik.

'Nou, je zei dat je wilde praten, dus nam ik aan dat er iets was gebeurd,' zegt ze, enigszins van de wijs gebracht. 'En ik dacht dat het misschien met Matthew te maken had.'

'Dat is ook zo,' zeg ik.

'Heeft hij een ongeluk gehad of zoiets?' Ze kan haar paniek niet verbergen.

'Nee, dat is het niet. Zullen we gaan zitten?'

Ze volgt me de keuken in en neemt plaats tegenover me. 'Vertel me nou maar gewoon wat er is gebeurd, Cass.'

'Matthew is gearresteerd. De politie heeft hem meegenomen om hem te ondervragen.' Ik kijk haar wanhopig aan. 'Wat moet ik nu doen, Rachel?'

Ze staart me aan. 'Gearresteerd?'

'Ja.'

'Waarom dan?'

Ik wring mijn handen samen. 'Het is mijn schuld. Ze hebben elk klein dingetje dat ik heb gezegd genoteerd en nu ben ik bang dat ze het allemaal tegen hem gaan gebruiken.'

Ze kijkt me scherp aan. 'Hoe bedoel je?'

Ik haal diep adem. 'Vanmiddag, toen ik in de tuin bezig was, heb ik in het schuurtje een mes gevonden.'

'Een mes?'

'Ja,' zeg ik, verheugd als ik zie dat ze lijkbleek is geworden. 'Ik ben zo geschrokken, Rachel, het was verschrikkelijk. Het zag er precies uit als op de foto – je weet wel, die van de moord op Jane. Ik weet niet of ik het je heb verteld, je weet hoe het gesteld is met mijn geheugen, maar op een avond, toen jij in Siena was, zag ik een enorm mes op het buffet in de keuken liggen. Maar toen ik Matthew had geroepen om te komen kijken, was het verdwenen. Dus toen ik het mes in het schuurtje aantrof, dacht ik dat de moordenaar het daar misschien had verstopt, dus heb ik contact opgenomen met de politie...'

'Waarom heb je Matthew niet gebeld?' onderbreekt ze me.

'Omdat hij me de vorige keer niet geloofde en omdat ik bang was dat hij me nu ook niet zou geloven. Hoe dan ook was hij al op weg naar huis.'

'En wat is er precies gebeurd? Waarom hebben ze Matthew gearresteerd?'

'Nou, de politie kwam en ik kreeg allemaal vragen op me afgevuurd, bijvoorbeeld waar hij was op de avond van de moord...'

Plotseling kijkt ze angstig. 'Je wilt toch zeker niet suggereren dat ze denken dat hij Jane heeft vermoord?'

'Ik weet het, het is krankzinnig, toch? Het punt is dat hij niet echt een alibi voor die avond heeft. Ik was in Castle Wells – voor ons etentje aan het eind van het schooljaar – en hij was alleen thuis. Dus hij kan weg zijn gegaan. Althans, zo lijkt de politie ernaar te kijken.'

'Maar hij was toch thuis toen jij terugkwam?'

'Ja, maar ik heb hem niet gezien. Hij had migraine en is gaan slapen in de logeerkamer, zodat ik hem bij thuiskomst niet zou storen. Maar luister eens, Rachel, ik moet je wat vragen. Kun je je die theedoek herinneren die je uit New York hebt meegebracht, die met het Vrijheidsbeeld erop? Je had er ook eentje voor jezelf gekocht, toch?' Ze knikt.

'Heb je er nog zo een aan iemand gegeven?'

'Nee,' zegt ze.

'Dat kan niet anders,' houd ik vol. 'Het is heel belangrijk, want daarmee kan Matthews onschuld worden bewezen.'

'Hoe bedoel je?'

Ik haal diep adem. 'Het mes dat ik vanmiddag heb gevonden zat in een theedoek met het Vrijheidsbeeld erop gewikkeld, en toen de politie me vroeg of ik die doek herkende, moest ik wel ja zeggen, ik kon alleen maar bevestigen dat-ie van ons was. Ik voelde me er vreselijk over, want daardoor leek er nog meer bewijs tegen Matthew te zijn. Maar toen de politie weg was, vond ik onze theedoek in de kast – wat wil zeggen dat degene die Jane heeft vermoord er net zo een heeft. Dus denk even na, Rachel, want je kunt Matthews onschuld ermee aantonen.'

Ik zie dat ze haar hersens pijnigt, op zoek naar een uitweg. 'Ik weet het niet meer,' mompelt ze.

'Je hebt er toch ook een voor jezelf gekocht? Weet je zeker dat je er niet nog eentje hebt weggegeven?'

'Ik weet het niet meer,' zegt ze nog eens.

Ik zucht diep. 'Je zou het de politie zoveel gemakkelijker maken als je het je kon herinneren, maar ach, maak je geen zorgen, ze lossen het uiteindelijk wel op. Ze zullen het mes op vingerafdrukken en DNA testen – ze hebben gezegd dat er ongetwijfeld iets te vinden is. Dus dan gaat Matthew vrijuit, want ze vinden echt niets van hem. Maar dat kan wel een paar dagen duren en het schijnt dat ze hem daar vierentwintig uur kunnen houden, zelfs langer als ze hem echt verdenken van betrokkenheid bij de moord op Jane.' Ik laat tranen in mijn ogen schieten. 'Ik kan de gedachte aan hem in de cel als een of andere crimineel niet verdragen.'

Ze haalt haar autosleutels uit haar zak. 'Ik moet nu echt weg.'

Ik kijk naar haar gezicht. 'Wil je niet blijven voor een kop thee?'

'Nee, het spijt me.'

Ik loop met haar naar de deur.

'Trouwens, heb je dat mobieltje van je vriendin nog gevonden? Dat je was verloren in de Spotted Cow?'

'Nee,' zegt ze, uit het veld geslagen.

'Nou ja, je weet nooit of het nog opduikt. Misschien heeft iemand het wel naar de politie gebracht.'

'Luister, ik moet nu echt gaan. Dag, Cass.'

Ze haast zich naar haar auto en stapt in. Ik wacht tot ze de motor heeft gestart en loop er dan naartoe en klop op het raam. Ze laat het omlaag zakken.

'Dat vergat ik je nog te vertellen – de politie vroeg me of ik Jane kende, en ik heb gezegd dat ik haar heb ontmoet op dat feestje van jouw werk. Dus vroegen ze me of jij haar ook kende, en ik heb ja gezegd, en ook dat je op de dag van haar dood ruzie met haar hebt gehad over die parkeerplek. Maar ze leken niet te geloven dat het om een parkeerplek ging. Dus probeer het je nou te herinneren, van die theedoek, oké? Toen ik ze belde om te zeggen dat ik de mijne in de kast had gevonden, en dat die doek dus niet om het mes heen zat, heb ik gezegd dat jij voor zover ik weet de enige andere in je bezit hebt.' Ik zwijg even voor het optimale effect. 'En bij de politie zullen ze elk klein dingetje tegen je gebruiken.'

Het voelt goed om haar ogen alle kanten op te zien schieten, op zoek naar een ontsnappingsroute. Ze ramt haar auto in de eerste versnelling en scheurt het hek uit.

'Dag, Rachel,' zeg ik zachtjes terwijl haar auto over de weg verdwijnt.

Binnen bel ik de politie om te zeggen dat de theedoek die om het mes gewikkeld zat niet van mij is omdat ik de mijne zojuist in de kast heb gevonden. Ik herinner ze er nog eens aan dat Rachel degene was die hem voor me heeft gekocht en dat ze er zelf ook een heeft. Ik vraag naar Matthew en doe alsof ik van streek ben dat ze hem een nachtje vasthouden. En als ik heb opgehangen loop ik naar de koelkast, pak de fles champagne die we daar altijd hebben staan voor onverwachte gasten en schenk een glas voor mezelf in.

En dan neem ik er nog een.

Donderdag 1 oktober

De volgende dag zie ik dat het de eerste dag van oktober is. Dat lijkt me een goed voorteken: de juiste dag om een nieuwe start te maken. Het eerste wat ik doe is naar het nieuws luisteren en als ik hoor dat een man en vrouw de politie helpen met hun onderzoek naar de moord op Jane Walters, kan ik het niet helpen dat ik een wreed genoegen voel dat ook Rachel is gearresteerd.

Ik had mezelf nooit als een wraakzuchtig type beschouwd, maar ik hoop dat ze een paar vreselijke uren heeft doorgebracht, waarin ze aan de tand is gevoeld over haar verhouding met Matthew, over de ruzie die ze met Jane heeft gehad en over de theedoek waarin het mes zat gewikkeld. Ze moet wel doodsbang zijn dat haar vingerafdrukken op het mes staan. Natuurlijk ga ik haar geheime mobieltje inleveren – en dan zullen zij en Matthew worden vrijgelaten, omdat de politie erachter komt dat ze geen van beiden Jane hebben vermoord, dat het mes simpelweg een mes is dat Rachel in Londen heeft gekocht om mij angst aan te jagen, en niet het moordwapen. En dan? Dan leven ze nog lang en gelukkig? Dat lijkt me niet zoals het hoort en al helemaal niet eerlijk.

Ik heb een drukke dag voor de boeg, maar eerst eet ik op mijn gemak een ontbijt. Wat voelt het goed zonder de dreiging van een zwijgende beller die boven mijn hoofd hangt. Ik wil graag voorkomen dat Matthew en Rachel bij me in de buurt komen als ze zijn vrijgelaten, dus ik kijk op de computer en lees dat ik een contactverbod kan aanvragen. Omdat ik op enig moment rechtskundig advies nodig zal hebben, bel ik mijn juridisch adviseur en maak een afspraak met hem voor tussen de middag. En dan bel ik een slotenmaker om te regelen dat de sloten worden vervangen.

Terwijl de slotenmaker bezig is, stop ik Matthews bezittingen in vuilniszakken, waarbij ik niet te veel probeer na te denken over wat ik aan het doen ben, over wat het betekent. Toch is het emotioneel uitputtend. Om twaalf uur rijd ik naar Castle Wells met Rachels kleine zwarte mobieltje in mijn tas en breng ik anderhalf uur door met mijn juridisch adviseur, die me iets vertelt wat ik me niet had gerealiseerd: dankzij de sms'jes kan Matthew worden aangeklaagd voor mijn 'overdosis'. Ik vertrek en rijd naar het huis van Rachel, waar ik de vuilniszakken met Matthews kleren voor de deur neergooi. En dan rijd ik naar het politiebureau, waar ik vraag of ik agent Lawson kan spreken. Ze is niet beschikbaar, maar agent Thomas wel, dus overhandig ik hem het mobieltje van Rachel en vertel hem wat ik mijn adviseur ook heb verteld: dat ik het vanochtend in mijn auto heb gevonden.

Lichamelijk en geestelijk uitgeput rijd ik naar huis. Tot mijn verbazing heb ik honger, dus ik open een blikje tomatensoep en neem er geroosterd brood bij. Dan dwaal ik door het huis; ik voel me verloren en vraag me af hoe ik verder kan nu ik zowel mijn man als mijn beste vriendin kwijt ben. Ik voel me zo mismoedig, zo gedeprimeerd, dat de verleiding om op mijn knieën neer te zakken en in huilen uit te barsten overweldigend is. Maar ik geef er niet aan toe.

Ik zet de televisie aan om naar het journaal van zes uur te kijken. Er wordt niets gezegd over een eventuele vrijlating van Matthew en Rachel, maar als kort daarna de telefoon overgaat, besef ik dat er niets is veranderd, dat dezelfde verlammende angst er nog is. Terwijl ik naar de gang loop herinner ik mezelf eraan dat dit geen zwijgtelefoontje kan zijn, maar wanneer ik op wil nemen en zie dat het nummer is afgeschermd, verkramp ik van ongeloof.

Met onhandig prutsende vingers neem ik op.

'Cass? Met Alex.'

'Alex?' Ik word overspoeld door een gevoel van opluchting. 'Je liet me schrikken! Wist je dat je nummer is afgeschermd?'

'Is dat zo? Sorry, daar had ik geen idee van. Luister, ik hoop dat je het niet erg vindt dat ik bel – ik heb je nummer uit de brief die je me na de dood van Jane hebt gestuurd – maar ik ben net door de politie gebeld. Ze hebben de moordenaar van Jane in voorarrest. Het is voorbij, Cass, het is eindelijk voorbij.' Zijn stem klinkt zwaar van de emotie.

Ik probeer de juiste woorden te vinden, maar het duizelt me van de schok. 'Dat is fantastisch, Alex, wat ben ik blij voor je.'

'Ik weet het, ik kan het amper geloven. Toen ik gisteren hoorde dat twee mensen de politie hielpen bij hun onderzoek, durfde ik nog niet te veel hoop te hebben.'

'Maar is het dan een van hen?' vraag ik, wetend dat dat niet zo kan zijn.

'Ik weet het niet, dat heeft de politie niet gezegd. Ze sturen iemand naar me toe om met me te praten. Ik mag het waarschijnlijk aan niemand vertellen, maar ik wilde dat jij het zou weten. Na wat je me maandag hebt verteld, dacht ik dat het je misschien zou geruststellen.'

'Dank je, Alex, het is echt geweldig nieuws. Hou je me op de hoogte?'

'Ja, natuurlijk. Nou, tot ziens, Cass. Hopelijk kun je vannacht beter slapen.'

'Ja, jij ook.'

Ik hang op, nog steeds verbluft over wat hij me net heeft verteld. Als de politie de moordenaar van Jane in voorarrest heeft, zijn Matthew en Rachel dus vrijgelaten. Wie heeft er dan bekend? Was de moordenaar in gewetensnood gekomen toen hij hoorde dat er twee mensen waren gearresteerd? Misschien had iemand hem onderdak verleend – zijn moeder of zijn vriendin – en had die besloten hem aan te geven. Dat lijkt me de meest logische verklaring.

Ik ben zo gespannen dat ik niet stil kan zitten. Waar zijn Matthew en Rachel? Zijn ze in Rachels flat, hebben ze de vuilniszakken gevonden met de kleren van Matthew erin? Of zijn ze op weg hiernaartoe, om de rest van zijn spullen op te halen? Zijn laptop, aktetas, tandenborstel, scheerapparaat – die liggen allemaal nog hier. Blij dat ik iets omhanden heb, loop ik het huis door om ze te verzamelen. Ik doe alles in een doos, zodat ik ben voorbereid als ze inderdaad deze kant op komen, want ik wil ze niet binnenlaten.

De avond valt, maar ik ga niet naar boven om naar bed te gaan. Ik wou dat Alex me had teruggebeld om me te vertellen wie Jane heeft vermoord. Hij zal het inmiddels wel weten. Ik zou me veiliger moeten voelen met de moordenaar achter slot en grendel, maar er spoken te veel twijfels rond in mijn hoofd. De lucht ademt ongemak. De muren van het huis komen op me af, ze sluiten me in en persen de adem uit mijn longen.

Vrijdag 2 oktober

Ik word wakker op de bank. De lampen zijn nog aan, want ik wilde gisteravond niet in het donker zijn. Ik neem een snelle douche en ben nerveus over wat de dag zal brengen. Ik schrik als de deurbel gaat. Mijn eerste gedachte is dat het Matthew kan zijn, dus ik houd het nieuwe kettinkje op de deur als ik opendoe. Wanneer ik agent Lawson zie staan, krijg ik het gevoel dat ze een oude vriendin van me is.

'Mag ik binnenkomen?' vraagt ze.

We lopen de keuken in en ik bied haar een kop thee aan. Ik neem aan dat ze me komt waarschuwen dat Matthew en Rachel zijn vrijgelaten, of dat ze me wil ondervragen over de manier waarop Rachels geheime mobieltje in mijn bezit is gekomen. Of misschien komt ze bevestigen wat Alex me gisteravond heeft verteld, dat ze de moordenaar van Jane hebben.

'Ik ben hier om u op de hoogte te stellen van de stand van zaken,' zegt ze terwijl ik mokken uit de kast pak. 'En om u te bedanken. Zonder uw hulp hadden we de moord op Jane Walters nooit zo snel kunnen oplossen.'

Ik heb het te druk met mijn poging verrassing te veinzen om wijs te worden uit haar woorden. 'U weet wie Jane heeft vermoord?' zeg ik. Ik draai me om en kijk haar aan.

'Ja, we hebben een bekentenis.'

'Dat is geweldig!'

'En dat is dankzij u,' zegt ze. 'We zijn u zeer erkentelijk.'

Ik kijk haar beduusd aan. 'Ik begrijp het niet.'

'Het zat precies zoals u had gezegd.'

Precies zoals ik had gezegd? Onthutst loop ik naar de tafel en laat me op een stoel zakken. *Heeft Matthew Jane vermoord?* Ik voel een golf van angst door me heen gaan.

'Nee, dat is niet mogelijk,' zeg ik wanneer ik mijn stem heb hervonden. 'Ik heb gisteren een mobieltje naar het bureau gebracht. Dat heb ik in mijn auto gevonden toen ik op weg was naar mijn juridisch adviseur, en toen ik het opende, zag ik dat het een telefoontje was dat Rachel gebruikte om met Matthew te communiceren. Als u de sms'jes leest...'

'Dat heb ik gedaan,' onderbreekt agent Lawson me. 'Alle berichtjes, stuk voor stuk.'

Ik kijk toe hoe ze een theezakje in de mokken doopt die ik heb laten staan. Als ze de sms'jes heeft gelezen, weet ze dat Matthew onschuldig is. Maar ze vertelde me zojuist dat het zo zat *als ik had gezegd*. Mijn maag keert om bij de gedachte dat ik haar de waarheid moet vertellen: dat ik Matthew verdacht wilde maken om hem betaald te zetten wat hij me had aangedaan. Ik zal alles wat ik heb gezegd moeten intrekken en ik zal waarschijnlijk worden aangeklaagd wegens obstructie van de rechtsgang of zoiets. Maar wat valt er eigenlijk in te trekken? Ik heb in feite geen leugens verteld. Ik had Matthew niet gezien toen ik die avond thuiskwam, dus is het wel degelijk mogelijk dat hij niet in de logeerkamer was. Maar Jane vermoorden? Hij kende haar niet eens. Waarom zou hij de moord op Jane bekennen als hij niet schuldig is? En dan herinner ik me de blik op het gezicht van Jane toen ze hem zag door het raam van het restaurant. Dat was dus een blik van herkenning geweest. Hij kende Jane wél.

'Ik kan het niet geloven,' zeg ik zwakjes. 'Ik kan niet geloven dat Matthew Jane heeft vermoord.'

Agent Lawson fronst. 'Matthew? Nee, Matthew is niet onze moordenaar.'

Mijn hoofd tolt ervan. 'Matthew niet? Wie dan wel?'

'Mevrouw Baretto. Rachel heeft alles bekend.'

Ik krijg geen lucht meer en de keuken lijkt om me heen te draaien. Ik voel het bloed uit mijn gezicht wegtrekken en dan hoe de handen van agent Lawson mijn hoofd zachtjes naar het tafelblad duwen.

'Rustig maar,' zegt ze met kalme stem. 'Haal maar een paar keer diep adem, dan zult u zich al wat beter voelen.'

Mijn hele lichaam huivert van de schok. 'Rachel?' zeg ik met schorre stem. 'Rachel heeft Jane vermoord?'

'Ja.'

Ik voel paniek in me opborrelen. Hoewel ik weet waar ze toe in staat is, kan ik dit niet geloven. Ik weet dat ik de politie dingen over haar heb verteld die haar verdacht maken, net als over Matthew, maar ik wilde alleen maar dat ze bang werd.

'Nee, niet Rachel, dat kan niet. Dat zou ze niet doen, zo is ze niet, ze is niet in staat een moord te plegen! U hebt het verkeerd, dat moet wel...' Ondanks mijn haat jegens Rachel, om wat ze me heeft aangedaan, ben ik zo bang om haar dat ik niet verder kan praten.

'Ik vrees dat ze heeft bekend,' zegt agent Lawson. Ze duwt een mok naar me toe. Gehoorzaam neem ik een slokje hete, zoete thee; mijn handen trillen zo dat er een beetje thee over de rand gaat en ik me er bijna aan brand. 'Toen we haar gisteren ondervroegen, gaf ze zomaar toe. Het was ongelooflijk – om de een of andere reden dacht ze dat we haar doorhadden. U had gelijk toen u zei dat de ruzie tussen haar en Jane niet over een parkeerplek ging. Natuurlijk zullen we ook het DNA van beiden – van haar en van Jane – op het mes vinden...'

Ik heb het gevoel dat ik in een nachtmerrie beland ben.

'Hoezo... is het mes dat ik in het schuurtje heb gevonden... echt het moordwapen?'

'Ze heeft het uiteraard schoongemaakt, maar er zijn restjes bloed in groefjes van het heft gevonden. We hebben het naar het forensisch lab gestuurd, maar we weten eigenlijk al zeker dat het bloed van Jane is.'

'Maar...' Het kost me moeite om het te volgen. 'Ze zei dat ze het in Londen heeft gekocht.'

'Dat is waarschijnlijk ook zo, maar vóór de moord, niet erna. Ze kon Matthew moeilijk vertellen dat ze al zo'n mes had, dus ze deed alsof ze het had gekocht om u angst mee aan te jagen. Het mes na dat voorval achterlaten in jullie schuurtje was een manier om het te verbergen.'

'Ik begrijp het niet.' Ik zit te klappertanden van de schok, dus ik omvat de mok met mijn handen, hunkerend naar warmte. 'Ik bedoel, waarom dan? Waarom zou ze zoiets doen? Ze kende Jane nauwelijks.'

'Ze kende haar beter dan u denkt.' Agent Lawson gaat naast me zitten. 'Heeft Rachel u ooit wat over haar privéleven verteld, u voorgesteld aan een partner?'

'Nee, niet echt. Ik heb er in de loop der jaren misschien twee ontmoet, maar ze leek het nooit lang met iemand uit te houden. Ze zei altijd dat ze niet geschikt was voor het huwelijk.'

'Het is nogal een inspanning geweest om de puzzelstukjes op hun plaats te krijgen,' zegt agent Lawson, en ze lijkt zich voor te bereiden op een uitgebreide uitleg. 'Sommige dingen wisten we naar aanleiding van de vraaggesprekken met de collega's van Jane bij Finchlakers, en toen Rachel eenmaal had bekend, heeft ze ons de rest verteld. Het is nogal een kwalijk verhaal, ben ik bang.' Ze kijkt me aan, zich afvragend of ze verder moet gaan, en ik knik, want hoe kan ik hier ooit mee leren leven als ik niet weet welke redenen erachter zitten? 'Oké, daar gaat-ie dan. Ongeveer twee jaar geleden had Rachel een verhouding met iemand bij Finchlakers. Hij was getrouwd en had drie kleine kinderen. Hij verliet uiteindelijk zijn vrouw voor Rachel, maar daarna verloor ze haar belangstelling voor hem. Dus ging hij terug naar zijn vrouw, waarop Rachel de verhouding nieuw leven inblies. Hij verliet zijn vrouw nog een keer en dat was rampzalig voor het gezin.' Ze zwijgt even. 'De verhouding werd weer beëindigd, maar deze keer nam zijn vrouw hem niet terug. Het was erg moeilijk voor de vrouw in kwestie, want ze werkte ook bij Finchlakers, dus zag ze hem elke dag. Ze gleed af in een depressie.'

'Maar wat heeft dat met Jane te maken?' vraag ik, terwijl ik in mijn hoofd probeer de puzzelstukjes in te passen.

'Die vrouw was de beste vriendin van Jane, dus raakte Jane er automatisch bij betrokken. Vanzelfsprekend had ze een ontzettende hekel aan Rachel omdat die het gezin van haar vriendin kapot had gemaakt, niet één, maar twee keer.'

'Dat begrijp ik wel.'

'Natuurlijk. Maar aangezien ze op verschillende afdelingen werkten, kwamen ze elkaar niet vaak tegen. Haar oordeel over Rachel werd nog negatiever toen ze haar een keer laat op de avond seks zag hebben op kantoor. Ze confronteerde Rachel er de volgende ochtend mee en vertelde haar in wezen dat ze in de toekomst maar naar een hotel moest gaan omdat ze het anders zou melden.'

'Vertel me nou niet dat Rachel haar om die reden heeft vermoord,' zeg ik met een holle lach. 'Omdat ze zich ongerust maakte over een dergelijke melding.'

'Nee, het werd voor Rachel pas een hachelijke zaak toen Jane erachter kwam dat Matthew de man was met wie ze haar op kantoor had gezien. Sorry,' zegt ze als ze de blik op mijn gezicht ziet. 'Als u wilt dat ik even stop, zegt u het maar.'

Ik schud mijn hoofd. 'Nee, het is wel goed, ik wil het weten.'

'Als u het zeker weet. Herinnert u zich dat u ons vertelde dat u dacht dat Jane Matthew had herkend door het raam van het restaurant? Nou, daar had u dus gelijk in.'

Het lijkt ondenkbaar dat iets wat ik min of meer heb verzonnen waar blijkt te zijn. Het is zo absurd dat ik in lachen wil uitbarsten.

'Stel u voor hoe Jane zich moet hebben gevoeld toen ze zich realiseerde dat de man met wie ze Rachel seks had zien hebben de echtgenoot van haar nieuwe vriendin was,' gaat agent Lawson verder. 'Woedend om wat u werd aangedaan stuurde ze een e-mail naar Rachel, die op dat moment in New York was.

Ze herinnerde Rachel eraan dat er al één huwelijk kapot was gegaan en ze liet weten dat ze haar niet zou toestaan u hetzelfde aan te doen, ook al omdat ze werd geacht uw beste vriendin te zijn. Rachel mailde terug dat ze zich met haar eigen zaken moest bemoeien, maar toen ze na terugkomst uit New York naar haar werk ging, sprak Jane haar aan op de parkeerplaats. Ze dreigde u in te lichten over de verhouding als ze niet meteen met Matthew zou breken. Dus Rachel beloofde om het die avond uit te maken met Matthew. Maar Jane vertrouwde haar niet en toen ze terugkeerde naar het restaurant na het vrijgezellenfeestje van haar vriendin, om daar gebruik te maken van de telefoon, belde ze niet alleen haar echtgenoot, maar ook Rachel – toen Jane haar eerder op de dag had aangesproken op de parkeerplaats, had ze een visitekaartje van Rachel geëist en haar mobiele nummer op de achterkant genoteerd. We hebben veel visitekaartjes in de tas van Jane aangetroffen, de meeste van mensen die bij Finchlakers werkten, dus dat van Rachel viel niet op. Hoe dan ook, Jane vroeg Rachel of ze het had uitgemaakt met Matthew, en toen

Rachel toegaf van niet en zei dat ze meer tijd nodig had, vertelde Jane haar dat ze op weg naar huis langs Nook's Corner zou rijden en er zou stoppen om u over de affaire te vertellen.'

'Wat, om elf uur 's avonds?' zeg ik. 'Dat had ze vast niet gedaan.'

'U hebt gelijk, waarschijnlijk zei ze het alleen maar om Rachel in het nauw te drijven. Hoe dan ook, Rachel raakte in paniek. Ze vertelde Jane dat ze, voor ze u zou inlichten, een aantal dingen moest weten – waarbij ze een toespeling maakte op uw kwetsbare gemoedstoestand, wat betekende dat ze het u niet botweg kon vertellen. Ze stelde voor dat ze elkaar op de passeerhaven zouden ontmoeten. En als Jane nadat ze haar verhaal had gehoord u nog steeds op de hoogte wilde stellen, zouden ze dat samen doen. Jane toonde zich bereid te luisteren naar wat ze te zeggen had, dus reed Rachel naar een weggetje bij Blackwater Lane en rende te voet naar de passeerhaven. En, nou ja, we weten wat er is gebeurd. Jane geloofde niet wat Rachel haar vertelde over uw psychische problemen en ze kregen ruzie. Rachel houdt vol dat ze niet de bedoeling had gehad om Jane te vermoorden, dat ze het mes alleen had meegenomen om haar angst aan te jagen.'

Langzaam vallen de puzzelstukjes op hun plaats. Toen ik op de avond van het onweer voorbij de passeerhaven stopte, had Jane geen hulp nodig omdat ze op Rachel wachtte. Ze wist niet dat ik in de auto zat; als ze dat wel had geweten, was ze door de regen naar me toe gerend, zou ze op de passagiersstoel zijn gaan zitten en had ze me verteld dat ze, gek genoeg, op weg was naar mij. En dan had ze me daar in de auto verteld dat Rachel en Matthew een verhouding hadden. Zou ik dan rechtstreeks naar huis zijn gereden om Matthew ermee te confronteren? Of zou Rachel zijn aangekomen terwijl ik het verschrikkelijke nieuws zat te verwerken, en had ze ons dan allebei vermoord? Dat is iets wat ik nooit zal weten.

'Ik kan het niet geloven,' mompel ik verdoofd. 'Ik geloof nog steeds niet dat Rachel zoiets zou doen. Zelfs als Jane het me had verteld, nou en? Hun verhouding zou zijn uitgekomen en Rachel had gekregen wat ze wilde, namelijk Matthew.'

Agent Lawson schudt haar hoofd. 'Zoals u weet uit de sms'jes ging dit niet alleen om Matthew, maar ook om geld. Uw geld. Ze was heel sterk van mening dat uw vader haar iets had moeten nalaten – ze bleef maar zeggen dat uw ouders haar hun tweede dochter noemden – en ze voelde zich bedrogen toen bleek dat u alles had geërfd.'

'Ik wist niets van het geld, ik hoorde het pas toen mijn moeder was gestorven.'

'Ja, dat heeft Rachel ons verteld. En zolang u vrijgezel bleef, had ze het gevoel dat ze haar aandeel op de een of andere manier nog wel zou krijgen. Maar toen u trouwde en zij merkte dat ze niet langer uw hoogste prioriteit was, groeide de rancune jegens u, en besloot ze dat ze alleen via Matthew zou kunnen verwerven wat ze vond dat haar toekwam. Ik ben bang dat ze met opzet een verhouding met hem begon. En toen hij eenmaal verliefd op haar was, bedachten ze samen hun plan om u onbekwaam te laten verklaren, zodat Matthew uw geld in handen zou krijgen. De dag dat Jane Rachel met haar gedrag confronteerde, stonden ze op het punt om hun campagne tegen u te beginnen – de timing was dus slecht, zal ik maar zeggen. Als Jane u over Rachel en Matthew had verteld, zouden al haar zorgvuldig bedachte plannen voor niets zijn geweest.'

Mijn ogen schieten vol tranen. 'Ik heb een huis in Frankrijk voor haar gekocht. Ze werd er straalverliefd op en ik heb het voor haar gekocht. Ze zou het voor haar veertigste verjaardag krijgen, als verrassing. Ik heb Matthew er niet over verteld omdat ik dacht dat hij het er niet mee eens zou zijn.

Hij mocht Rachel niet graag – althans dat dacht ik. Had ze maar gewacht... Haar verjaardag is eind deze maand.'

Ik heb er een vreselijk rotgevoel over. Ik had moeten begrijpen hoe kapot Rachel ervan geweest was dat mijn ouders haar niets hadden nagelaten. Hoe had ik zo ongevoelig kunnen zijn? Ja, ik had het huisje voor haar gekocht, maar alleen omdat ik erbij was toen ze er verliefd op werd. Had ik erover nagedacht haar een deel van het geld te schenken als ze dat huis niet had gezien? Misschien wel. Ik mag het hopen.

En waarom had ik haar het huis niet meteen gegeven, zodra ik het had gekocht, in plaats van te wachten tot haar verjaardag, om er iets groots van te maken? De afgelopen achttien maanden had het leeggestaan, was het ongebruikt gebleven. Als ik het haar had gegeven, zou ze er hartstikke blij mee zijn geweest. Dan had ik Matthew misschien nog en zou Jane nog leven. Ik had toch in elk geval Matthew over het huisje moeten vertellen. Als ik dat had gedaan, en als hij en Rachel op dat moment al aan hun verhouding waren begonnen, had hij haar erover verteld. Ze zouden geduldig tot haar veertigste verjaardag hebben gewacht en dan, als Rachel haar huis eenmaal had, zou Matthew van me gescheiden zijn en hoogstwaarschijnlijk een poging hebben gedaan om in de scheidingsprocedure nog wat geld van me los te krijgen. Ik was Matthew dan kwijt geweest, maar Jane zou nog leven.

Ik weet niet wat me onwillekeurig op de waarheid van de moord op Jane had doen stuiten. Misschien was het mijn onderbewustzijn – misschien stond de verbaasde blik op het gezicht van Jane, toen ze Matthew die dag door het raam van het restaurant zag, toch op mijn netvlies gebrand als een flits van herkenning. Misschien had ik haar uitnodiging om bij haar thuis koffie te komen drinken toch onbewust opgevat als meer dan een gewoon voorstel om elkaar weer te zien. Misschien had ik, ergens diep in mij, geweten dat Matthew en Rachel een verhouding hadden. En misschien wist ik, diep vanbinnen, dat Jane me dat wilde vertellen. Of misschien was het puur toeval geweest. Of misschien had Jane me, toen ik gisteren op de passeerhaven stond en haar aanwezigheid voelde, naar de waarheid geleid.

Pas een uur later staat agent Lawson op om te vertrekken.

'Weet Matthew het al?' vraag ik terwijl we samen naar de voordeur lopen. 'Van Rachel?'

'Nee, nog niet. Maar hij zal het snel te horen krijgen.' Op het stoepje draait ze zich om. 'Redt u het verder wel alleen?'

'Ja, bedankt, het gaat wel.'

Ik sluit de deur achter haar en weet dat dat niet waar is, nog niet. Maar op een dag zal het wel weer gaan. Anders dan Jane heb ik mijn hele leven nog voor me.

Dankbetuiging

Eeuwige dank aan mijn fantastische agent Camilla Wray, die heel veel dingen mogelijk heeft gemaakt, en aan de anderen van het team bij Darley Anderson, met wie het enorm plezierig samenwerken is. En ook dank voor hun expertise – ik zou niet weten waar ik zonder hen nu zou staan.

Zeer veel dank aan mijn geweldige redacteur, Sally Williamson, voor haar waardevolle advies en steun, en omdat ze altijd telefonisch bereikbaar was. Verder dank aan de rest van het team van HQ voor jullie enthousiasme en vakmanschap – jullie zijn de besten! En in de VS, dank aan Jennifer Weis, Lisa Senz, Jessica Preeg en iedereen bij St Martin's Press voor hun vertrouwen in mij.

Als laatste, maar zeker niet minder belangrijk, zoals altijd speciale dank aan mijn familie – mijn dochters, mijn man, mijn ouders, mijn broers en zus – omdat ze altijd geïnteresseerd zijn in mijn schrijverschap. En aan mijn lieve vrienden en vriendinnen, zowel in Engeland als in Frankrijk, die net zo enthousiast over mijn nieuwe carrière zijn als ik zelf ben!

Meer lezen van BA Paris?

12 jaar geleden
2 mensen gingen op reis
1 keerde er terug…

Het perfecte huwelijk?
Of de perfecte leugen?